电脑不过如此

丛书总策划：姜校春（中关村在线执行总编）
杨　品

Windows Vista 入门与应用技巧

未名书屋　编著

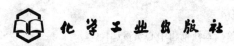

化学工业出版社

·北 京·

本书通过丰富的实例，以图文并茂的形式循序渐进地讲述了 Windows Vista 的使用方法与操作技巧。全书共分 12 章，主要内容包括：中文 Windows Vista 使用入门、管理文件和文件夹、写字板的使用、附件的使用、多媒体的使用、定制用户桌面、更改系统设置、管理软件和硬件、系统维护与管理、Windows Vista 的网络连接与资源共享、畅游因特网、Windows Vista 的安全防护。

本书注重实际操作和应用，以帮助读者在最短的时间内熟练掌握 Windows Vista。

本书面向电脑初级用户，适合各行各业需要学习电脑的人员使用，也可作为各类职业学校和电脑培训班的教材。对于有 Windows 操作系统使用经验的读者，本书也有一定的参考价值。

图书在版编目（CIP）数据

Windows Vista 入门与应用技巧 / 未名书屋编著. —北京：
化学工业出版社，2009. 1
（电脑不过如此）
ISBN 978-7-122-04118-0

Ⅰ. W… Ⅱ. 未… Ⅲ. 窗口软件，Windows Vista‑基本
知识 Ⅳ. TP316. 7

中国版本图书馆 CIP 数据核字（2008）第 175298 号

责任编辑：王思慧　周天闻　　　　　　　　装帧设计：尹琳琳

出版发行：化学工业出版社（北京市东城区青年湖南街 13 号　邮政编码 100011）
印　　装：三河市延风印装厂
787mm×1092mm　1/16　印张 25 $\frac{1}{4}$　字数 630 千字　2009 年 1 月北京第 1 版第 1 次印刷

购书咨询：010-64518888（传真：010-64519686）　售后服务：010-64518899
网　　址：http://www.cip.com.cn
凡购买本书，如有缺损质量问题，本社销售中心负责调换。

定　　价：40.00 元

丛 书 序

对于普通大众来说，要想能熟练地操作电脑并灵活应用，并不是一件容易的事情。如何能在最短的时间内达到精通的目的呢？我认为好的方法是找一些非常好的教材，有空的时候在电脑旁边看书边操作，在实践中轻松掌握电脑。

那如何去选购一本适合自己的图书呢？

首先要看其内容是否能满足自己的需求，是否能解决日常工作、学习和生活中的各种应用问题。这就要仔细考量一本书的内容取舍是否得当了，而不能以书的厚薄来取舍，一定要仔细阅读内容简介、目录和部分章节，避免浪费时间和金钱。

其次是要看该书是否容易让读者学习。因为在电脑的学习中实际上机操作非常重要，所以该类书一定要图文并茂，最好是看图就能学会操作，而且还要简洁明了，这样才能让读者一目了然。

最后还要看该书是否能提纲挈领，举一反三。因为电脑及软件越来越智能化和人性化，且其中的大多数操作都具有相似性和相关性，如Windows Vista中的资源管理器的使用、Office 2007中各软件的文本设置等，只有抓住电脑操作的精髓，学会了其中典型的操作方法，类似的问题也就能融会贯通。

最近非常荣幸地应化学工业出版社的邀请，仔细审读了由中关村在线执行总编姜校春和网络营销专家、数码摄影专栏作家杨品任总策划的《电脑不过如此》丛书，我个人认为，该丛书不能说是目前市场上包装最精美（或者价格最低廉）的图书，但它却是一套非常易学、非常好用、内容最全面的图书，是一套能帮助广大电脑爱好者快速打开电脑之门的金钥匙。

之所以向大家推荐这套书，是因为本套丛书具有以下特点：

◇ 轻松易学　图文并茂的方式直接指明操作步骤要点，让读者轻松看图就能掌握常用的操作方法和技巧。

◇ 学以致用　书中大多数内容讲解均采用广大电脑用户经常应用的案例，读者只要参照书中的步骤进行操作，即可快速解决电脑应用中的各种常见问题。

◇ 活学活用　书中的案例讲解都非常具有典型性，能起到举一反三的效果，这样就能让读者融会贯通，不仅能学会书中的操作，更能灵活应用。

◇ 系统全面　本套丛书包含了《电脑快速入门》、《电脑轻松上网》、《五笔字型打字速成》、《电脑办公应用》、《电脑选购、组装与维修》、《电脑故障排除速查手册》、《常用工具软件一点通》、《系统快速安装与重装》、《Windows Vista入门与应用技巧》、《Excel 2007 入门与应用技巧》、《Word 2007入门与应用技巧》、《Access 2007入门与应用技巧》、《PowerPoint 2007入门与应用技巧》等几十种实用书籍，相信这套丛书一定能够成为读者的良师益友。

一套好的教材会让我们的学习更加快捷，但要学好电脑，还要经常上机操作，巩固所学知识，并在实践中摸索电脑的操作要领。

学问学问，学而问之，读者如果在学习或电脑操作中遇到各种问题，可以发电子邮件至yangpin_0_2000@sina.com.cn和本书的作者进行交流探讨。

最后，衷心希望这套凝聚着作者和出版社心血的《电脑不过如此》丛书能带领每一位读者轻松成为电脑应用高手。

腾讯网科技频道主编　李立宏

2008 年 11 月

前　言

Windows Vista 是 Microsoft（微软）公司推出的最先进的一款操作系统，广泛应用于家庭和企事业单位。与以前的 Windows 版本相比，Windows Vista 新增了许多功能，其功能更趋强大和完善，操作界面更加合理和友好，使得它更易于使用。

针对初学计算机的读者，本书以 Windows Vista 操作系统的操作与应用为基础，详细地介绍了 Windows Vista 操作系统的基本知识、常用操作及实际应用。全书共分 12 章，主要内容如下：

第 1 章介绍中文 Windows Vista 使用入门的知识，包括启动 Windows Vista、认识 Windows Vista 桌面、掌握 Windows Vista 的窗口操作、Windows Vista 的菜单和对话框、"开始"菜单的应用、获取帮助、计算机的状态操作。

第 2 章介绍管理文件和文件夹的知识，包括文件和文件夹概述、浏览计算机中的文件资源、Windows 资源管理器窗口、使用"资源管理器"管理文件、创建文件夹、重命名文件或文件夹、移动或复制文件、删除文件夹或文件、隐藏文件或文件夹、重新显示被隐藏的文件或文件夹、设置文件或文件夹属性、压缩和解压缩文件或文件夹、刻录文件和文件夹。

第 3 章介绍"写字板"的使用知识，包括"写字板"入门、新建文档、编辑文档、编排文档格式、在文档中插入对象、打印文档。

第 4 章介绍附件的使用知识，包括记事本的使用、计算器的使用、画图的使用、日历程序的使用、边栏程序的使用、便笺程序的使用。

第 5 章介绍多媒体的使用知识，包括多媒体概述、音频设备的设置、设置自动播放功能、使用 Windows Media Player、Windows Vista 的照片库、制作电子相册光盘。

第 6 章介绍定制用户桌面的知识，包括定制桌面外观、添加系统图标、在桌面上使用快捷方式、排列桌面图标、定制任务栏、定制"开始"菜单。

第 7 章介绍更改系统设置的知识，包括设置日期和时间、区域设置、设置用户帐户、改变 Windows Vista 事件的声音设置、设置鼠标、设置键盘、设置中文输入法、设置字体。

第 8 章介绍管理软件和硬件的知识，包括安装和删除软件、管理硬件、打印机的安装与设置、设备管理器。

第 9 章介绍系统维护与管理的知识，包括格式化磁盘、检查磁盘、清理磁盘、整理磁盘碎片、使用"任务计划程序"、查看系统信息、设置虚拟内存、设置启动和故障恢复、任务管理器、电源管理。

第 10 章介绍 Windows Vista 的网络连接与资源共享的知识，包括计算机网络的基本概念、Windows Vista 的网络连接、网络资源共享、网上邻居。

第 11 章介绍畅游因特网的知识，包括上因特网能做什么、上网前的准备工作、网上冲浪、收发电子邮件。

第 12 章介绍 Windows Vista 的安全防护知识，包括电脑病毒的基本知识、黑客常识、配置系统以防范黑客入侵、利用 Windows Defender 增强系统安全性。

本书图文并茂，层次结构清晰，语言通俗易懂，操作步骤简洁明了，只要您跟随本书一步步地学习，就能轻松学会并熟练掌握 Windows Vista。无论是初学者，还是不甘心落后于 Windows 技术时代的老用户，本书都是您学习 Windows Vista 最忠实的朋友。

除了未名书屋的成员外，杨品、刘君、刘征、肖建芳、田煜、王为、胡凯、陈强华、邱怀东、傅大志、文仕江、吴荣彬、林燕、杨琪、姚全、吕文超、杨悦来、杨从明、温世豪、杨未冰、林明军、书虫、黄懿、孔令辉、蔡伟雄、肖世杰、梁江涛、杨晶、杨涛、杨上、王健等同志也参与了本书的编写工作，在此一并表示衷心的感谢。

由于编者水平有限，书中难免存在疏漏和不足之处，恳请广大读者批评指正。

编　者

目　　录

第7章　更改系统设置..199

第 1 章　Windows Vista 使用入门

Windows Vista 是 Microsoft（微软）公司推出的一款全新操作系统，与其他早先推出的 Windows 操作系统相比，它拥有更多的功能，更强大的安全性，更好的娱乐性，还有更多的好东西等待用户去体验。

1.1　启动 Windows Vista

只要在电脑中正常地安装了 Windows Vista 操作系统，那么启动它将是非常容易的。

（1）首先接通主机电源，然后按下机箱上的电源按钮，启动电脑。

（2）启动之后，等待一会儿，电脑显示屏上就会出现 Windows Vista 登录界面，如下图所示。

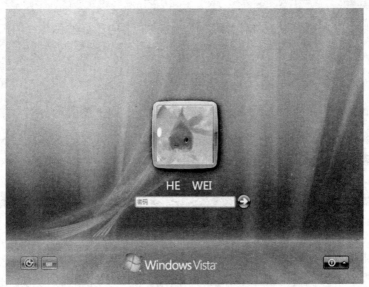

（3）如果在安装 Windows Vista 时设置了用户密码，则需要在"密码"文本框中输入密码，然后按 Enter 键；如果在安装 Windows Vista 时没有设置用户密码，则直接按 Enter 键。这样就能直接进入 Windows Vista 的桌面了。

1.2　认识 Windows Vista 桌面

启动 Windows Vista 后，可以看到，Windows Vista 窗口的总体布局是由桌面图标、任务栏、"开始"菜单和桌面背景组成，如下图所示。

1.2.1　桌面和图标

屏幕上的整个区域都可以被称作"桌面"，在桌面上的图形被称作"图标"。

1.2.2　任务栏

在桌面的底部是一个蓝色的横条，称作"任务栏"，如下图所示。

任务栏从左至右分为四个部分。最左边是一个标有"开始"字样的按钮，因为按下该按钮会出现一连串的菜单，所以此菜单被称作"开始"菜单；"开始"菜单右侧是几个微型图标，称作"快速启动"工具栏，用鼠标单击这些小图标，能够实现相应的功能；任务栏最宽阔的区域是任务栏的主体部分，通常显示当前运行的程序；任务栏的最右边被称作"系统区域"，显示有当前的输入法和系统时钟。一些驻留程序也会把它们的图标放置在这个位置。例如，通过系统时钟的实时显示，可以随时了解当前的系统时间，将鼠标指针指向系统时钟时还可显示出当前日期。

1.2.3　"开始"菜单

使用鼠标左键单击任务栏上的"开始"按钮，或按 Ctrl+Esc 组合键，会打开如下图所示的"开始"菜单。这也是 Windows Vista 所特有的新型"开始"菜单。

通过"开始"菜单可以运行各种应用程序，访问磁盘资源。在 Windows Vista 中，一切操作都可以从"开始"菜单开始进行，这或许是"开始"菜单得名的原因。

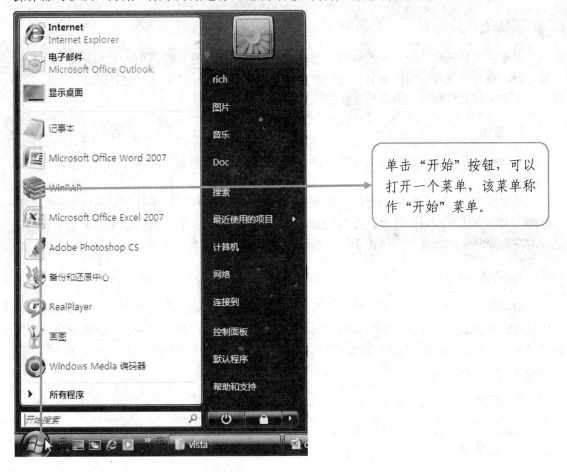

单击"开始"按钮，可以打开一个菜单，该菜单称作"开始"菜单。

1.3　掌握 Windows Vista 的窗口操作

Windows 的中文含义是"视窗"或"窗口"，这很形象地说明了它的基本结构，整个 Windows Vista 操作系统可以说是由大大小小的各种窗口组成，这些窗口是用户与计算机进行交互联系的纽带。可以说，正是通过"窗口"，才展开了用户的视线，由此进入到计算机的世界中。

Windows Vista 操作系统的窗口显示效果有了很大的改进，特别是 Aero 界面效果的应用，使得窗口都表现出了半透明的玻璃效果。

1.3.1　鼠标的基本操作方式

现在，鼠标已经成为一台计算机的必备设备，利用鼠标能够快捷地对桌面对象进行各种操作，尽管这些操作利用键盘也可以完成，但是大多数情况下，使用鼠标是最方便的。

鼠标的基本操作方式有以下几种。

1. 单击

单击指的是快速地按一次鼠标键并马上松开。如果不进行特殊声明，通常是指按下鼠标的左键，这是因为最初的鼠标只配备有一个按键，而双键鼠标是后来才出现的。

单击操作是最为常用的鼠标操作方法。

2. 双击

双击指的是快速地连续按两次鼠标键。如果不进行特殊声明，通常是指连续按两次鼠标的左键。

如果两次单击鼠标按键的时间间隔太长，则系统会把这两次单击认为是两次单独的单击行为，而不作为一次双击处理。在 Windows Vista 中，通过控制面板可以调节系统默认两次单击的间隔时间，以便该操作符合用户的使用习惯。

3. 右击

顾名思义，右击指的是单击鼠标的右边按键。在 Windows Vista 中，有大量的区域可以使用右击方式，以加快操作速度。通常在某个区域右击鼠标键时会出现一个快捷菜单，在菜单中显示出针对当前时刻可以进行的常用操作列表，此时用户单击其中某个菜单项，就可执行相应功能，这种方法能够极大提高用户的操作效率。

4. 拖动

严格地说，这种操作方法应该叫做"拖放"，指的是在某个对象上面按下鼠标的按键不放，然后移动鼠标，将该对象拖到另一个位置，然后再放开鼠标键。在 Windows Vista 中，可以使用鼠标左键进行拖放操作，也可以使用鼠标右键进行拖放操作，这两种拖放操作的结果通常是不同的。如果不进行特殊说明，通常拖动指的是使用左键拖动对象。

5. 选中

选中的概念是指将操作焦点放在要操作的对象上。在 Windows Vista 中，每种操作都是针对特定的对象的，要对某个对象进行操作，首先需要选中它，选中后最直观的表现是被选中的对象处于高亮或活动状态。

1.3.2 打开和关闭窗口

在桌面上的"回收站"图标上双击，就会出现"回收站"的窗口（见下图）。

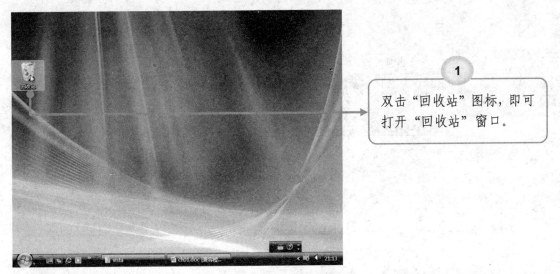

双击"回收站"图标，即可
打开"回收站"窗口。

1

　　关闭窗口就非常简单了，在每个打开窗口的右上角都有三个按钮，分别是"最小化"、"最大化"和"关闭"按钮。将鼠标指针移动到 ⬚ （关闭）按钮上单击鼠标，就可以关闭该窗口（见下图）。

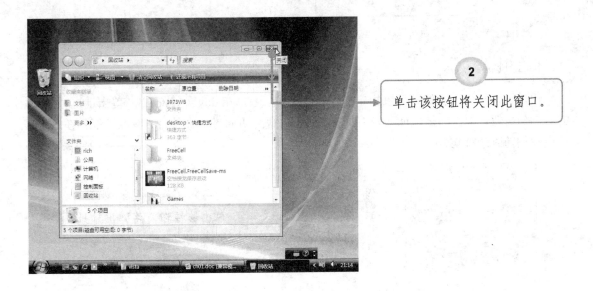

2

单击该按钮将关闭此窗口。

1.3.3　认识窗口界面

　　打开 Windows Vista 的窗口界面，会发现与以前 Windows 版本的窗口界面有了很大的改变，首先是标题栏没有了，菜单栏也不见了，而且还增加了新的窗格和面板。下面我们就来认识一下 Windows Vista 的窗口界面，如下图所示。

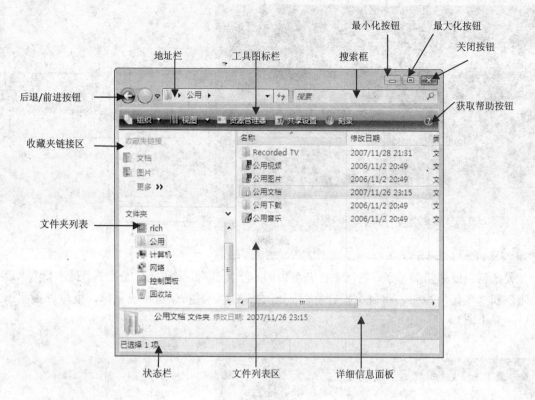

1. 地址栏

通过地址栏中的按钮，可以指定文件夹的位置。在 Windows Vista 中，单击地址栏右侧的黑三角按钮，弹出的是地址列表，如下图所示，曾经访问过的文件夹、网址等都列在这里，可供我们随时选择访问。

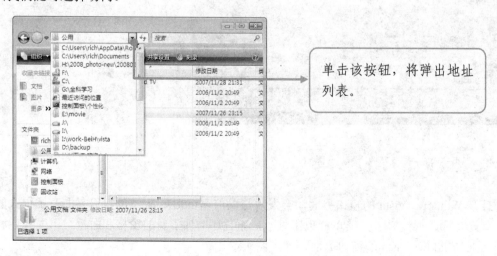

2. 工具栏图标

该栏中有"组织"和"视图"两个固定的图标按钮；另外，在选中不同类型的对象后，将会新添加不同的工具图标按钮。使用这些图标按钮可以对选中的对象进行不同的操作。

3．搜索框

这是 Windows Vista 新增的功能，几乎在 Windows Vista 的每个窗口的右上角都有这个搜索框。使用它可以快速地搜索文件和文件夹。

4．最小化按钮

单击 ▭（最小化）按钮可将窗口缩小到任务栏中。

5．最大化按钮

单击 ▭（最大化）按钮可将窗口放大到整个屏幕。这时，该按钮会变为 ▣（向下还原）按钮。

6．关闭按钮

单击 ▭✕▭（关闭）按钮可以关闭窗口。

7．获取帮助按钮

单击 ⍰（获取帮助）按钮可以打开 Windows 帮助和支持窗口。在该窗口中可以获取 Windows 系统提供的帮助信息。

8．预览窗格

在选中对象后，如果对象能够被预览，可以在预览窗格中预览对象的内容。如果预览窗格没有被打开，可以单击“组织”按钮，从弹出的菜单中选择“布局”，再从子菜单中选择“预览窗格”即可。

9．详细信息面板

当选中对象之后，会在该面板中显示选中对象的详细信息。

10．文件列表区

在选中文件夹或驱动器后，在该区中将显示文件夹或驱动器中的文件和文件夹。

11．状态栏

显示当前对象的状态。如当前文件夹下有几个项目，如果选中对象，则显示已选中的有几个项目和选中对象的文件大小。

12．文件夹列表

在该列表中列出了本地磁盘中所有的文件夹，单击相应的文件夹，可在文件列表区中显示该文件夹中的内容，如下图所示。

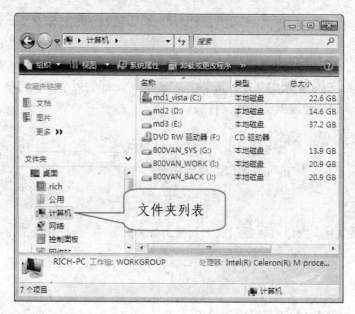

13. 收藏夹链接区

在该区域中的文件夹都是链接文件夹。通过收藏夹链接区中的文件夹可以直接进入到相应的文件夹中。使用这些文件夹可以管理我们常用的文件或图片等，从而方便我们快速地找到所需的文件夹。

14. 后退/前进按钮

当在同一个窗口中打开了多个文件夹后，通过单击"后退/前进"按钮可以切换到上一文件夹视图或下一文件夹视图。

1.3.4 调整窗口大小

下面介绍两种调整窗口大小的方法。

1. 利用窗口控制按钮调整窗口大小

在窗口的右上角有一组按钮："最小化"、"最大化（或向下还原）"、"关闭"。通过这组按钮可以最小化窗口到任务栏中，或者最大化窗口到整个屏幕，或者关闭窗口。把窗口最大化到整个屏幕后，"最大化"按钮将变为"向下还原"按钮，单击该按钮将还原到小窗口（见下图）。

2. 手动调整窗口大小

除了通过窗口控制按钮来调整窗口的大小以外，我们还可以通过手动随意调整窗口的大

小。将鼠标指针停留在窗口的四边或四个角上的某个位置，指针会变为如下几种形状之一：↕、
⇔、↘、↗，按下鼠标左键，然后拖动鼠标即可随意调整窗口的大小（见下图）。

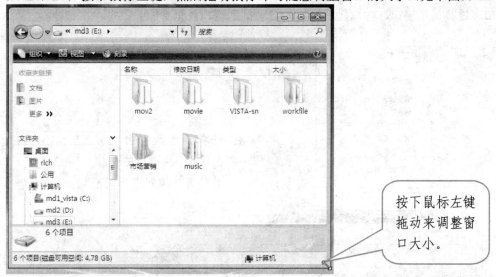

按下鼠标左键
拖动来调整窗
口大小。

1.3.5　移动窗口

移动窗口的方法是：将鼠标指针移动到窗口的标题栏区域，然后按下鼠标左键拖动窗口
到其他位置，释放鼠标即可实现窗口的移动（见下图）。

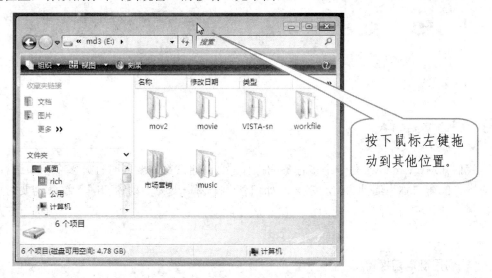

按下鼠标左键拖
动到其他位置。

1.3.6　排列窗口

打开多个窗口后，有可能一个窗口被另一个窗口所覆盖。除了通过最小化窗口来显示其
他窗口外，还可以通过移动窗口来显示被覆盖的窗口。

如果想在桌面上按自己的意愿排列这些窗口，可以使用移动窗口功能，将窗口移动到指定的位置，然后调整窗口的大小，再逐个进行排列即可。也可以使用系统提供的三种方式（层叠窗口、堆叠显示窗口、并排显示窗口）自动排列窗口（见下图）。

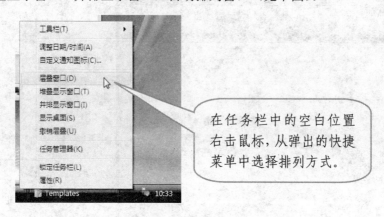

在任务栏中的空白位置右击鼠标，从弹出的快捷菜单中选择排列方式。

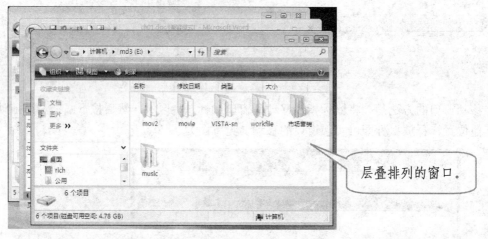

层叠排列的窗口。

1.3.7 切换窗口

我们知道，Windows 是一个多任务的操作系统，通常都需要同时打开多个窗口进行操作，当前操作的窗口称为活动窗口。那么，如何使一个窗口变为活动窗口呢？这就需要对窗口进行切换，使我们需要的窗口变为活动窗口后才能对其进行操作。可通过以下两种方法来切换窗口。

1. 利用键盘切换窗口

按快捷键 Alt+Tab，可以打开一个窗口切换界面，如下图所示，在 Alt 键处于按下的状态下，不停地按 Tab 键，可以在打开的窗口间进行切换，选中需要的窗口后释放 Alt 键，选中的窗口被激活，成为当前活动窗口。

按 Alt + Tab 快捷键打开的窗口切换界面。

Templates 文件夹窗口成为活动窗口。

2．利用程序按钮区切换窗口

我们知道，打开一个程序窗口后，在任务栏中的程序按钮区都会显示与程序窗口对应的程序窗口按钮，如下图所示，单击相应的程序窗口按钮即可切换到该程序窗口。

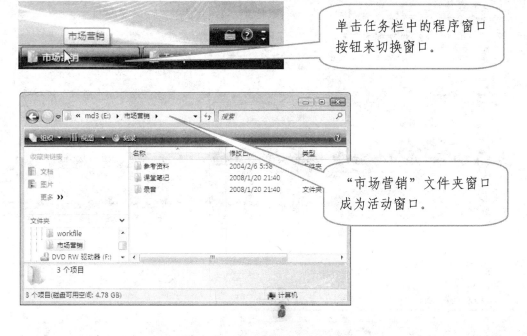

单击任务栏中的程序窗口按钮来切换窗口。

"市场营销"文件夹窗口成为活动窗口。

在 Windows Vista 中，桌面已经被作为一个普通窗口对待了。在以前的 Windows 版本中，要切换到桌面，可以单击"快速启动"工具栏中的"显示桌面"按钮，或者使用快捷键 Windows（徽标键）+ D。而在 Windows Vista 中除了上面两种方法以外，还可以通过快捷键 Alt + Tab

来切换到桌面上。

1.4 Windows Vista 的菜单和对话框

菜单和对话框是 Windows 中常见的对象，认识一下它们很有必要。

1.4.1 认识菜单

在 Windows Vista 以前的版本中，当打开 Windows 窗口时，会发现有一个菜单栏。而在 Windows Vista 中，这个菜单栏找不到了，这个菜单栏真的没有了吗？不是，它只是处于隐藏状态而已。对于习惯于菜单操作的用户，也可以开启菜单栏。显示菜单栏的操作方法如下。

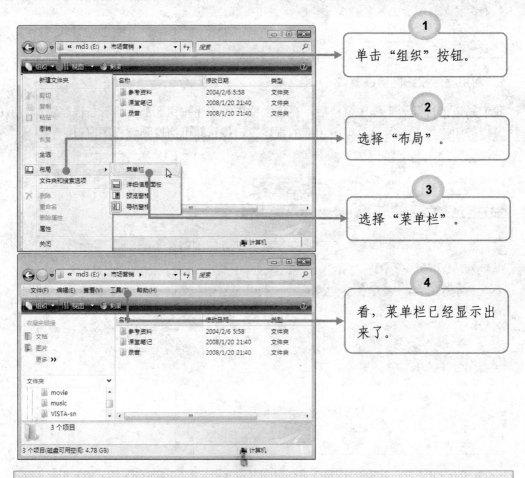

1 单击"组织"按钮。

2 选择"布局"。

3 选择"菜单栏"。

4 看，菜单栏已经显示出来了。

提示

如果只是临时使用菜单栏，可以按一下 $\boxed{\text{Alt}}$ 键，菜单栏将自动显示出来；当使用完后，菜单栏又自动被隐藏起来。

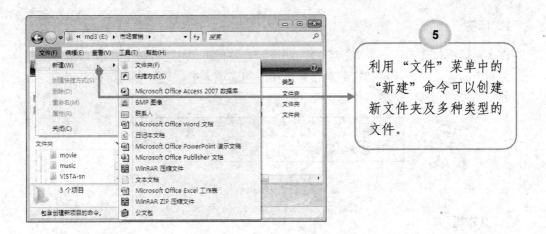

5

利用"文件"菜单中的"新建"命令可以创建新文件夹及多种类型的文件。

1.4.2　认识对话框

在 Windows Vista 中，对话框经过重新设计后，不仅提示信息更加友好，而且色彩更为丰富，字体也更大，可供的选择也更多。

比如，在 Windows Vista 中复制一个文件，当有重名的文件时，对话框中会有三种选择：一是"复制和替换"，二是"不要复制"，三是"复制，但保留这两个文件"，如下图所示，而且对话框中的提示更友好，界面操作更直观，让我们明白执行该操作后的结果是什么。

除窗口之外，在 Windows Vista 中使用最多的是对话框，对话框允许用户在一个屏幕中输入大量的交互数据。

典型的对话框包含大量的控件，例如"标签"、"文本框"、"列表框"、"下拉列表框"、"单选框（单选按钮）"、"复选框（检查框）"、"命令按钮"、"数值框"以及"标尺"等。

1. 标签

许多对话框包含不止一个对话窗口，利用标签控件可以在多个对话框窗口中来回切换。当选中相应的标签时，就可切换到对话框内相应的选项卡中，这种布局结构有利于充分利用有限的空间来显示尽可能多的信息。

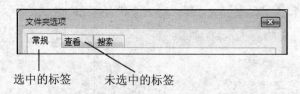

2. 文本框

文本框控件允许用户直接在其中输入文字。

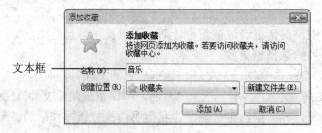

3. 列表框

列表框由一个方框、一些位于方框中的项目列表以及方框旁边的滚动条组成，通过拖动滚动条或是单击滚动箭头可以上下滚动翻阅项目列表。当然，如果项目列表可以在方框内完全被显示出来，则滚动条会呈无效状态。

4. 下拉列表框

下拉列表框通常以一个只显示单行内容的列表框形式出现，单击该框右边的下三角按钮可以打开一个下拉列表，然后用户可以在其中进行选择。

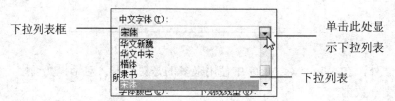

5．单选框

单选框又叫单选按钮，它模仿一些老式收音机上的频段按键，按下一个按键的同时会弹起以前被按下的按键。也就是说，在同一组选项中，一次只能有一个单选按钮被选中。

单选按钮 ——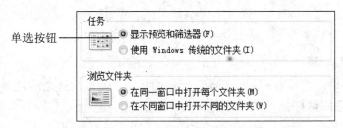

6．复选框

复选框又叫检查框，大概这是因为选中它时会在旁边打上"√"，仿佛通过了检查一般。复选框的特点是可以同时选中多个选项，各个选项之间的功能是互不冲突的。

选中的复选框 ——
未选中的复选框 ——
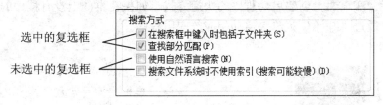

7．命令按钮

命令按钮最为普通，在按钮上方通常显示该按钮要完成的工作，按下命令按钮就执行了相应的命令。

命令按钮 ——

8．数值框

数值框由一个显示数值的文本框窗口以及窗口右边两个上下方向的小箭头组成。单击向上的小箭头可以使文本框中的数值增大，单击向下的小箭头可以使文本框中的数值减小，也可以在文本框中直接输入数值。

 —— 数值框

9．滑杆

滑杆由一个横条和一个滑块组成，拖动滑块可以选择所需的数值或尺寸。

1.5 "开始"菜单的应用

在 Windows Vista 中，已经看不到"开始"字样的按钮了，取而代之的是一个圆形的图标按钮 ，。单击该按钮即可打开"开始"菜单。

1.5.1 打开相应的应用程序

在 Windows Vista 中，安装的所有应用程序都可以在"开始"菜单中找到。在安装应用程序时，有些软件可能会在桌面上创建启动程序的快捷方式。如果在桌面上没有程序的快捷启动方式，那么，可以通过"开始"菜单来启动相应的应用程序。

操作步骤如下：

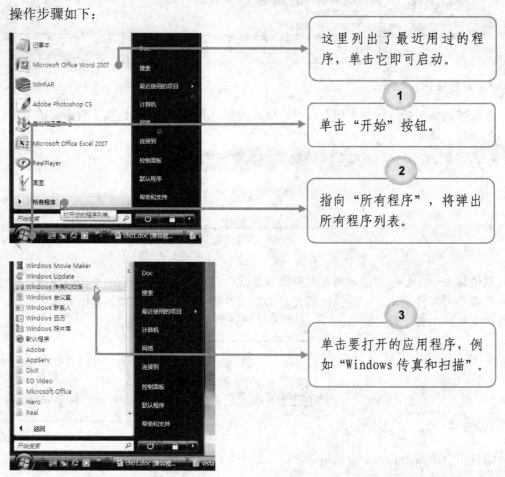

这里列出了最近用过的程序，单击它即可启动。

1 单击"开始"按钮。

2 指向"所有程序"，将弹出所有程序列表。

3 单击要打开的应用程序，例如"Windows 传真和扫描"。

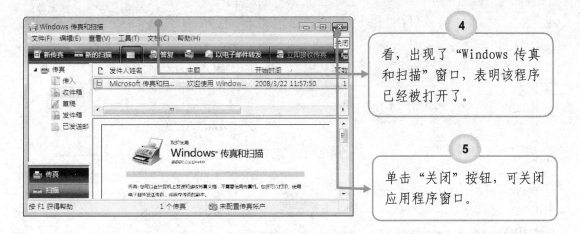

4 看，出现了"Windows 传真和扫描"窗口，表明该程序已经被打开了。

5 单击"关闭"按钮，可关闭应用程序窗口。

1.5.2　运行应用程序

1．通过"运行"命令来运行应用程序

在以前版本 Windows 操作系统的"开始"菜单中有一个"运行"命令，执行该命令后会弹出"运行"对话框，在该对话框中也可以运行应用程序。在 Windows Vista 中也保留了这个命令，只是该命令被转移到"附件"菜单中了。

> **提示**
>
> 按快捷键 Windows（徽标）+R 可以打开"运行"对话框。

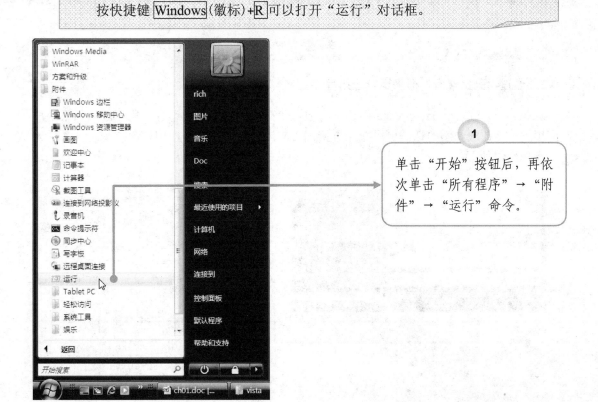

1 单击"开始"按钮后，再依次单击"所有程序"→"附件"→"运行"命令。

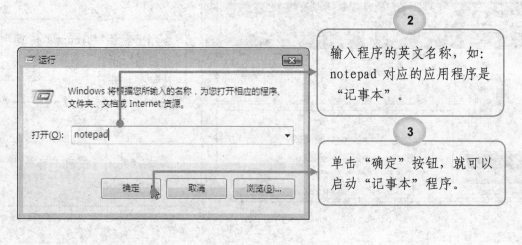

2

输入程序的英文名称，如：notepad 对应的应用程序是"记事本"。

3

单击"确定"按钮，就可以启动"记事本"程序。

4

单击"关闭"按钮，来关闭应用程序窗口。

2．通过"开始搜索"框来运行应用程序

除此之外，在 Windows Vista 中还可以通过"开始搜索"框来运行应用程序。如果用户对应用程序名比较熟悉的话，可以在此直接输入应用程序名来打开应用程序。

操作步骤如下：

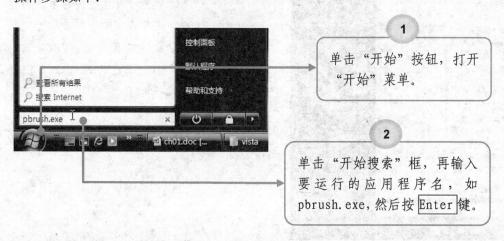

1

单击"开始"按钮，打开"开始"菜单。

2

单击"开始搜索"框，再输入要运行的应用程序名，如 pbrush.exe，然后按 Enter 键。

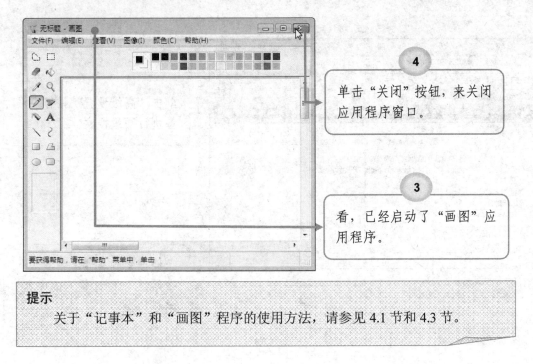

> **4** 单击"关闭"按钮，来关闭应用程序窗口。

> **3** 看，已经启动了"画图"应用程序。

提示

　　关于"记事本"和"画图"程序的使用方法，请参见 4.1 节和 4.3 节。

1.5.3　搜索文件和文件夹

　　在 Windows Vista 中，搜索功能有了很大的改进，只要在"开始搜索"框内输入用户要搜索的对象，即可看到结果。用好该搜索功能，可以大大提高工作效率。

　　在前面我们讲过使用"开始搜索"框来快速运行应用程序，其实它也是使用了 Windows Vista 的快速搜索功能。下面来介绍一下如何快速搜索文件和文件夹。操作步骤如下：

> **1** 单击"开始"按钮之后，在"开始搜索"框中输入要搜索的文件。

> **2** 单击"搜索所有位置"按钮。

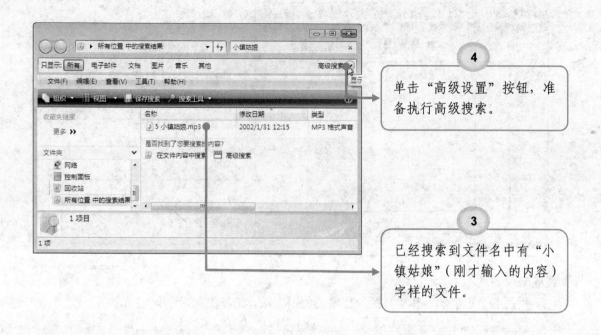

4 单击"高级设置"按钮，准备执行高级搜索。

3 已经搜索到文件名中有"小镇姑娘"（刚才输入的内容）字样的文件。

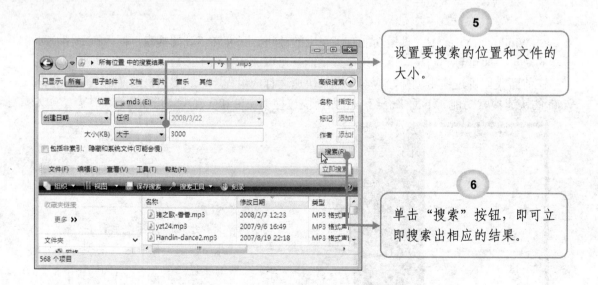

5 设置要搜索的位置和文件的大小。

6 单击"搜索"按钮，即可立即搜索出相应的结果。

在 Windows Vista 中有一个新增功能，那就是文件索引，通过文件索引功能可以快速地搜索到用户所需的文件。默认情况下，系统只对默认的文件夹进行了索引，如果没有对用户的文件夹进行索引，搜索结果就是"没有与搜索条件匹配的项"，所以只有单击"开始"菜单左下角的"搜索所有位置"按钮来进行搜索。以下是添加索引的操作方法。

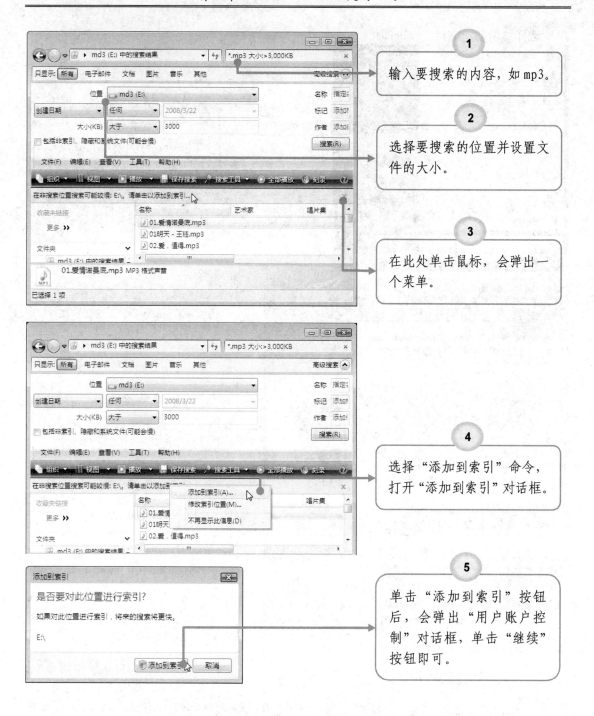

1　输入要搜索的内容，如 mp3。

2　选择要搜索的位置并设置文件的大小。

3　在此处单击鼠标，会弹出一个菜单。

4　选择"添加到索引"命令，打开"添加到索引"对话框。

5　单击"添加到索引"按钮后，会弹出"用户账户控制"对话框，单击"继续"按钮即可。

1.6　获取帮助

　　Windows提供了几种可以获得联机帮助的方法，联机帮助是用户请求时出现在自己窗口中的帮助。如果要使用Windows的帮助系统，请单击"开始"按钮，再从出现的"开始"菜

21

单中选择"帮助和支持"命令即可。

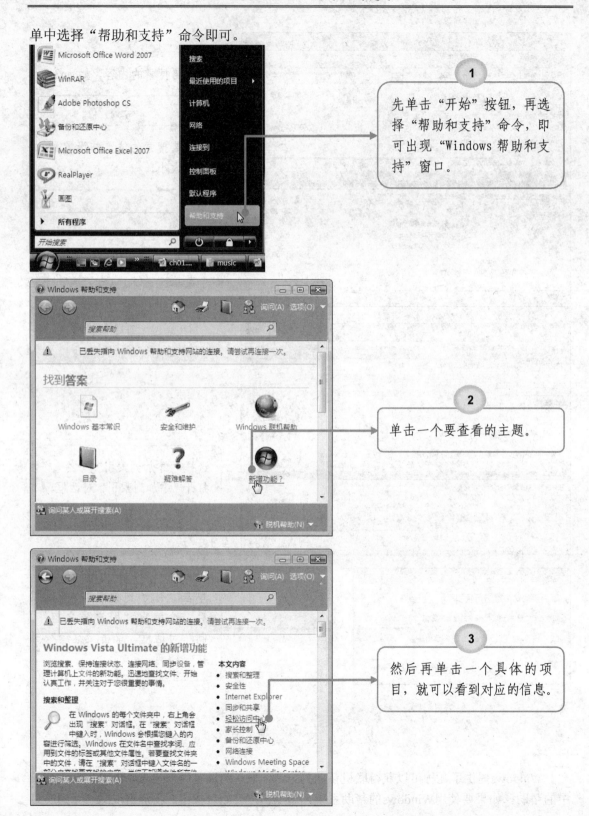

1

先单击"开始"按钮，再选择"帮助和支持"命令，即可出现"Windows 帮助和支持"窗口。

2

单击一个要查看的主题。

3

然后再单击一个具体的项目，就可以看到对应的信息。

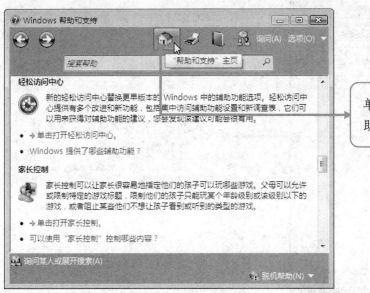

4 单击此按钮，就可以回到"帮助和支持"主页。

通过这两个按钮，可以在浏览过的内容之间前进和后退

5 输入要查找的内容，再单击"搜索帮助"按钮，就可以查找相关的信息。

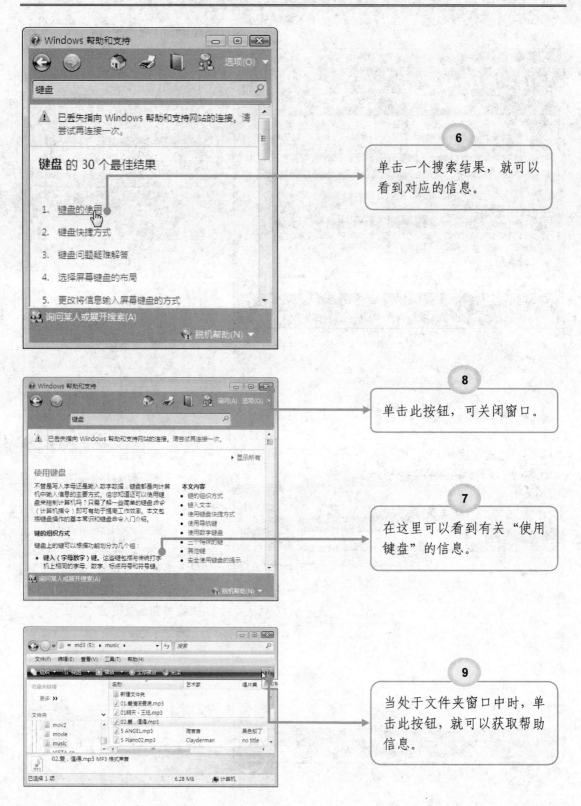

6 单击一个搜索结果，就可以看到对应的信息。

8 单击此按钮，可关闭窗口。

7 在这里可以看到有关"使用键盘"的信息。

9 当处于文件夹窗口中时，单击此按钮，就可以获取帮助信息。

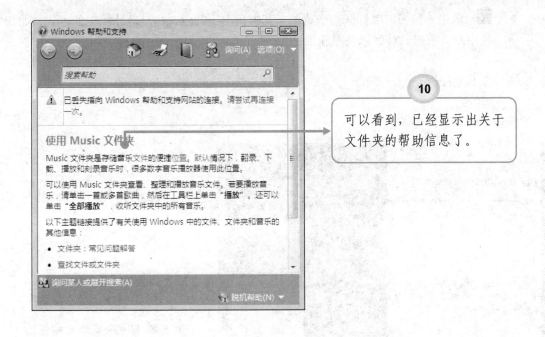

10

可以看到，已经显示出关于文件夹的帮助信息了。

1.7　计算机的状态操作

在 Windows Vista "开始"菜单中的右下角有三个按钮，分别是"睡眠（默认情况下）"、"锁定"、"功能菜单"，如下图所示。

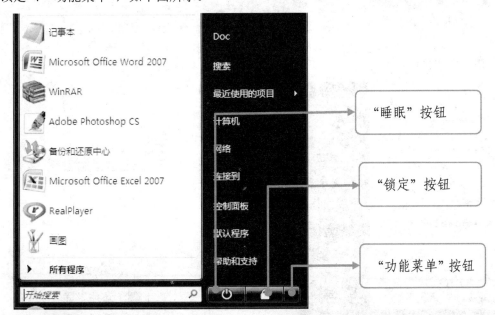

"睡眠"按钮

"锁定"按钮

"功能菜单"按钮

- ：单击该按钮可以将计算机转入睡眠状态，使计算机处于节能状态。
- ：单击该按钮可以锁定计算机，并切换到用户登录界面。

- ■：单击该按钮可以打开一个菜单，其中列出了其他一些启动计算机的方式，如切换用户、关机、休眠以及重新启动等。

1.7.1 关闭Windows Vista

操作步骤如下：

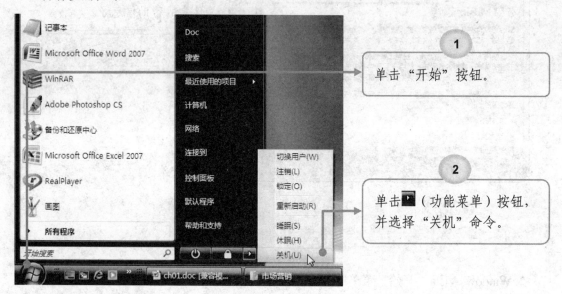

1 单击"开始"按钮。

2 单击 ■（功能菜单）按钮，并选择"关机"命令。

1.7.2 重新启动Windows Vista

操作步骤如下：

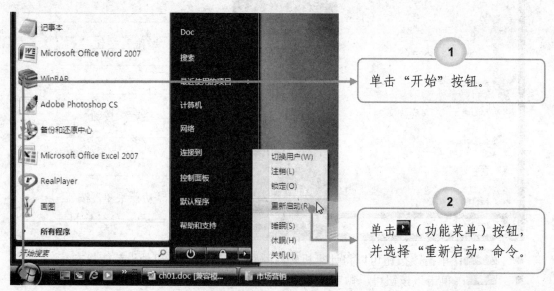

1 单击"开始"按钮。

2 单击 ■（功能菜单）按钮，并选择"重新启动"命令。

1.7.3　使计算机休眠

　　休眠是一种节能状态，此状态可将打开的文档和程序保存到硬盘上，然后关闭计算机。当用户再次使用计算机时，它可在几秒钟之内从休眠状态中苏醒过来，然后还原所有已打开的程序和文档。Windows 使用的所有节能状态中，休眠状态用电量最少。

　　操作步骤如下：

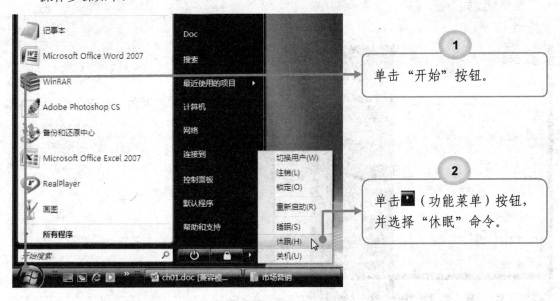

1 单击"开始"按钮。

2 单击 ■（功能菜单）按钮，并选择"休眠"命令。

1.7.4　让计算机睡眠

　　睡眠也是一种节能状态。此状态可保存所有打开的文档和程序，当用户希望再次开始工作时，可使计算机快速恢复全功率工作（通常在几秒钟之内）。操作步骤如下：

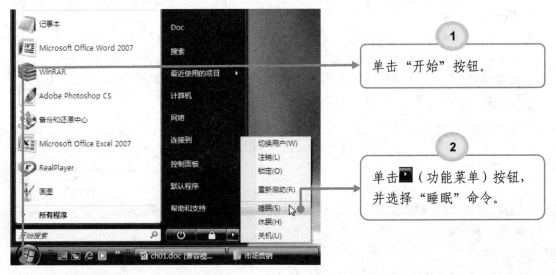

1 单击"开始"按钮。

2 单击 ■（功能菜单）按钮，并选择"睡眠"命令。

27

1.7.5 注销当前用户

使用"注销"命令可以注销当前正在使用的用户，再启动其他的用户（也可以再次启动当前用户）。从 Windows 注销后，正在使用的所有程序都将被关闭，但计算机不会被关闭。

操作步骤如下：

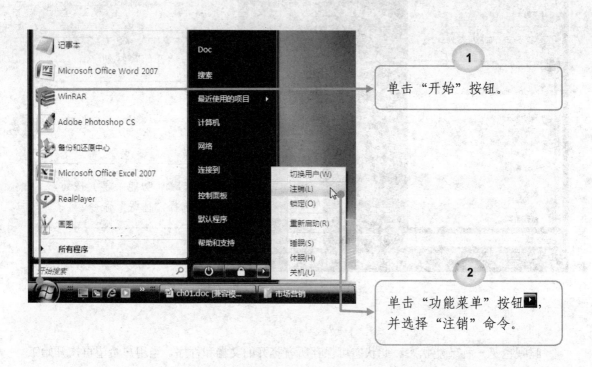

1 单击"开始"按钮。

2 单击"功能菜单"按钮■，并选择"注销"命令。

> **提示**
>
> - 如果当前有正在运行的程序，或者正在编辑的文档，在执行"注销"命令后，将弹出提示"是否保存"的对话框，随后弹出提示信息："下列程序仍然在运行，此程序正在阻让您注销，要关闭这些程序并注销计算机，请单击'立即注销'按钮，您可能丢失尚未保存的工作"。

1.7.6 切换用户

切换用户是一种无需首先关闭程序和文件就可更改计算机用户的方法。

操作步骤如下：

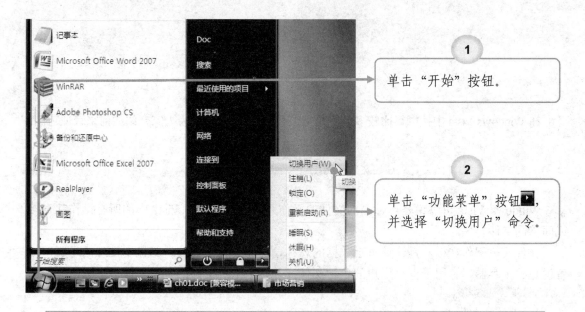

单击"开始"按钮。

单击"功能菜单"按钮，并选择"切换用户"命令。

> **提示**
>
> 由于 Windows 不会自动保存打开的文件，因此应确保在切换用户之前保存所有打开的文件。如果未保存，当您切换到其他用户并且该用户关闭计算机时，则对您账户上打开文件所做的所有未保存的更改都将会被丢失。

1.7.7 锁定当前用户

使用"锁定"功能，可以使当前用户不被他人使用，只有在用户添加了密码后，锁定功能才有它的实际意义。操作步骤如下：

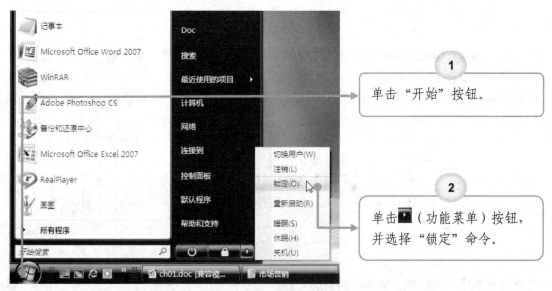

单击"开始"按钮。

单击 ▶ （功能菜单）按钮，并选择"锁定"命令。

第2章　管理文件和文件夹

在 Windows Vista 中接触得比较多的就是文件和文件夹，本章就为大家介绍如何来管理它们。

2.1　文件和文件夹概述

Windows Vista 可以说是一种面向文件的操作系统，Windows Vista 中的所有操作都直接或间接同文件有关。

文件又被称作文档，是计算机上数据的总称。文件夹就是存放计算机中文件的场所，或者说是一个容器，它用于保存用户的各种文件，并显示用户文件的各种属性。

2.1.1　认识文件名与扩展名

文件名是文件的标识，它是一个称谓，由字母、数字、下划线和圆点组成的字符串构成。而一个文件完整的文件名通常由主文件名和扩展名组成，如 work-01.doc。其中"work-01"是主文件名，而".doc"是扩展名，表示该文件的类型是 Word 文件。在给文件命名时，应该选择方便我们记忆的文件名，或是选择能提示文件内容的文件名。

扩展名只是帮助识别文件性质的标志。和文件名一样，扩展名可以使用任意的名称，可以修改。但不要随便更改系统文件的扩展名（如扩展名为".EXE"、".COM"、".BAT"、".SYS"的文件）。

2.1.2　文件夹与文件的关系

文件是数据在磁盘上的组织形式，不管是文字、声音还是图像，最终都将以文件形式存储在计算机的磁盘上。

用户可以使用文件夹把文件分成不同的级。在文件夹中，用户不但可以存放文件，还可以存放其他的文件夹，如此可形成一个文件夹树。文件夹中所包含的其他文件夹称为子文件夹。

文件夹也称目录。由一个根目录和若干层子目录组成的目录结构就称为树形目录结构，它像一棵倒置的树。树根是根文件夹，根文件夹下允许建立多个子文件夹，子文件夹上还可以建立下一级的子文件夹。每个文件夹中允许同时存在若干个子文件夹和若干文件，不同文件夹中允许存在相同文件名的文件，任何一个文件夹的上一级文件夹称为父文件夹。

2.1.3　电脑中的文件类型

在计算机中一般包括下面几种类型的文件。

◇ 程序文件：程序文件就是编程人员编制出的可执行文件。在 DOS 环境下，程序文件的扩展名为 ".EXE" 或是 ".COM"。

◇ 支持文件：支持文件是程序文件所需的辅助性文件，但用户不能执行或启动这些文件。通常，普通的支持文件具有 ".OVL"、".SYS" 和 ".DLL" 等文件扩展名。

◇ 文本文件：文本文件是由一些字处理软件生成的文件，其内部包含的是可阅读的文本。例如，以 ".DOC" 和 ".TXT" 等为扩展名的文件。

◇ 图像文件：图像文件由图像处理程序生成，其内部包含可视的信息或图片信息。例如，以 ".BMP"、".TIF" 和 ".JPG" 等为扩展名的文件。

◇ 多媒体文件：多媒体文件中包含数字形式的音频和视频信息，例如，以 ".MID"、".GIF" 和 ".MPEG" 等为扩展名的文件。

◇ 字体文件：在 Windows Vista 中，字体文件存储在 Fonts 文件夹中。

2.2　浏览计算机中的文件资源

下面带大家一起快速浏览一下计算机中的文件资源。

2.2.1　查看各个驱动器下的文件

驱动器就是我们所说的可移动存储设备、硬盘、硬盘分区以及光驱。系统文件或用户文件都存放在这些驱动器中。查看驱动器中文件的操作步骤如下。

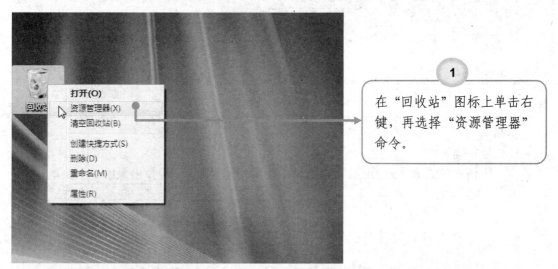

1

在 "回收站" 图标上单击右键，再选择 "资源管理器" 命令。

提示

默认情况下，桌面上只有一个图标——回收站。如果想在桌面上添加图标，请参见 6.2 节。

31

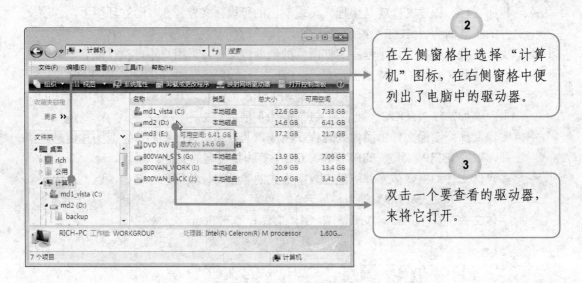

在左侧窗格中选择"计算机"图标，在右侧窗格中便列出了电脑中的驱动器。

双击一个要查看的驱动器，来将它打开。

打开选中的驱动器后，可以看到该驱动器下的所有文件夹和文件。如果要查看某个文件夹或文件，可以继续双击它。

小知识

什么是右键菜单？

所谓右键菜单，是指用鼠标右键单击要操作的对象后，所弹出来的一个菜单。

2.2.2　查看文件大小

有时候，我们需要了解文件或文件夹的大小，例如，发送电子邮件时，文件太大发送不了，就需要查看文件的大小，做出相应的处理后再发送。下面我们就来介绍查看文件或文件夹大小的方法。

1. 方法一

单击选择一个文件后，即可在"详细信息"窗格中看到文件的大小。也可以将鼠标指针移到所要查看的文件或文件夹上，过一会儿文件大小信息就会自动显示出来。

2. 方法二

1

在文件或文件夹上单击鼠标右键，再从弹出的右键菜单中选择"属性"命令。

2

在弹出的"属性"对话框中，可以查看文件或文件夹的大小。

3

单击"取消"按钮，关闭该对话框。

2.2.3　查看文件内容

查看文件内容有以下两种方法。

方法一：在打开的窗口中双击所要查看的文件，即可查看文件内容。

方法二：在所要查看的文件上单击鼠标右键，从弹出的右键菜单中选择"打开"命令来打开文件。

2.3　Windows Vista 资源管理器窗口

Windows Vista 资源管理器显示了用户计算机上的文件、文件夹和驱动器的分层结构。使用 Windows Vista 资源管理器，可以复制、移动、重新命名以及搜索文件和文件夹。例如，用户可以打开要复制或移动其中文件的文件夹，然后将该文件拖动到其他文件夹或驱动器。下面讲解打开 Windows Vista 资源管理器窗口的方法。

操作步骤如下：

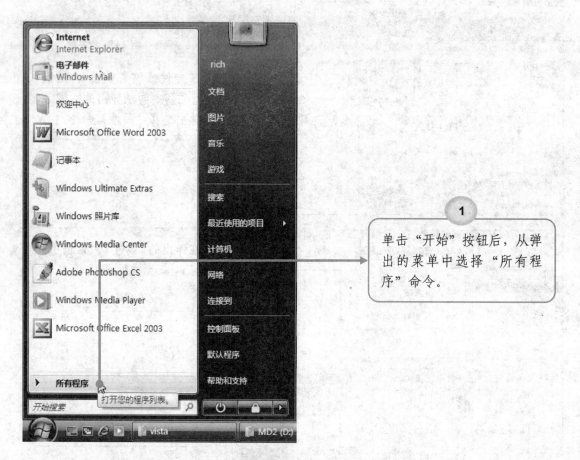

1

单击"开始"按钮后，从弹出的菜单中选择"所有程序"命令。

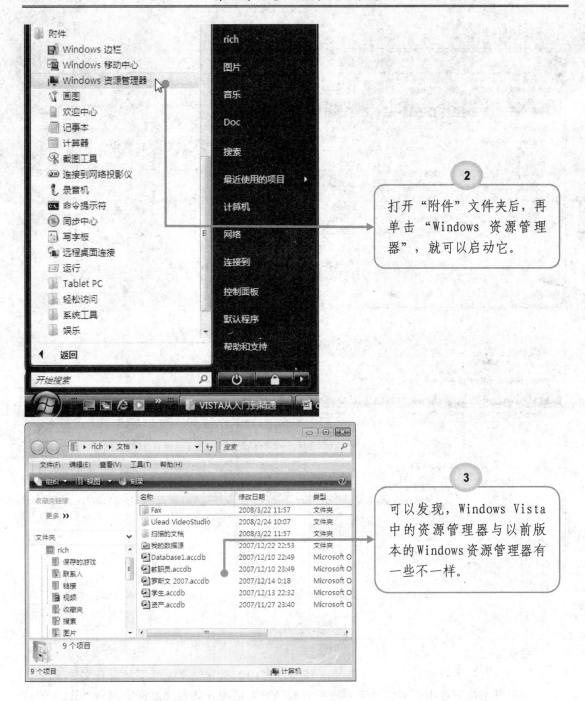

打开"附件"文件夹后，再单击"Windows 资源管理器"，就可以启动它。

可以发现，Windows Vista 中的资源管理器与以前版本的 Windows 资源管理器有一些不一样。

2.3.1 搜索栏

在 Windows Vista 资源管理器窗口的右上角有一个搜索栏，通过它可以快速地定位当前文件夹下我们所需要的文件或文件夹。

操作步骤如下：

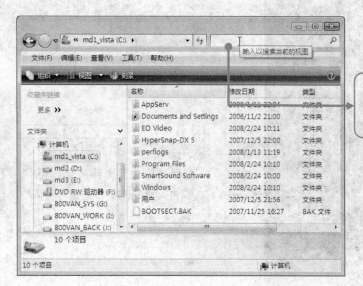

1

单击"搜索"输入框,将光标插入点定位到其中。

2

输入要搜索的内容,然后按 Enter 键,就可以查看搜索结果。

提示

在右窗格中显示的是当前文件夹或驱动器中的搜索结果,而不是所有文件夹或所有本地磁盘中的搜索结果。要搜索本地所有磁盘,请在地址栏中选择"计算机"(即以前版本中的"我的电脑")。删除"搜索"输入框中的字符即可关闭搜索结果界面,单击"搜索"输入框右侧的 ⊠ (关闭)按钮,可以快速地关闭搜索结果界面。

2.3.2　地址栏按钮

　　在以前版本 Windows 资源管理器的地址栏中，都是连续性地显示文件夹或文件所在的位置（即文件路径）。而在 Windows Vista 中，地址栏有了一些改变。默认情况下，它是以按钮的形式显示文件或文件夹的路径。当然，如果用户对文件夹路径比较熟悉的话，也可以在地址栏中手动输入文件夹路径。

　　操作步骤如下：

2 单击"计算机"按钮右侧的三角按钮 ▶。

1 选择"计算机"下的一个驱动器。

3 选择一项，即可切换到其他驱动器中。

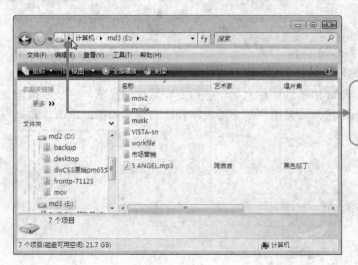

4 单击第一个按钮右侧的三角按钮▶。

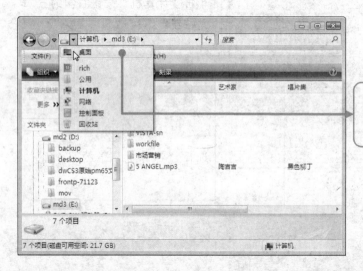

5 选择一项，即可切换到对应的位置。

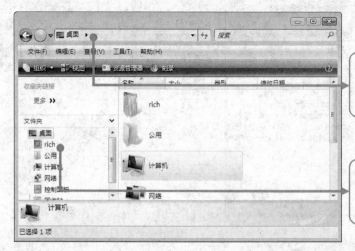

6 看，已经切换到"桌面"文件夹中。

7 当然，也可以通过单击或双击左窗格内的项目来切换位置。

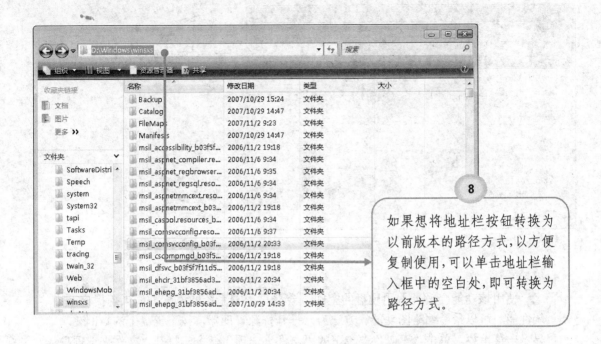

8

如果想将地址栏按钮转换为以前版本的路径方式,以方便复制使用,可以单击地址栏输入框中的空白处,即可转换为路径方式。

2.3.3 动态缩略图

在以前版本的 Windows 资源管理器窗口中查看文件时,可选择"列表"、"平铺"、"详细信息"等不同的视图来查看文件。在 Windows Vista 中,除了这些视图外,还增加了"特大图标"、"大图标"、"中等图标",并且可以让图标在不同大小的缩略图之间进行平滑的缩放。

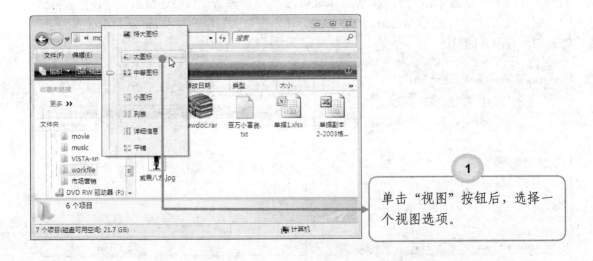

1

单击"视图"按钮后,选择一个视图选项。

2 看，已经变成"大图标"视图。

提示

使用该功能会额外占用硬盘的空间，会严重影响系统的速度。如果想提升系统性能，可以禁用缩略图功能。方法为：打开资源管理器，按下键盘上的 Alt 键，显示出菜单栏。单击"工具"菜单下的"文件夹选项"命令，打开"文件夹选项"对话框。在"查看"选项卡中勾选"始终显示图标，从不显示缩略图"复选框，然后单击"确定"按钮即可。

2.3.4 面板和窗格

与以前版本的 Windows 资源管理器窗口相比，Windows Vista 资源管理器窗口有了很大的变化，除了"导航窗格"外，在 Windows Vista 资源管理器窗口中还增加了"预览窗格"、"详细信息面板"。下面是 Windows XP 资源管理器窗口（左图）与 Windows Vista 资源管理器窗口（右图）的对比。

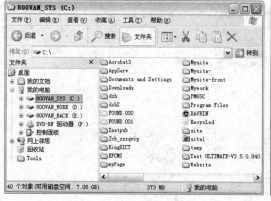 

◆ 导航窗格：位于 Windows Vista 资源管理器窗口的左侧，其中列出了本地磁盘中所有可供选择的对象，单击选择其中的对象，即可在文件预览区中看到选中对象内所包含的文件或文件夹。

◆ 预览窗格：位于 Windows Vista 资源管理器窗口的右侧，当选中的对象为视频文件、图片文件和文本文件时，在预览窗格中显示其内容。默认情况下，预览窗格是隐藏起来的，要打开预览窗格，可单击"组织"按钮，从弹出的下拉菜单中选择"布局"，再从下级菜单中选择"预览窗格"。

◆ 详细信息面板：位于 Windows Vista 资源管理器窗口的下方，其中显示了选择对象的属性，包括创建对象的日期、时间、文件大小等。选择不同的对象，详细信息面板中显示的属性可能不同。

> **提示**
>
> 　　对于习惯使用菜单操作的读者，也可以将隐藏的菜单栏显示出来。方法为：单击"组织"按钮，从弹出的下拉菜单中选择"布局"，再从下级菜单中选择"菜单栏"即可。如果是临时使用菜单，可以按键盘上的 Alt 键，菜单栏会显示出来，使用完后又会自动隐藏。

2.3.5　通过资源管理器进入网页

在 Windows 中，除了可以通过 Internet Explorer 浏览器打开网页外，还可以在有地址栏的地方直接输入网址进入网页。例如，可以在"运行"对话框、"计算机"窗口的地址栏、"开始搜索"框以及资源管理器的地址栏中直接输入网址进入网页。以下介绍通过资源管理器进入网页的操作方法。

1

单击地址栏的空白处，然后按 Del 键删除选中的内容。

输入要进入网站的网址，如 http://www.163.com 。 按 Enter 键后，便能打开相应的网站(如果能正常连上因特网的话)。

2.4　使用"资源管理器"管理文件

很多用户喜欢使用资源管理器的双窗格方式管理文件夹和文件，左窗格中显示系统中磁盘驱动器和文件夹名，右窗格显示活动文件夹中包含的子文件夹或文件。

2.4.1　改变显示环境

为了便于对文件进行诸如复制、移动或删除等操作，用户可以根据自己的需要和爱好调整资源管理器的显示环境。例如改变左右窗格的大小、显示或隐藏工具栏等。

1. 调整窗格尺寸

如果要调整窗格的尺寸，可以将鼠标指针移到资源管理器窗口中间的分隔条上，当鼠标指针变成水平双向箭头时，按住鼠标左键拖动分隔条，即可改变左、右窗格的大小(见下图)。

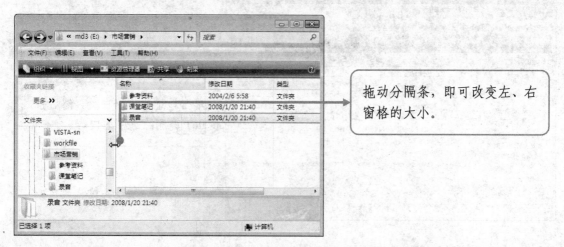

拖动分隔条，即可改变左、右窗格的大小。

2．显示或隐藏状态栏

资源管理器窗口中的状态栏按开关方式工作。如果没有显示状态栏，可以单击"查看"菜单中的"状态栏"命令显示状态栏，此时该命令左侧出现"✓"标记。如果已经显示状态栏，单击"查看"菜单中的"状态栏"命令即可隐藏状态栏，此时该命令左侧的"✓"标记消失。

由于状态栏中可以显示许多有用的信息，并且占用的空间不太大，因此最好显示状态栏。

3．改变对象的显示方式

在资源管理器的"查看"菜单中，提供了 7 种改变对象显示方式的命令。

* 　　超大图标：以超大图标方式显示文件和文件夹对象。
* 　　大图标：以大图标方式显示文件和文件夹对象。
* 　　中等图标：以中等图标方式显示文件和文件夹对象。
* 　　小图标：以小图标方式显示文件和文件夹对象。
* 　　列表：以列表方式显示文件和文件夹对象。
* 　　详细信息：显示文件和文件夹对象的详细信息。
* 　　平铺：以平铺方式显示文件和文件夹对象。

4．对象图标的排列

将资源管理器中的文件按照一定的规则排列，有助于用户很快地从杂乱无章的文件中找到所需的文件。Windows Vista提供了多种排列文件的方式，如名称、类型、大小和日期等。单击"查看"菜单中的"排序方式"命令，出现下图所示的级联菜单。

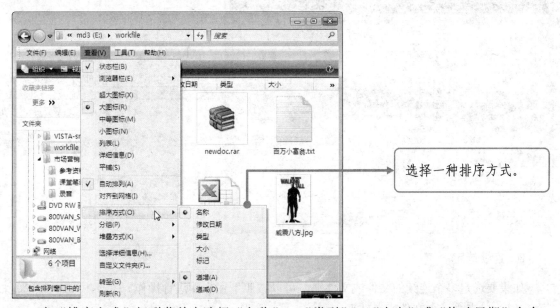

选择一种排序方式。

在"排序方式"级联菜单中选择"名称"、"类型"、"大小"或"修改日期"命令，则可以将当前文件夹中的对象按名称中的字母顺序、按对象类型、按文件的字节多少或者按文件的修改日期进行排序。

如果希望在改变窗口的大小后，自动重新排列图标，请单击"查看"→"自动排列"命令。

5．刷新显示

对文件夹树的结构和文件夹中的文件经过多次变动后，右窗格中显示的内容可能不是按照最初设想的那样排序了，文件大小也可能发生变化。例如，按名称排序时，有些文件应该显示在前面，但是因为它创建得比较晚，因而显示在后面。为了便于查找文件，可以单击"查看"菜单中的"刷新"命令（或按F5键），此时，右窗格中显示的内容将按指定的顺序重新排序。

2.4.2 选定文件或文件夹

对文件或文件夹进行移动、复制或删除等操作前，必须先选定它们，使文件或文件夹反白显示（即高亮显示）。

1．单个选定

如果要选定一个文件或文件夹，只需在资源管理器窗口中单击要选定的对象，被选定的文件或文件夹的图标将变为高亮显示（见下图）。

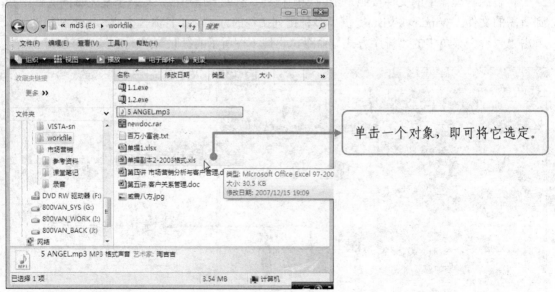

2．连续选定

如果要选定多个连续的文件或文件夹，可以按照下述步骤进行操作。

（1）单击第一个文件或文件夹。

（2）按住Shift键，再单击最后一个文件或文件夹，则两次单击之间的文件或文件夹将被选定，如下图所示。

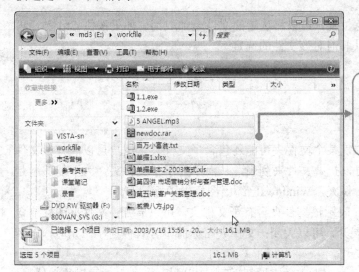

单击第一个对象，再按住 Shift 键，然后单击最后一个对象。

3．不连续选定

如果要选定的多个文件或文件夹并不相邻，可以按照下述步骤进行操作。

（1）单击第一个文件或文件夹。

（2）按住 Ctrl 键，再单击要选定的每个文件或文件夹，如下图所示。

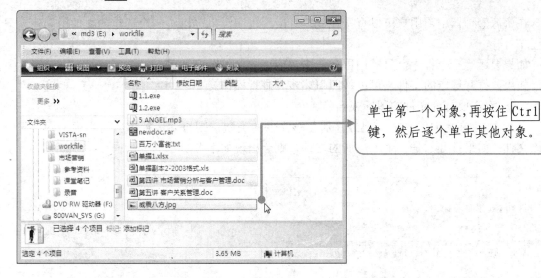

单击第一个对象，再按住 Ctrl 键，然后逐个单击其他对象。

> **提示**
>
> 在资源管理器窗口中直接执行"编辑"菜单中的"全部选定"命令，即可选定当前窗格中的所有文件和文件夹。

4．取消选定

在资源管理器窗口中单击任意位置，可以将选定的文件全部取消。如果按住 $\boxed{\text{Ctrl}}$ 键，再单击已经被选定的某个文件，可以取消对该文件的选定。

2.4.3　展开和折叠文件夹

在资源管理器窗口的左窗格中，某个文件夹可能还包含子文件夹。用户可以展开该文件夹列表，从而显示子文件夹；也可以折叠文件夹列表，从而不显示子文件夹。为了能够清楚地知道某个文件夹下是否含有子文件夹，Windows已经用图标做了标记。

文件夹图标前含有"▷ 🗎"时，表示该文件夹含有子文件夹，可以展开；文件夹图标前含有"◢ 🗎"时，表示该文件夹已被展开，可以关闭；文件夹图标前不含有任何小三角时，表示该文件夹中没有子文件夹，无法展开。

若要展开含有"▷ 🗎"的文件夹，双击文件夹图标即可；若要折叠含有"◢ 🗎"的文件夹，也可双击其图标。

2.4.4　打开文件

在资源管理器中，用户可以直接在此运行应用程序，也可以将一个选定的文件用创建它的程序打开。

如果要运行一个程序，只需用鼠标双击该应用程序的图标即可。

如果要打开选定的文件，可以按照下述步骤进行操作。

（1）双击要打开文件的图标或名称。

（2）如果在资源管理器中已经注册了该文件的类型，则自动运行该应用程序，同时打开该文件。如果打开的是一个未注册的文件，则会出现如下图所示的提示框。

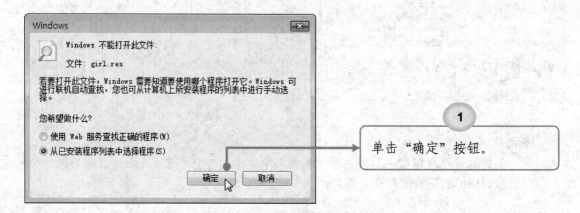

单击"确定"按钮。

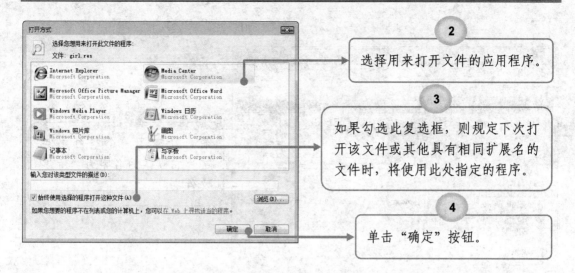

2　选择用来打开文件的应用程序。

3　如果勾选此复选框，则规定下次打开该文件或其他具有相同扩展名的文件时，将使用此处指定的程序。

4　单击"确定"按钮。

2.5　创建文件夹

在资源管理器窗口中已经看到许多文件夹，这些文件夹可能是在安装Windows Vista时创建的，也可能是在安装应用程序时创建的。用户还可以根据需要创建文件夹，以便把不同类型或用途的文件分别放在不同的文件夹中，使自己的文件系统更有条理。

在Windows Vista中创建文件夹的方法有很多，既可以利用资源管理器创建文件夹，也可以在对话框中创建文件夹。

2.5.1　在资源管理器窗口中创建文件夹

如果想利用资源管理器窗口创建文件夹，可以按照下述步骤进行操作。

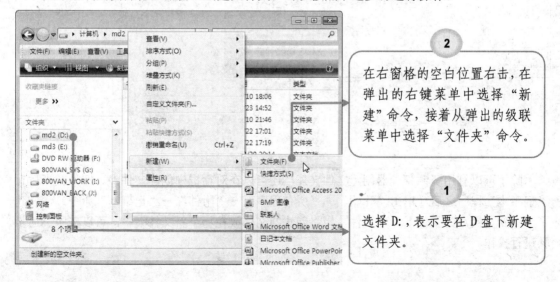

2　在右窗格的空白位置右击，在弹出的右键菜单中选择"新建"命令，接着从弹出的级联菜单中选择"文件夹"命令。

1　选择 D:，表示要在 D 盘下新建文件夹。

3 看，新建了一个空白文件夹，它默认的名字为"新建文件夹"。

4 输入新的文件夹名，然后按 Enter 键确认。

2.5.2 在对话框中创建文件夹

除了可以利用资源管理器创建文件夹外，还可以在对话框中创建文件夹。例如，当运行"记事本"程序之后（单击"开始"→"所有程序"→"附件"→"记事本"命令），创建了一个新文档，为了便于管理文件，想将创建的文档放在一个新文件夹中，可以按照下述步骤进行操作。

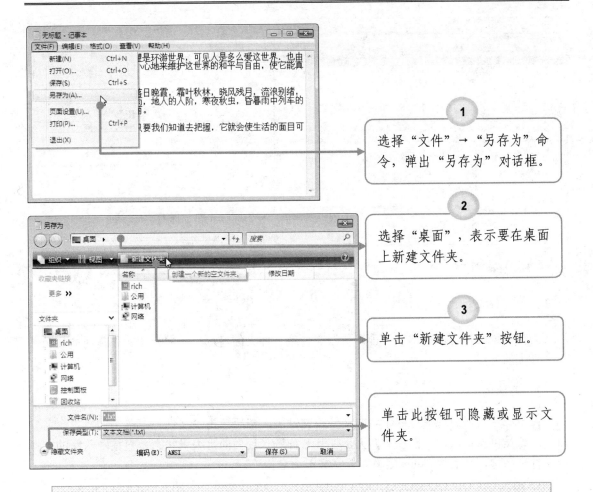

1　选择"文件"→"另存为"命令，弹出"另存为"对话框。

2　选择"桌面"，表示要在桌面上新建文件夹。

3　单击"新建文件夹"按钮。

单击此按钮可隐藏或显示文件夹。

提示

　　拖动对话框的边框或角框，可以改变对话框的大小，这是 Windows Vista 中改进的地方之一。

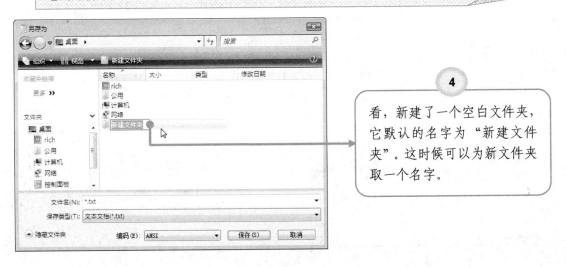

4　看，新建了一个空白文件夹，它默认的名字为"新建文件夹"。这时候可以为新文件夹取一个名字。

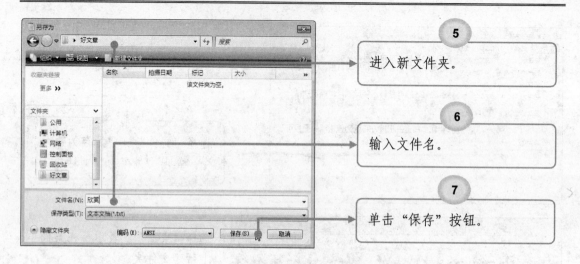

进入新文件夹。

输入文件名。

单击"保存"按钮。

2.6 重命名文件或文件夹

为方便记忆，可以根据自身喜好更改文件或文件夹的名称。下面介绍两种重新命名文件或文件夹的方法。

1. 方法一

在资源管理器中选择待重命名的文件或文件夹，然后单击"文件"菜单中的"重命名"命令，或是再次单击该文件或文件夹，使其名称进入反白的可编辑状态，直接键入新的文件或文件夹名称，然后按 Enter 键，即可完成重命名操作。

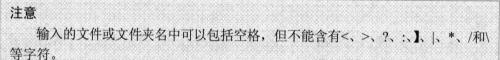

注意

输入的文件或文件夹名中可以包括空格，但不能含有<、>、?、:、}、|、*、/和\等字符。

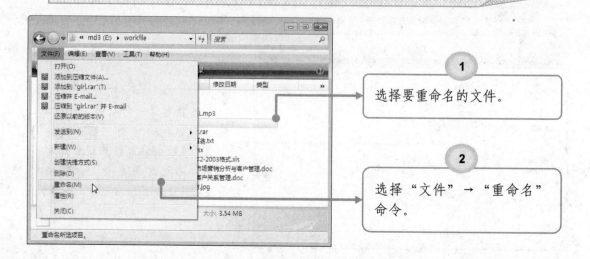

选择要重命名的文件。

选择"文件"→"重命名"命令。

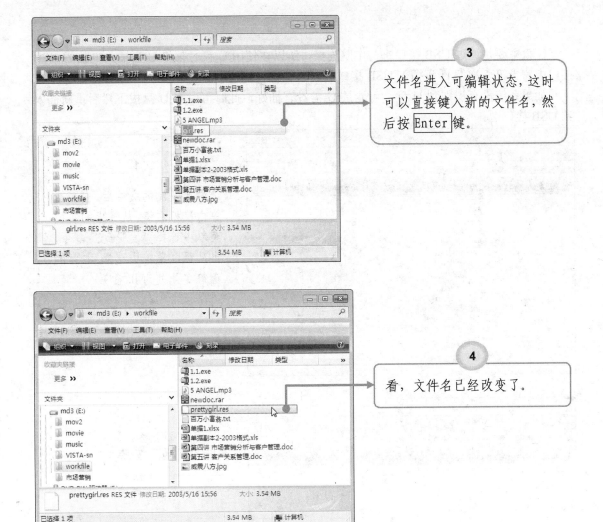

2．方法二

　　用鼠标右击桌面或资源管理器中待重命名的文件或文件夹，在弹出的快捷菜单中选择"重命名"命令，可使文件或文件夹的名称进入反白的可编辑状态，这时可以直接键入新的文件或文件夹名称，然后按 Enter 键，亦可完成重命名操作。

2.7　移动或复制文件

　　移动或复制文件是经常使用的文件操作。移动文件是指文件从原位置上消失，而出现在新位置处；复制文件是指原位置的文件仍然保留，而在新位置创建文件的备份。

2.7.1 从硬盘向U盘复制文件

U盘主要是通过 USB 接口来与电脑连接，所以在使用 U 盘时都将 U 盘插入电脑的 USB 接口中。当第一次把 U 盘插入 USB 接口后，系统将自动检测到新硬件设备。

如果系统没有识别到 U 盘，可能是 U 盘没有插好，此时可以将 U 盘拔下然后重新插入到 USB 接口中。

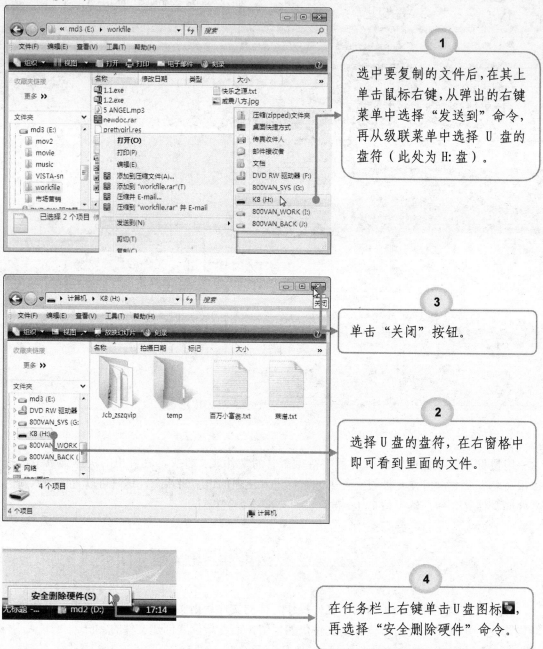

1 选中要复制的文件后，在其上单击鼠标右键，从弹出的右键菜单中选择"发送到"命令，再从级联菜单中选择 U 盘的盘符（此处为 H: 盘）。

3 单击"关闭"按钮。

2 选择 U 盘的盘符，在右窗格中即可看到里面的文件。

4 在任务栏上右键单击U盘图标，再选择"安全删除硬件"命令。

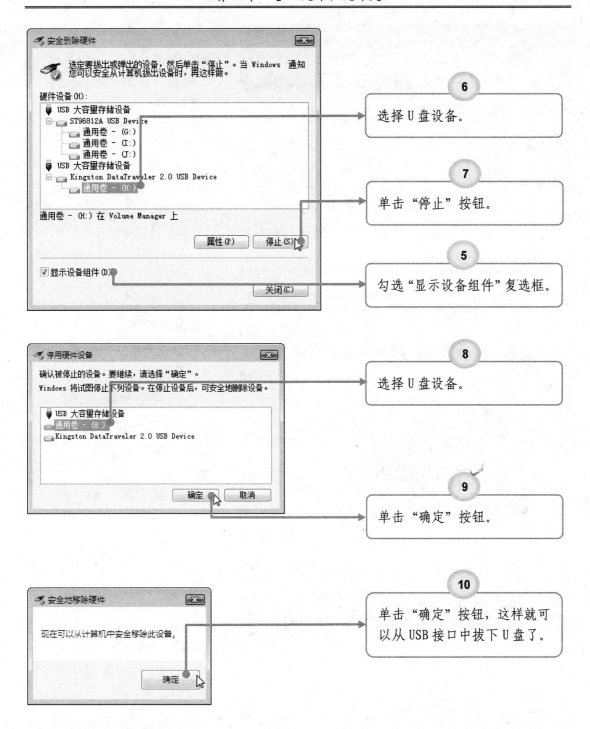

选择 U 盘设备。

⑥

单击"停止"按钮。

⑦

勾选"显示设备组件"复选框。

⑤

选择 U 盘设备。

⑧

单击"确定"按钮。

⑨

单击"确定"按钮，这样就可以从 USB 接口中拔下 U 盘了。

⑩

2.7.2　使用命令移动或复制文件

如果要使用命令移动或复制文件，可以按照下述步骤进行操作。

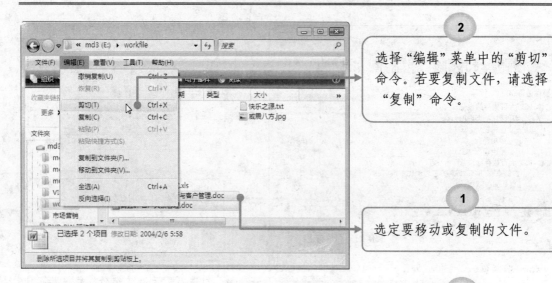

2 选择"编辑"菜单中的"剪切"命令。若要复制文件，请选择"复制"命令。

1 选定要移动或复制的文件。

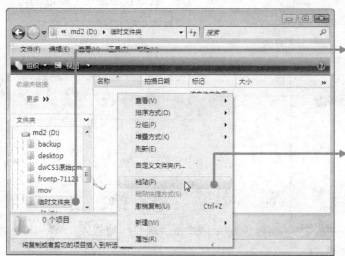

3 选择用来放置文件的目标文件夹。

4 在右窗格内单击鼠标右键并选择"粘贴"命令。

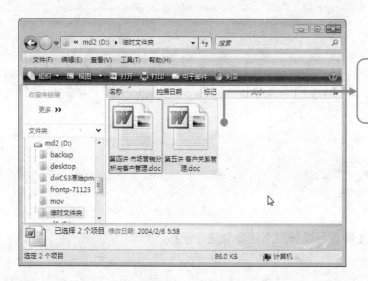

5 这样，所选的文件就会被移动（或复制）到目标文件夹中。

2.7.3　使用鼠标拖曳法移动或复制文件

1. 使用鼠标拖曳法移动文件

如果要在资源管理器窗口中使用鼠标拖曳法移动文件，可以按照下述步骤进行操作。

1
用鼠标将选定的对象拖曳到目标文件夹上，此时目标文件夹变成蓝色框。

2
松开鼠标后，若出现提示，表示有同名的文件。这时候可根据情况选择一项。

提示

在同一磁盘驱动器的各文件夹间按住鼠标拖动对象时，Windows Vista 默认为移动对象。在不同磁盘驱动器之间按住鼠标拖动对象（例如，将 C:盘中的文件拖到 D:盘）时，Windows Vista 默认为复制对象。为了在不同的磁盘驱动器之间移动对象，可以按住 Shift 键，再利用鼠标拖曳。

2．使用鼠标拖曳法复制文件

如果要在资源管理器窗口中使用鼠标拖曳法复制文件，可以按照下述步骤进行操作。

（1）选定要复制的文件或文件夹。

（2）按住 Ctrl 键，再用鼠标左键将选定的对象拖到目标文件夹中，此时目标文件夹变成蓝色框，拖动过程中鼠标指针下方出现一个标有"+"的小方框，如下图所示。

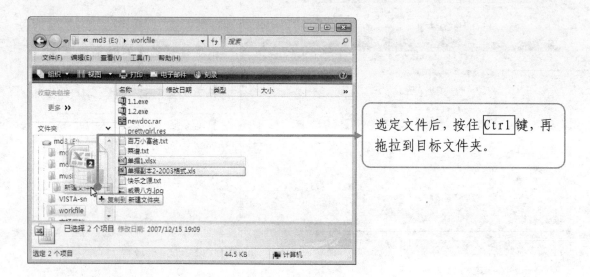

选定文件后，按住 Ctrl 键，再拖拉到目标文件夹。

（3）松开鼠标左键和 Ctrl 键，选定的文件将被复制到目标文件夹中。

2.8　删除文件夹或文件

工作过程中，需要定期删除一些没有用的文件和文件夹，这样可以释放占用的磁盘空间。不管是文件还是文件夹，删除它们的操作步骤都是一样的。只是在删除文件夹时，会连同里面的文件一并删除而已。

2.8.1　将文件夹或文件放入回收站

如果要删除文件夹或文件，可以按照下述步骤进行操作。

（1）在资源管理器中选择要删除的对象。

（2）单击"文件"菜单中的"删除"命令，将出现"删除文件"对话框（如果选定删除的对象是文件夹，则会出现"删除文件夹"对话框）。

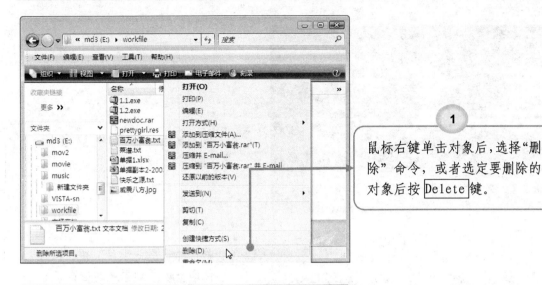

1
鼠标右键单击对象后,选择"删除"命令,或者选定要删除的对象后按 Delete 键。

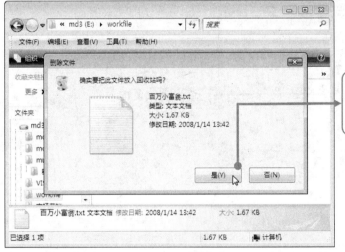

2
单击"是"按钮,即可将要删除的对象放入回收站。

提示

　　如果删除硬盘上的对象,那么删除时会被送入"回收站"文件夹中暂存起来。如果想直接删除硬盘上的对象而不放入"回收站",只需在选定对象后按 Shift+Delete 键。如果删除 U 盘上的对象,那么删除时不会放入"回收站"。

2.8.2　从"回收站"中恢复文件

　　当用户从硬盘上删除一个文件或文件夹时,Windows Vista会将已经删除的文件或文件夹放入"回收站"中,并没有真正从磁盘中删除。如果发现误删了某个文件,还可以从"回收站"中恢复被删除的文件。

　　如果要恢复被删除的对象,可以按照下述步骤进行操作。

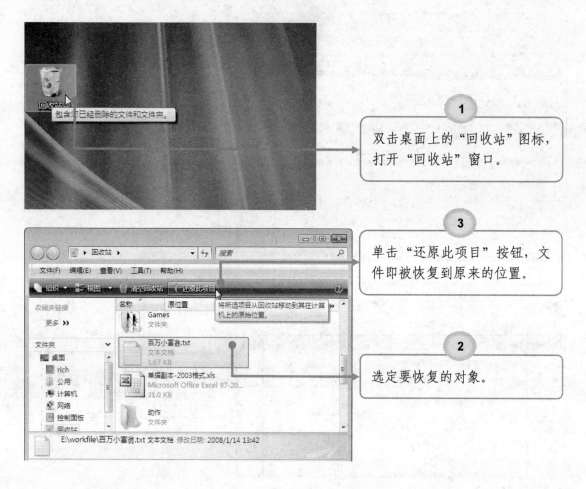

1 双击桌面上的"回收站"图标，打开"回收站"窗口。

3 单击"还原此项目"按钮，文件即被恢复到原来的位置。

2 选定要恢复的对象。

2.8.3 永久删除

如果确实认为放入"回收站"中的文件或文件夹没有保留价值，可以将其从计算机中永久删除。具体操作方法如下：

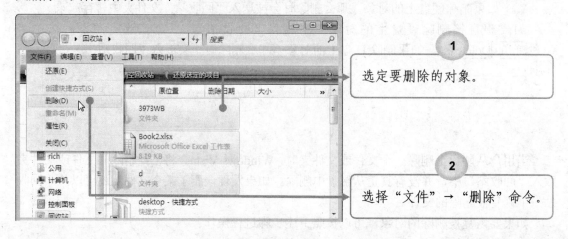

1 选定要删除的对象。

2 选择"文件"→"删除"命令。

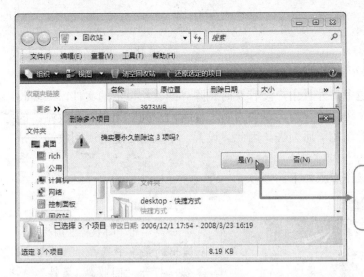

3

单击"是"按钮，即可永久删除刚才选定的对象。

4

如果希望永久删除"回收站"中的所有对象，可以单击"清空回收站"按钮。

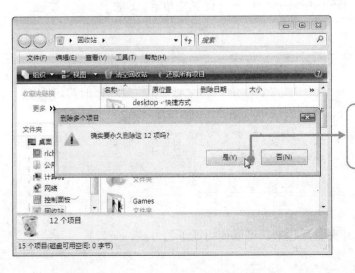

5

单击"是"按钮，"回收站"中的所有内容将全部被清除。

2.8.4 调整"回收站"的大小

"回收站"其实就是硬盘中的一块存储空间。

当"回收站"中的文件越来越多，并且用户没有及时删除"回收站"中的文件，"回收站"将可能被装满。此时，旧文件将会被移出，以便为新文件腾出空间。如果"回收站"的空间太小，其中的旧文件就有可能在几周后丢失。因此，设置一个大小合适的"回收站"是非常必要的。

调整"回收站"大小的具体操作步骤如下：

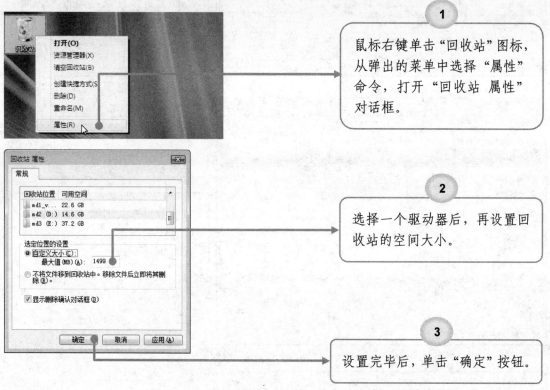

1 鼠标右键单击"回收站"图标，从弹出的菜单中选择"属性"命令，打开"回收站 属性"对话框。

2 选择一个驱动器后，再设置回收站的空间大小。

3 设置完毕后，单击"确定"按钮。

> **注意**
>
> 如果取消"回收站 属性"对话框中的"显示确认删除对话框"复选框的勾选，则删除文件或文件夹时，将不再出现任何提示对话框。

2.9　隐藏文件或文件夹

如果要将某个重要的文件或文件夹隐藏起来，可以使用如下的方法。

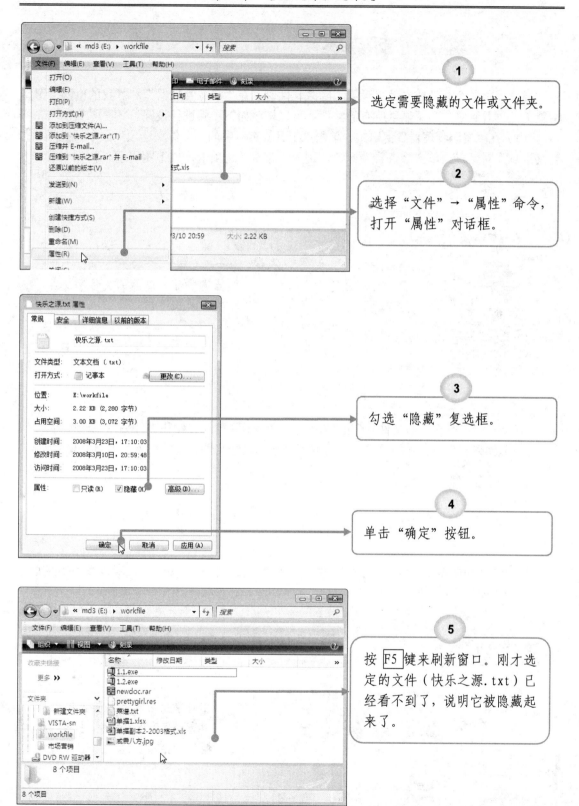

1　选定需要隐藏的文件或文件夹。

2　选择"文件"→"属性"命令，打开"属性"对话框。

3　勾选"隐藏"复选框。

4　单击"确定"按钮。

5　按 F5 键来刷新窗口。刚才选定的文件（快乐之源.txt）已经看不到了，说明它被隐藏起来了。

2.10　重新显示被隐藏的文件或文件夹

　　通常，将某个文件或文件夹设置为隐藏属性时，在"资源管理器"和"我的电脑"窗口中就无法再看到它。为了显示所有的文件，可以按照如下步骤进行设置。

　　（1）在"资源管理器"窗口中，单击"工具"菜单中的"文件夹选项"命令，打开"文件夹选项"对话框。单击"查看"标签，进入"查看"选项卡，如下图所示。

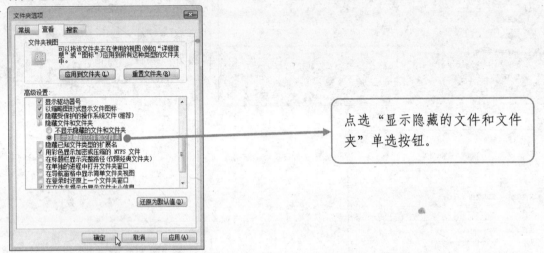

点选"显示隐藏的文件和文件夹"单选按钮。

　　（2）在"隐藏文件和文件夹"区域，点选"显示隐藏的文件和文件夹"单选按钮。

　　（3）如果要显示文件的扩展名，请取消"隐藏已知文件类型的扩展名"复选框的勾选。

　　（4）设置完毕后，单击"确定"按钮。

2.11　设置文件或文件夹属性

　　文件和文件夹都有它自己的属性，它显示了文件或文件夹的大小、位置以及文件或文件夹的创建日期等信息。操作步骤如下：

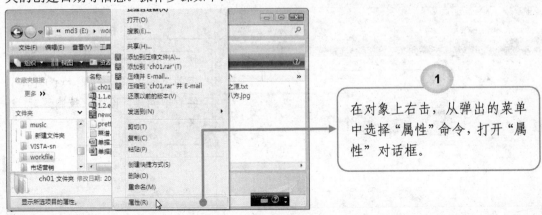

1

在对象上右击，从弹出的菜单中选择"属性"命令，打开"属性"对话框。

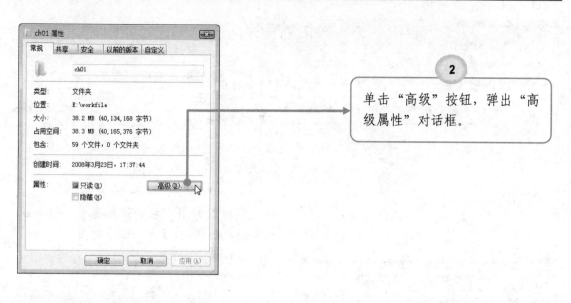

2 单击"高级"按钮，弹出"高级属性"对话框。

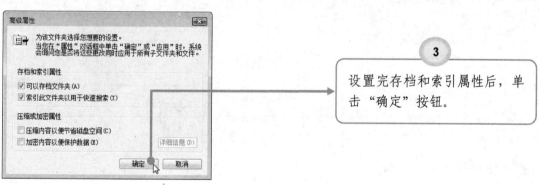

3 设置完存档和索引属性后，单击"确定"按钮。

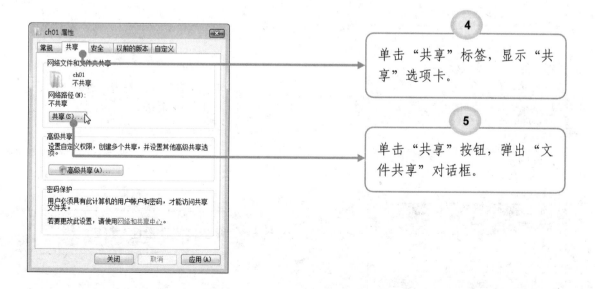

4 单击"共享"标签，显示"共享"选项卡。

5 单击"共享"按钮，弹出"文件共享"对话框。

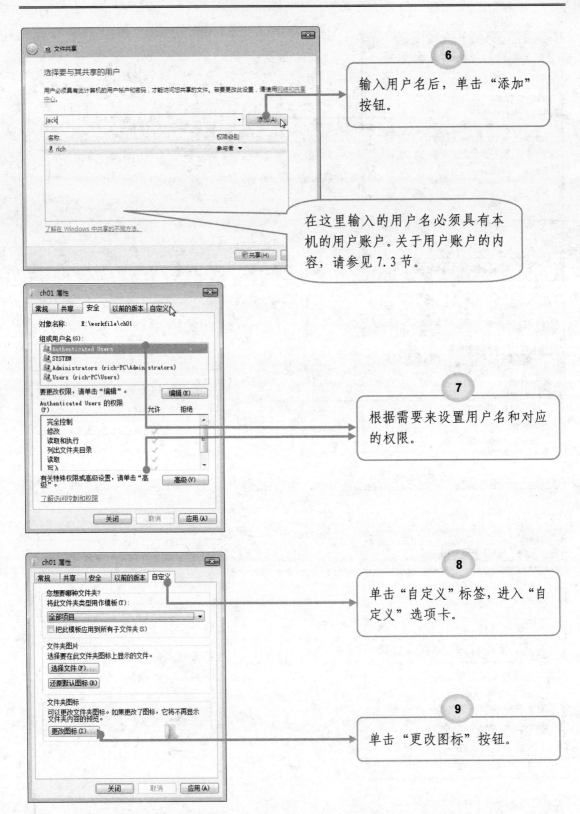

6

输入用户名后，单击"添加"按钮。

在这里输入的用户名必须具有本机的用户账户。关于用户账户的内容，请参见 7.3 节。

7

根据需要来设置用户名和对应的权限。

8

单击"自定义"标签，进入"自定义"选项卡。

9

单击"更改图标"按钮。

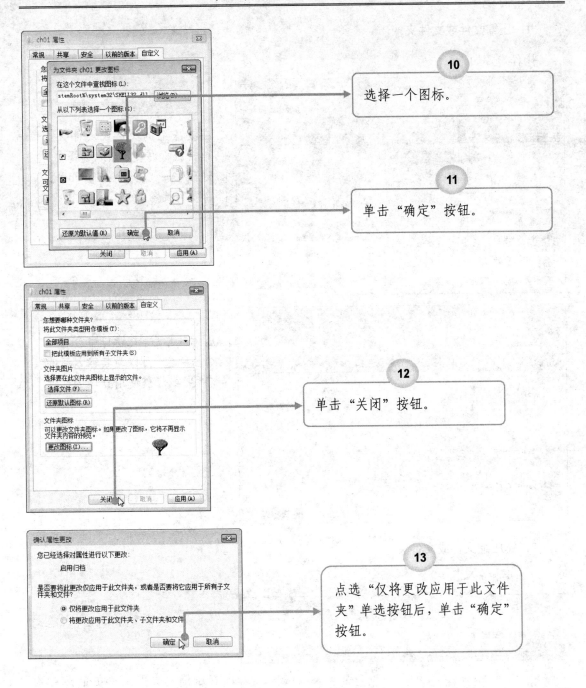

选择一个图标。

单击"确定"按钮。

单击"关闭"按钮。

点选"仅将更改应用于此文件夹"单选按钮后，单击"确定"按钮。

2.12　压缩和解压缩文件或文件夹

　　压缩文件及文件夹可以减少它的存储空间，同时压缩文件及文件夹也是一种备份的方法。在以前的 Windows 操作系统中，需要另外安装压缩软件才能压缩文件。在 Windows Vista 中，可以使用自带的压缩文件功能来创建".zip"格式的压缩包文件。

1. 压缩文件或文件夹

操作步骤如下：

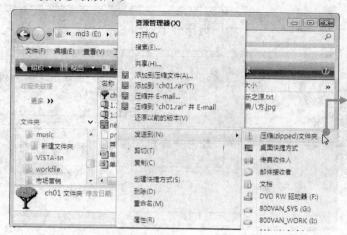

> **1** 在要压缩的文件或文件夹上单击鼠标右键，然后选择"发送到"→"压缩（zipped）文件夹"命令。

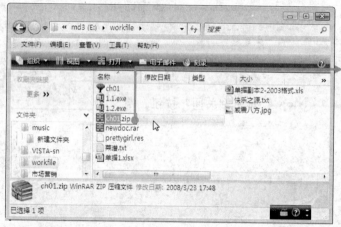

> **2** 压缩完毕后，在窗口中会有一个压缩包，可以为其输入新的名称，或者就使用默认的文件名称。

2. 解压缩文件或文件夹

操作步骤如下：

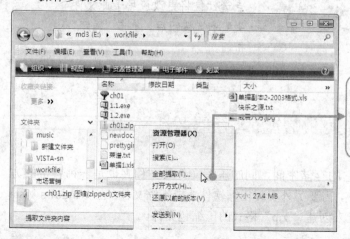

> **1** 在压缩包文件上单击鼠标右键，然后选择"全部提取"命令。

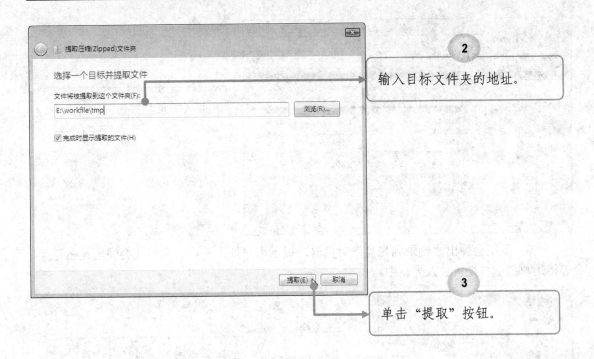

2

输入目标文件夹的地址。

3

单击"提取"按钮。

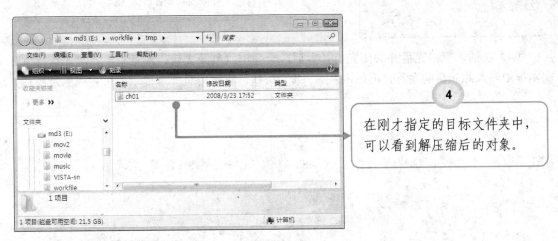

4

在刚才指定的目标文件夹中，可以看到解压缩后的对象。

2.13　刻录文件和文件夹

在 Windows Vista 中，刻录光盘的功能得到了加强，操作起来也更为方便。在执行刻录操作之前，请确保用户的计算机中已经安装了刻录机（即刻录光驱）。

操作步骤如下：

（1）将要刻录到光盘中的文件夹收集到一起，最好将它们放到同一个文件夹中。

（2）选择要刻录的文件或文件夹，然后单击"刻录"按钮。

单击"刻录"按钮。

（3）系统会弹出"刻录到光盘"对话框，提示用户插入光盘。同时还会弹出光驱托盘，等待用户把空白光盘放入光驱中。

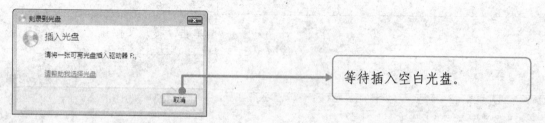

等待插入空白光盘。

（4）在插入空白光盘并关闭光驱托盘后，会弹出"刻录光盘"对话框。在"光盘标题"文本框中输入此光盘的名称，再单击"下一步"按钮，然后按照屏幕提示即可完成刻录操作。

第3章 "写字板"的使用

Windows Vista 提供的"写字板"是一款实用的文字处理程序，可以用来创建、编辑、查看和打印文本文档。借助"写字板"，用户可以撰写信笺、读书报告和其他简单文档，还可以更改文本的外观、快速前后移动句子和段落以及在文档内部和文档之间复制并粘贴文本。

用户除了利用它来创建和编排文档外，还可以通过链接与嵌入将声音、图片及其他文档等插入到文档中。

3.1 "写字板"入门

本节将简单介绍一下"写字板"，以便为学习后面的内容打一些基础。

3.1.1 启动"写字板"

"写字板"和其他Windows Vista的附属程序一样，存放在"附件"组中。启动"写字板"的方法很简单，单击"开始"→"所有程序"→"附件"→"写字板"命令即可。

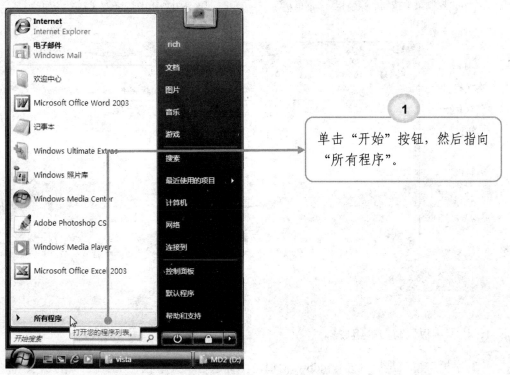

1

单击"开始"按钮，然后指向"所有程序"。

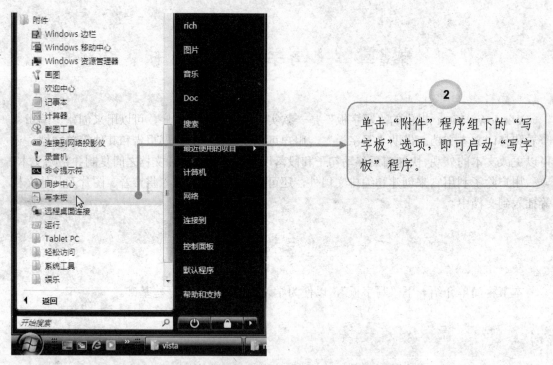

启动"写字板"程序后，会出现如下图所示的"写字板"窗口。

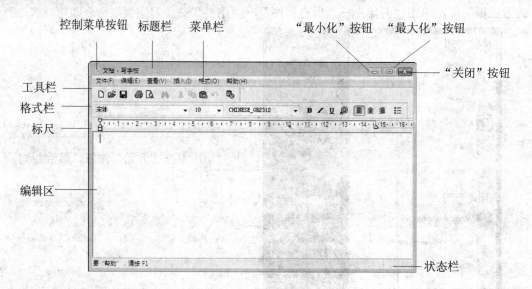

3.1.2 "写字板"窗口

1. "写字板"窗口的组成

"写字板"窗口是标准的Windows窗口，由标题栏、菜单栏、工具栏、格式栏、标尺、编辑区以及状态栏等部分组成。

（1）标题栏

位于写字板窗口的顶部。其中包含了控制菜单按钮、程序名称"文档－写字板"、"最小化"按钮、"最大化"按钮以及"关闭"按钮等。

（2）菜单栏

在应用程序标题栏的下面，其中包含了一组菜单项。利用鼠标单击菜单项可以得到一个下拉菜单。另外，也可以在按住 Alt 键的同时键入菜单项后括号内的字母打开某一下拉菜单。例如，按 Alt+F 键可以打开"文件"菜单，如下图所示。

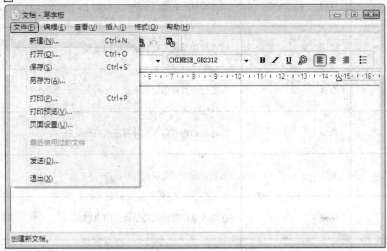

显示下拉菜单之后，可以使用鼠标单击相应的命令。如果选择的命令后面跟着省略号，例如"打开"、"另存为"等，则写字板将打开一个相应的对话框。

除了可以利用鼠标选择某个菜单命令外，也可以用键盘来选择菜单命令，按 Alt+F 键可打开"文件"下拉菜单，使用向上或向下的箭头键反白显示所要执行的命令后按 Enter 键，或者按该命令后面括号中的字母。例如，按下 Alt 键，然后按 F 键，再按字母 O，出现"打开"对话框。

写字板还为善于使用键盘的用户提供了一些快捷键。例如，在上图所示的下拉菜单中，有些命令之后出现 Ctrl+N、Ctrl+O、Ctrl+S 等快捷键，用户可以直接按这些快捷键选择对应的命令。例如，按 Ctrl+O 键将直接出现"打开"对话框，相当于单击"文件"菜单项，再单击"打开"命令这一过程。

（3）工具栏

由一些带图标的按钮组成，用户仅需单击相应的按钮即可完成任务。工具栏避免了使用菜单，给用户提供了更为快捷的操作方式。表3-1列出了工具栏中各按钮的功能说明。

表 3-1　工具栏中各按钮的功能

按　钮	名　称	功　能
☐	新建	新建一个写字板文档

续表

按 钮	名 称	功 能
	打开	打开已存在的文档
	保存	以当前的文件名、文件位置保存当前文档
	打印	以当前打印设置打印活动文档
	打印预览	进入打印预览方式显示打印的结果
	查找	在文档中查找指定的字符
	剪切	将选定的内容剪下来并存放到剪贴板中
	复制	将选定的内容复制到剪贴板中
	粘贴	在插入点位置插入剪贴板中的内容
	撤消	取消刚才进行的操作
	时间/日期	插入当前系统的时间和日期

（4）格式栏

由一些常用的格式化工具按钮组成。表3-2列出了格式栏中各按钮的功能说明。

表3-2 格式栏中各按钮的功能

按 钮	名 称	功 能
楷体	字体	改变选定文本的字体
14	字体大小	改变选定文本的字体大小
B	粗体	以切换方式将选定文字变为粗体
	倾斜	以切换方式将选定文字变为斜体

续表

按　钮	名　称	功　能
U	下划线	以切换方式为选定文字添加下划线
颜色	颜色	用颜色编排选定文字的格式
左对齐图标	左对齐	将选定的段落设为左对齐方式
居中图标	居中	将选定的段落设为居中对齐方式
右对齐图标	右对齐	将选定的段落设置右对齐方式
项目符号图标	项目符号	给选定的段落添加项目符号

提示

只要将鼠标指针指向某个按钮时，就会在按钮的下方显示一个小方框，其中显示出该按钮的名称，同时在状态栏中显示该按钮的功能说明。

（5）标尺

默认情况下，水平标尺位于"格式"工具栏的下方。标尺用于缩进段落、调整页边距以及设置制表位等。

（6）编辑区

在水平标尺下方的空白区域是编辑区。编辑区的左上角有一个不停闪烁的竖直线，称为插入点，用来指出下一个键入字符出现的位置。

（7）状态栏

位于窗口下方的是状态栏，用来显示当前所选菜单命令或工具按钮的功能说明。

2. 设置"写字板"窗口

在"写字板"窗口中，用户可以根据需要显示或隐藏工具栏、格式栏、标尺和状态栏。

❖　要显示或隐藏工具栏，请单击"查看"菜单中的"工具栏"命令。当"工具栏"命令前面出现"✓"标记时，表明工具栏已显示在窗口中。

❖　要显示或隐藏格式栏，请单击"查看"菜单中的"格式栏"命令。当"格式栏"命令前面出现"✓"标记时，表明格式栏已显示在窗口中。

❖　要显示或隐藏标尺，请单击"查看"菜单中的"标尺"命令。当"标尺"命令前面出现"✓"标记时，表明标尺已显示在窗口中。

❖　要显示或隐藏状态栏，请单击"查看"菜单中的"状态栏"命令。当"状态栏"命令前面出现"✓"标记时，表明状态栏已显示在窗口中。

3. 移动工具栏和格式栏

在"写字板"中，用户可以像对待其他窗口一样，改变工具栏和格式栏在屏幕上的位置。工具栏和格式栏可以沿着窗口的边缘停泊，也可以在窗口中自由地浮动。

例如，移动工具栏时，将鼠标指针指向工具栏和格式栏边缘的灰色区域内，按住鼠标左键进行拖动。此时，工具栏变成一个虚框，表明工具栏将要放置的位置。将虚框移到所需的位置后，松开鼠标左键即可。

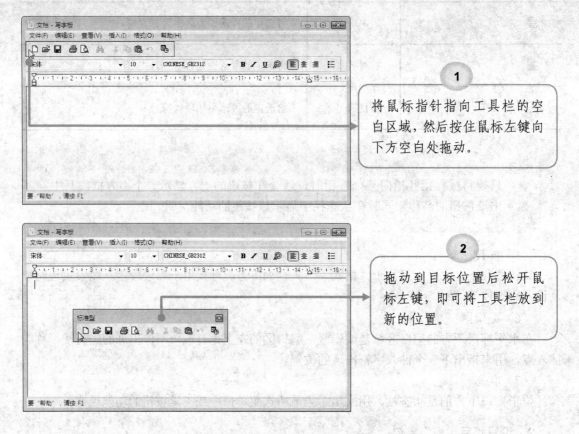

1

将鼠标指针指向工具栏的空白区域，然后按住鼠标左键向下方空白处拖动。

2

拖动到目标位置后松开鼠标左键，即可将工具栏放到新的位置。

一旦将工具栏移动到新位置，就可以通过按住工具栏的标题栏来移动它。为了将工具栏放回原来的位置，可以将其重新拖动到屏幕的边缘，再松开鼠标左键。

提示

　　如果要设置"写字板"的度量单位(英寸、厘米或点等)，请选择"查看"菜单中的"选项"命令，在"选项"选项卡的"度量单位"框中选择所需的选项。

3.1.3 退出"写字板"

如果要退出"写字板",可以选择以下任一操作。

✧ 单击"文件"菜单中的"退出"命令。

✧ 单击窗口右上角的 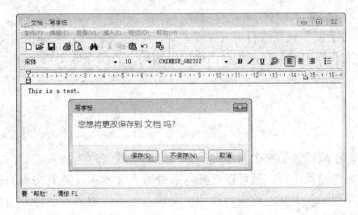（关闭）按钮。

✧ 按 Alt+F4 键。

✧ 双击标题栏左侧的控制菜单按钮。

如果当前编辑的文档还没有被保存,将出现如下图所示的对话框,询问是否保存当前文档。

单击"保存"按钮,将保存当前文档;单击"不保存"按钮,将放弃对当前文档的修改;单击"取消"按钮,将取消本次退出"写字板"的操作,返回至原来的编辑状态。

3.2 新建文档

启动"写字板"后,会自动打开一个空白的文档,用户可以直接在其中输入和编辑文档。另外,用户还可以再建立新的文档。操作步骤如下:

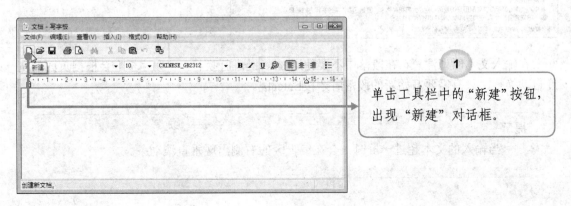

1

单击工具栏中的"新建"按钮,出现"新建"对话框。

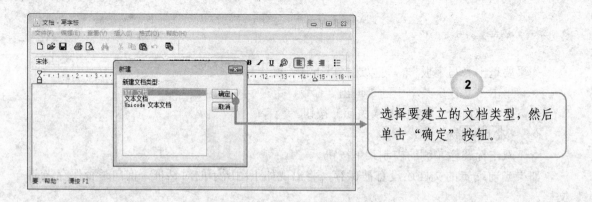

2

选择要建立的文档类型，然后单击"确定"按钮。

提示

由于"写字板"只允许打开一个文档，当新建文档时，刚编辑的文档将被关闭（如果该文档尚未被保存，还会出现提示询问是否保存该文档）。

3.2.1 输入文本

新建文档后，在编辑区的左上角出现一条闪烁的竖线（称为插入点），表明可以输入文本了。在选择所需的输入法后，就可以在插入点处输入文本了。随着文本的输入，插入点逐渐向右移动。如果要输入中文，就先切换到中文输入法下，然后开始输入（见下图）。

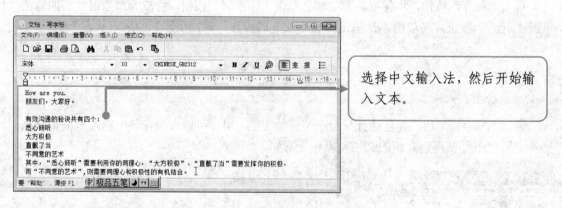

选择中文输入法，然后开始输入文本。

在输入文本时请注意，在段落中不要使用 Enter 键进行换行，"写字板"会根据页面的宽度自动换行，只有需要开始新的段落时才按 Enter 键。

提示

当输入的文本超过一屏时，会在编辑区的右侧出现垂直滚动条。

3.2.2 在文档中插入特殊字符

当需要在文档中插入键盘上没有的字符（如希腊字母、数字符号等）时，就可以利用字符映射表插入特殊字符。不过，字符映射表只能在基于Windows的程序中工作。

如果要在文档中插入特殊字符，可以按照下述步骤进行操作。

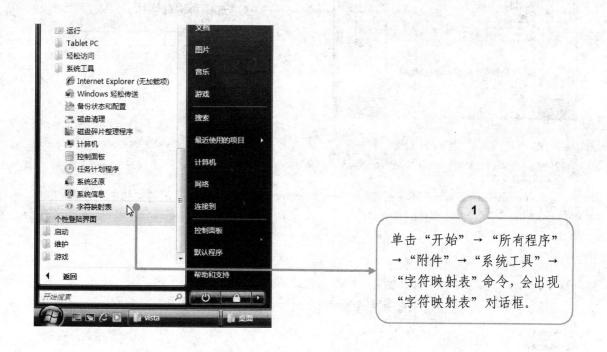

1

单击"开始"→"所有程序"→"附件"→"系统工具"→"字符映射表"命令，会出现"字符映射表"对话框。

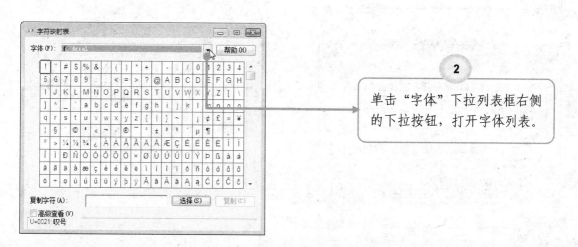

2

单击"字体"下拉列表框右侧的下拉按钮，打开字体列表。

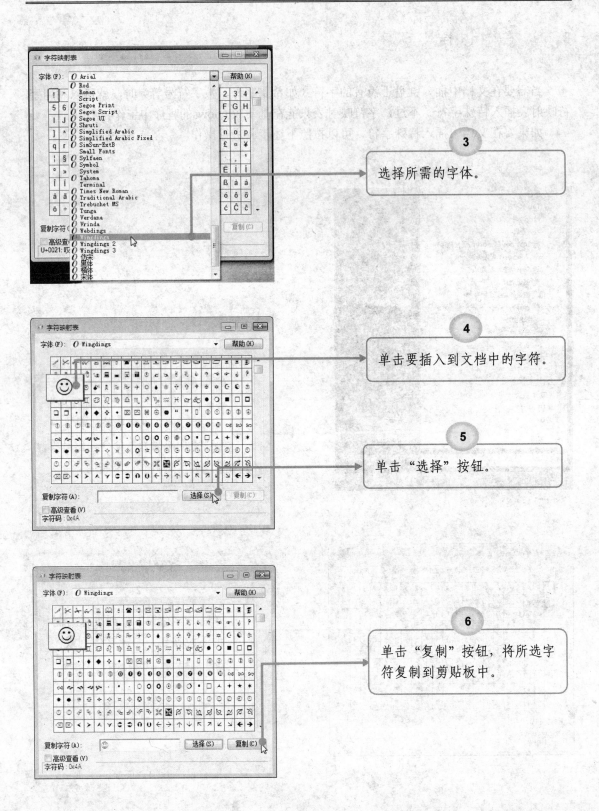

3 选择所需的字体。

4 单击要插入到文档中的字符。

5 单击"选择"按钮。

6 单击"复制"按钮,将所选字符复制到剪贴板中。

7

切换到"写字板"的文档中，单击要插入字符的位置。

8

单击"编辑"菜单中的"粘贴"命令，将剪贴板中的字符粘贴过来。

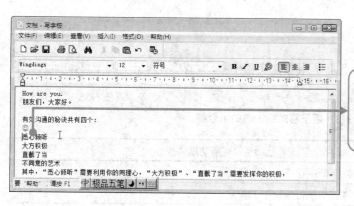

9

看，已经粘贴了一个笑脸符号。按 $\boxed{\text{Backspace}}$ 键来删除多余的换段符号。

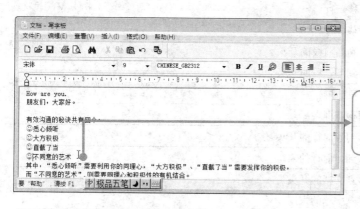

10

重复步骤 8、9 的操作，继续粘贴笑脸符号。

3.2.3 移动插入点

处理文档时，经常需要移动插入点以观看文档的其他部分。用户可以使用鼠标或键盘来移动插入点。

1．使用鼠标移动插入点

如果要处理的位置显示在屏幕上，只需把"I"形鼠标指针移动到要设置插入点的位置，然后单击鼠标左键即可。

如果要处理的位置没有显示在屏幕上，首先利用滚动条将所需编辑的部分显示在屏幕上，然后用"I"形鼠标指针单击该位置即可放置插入点。

使用滚动条滚动文档时，可以单击垂直滚动条的上、下箭头来逐行滚动；单击滚动箭头和滚动框之间的空白区域将逐屏滚动；拖动滚动框可快速在文档中移动。

> **注意**
>
> 利用鼠标滚动文档时，插入点仍保留在原来的位置，必须在新位置处单击，以把插入点移到该处。

2．使用键盘移动插入点

使用键盘移动插入点时，插入点总是跟着在文档中移动。表3-3列出了用于移动插入点的组合键。

表 3-3　用于移动插入点的组合键

按　键	移动插入点
←	左移一个字符或汉字的位置
→	右移一个字符或汉字的位置
↑	上移一行
↓	下移一行
Ctrl+↑	移到当前段的开头
Ctrl+↓	移到下一段的开头
PageUp	上移一屏
PageDown	下移一屏
Home	移到当前行的开头
End	移到当前行的末尾
Ctrl+Home	移到文档的开头
Ctrl+End	移到文档的末尾

3.2.4　插入日期和时间

在编写文章时，经常需要在文档中插入当前的日期和时间。用户可以直接在所需的位置输入当前的日期和时间，也可以利用"写字板"提供的"日期和时间"命令插入当前的日期和时间。操作步骤如下：

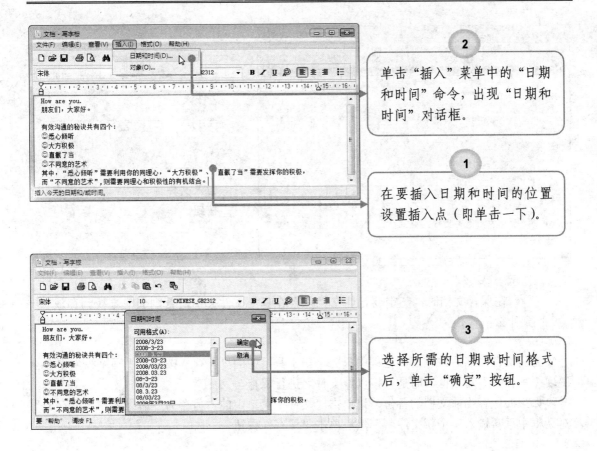

单击"插入"菜单中的"日期和时间"命令，出现"日期和时间"对话框。

在要插入日期和时间的位置设置插入点（即单击一下）。

选择所需的日期或时间格式后，单击"确定"按钮。

3.2.5 保存文档

创建文档时，文档的内容存储在计算机的内存中，一旦关闭计算机电源，内存中的所有信息将丢失。因此，只有将文档保存到磁盘上，才能永久保存该文档。建议用户在编辑文档的过程中随时保存已完成的工作，以免在出现断电或死机等情况时造成不必要的损失。

如果要保存新建的文档，可以按照下述步骤进行操作。

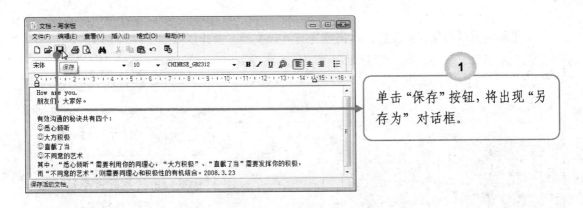

单击"保存"按钮，将出现"另存为"对话框。

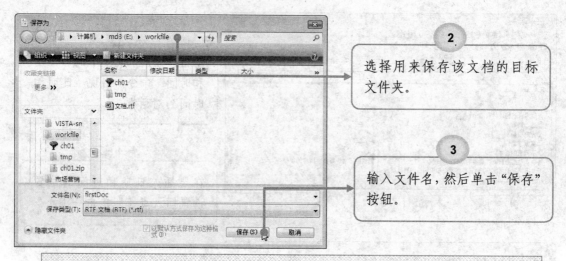

2 选择用来保存该文档的目标文件夹。

3 输入文件名，然后单击"保存"按钮。

提示

在保存文档时，一定要记住文档保存在哪个文件夹中，否则会很难找到存放到什么位置。

为新文档命名后，在工作过程中只需单击工具栏中的"保存"按钮，"写字板"不会再出现"另存为"对话框，而是直接以原文件名进行保存。

如果要保存当前文档的备份，请单击"文件"菜单中的"另存为"命令，在"另存为"对话框中重新输入一个新文件名，然后单击"保存"按钮。

3.3 编 辑 文 档

"写字板"提供了较强的编辑功能，如移动、复制、查找和替换文本等。在编辑文档之前，应该学会如何打开文档以及选定文本等技巧。

3.3.1 打开文档

如果要编辑以前保存的文档，就需要先打开该文档。操作步骤如下：

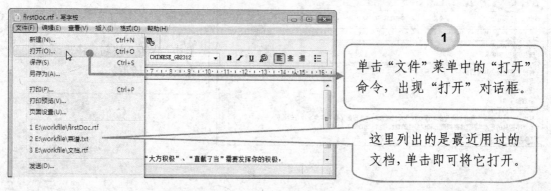

1 单击"文件"菜单中的"打开"命令，出现"打开"对话框。

这里列出的是最近用过的文档，单击即可将它打开。

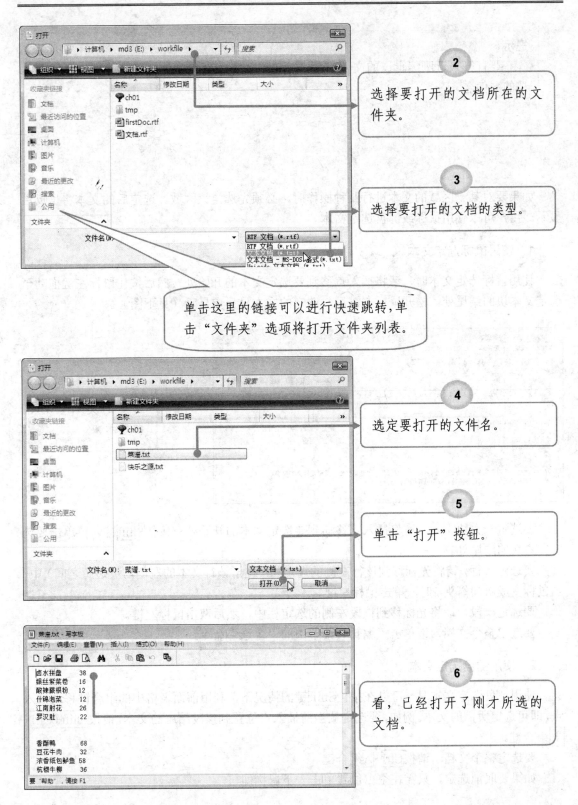

2

选择要打开的文档所在的文件夹。

3

选择要打开的文档的类型。

单击这里的链接可以进行快速跳转,单击"文件夹"选项将打开文件夹列表。

4

选定要打开的文件名。

5

单击"打开"按钮。

6

看,已经打开了刚才所选的文档。

> **提示**
>
> 　　要打开最近刚编辑过的文档，请从"文件"下拉菜单中的底部选择要打开文档的文件名。

3.3.2　选定文本

如果要对某一区域的文本进行某种操作时，必须先选定该区域。选定后的文本将呈反白显示。用户可以使用鼠标或键盘选定文本。

1．使用鼠标选定文本

使用鼠标选定文本时，请将插入点移到要选定文本的开始处，然后按住鼠标左键拖动至选定文本块的结尾处。松开鼠标左键后，选定的文本呈反白显示（见下图）。

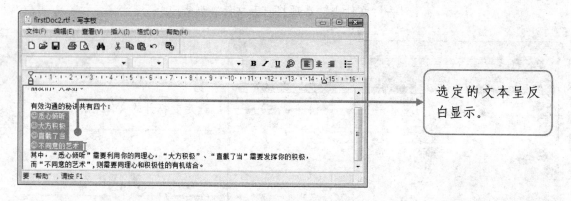

选定的文本呈反白显示。

要选定一大块文本，请将插入点移动到要选定文本的开始处，按住 Shift 键，再单击要选定文本块的结尾处。

要选定一行，请将光标移到该行左侧的选定栏（位于该行文本的左侧与页边距之间）中，当鼠标变成斜向箭头时，单击鼠标左键。

要选定一段，请将光标移到该段左侧的选定栏中，然后双击鼠标左键。

要选定整个文档，请单击"编辑"菜单中的"全选"命令。

2．使用键盘选定文本

使用键盘选定文本时，可以在按住 Shift 键的情况下，利用前面表格中的组合键移动插入点，即可选定所需的文本。例如，要选定从当前插入点位置到该段结尾的文本，请按 Shift+Ctrl+↓ 组合键。

要选定整个文档，请按 Ctrl+A 组合键。

如果要取消选定，只需在空白位置单击一下鼠标即可。

3.3.3 删除文本

要删除文本，请用鼠标单击要进行删除的位置，以将插入点移到该位置，然后按 Delete 键即可删除插入点右边的字符，而按 Backspace 键将删除插入点左边的字符。

要删除一大块文本，可以先选定这些文本，然后按 Delete 键即可。

> **提示**
> 要撤销上一次操作，请单击"编辑"菜单中的"撤销"命令，或单击工具栏中的"撤销"按钮。

3.3.4 移动文本

1．短距离移动文本

如果要短距离移动文本，可以按照下述步骤进行操作。

（1）选定要移动的文本，将鼠标指针移到选定的文本上，鼠标指针将变为斜向箭头。

（2）按住鼠标左键拖动插入点至目标位置后，松开鼠标左键。

2．长距离移动文本

如果要长距离移动文本，可以按照下述步骤进行操作。

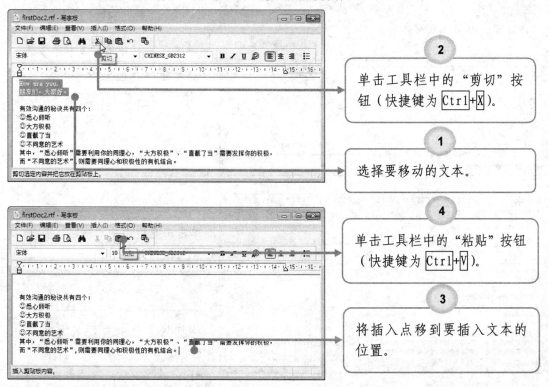

2 单击工具栏中的"剪切"按钮（快捷键为 Ctrl+X ）。

1 选择要移动的文本。

4 单击工具栏中的"粘贴"按钮（快捷键为 Ctrl+V ）。

3 将插入点移到要插入文本的位置。

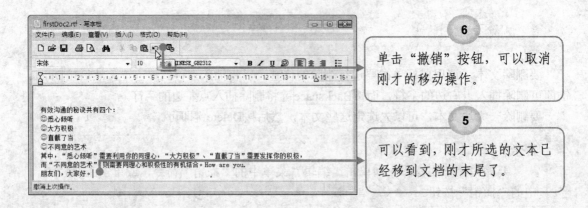

单击"撤销"按钮，可以取消刚才的移动操作。

可以看到，刚才所选的文本已经移到文档的末尾了。

3.3.5 复制文本

1．短距离复制文本

如果要短距离复制文本，可以按照下述步骤进行操作。

（1）选定要复制的文本，将鼠标指针移到选定的文本上，鼠标指针将变为斜向箭头。

（2）按住Ctrl键，然后按住鼠标左键拖动插入点至目标位置，再松开鼠标左键。

2．长距离复制文本

如果要长距离复制文本，可以按照下述步骤进行操作。

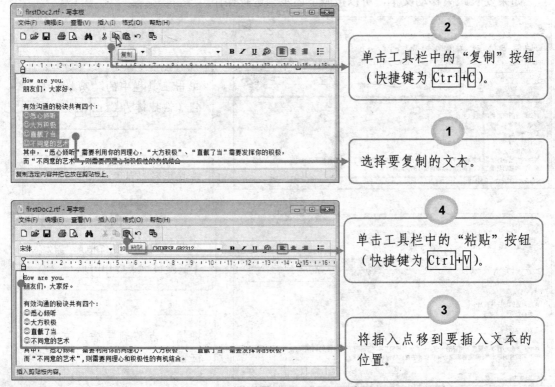

单击工具栏中的"复制"按钮（快捷键为Ctrl+C）。

选择要复制的文本。

单击工具栏中的"粘贴"按钮（快捷键为Ctrl+V）。

将插入点移到要插入文本的位置。

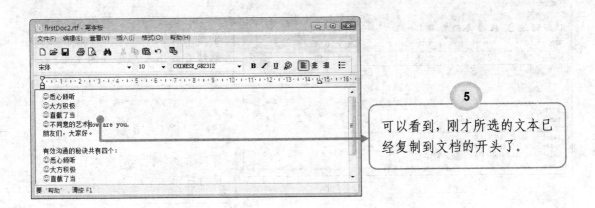

可以看到，刚才所选的文本已经复制到文档的开头了。

3.3.6 查找文本

要在一篇长文档中查找特定的文本，仅凭眼睛逐行扫描是比较困难的，利用"写字板"提供的"查找"功能可以迅速找到指定的文本。

操作步骤如下：

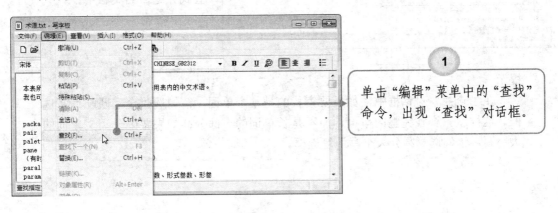

单击"编辑"菜单中的"查找"命令，出现"查找"对话框。

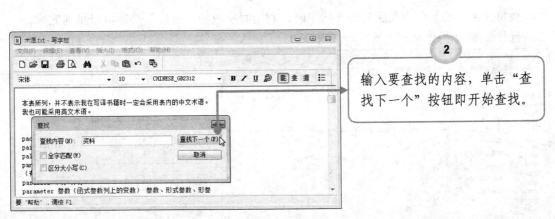

输入要查找的内容，单击"查找下一个"按钮即开始查找。

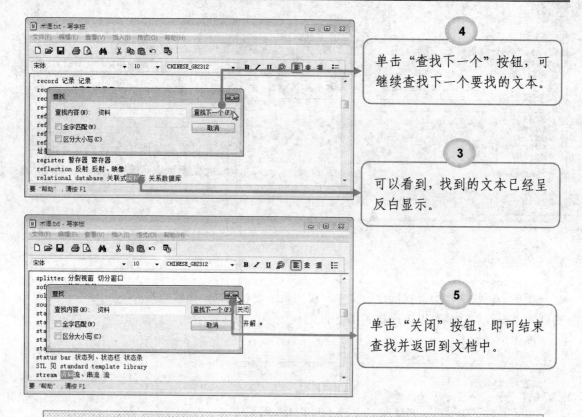

单击"查找下一个"按钮，可
继续查找下一个要找的文本。

可以看到，找到的文本已经呈
反白显示。

单击"关闭"按钮，即可结束
查找并返回到文档中。

提示

在"查找"对话框中，如果要查找的是某个单词，请勾选"全字匹配"复选
框。这样就只查找完整的单词，而不是长单词的一部分；如果要区分英文单词的
大小写，请勾选"区分大小写"复选框。

3.3.7　替换文本

要将文档中的某些字改成另外一些字时，利用写字板的"替换"功能可以迅速完成。
操作步骤如下：

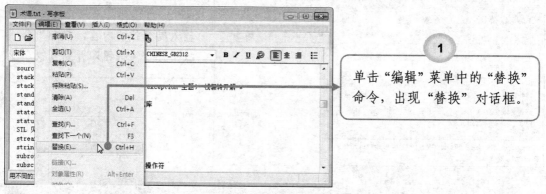

单击"编辑"菜单中的"替换"
命令，出现"替换"对话框。

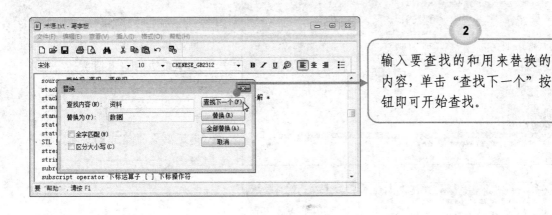

2 输入要查找的和用来替换的内容,单击"查找下一个"按钮即可开始查找。

3 如果文档中有该文本,写字板会反白显示找到的文本。

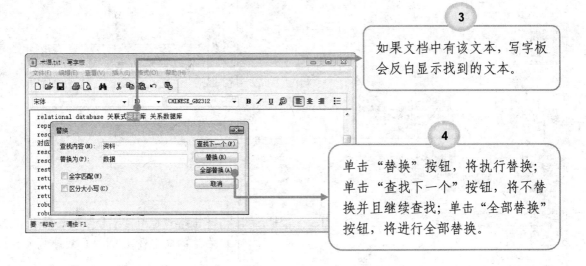

4 单击"替换"按钮,将执行替换;单击"查找下一个"按钮,将不替换并且继续查找;单击"全部替换"按钮,将进行全部替换。

3.4 编排文档格式

文档编辑完成后,往往希望将其设置成一定的格式以便于阅读。例如,将一段文本显示成黑体以示强调,或者将文章标题置于页面中央等。

3.4.1 设置字符格式

通常把字母、标点符号、数字和符号统称为字符。设置字符格式包括字体、字号、字体样式和颜色等。用户可以通过格式栏中的按钮或"字体"对话框设置字符格式。

1. 使用格式栏改变字符的格式

如果要使用格式栏改变字符的格式,可以按照下述步骤进行操作。

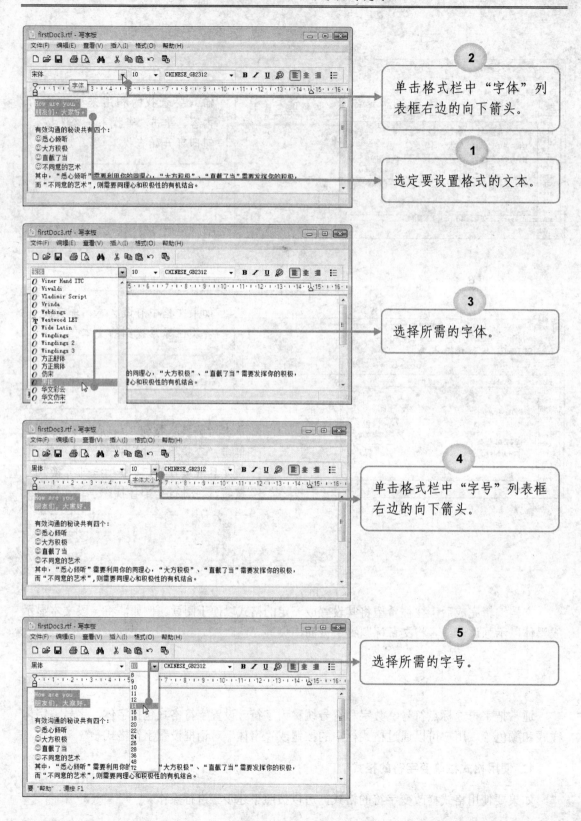

单击格式栏中"字体"列
表框右边的向下箭头。

2

选定要设置格式的文本。

1

选择所需的字体。

3

单击格式栏中"字号"列表框
右边的向下箭头。

4

选择所需的字号。

5

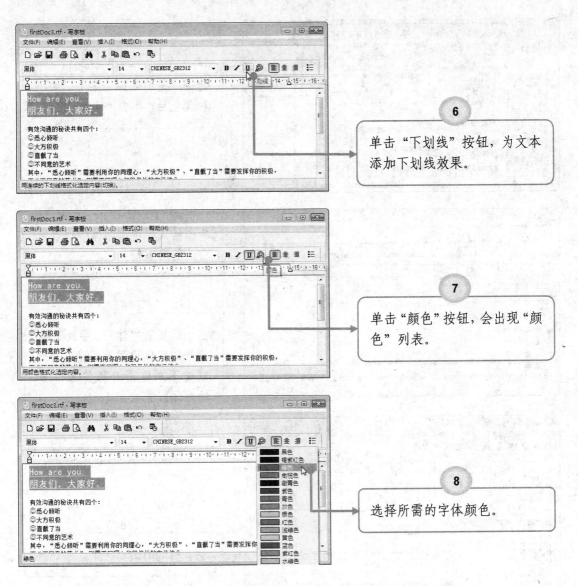

6
单击"下划线"按钮，为文本添加下划线效果。

7
单击"颜色"按钮，会出现"颜色"列表。

8
选择所需的字体颜色。

2. 利用"字体"对话框改变字符的格式

如果要使用"字体"对话框改变字符的格式，可以按照下述步骤进行操作。

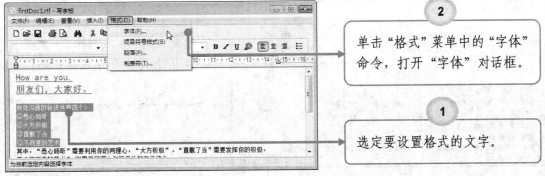

2
单击"格式"菜单中的"字体"命令，打开"字体"对话框。

1
选定要设置格式的文字。

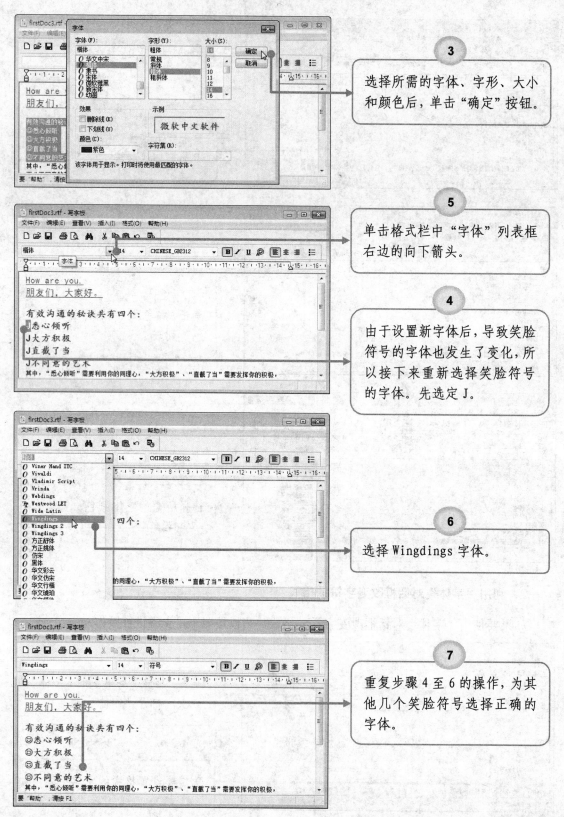

3 选择所需的字体、字形、大小和颜色后，单击"确定"按钮。

5 单击格式栏中"字体"列表框右边的向下箭头。

4 由于设置新字体后，导致笑脸符号的字体也发生了变化，所以接下来重新选择笑脸符号的字体。先选定 J。

6 选择 Wingdings 字体。

7 重复步骤 4 至 6 的操作，为其他几个笑脸符号选择正确的字体。

3.4.2 设置段落格式

在"写字板"中，段落是指任意数量的文本、图形或者任何其他的项目，其后跟 Enter 键。用户可从以下几个方面更改段落的设置：段落对齐、段落缩进、项目符号与制表符。

1. 段落对齐

通常情况下，段落的对齐方式为居左对齐，文章的标题居于页面的中央，最后的落款居右对齐。

如果要改变段落的对齐方式，可以按照下述步骤进行操作。

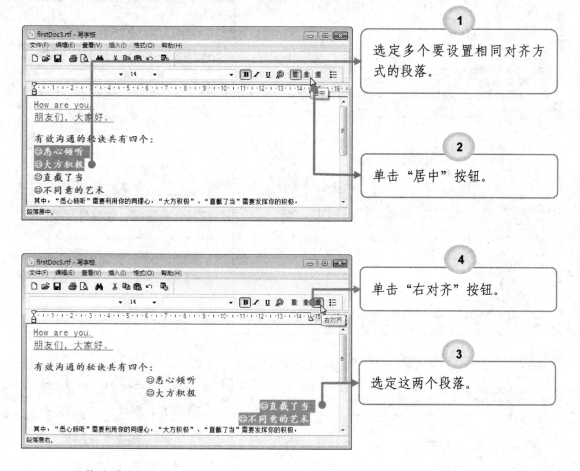

2. 段落缩进

段落缩进是设置段落的边缘与页边缘的距离。段落缩进分为左缩进、右缩进、首行缩进和悬挂缩进。

　　◇　左缩进是设置段落的左侧边缘到左页边缘的距离。

　　◇　右缩进是设置段落的右侧边缘到右页边缘的距离。

◇　首行缩进是设置段落第一行的左侧边缘至左缩进的距离。

◇　悬挂缩进是设置段落中除第一行之外其他行到左页边距的距离。

用户可以通过标尺或"段落"对话框设置段落缩进。

（1）使用标尺设置段落缩进

如果要使用标尺设置段落缩进，可以按照下述步骤进行操作。

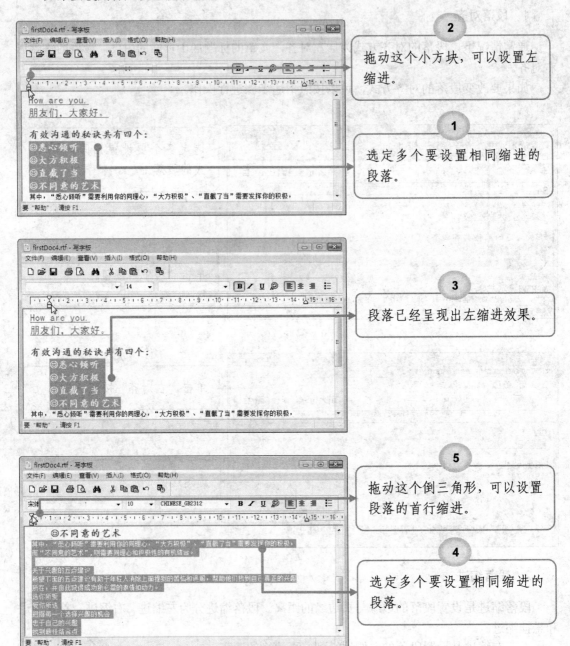

2 拖动这个小方块，可以设置左缩进。

1 选定多个要设置相同缩进的段落。

3 段落已经呈现出左缩进效果。

5 拖动这个倒三角形，可以设置段落的首行缩进。

4 选定多个要设置相同缩进的段落。

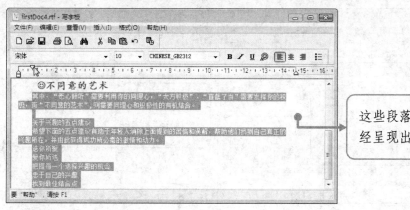

6 这些段落的首行(第一行)已经呈现出缩进效果。

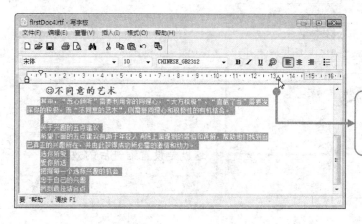

7 拖动这个三角形,可以设置段落的右缩进。

(2)使用"段落"对话框设置段落缩进

如果要使用"段落"对话框设置段落缩进,可以按照下述步骤进行操作。

2 单击"格式"菜单中的"段落"命令,出现"段落"对话框。

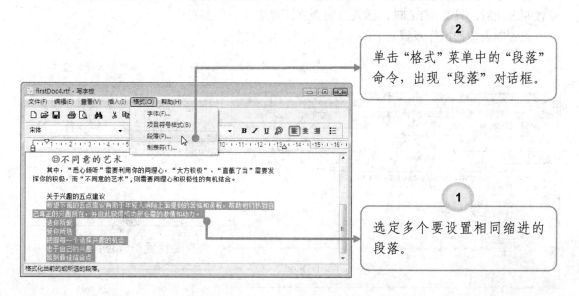

1 选定多个要设置相同缩进的段落。

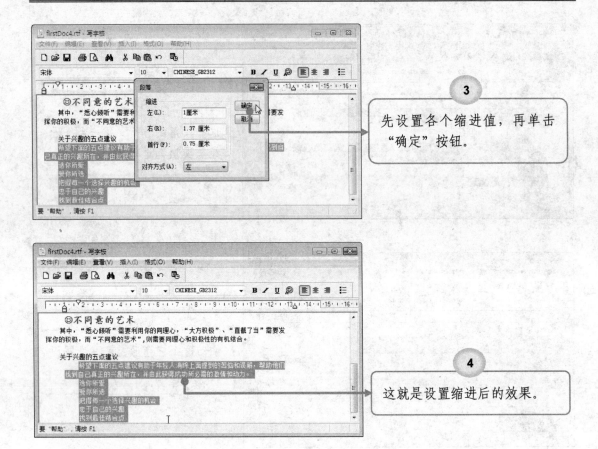

先设置各个缩进值，再单击"确定"按钮。

这就是设置缩进后的效果。

3. 设置制表位

在"写字板"中设置适当的制表位，能够替用户省去许多键入空格进行上下对齐的时间。设置制表位后，只需按 Tab 键，插入点就会立即移到下一个制表位。

设置制表位的操作步骤如下：

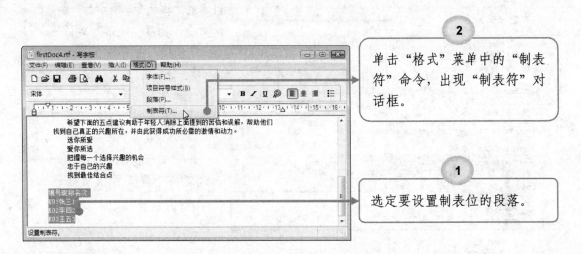

单击"格式"菜单中的"制表符"命令，出现"制表符"对话框。

选定要设置制表位的段落。

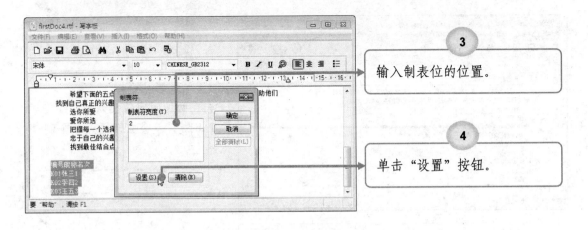

3

输入制表位的位置。

4

单击"设置"按钮。

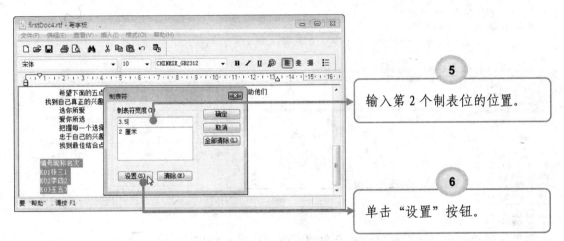

5

输入第 2 个制表位的位置。

6

单击"设置"按钮。

提示

在上图中，单击"清除"按钮可清除一个制表位，单击"全部清除"按钮将清除全部制表位。

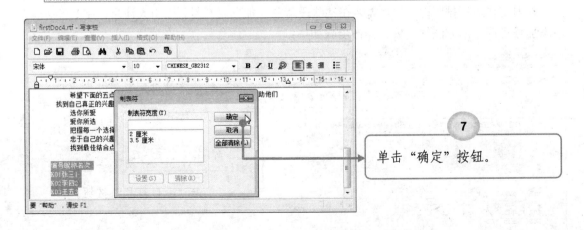

7

单击"确定"按钮。

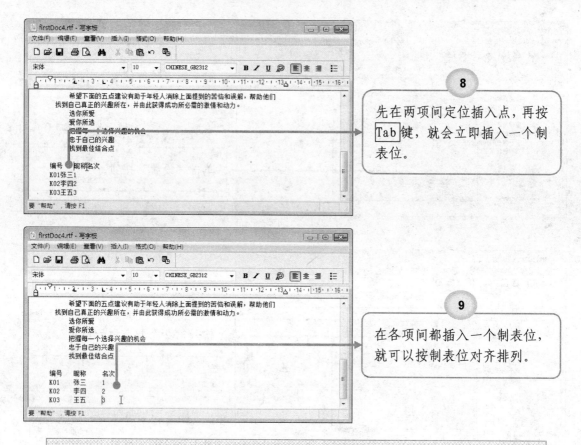

8 先在两项间定位插入点，再按 `Tab` 键，就会立即插入一个制表位。

9 在各项间都插入一个制表位，就可以按制表位对齐排列。

提示

　　用户还可以使用标尺快速设置制表位，只需在标尺的下边缘利用鼠标单击要设置制表位的位置即可。如果将标尺上的制表位拖到文档区，则可以删除制表位。

4. 设置项目符号

　　在对文档进行排版时，常常需要在某些段落前添加项目符号，以引人注目。在"写字板"中添加项目符号的方法很简单。操作步骤如下：

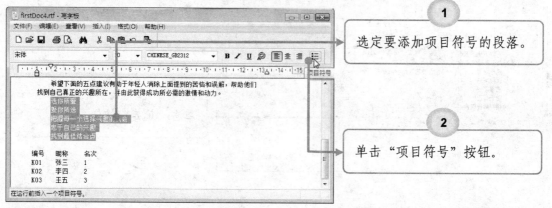

1 选定要添加项目符号的段落。

2 单击"项目符号"按钮。

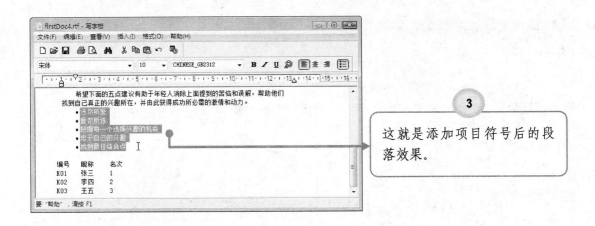

这就是添加项目符号后的段落效果。

提示

　　如果要取消项目符号的使用，请再次单击格式栏中的"项目符号"按钮。如果要改变项目符号与正文之间的距离，请选定这些添加了项目符号的段落，然后用"格式"菜单中的"段落"命令进行设置即可。

3.4.3　页面设置

　　页面设置主要包括页边距、纸张大小和打印方向等，它将影响到整个文档的外观。例如，为了将打印的文件装订起来，可以适当增大页边距，以便留出更多的装订空间。当一份文件的内容很多时，为了减少打印的页数，可以适当缩小页边距，使每一页能够容纳更多的内容。

　　如果要进行页面设置，可以按照下述步骤进行操作。

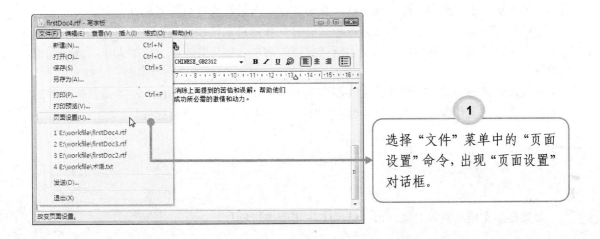

选择"文件"菜单中的"页面设置"命令，出现"页面设置"对话框。

设置纸张大小、打印方向，以及各个页边距。

单击"确定"按钮。

3.5　在文档中插入对象

尽管"写字板"是一个文字处理程序，但它可以通过Windows的对象链接与嵌入技术，将图像、声音等对象插入到文档中。

3.5.1　链接与嵌入简介

对象链接和嵌入（OLE）可以使Windows应用程序之间共享信息。其中，对象可以是文本、表格、图像、公式或者是使用应用程序创建的任何形式的信息。链接对象和嵌入对象之间的主要差别在于数据存储在何处，以及在将数据放入目标文件后如何进行更新。

在链接对象的情况下，只有在修改源文件时更新信息。链接的数据存储在源文件中。目标文件中只存储源文件的地址，并显示链接数据的对象。如果要考虑文件的大小，请使用链接对象。

在嵌入对象的情况下，修改源文件不会改变目标文件中的信息。嵌入对象是目标文件的一部分，而与源文件没有关系。在目标文件中双击嵌入对象即可将其打开。

3.5.2　嵌入对象

如果要在文档中嵌入对象，可以按照下述步骤进行操作。

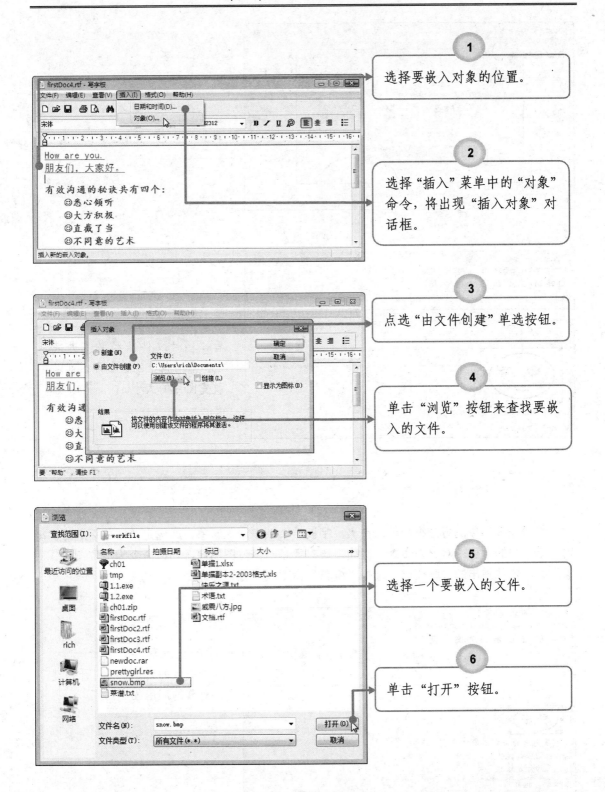

1 选择要嵌入对象的位置。

2 选择"插入"菜单中的"对象"命令,将出现"插入对象"对话框。

3 点选"由文件创建"单选按钮。

4 单击"浏览"按钮来查找要嵌入的文件。

5 选择一个要嵌入的文件。

6 单击"打开"按钮。

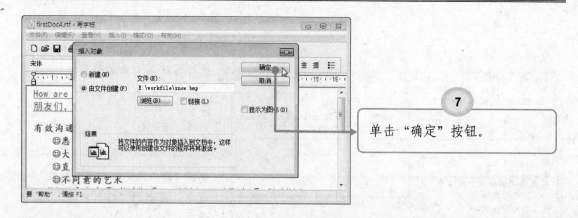

7 单击"确定"按钮。

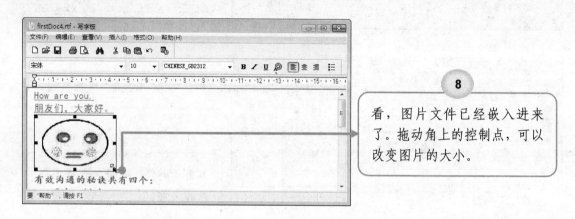

8 看，图片文件已经嵌入进来了。拖动角上的控制点，可以改变图片的大小。

3.5.3 编辑嵌入对象

编辑嵌入对象的方法很简单，在"写字板"中双击嵌入对象，或选定该对象后选择"编辑"菜单中的"……对象"命令（例如，该对象是一个位图图像，则该命令为"位图图像对象"），再从弹出的级联菜单中选择"编辑"命令或"打开"命令。

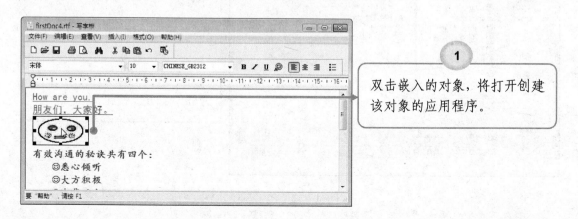

1 双击嵌入的对象，将打开创建该对象的应用程序。

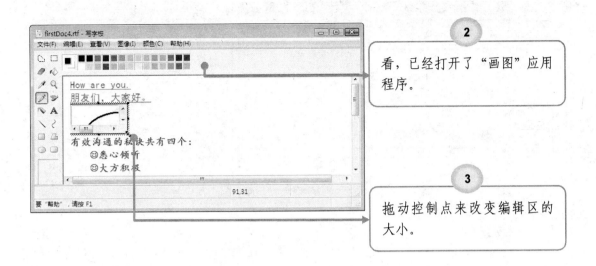

2 看,已经打开了"画图"应用程序。

3 拖动控制点来改变编辑区的大小。

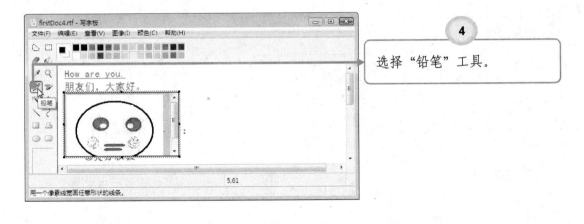

4 选择"铅笔"工具。

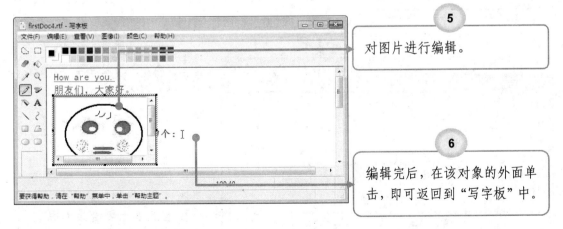

5 对图片进行编辑。

6 编辑完后,在该对象的外面单击,即可返回到"写字板"中。

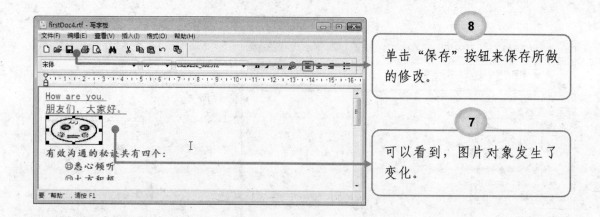

8 单击"保存"按钮来保存所做的修改。

7 可以看到，图片对象发生了变化。

3.5.4 链接对象

为了使目标应用程序与源应用程序共享一些经常变化的信息，可以在两个应用程序之间创建链接关系。

操作步骤如下：

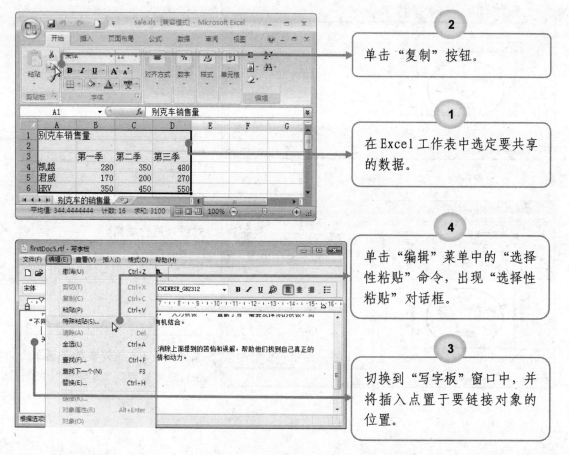

2 单击"复制"按钮。

1 在 Excel 工作表中选定要共享的数据。

4 单击"编辑"菜单中的"选择性粘贴"命令，出现"选择性粘贴"对话框。

3 切换到"写字板"窗口中，并将插入点置于要链接对象的位置。

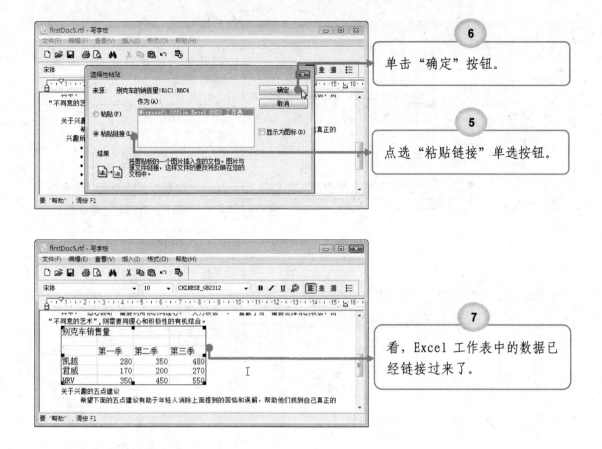

3.5.5　编辑链接对象

在两个应用程序之间创建了链接关系后，可能需要编辑该对象。在编辑该对象的同时，它所链接到的每个文档也将被更新。

编辑链接对象的操作方法如下：

（1）在"写字板"窗口中，双击要编辑的链接对象，将会启动源应用程序，并且打开源文件。

（2）编辑源文件的内容。

（3）编辑完毕后，单击"文件"菜单中的"保存"命令保存编辑结果。

（4）单击"文件"菜单中的"退出"命令关闭源应用程序。

（5）切换到目标文件中，将会看到链接的对象已经被自动更新。

3.5.6　编辑链接关系

如果要编辑链接关系，可以按照下述步骤进行操作。

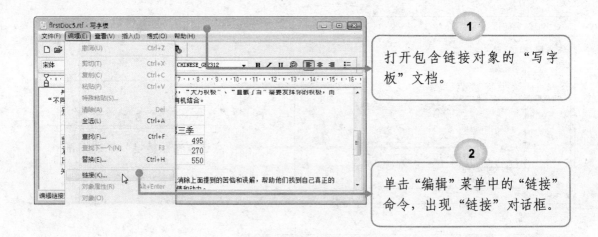

1. 打开包含链接对象的"写字板"文档。

2. 单击"编辑"菜单中的"链接"命令，出现"链接"对话框。

3. 根据需要，可以选择"自动"或"手动"更新方式。

4. 单击"立即更新"按钮，将立即更新源文件中所选的链接。

提示

　　可以使用"复制"和"粘贴"命令嵌入其他文档中的对象，还可以使用"复制"和"选择性粘贴"命令链接其他文档中的对象。若要创建新对象，请在"插入对象"对话框中点选"新建"单选按钮，然后单击对象类型，完成创建对象后，单击对象以外的区域。

3.6 打印文档

　　打印文档的过程很简单，单击工具栏中的"打印"按钮即可将当前文档输出到打印机。但是在打印文档之前，最好使用写字板的打印预览功能查看实际打印的效果。另外，如果要打印部分文档或需要打印多份，则应选择"文件"菜单中的"打印"命令。

3.6.1 打印预览文档

打印预览功能用起来很简单，其操作步骤如下：

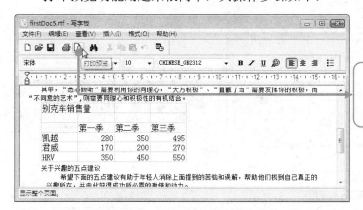

单击工具栏中的"打印预览"按钮，将进入打印预览视图。

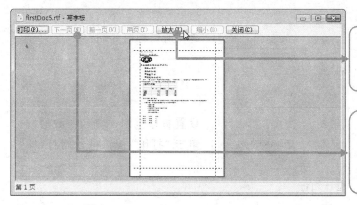

单击"放大"按钮，可以放大视图。

当文档有多页时，通过"下一页"和"上一页"按钮可以前后翻页。

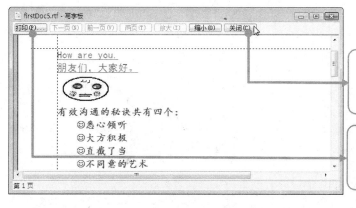

单击"关闭"按钮，可结束预览并返回到原来的画面。

如果单击"打印"按钮，将出现"打印"对话框。

3.6.2 设置打印选项

打印预览完毕后，可以单击工具栏中的"打印"按钮，直接打印当前的文档。不过，用户必须保证打印机和计算机已经连接、打印机的各项参数已经设置正确。

如果只想打印文档中的部分内容，或者需要打印多份，此时可以使用"打印"对话框进行设置。操作步骤如下：

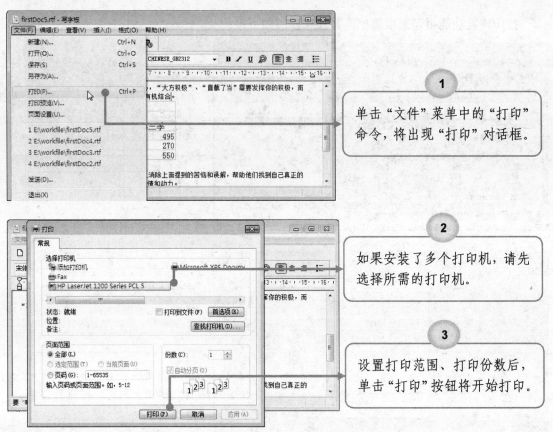

1 单击"文件"菜单中的"打印"命令，将出现"打印"对话框。

2 如果安装了多个打印机，请先选择所需的打印机。

3 设置打印范围、打印份数后，单击"打印"按钮将开始打印。

第4章　附件的使用

在 Windows Vista 的附件中提供了一些简单的应用程序，使用户处理日常工作时能更加得心应手。

4.1　记事本的使用

当用户要写一些便条或查看一个文本文件时，使用记事本就非常方便。

4.1.1　打开记事本

操作步骤如下：

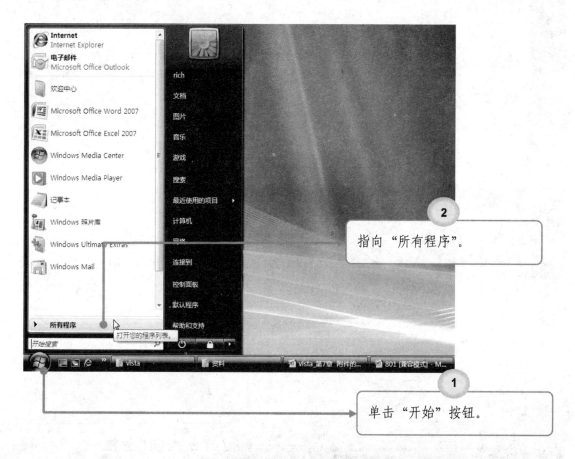

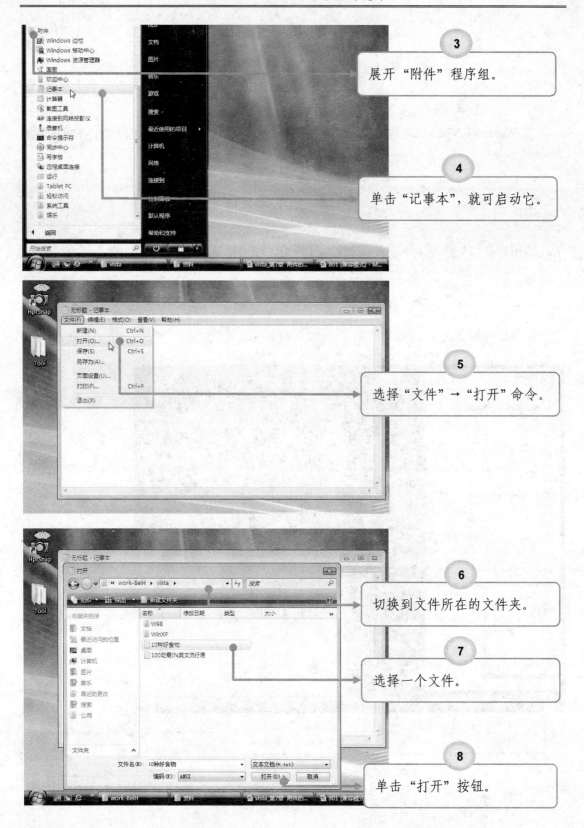

3　展开"附件"程序组。

4　单击"记事本"，就可启动它。

5　选择"文件"→"打开"命令。

6　切换到文件所在的文件夹。

7　选择一个文件。

8　单击"打开"按钮。

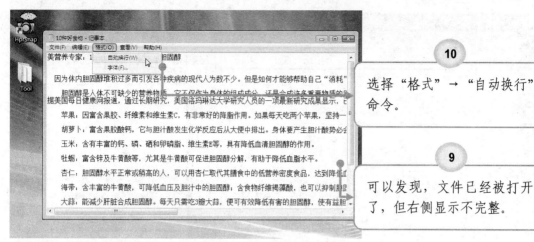

10　选择"格式"→"自动换行"命令。

9　可以发现，文件已经被打开了，但右侧显示不完整。

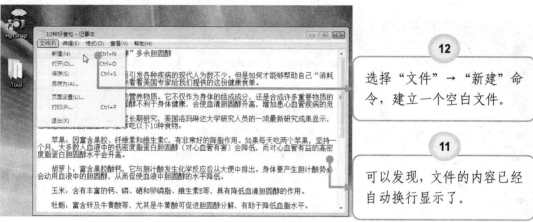

12　选择"文件"→"新建"命令，建立一个空白文件。

11　可以发现，文件的内容已经自动换行显示了。

4.1.2　输入和编辑文本

操作步骤如下：

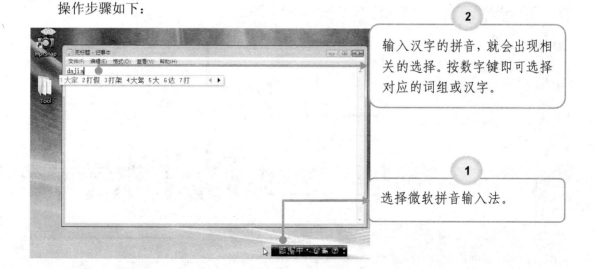

2　输入汉字的拼音，就会出现相关的选择。按数字键即可选择对应的词组或汉字。

1　选择微软拼音输入法。

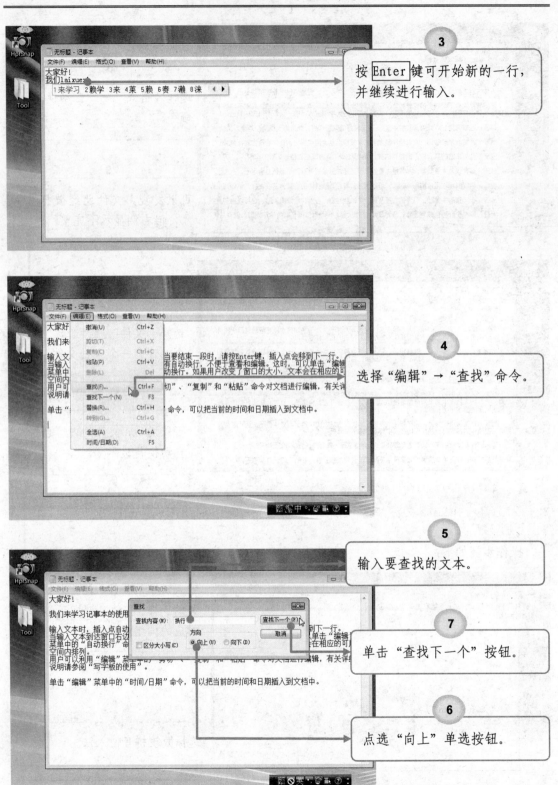

3

按 Enter 键可开始新的一行，并继续进行输入。

4

选择"编辑"→"查找"命令。

5

输入要查找的文本。

7

单击"查找下一个"按钮。

6

点选"向上"单选按钮。

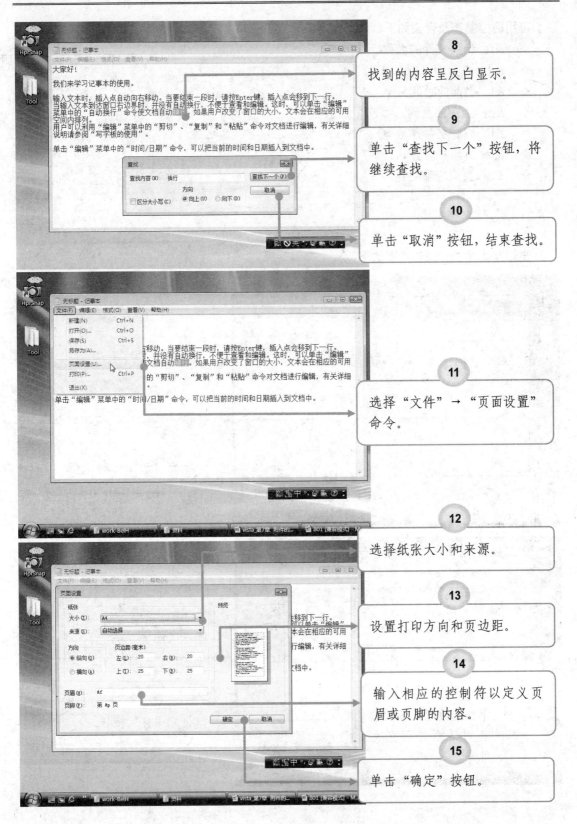

8

找到的内容呈反白显示。

9

单击"查找下一个"按钮，将继续查找。

10

单击"取消"按钮，结束查找。

11

选择"文件"→"页面设置"命令。

12

选择纸张大小和来源。

13

设置打印方向和页边距。

14

输入相应的控制符以定义页眉或页脚的内容。

15

单击"确定"按钮。

可用的控制符及含义如下。

◇　&f：当前文件的名称。

◇　&d：当前的日期。

◇　&t：当前的时间。

◇　&p：当前的页码。

◇　&l：页眉左对齐。

◇　&r：页眉右对齐。

◇　&c：页眉居中对齐。

4.1.3　保存文档

要保存文件，其操作步骤如下：

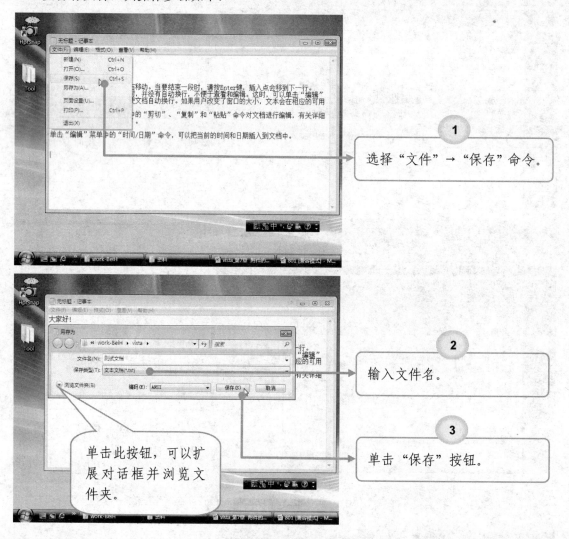

4.1.4 创建时间日志文件

要创建时间日志文件，其操作步骤如下：

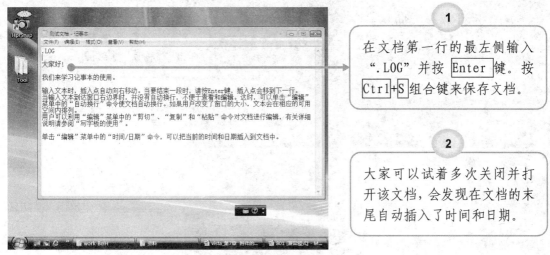

1 在文档第一行的最左侧输入".LOG"并按 Enter 键。按 Ctrl+S 组合键来保存文档。

2 大家可以试着多次关闭并打开该文档，会发现在文档的末尾自动插入了时间和日期。

4.2 计算器的使用

"计算器"程序提供了标准型和科学型两种功能。标准型计算器可以进行简单的算术运算；科学型计算器可以进行数的进制转换、三角函数计算以及统计分析等。

4.2.1 使用计算器进行简单的计算

操作步骤如下：

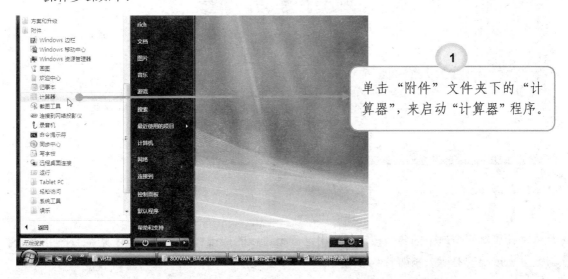

1 单击"附件"文件夹下的"计算器"，来启动"计算器"程序。

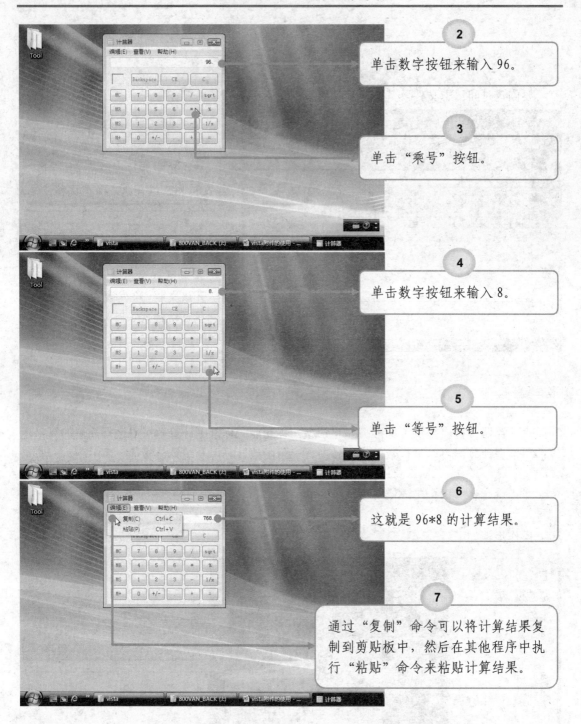

2 单击数字按钮来输入 96。

3 单击 "乘号" 按钮。

4 单击数字按钮来输入 8。

5 单击 "等号" 按钮。

6 这就是 96*8 的计算结果。

7 通过 "复制" 命令可以将计算结果复制到剪贴板中，然后在其他程序中执行 "粘贴" 命令来粘贴计算结果。

4.2.2　使用标准型计算器进行计算

"计算器" 窗口中的各个按钮都可用键盘上对应的按键代替。标准型计算器上各个按钮与键盘上按键的对应关系如表4-1所示。

表4-1　标准型计算器上各个按钮与键盘上按键的对应关系

按　钮	按　键	功能说明
Backspace	Backspace（退格）	清除最近输入数值中的最后一位
CE	Delete	清除当前正在输入的数值并保持前面的结果
C	Esc	清除当前的计算结果
MC	Ctrl+L	清除存储器中的数值
MR	Ctrl+R	调用存储器中的数值
MS	Ctrl+M	存储显示的数值
M+	Ctrl+P	将显示的数值加到存储器中
sqrt	@	计算平方根
1/x	r	计算倒数
+/-	F9	改变数值正、负的符号

4.2.3　使用科学型计算器进行计算

使用科学型计算器可进行较复杂的运算，用来进行数的进制转换、三角函数和统计分析等。

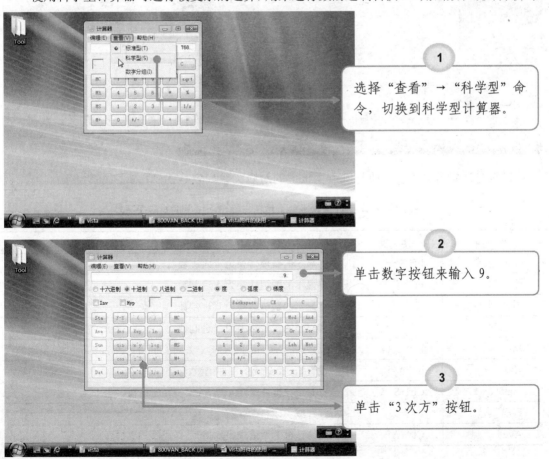

1 选择"查看"→"科学型"命令，切换到科学型计算器。

2 单击数字按钮来输入 9。

3 单击"3 次方"按钮。

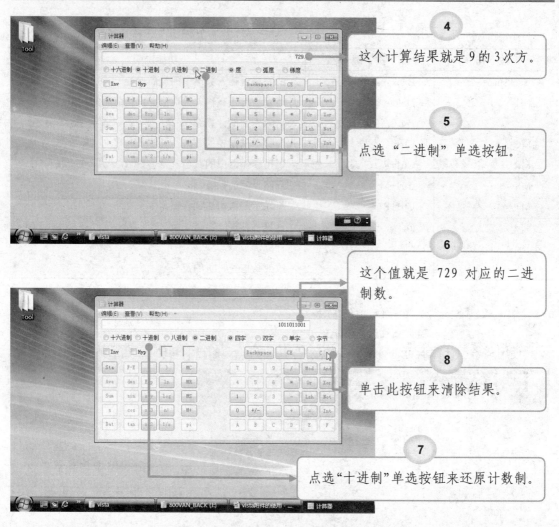

4 这个计算结果就是 9 的 3 次方。

5 点选"二进制"单选按钮。

6 这个值就是 729 对应的二进制数。

8 单击此按钮来清除结果。

7 点选"十进制"单选按钮来还原计数制。

科学型计算器上各个按钮与键盘上按键的对应关系如表4-2所示。

表4-2 科学型计算器上各个按钮与键盘上按键的对应关系

按 钮	按 键	功能说明
十六进制	F5	将显示的数值转换为十六进数
十进制	F6	将显示的数值转换为十进制数
八进制	F7	将显示的数值转换为八进制数
二进制	F8	将显示的数值转换为二进制数
Inv	i	设置sin, cos, tan, PI, x^y, x^2, x^3, ln, log, Ave, Sum和s的反函数
Hyp	h	设置sin, cos, tan的双曲函数
Sta	Ctrl+S	打开统计框，激活Ave, Sum, s和Dat按钮
F-E	v	打开或关闭科学计数法
Ave	Ctrl+A	对统计框的数值求平均值

按　钮	按　键	功能说明
dms	m	将显示的数值转换为"度－分－秒"格式
Exp	x	求指数运算
ln	n	计算以e为底的自然对数
Sum	Ctrl+T	对统计框的数值求和
sin	s	计算显示数值的正弦
x^y	y	计算x的y次方
log	l	计算以10为底的常用对数
s	Ctrl+D	计算总体参数为n-1的标准差
cos	o	计算显示数值的余弦
x^3	#	计算显示数值的立方
n!	!	计算显示数值的阶乘
Dat	Ins	将当前显示的数值输入到统计框中
tan	t	计算显示数值的正切
x^2	@	计算显示数值的平方
1/x	r	倒数计算
pi	p	显示 π 的值
Mod	%	显示取模后的余数
And	&	计算逻辑与
Or	|	计算逻辑或
Xor	^	计算"或非"逻辑运算
Lsh	<	向左移位
Not	~	计算逻辑非
Int	;	显示十进制数的整数部分

4.3　画图的使用

　　"画图"软件是 Windows 操作系统中所附带的绘图软件，利用它可以绘制简笔画、水彩画、插图或贺年片等，也可以绘制一些艺术图案。

4.3.1　启动"画图"程序

　　操作步骤如下：

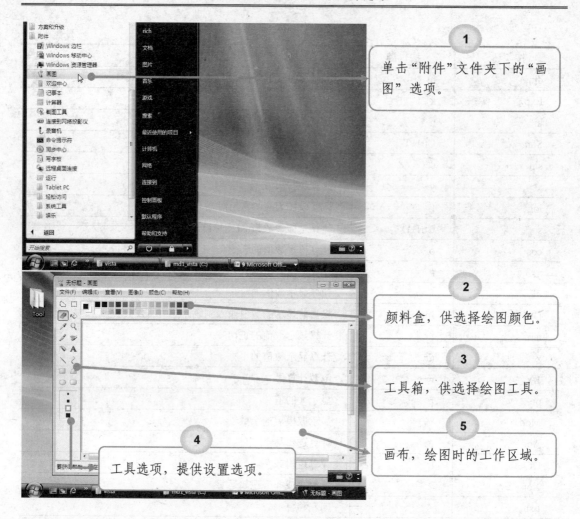

1 单击"附件"文件夹下的"画图"选项。

2 颜料盒,供选择绘图颜色。

3 工具箱,供选择绘图工具。

5 画布,绘图时的工作区域。

4 工具选项,提供设置选项。

4.3.2 设置画布大小

操作步骤如下:

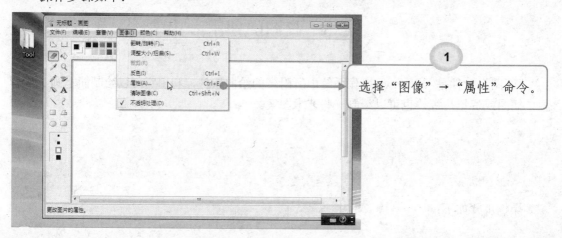

1 选择"图像"→"属性"命令。

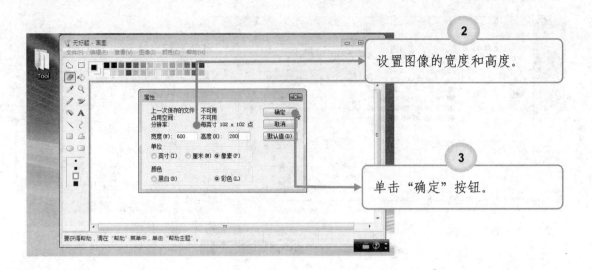

设置图像的宽度和高度。

单击"确定"按钮。

4.3.3　颜色的设置

操作步骤如下：

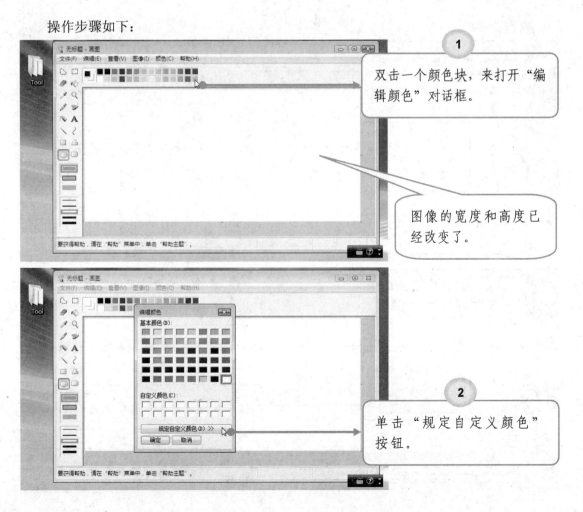

双击一个颜色块，来打开"编辑颜色"对话框。

图像的宽度和高度已经改变了。

单击"规定自定义颜色"按钮。

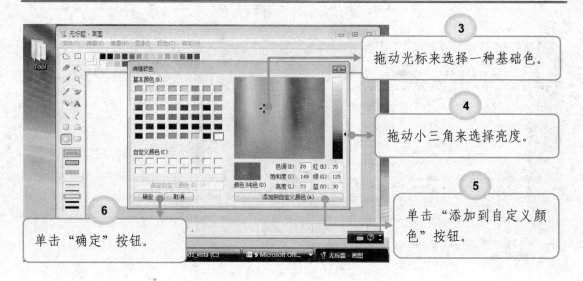

3 拖动光标来选择一种基础色。

4 拖动小三角来选择亮度。

5 单击"添加到自定义颜色"按钮。

6 单击"确定"按钮。

4.3.4 工具箱的使用

操作步骤如下:

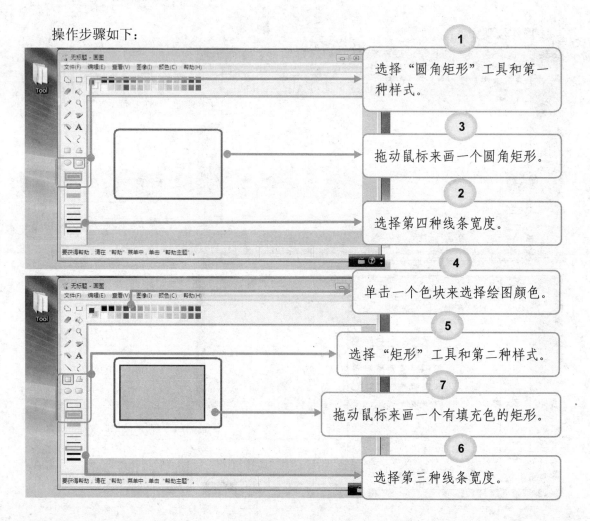

1 选择"圆角矩形"工具和第一种样式。

3 拖动鼠标来画一个圆角矩形。

2 选择第四种线条宽度。

4 单击一个色块来选择绘图颜色。

5 选择"矩形"工具和第二种样式。

7 拖动鼠标来画一个有填充色的矩形。

6 选择第三种线条宽度。

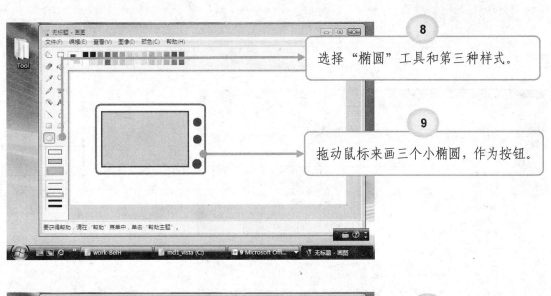

8 选择"椭圆"工具和第三种样式。

9 拖动鼠标来画三个小椭圆，作为按钮。

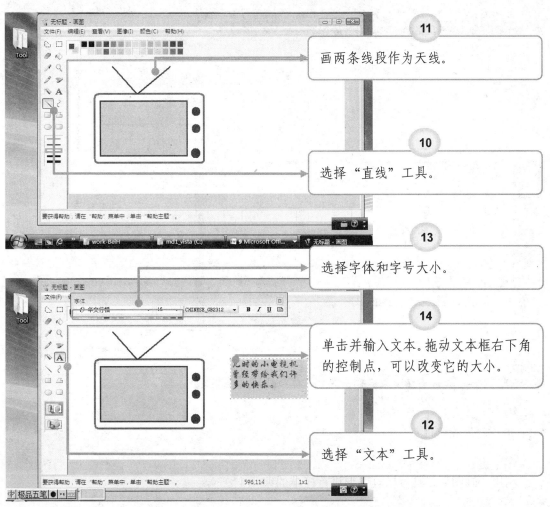

11 画两条线段作为天线。

10 选择"直线"工具。

13 选择字体和字号大小。

14 单击并输入文本。拖动文本框右下角的控制点，可以改变它的大小。

12 选择"文本"工具。

4.3.5 保存图形

操作步骤如下：

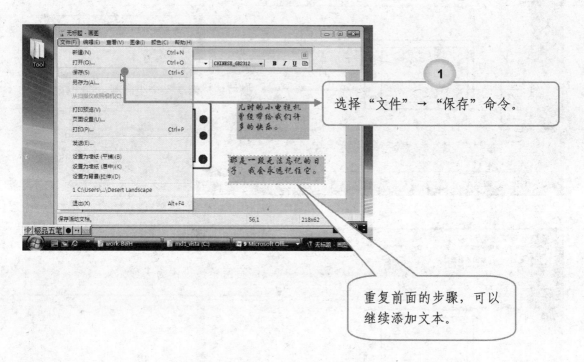

选择"文件"→"保存"命令。

1

重复前面的步骤，可以继续添加文本。

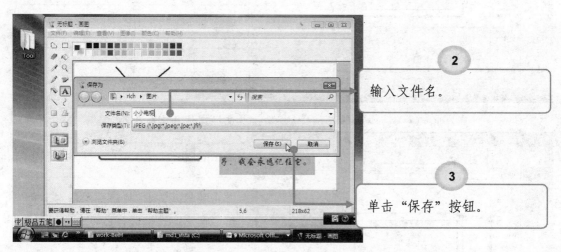

输入文件名。

2

单击"保存"按钮。

3

4.3.6 图片的编辑

利用"画图"工具可以对图形进行简单的编辑。

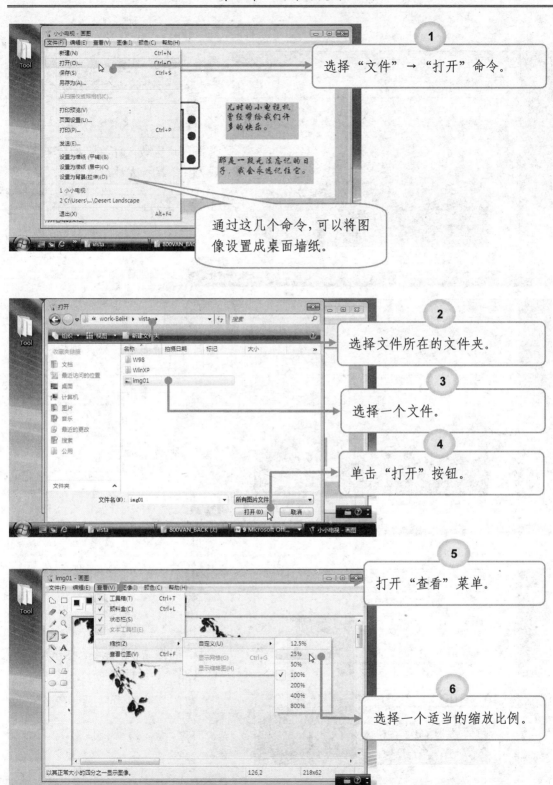

选择"文件"→"打开"命令。

通过这几个命令，可以将图像设置成桌面墙纸。

选择文件所在的文件夹。

选择一个文件。

单击"打开"按钮。

打开"查看"菜单。

选择一个适当的缩放比例。

7

选择"选定"工具。

8

选择一块区域，并将光标置于区域内按下鼠标左键后再拖动。

9

拖到目标位置后，松开鼠标，就可以移动所选区域。

10

单击"编辑"菜单。

11

选择"粘贴来源"命令，打开"粘贴来源"对话框。

126

选择文件所在的文件夹。

选择一个图片文件。

单击"打开"按钮。

图片已经粘贴进来了，拖动右下角的控制点可以改变它的大小。

4.3.7 图形的特殊处理

除了可以对图形进行移动和复制外，还可以对它进行扭曲或旋转操作。

选择"图像"→"调整大小/扭曲"命令。

3 单击"确定"按钮。

2 指定一个扭曲角度。

5 选择"图像"→"翻转/旋转"命令。

4 可以看到,图像已经产生了扭曲变形。

7 单击"确定"按钮。

6 选择一个旋转角度。

可以看到，图像已经按顺时针方向旋转了90度。

下面对几种有用的工具做一下补充说明。

◇ "橡皮擦"工具：使用"橡皮擦"工具可擦除图片区域。单击"橡皮擦"工具，接着在工具箱下面单击橡皮擦大小，然后将橡皮擦拖过要擦除的图像区域（擦除的区域将被替换为背景色）。默认情况下，橡皮擦将所擦除的任何区域更改为白色，但可以更改橡皮擦颜色（在颜料盒中，右键单击擦除时所使用的颜色）。

◇ "用颜色填充"工具：使用"用颜色填充"工具可用颜色填充整个图片或封闭图形。单击"用颜色填充"工具，接着在颜料盒中单击颜色，然后在要填充的区域内部单击。若要删除该颜色，并且将其替换为背景颜色，请右键单击要删除颜色的区域。

◇ "取色"工具：使用"取色"工具可设置当前的前景颜色或背景颜色。单击"取色"工具，然后在图片中单击要设置为前景颜色的颜色，或者右键单击要设置为背景颜色的颜色。

◇ "放大镜"工具：使用"放大镜"工具可放大图片的某一部分。单击"放大镜"工具，然后在工具箱正下方单击一个放大级别。可使用滚动条移动图片。若要返回到正常视图，请再次单击"放大镜"工具，然后在图片中单击。

4.4　日历程序的使用

利用日历程序可以创建约会和任务，还能对它们进行编辑。在日历程序中，可以按天、工作周、星期或月来查看日历。据说，许多重要的体育团队、电视和广播节目以及学术机构都在 Internet 上提供日历，订阅其中一个日历之后，可以设置您的个人日历随订阅日历的事件日期更新的频率。

4.4.1　查看日历

操作步骤如下：

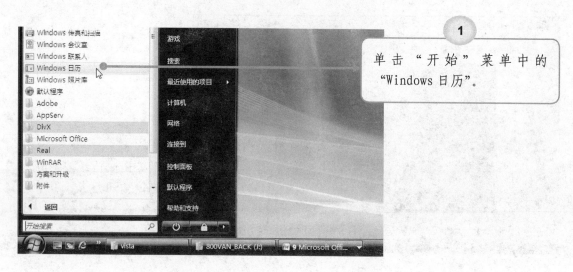

1

单击"开始"菜单中的"Windows 日历"。

2

单击向右（或向左）的小三角，可以切换到下一月（或上一月）的日历。

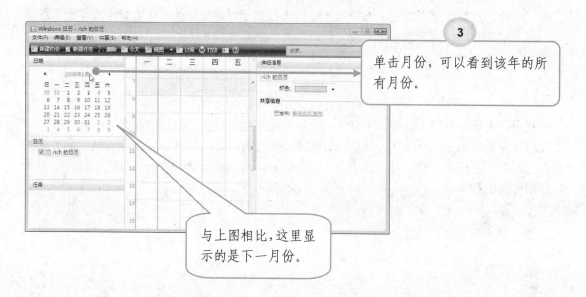

3

单击月份，可以看到该年的所有月份。

与上图相比，这里显示的是下一月份。

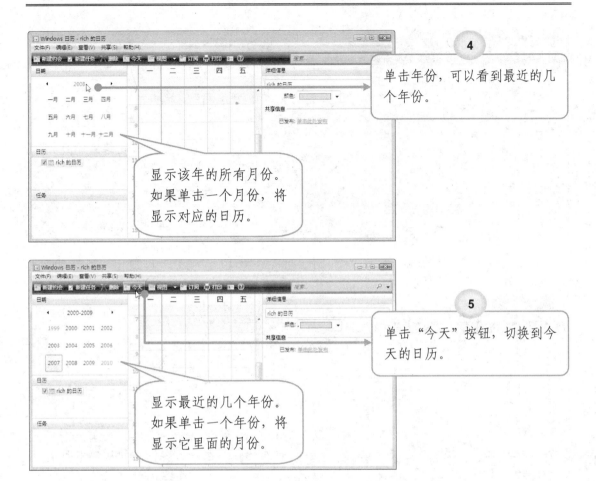

4

单击年份，可以看到最近的几个年份。

显示该年的所有月份。如果单击一个月份，将显示对应的日历。

5

单击"今天"按钮，切换到今天的日历。

显示最近的几个年份。如果单击一个年份，将显示它里面的月份。

4.4.2　创建约会

操作步骤如下：

1

单击"新建约会"按钮。

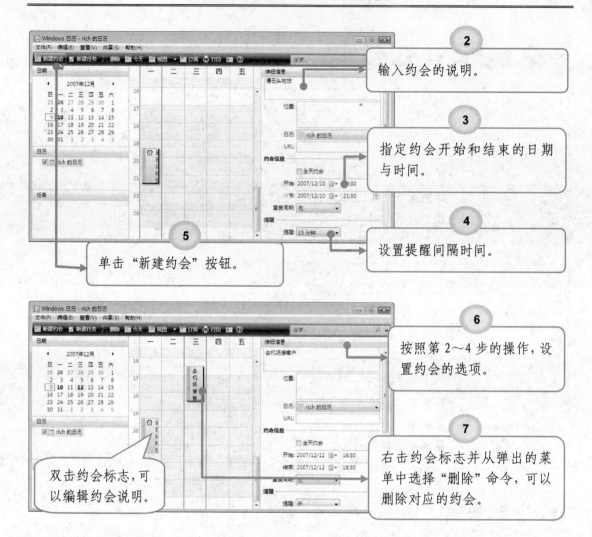

2 输入约会的说明。

3 指定约会开始和结束的日期与时间。

4 设置提醒间隔时间。

5 单击"新建约会"按钮。

6 按照第 2～4 步的操作，设置约会的选项。

双击约会标志，可以编辑约会说明。

7 右击约会标志并从弹出的菜单中选择"删除"命令，可以删除对应的约会。

4.4.3　创建任务

操作步骤如下：

1 选择"文件"→"新建任务"命令。

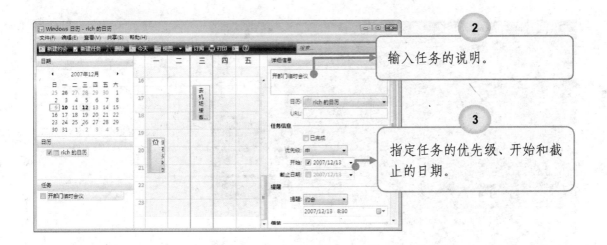

输入任务的说明。

2

指定任务的优先级、开始和截止的日期。

3

4.5　边栏程序的使用

　　Windows Vista 中的边栏是在桌面边缘显示的一个垂直长条。边栏中包含称为"小工具"的小程序，这些小程序可以提供即时信息以及可轻松访问常用工具的途径。例如，用户可以使用小工具显示图片幻灯片、查看不断更新的标题或查找联系人。

　　Windows 包含一个小型的小工具集，但默认情况下，边栏上只出现部分小工具。若要了解如何使用小工具，可浏览首次启动 Windows 时边栏上出现的三个小工具：时钟、幻灯片和源标题。

　　本节简要介绍一下边栏程序的使用。

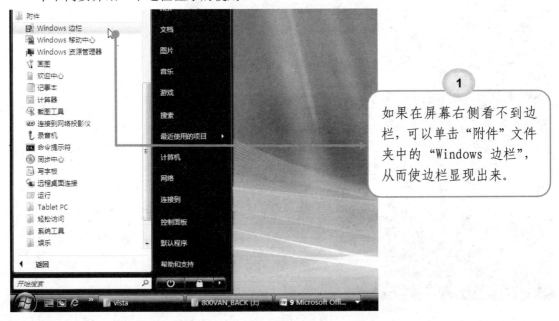

如果在屏幕右侧看不到边栏，可以单击"附件"文件夹中的"Windows 边栏"，从而使边栏显现出来。

1

2 将鼠标指针指向时钟，并单击"设置"按钮。

这就是边栏的效果，其中有几个小工具。

边栏中的小工具可以根据需要来设置。

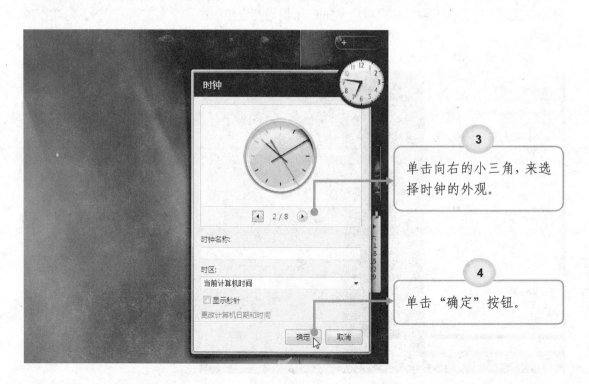

3 单击向右的小三角，来选择时钟的外观。

4 单击"确定"按钮。

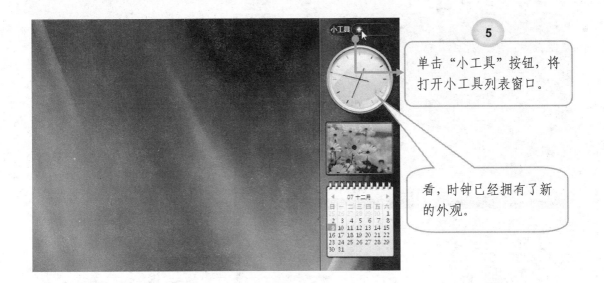

5
单击"小工具"按钮，将打开小工具列表窗口。

看，时钟已经拥有了新的外观。

提示
　　边栏中可以启用的小工具数没有限制。但是，需要一个固定大小的空间来存储信息，并且这一空间被所有小工具共享。添加的小工具越多，每个小工具可用的空间越小。若要增加小工具存储信息的空间，请禁用部分其他小工具。另外，某些小工具是用于针对特定的 Windows 边栏显示兼容设备的，可能与用户使用的设备不兼容。若要了解详细信息，请检查随设备附带的信息，或访问相应硬件制造商网站。

这就是小工具列表窗口。

6
将"联系人"程序拖到右侧的边栏中。

查看小工具的详细信息。

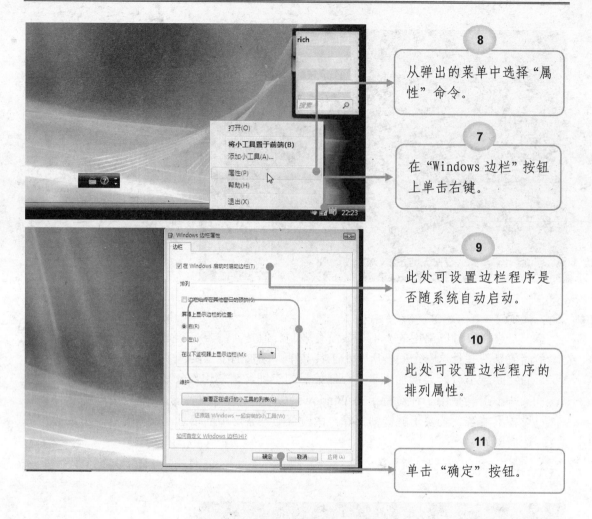

8 从弹出的菜单中选择"属性"命令。

7 在"Windows 边栏"按钮上单击右键。

9 此处可设置边栏程序是否随系统自动启动。

10 此处可设置边栏程序的排列属性。

11 单击"确定"按钮。

4.6 便笺程序的使用

Windows Vista 中的"便笺"程序就像现实生活中的便笺一样，可以贴在计算机桌面上的任何位置，还可以更改便笺的背景颜色以及便笺上的字体大小。

操作步骤如下：

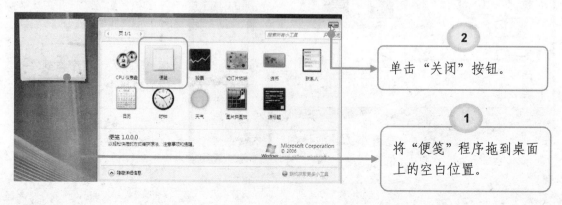

2 单击"关闭"按钮。

1 将"便笺"程序拖到桌面上的空白位置。

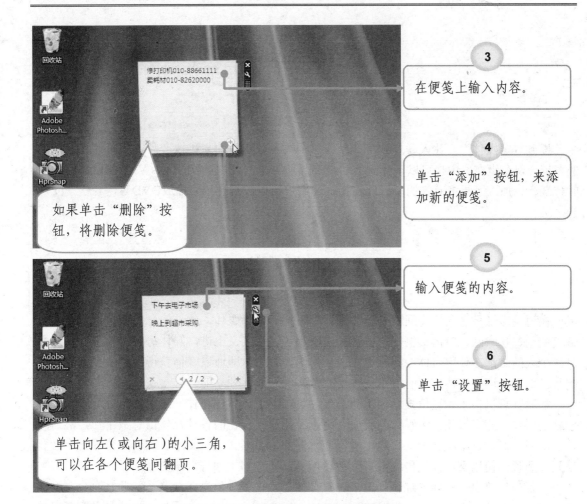

3

在便笺上输入内容。

如果单击"删除"按钮，将删除便笺。

4

单击"添加"按钮，来添加新的便笺。

5

输入便笺的内容。

单击向左(或向右)的小三角，可以在各个便笺间翻页。

6

单击"设置"按钮。

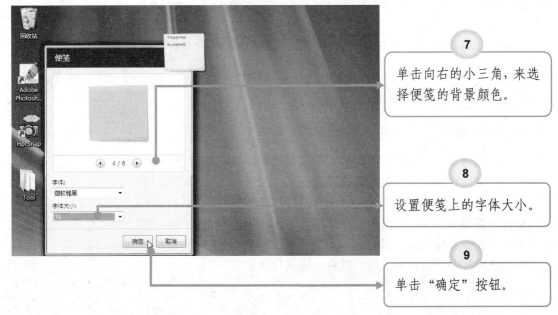

7

单击向右的小三角，来选择便笺的背景颜色。

8

设置便笺上的字体大小。

9

单击"确定"按钮。

第 5 章　多媒体的使用

提到"多媒体"，让人联想到声、光、影像等各种特效的高科技产品。随着计算机技术的发展，现在坐在家中也可以享受到高科技产品所带来的便利。Windows Vista的设计也顺应时代潮流，加入了更多有趣的多媒体支持，让用户可以欣赏音乐、播放DVD等，轻松享受声光之美。

5.1　多媒体概述

在讨论多媒体之前，先回顾一下"媒体"一词。所谓媒体，就是信息的载体，通常指报纸、期刊、互联网、广播、电视、电影和出版物等。从广义上讲，媒体每时每地都存在，而且每个人随时都在使用媒体，同时也在被当作媒体使用，即通过媒体获得信息或把信息保存起来。但是，这些媒体传播的信息往往是非数字的和相互独立的。

随着计算机技术和通信技术的不断发展，可以把上述各种媒体信息数字化并综合成一种全新的媒体，即多媒体。多媒体的实质是将以不同形式存在的各种媒体信息数字化，然后用计算机对它们进行组织、加工。这里所说的不同的信息形式包括文本、图形、图像、声音和动画，所说的使用不仅仅是传统形式上被动接受，还能够主动与系统交互。

多媒体计算机是指能够综合处理多种媒体信息，使多种信息建立联系，并具有交互性的计算机。多媒体个人计算机称为MPC（Multimedia Personal Computer），也就是具有多媒体功能的个人计算机。

多媒体计算机系统一般由两个部分组成：多媒体计算机硬件系统和多媒体计算机软件系统。

1. 多媒体计算机硬件系统

多媒体计算机的硬件系统通常由下列部件组成。

- ◇　多媒体主机：如个人计算机、超级微机等。
- ◇　多媒体输入设备：如录音机、麦克风、摄像机、扫描仪等。
- ◇　多媒体输出设备：如打印机、音箱等。
- ◇　多媒体功能卡：如声卡、视频卡、解压卡等。
- ◇　多媒体存储设备：如硬盘、光盘等。
- ◇　操纵控制设备：如鼠标、键盘、操纵杆等。

2．多媒体计算机软件系统

多媒体计算机的软件系统通常由多媒体操作系统、图形用户界面、支持多媒体数据开发的应用工作软件等软件组成。多媒体计算机软件系统是以操作系统为基础的。Microsoft公司对多媒体技术也极为重视，它在Windows Vista中加强了多媒体功能，使广大用户在获得Windows Vista的同时也获得了一套多媒体软件。

> **提示**
>
> Windows Vista 提供了大多数多媒体设备的驱动程序，通常在安装 Windows Vista 时，安装程序就会识别计算机中的即插即用硬件，并安装相应的驱动程序。如果安装的是非即插即用硬件，则需要手动进行设置。

5.2 音频设备的设置

Windows Vista提供了一个"声音"对话框，允许用户更改音频的设置。

5.2.1 播放设备

要调整播放设备的音频属性，其操作步骤如下：

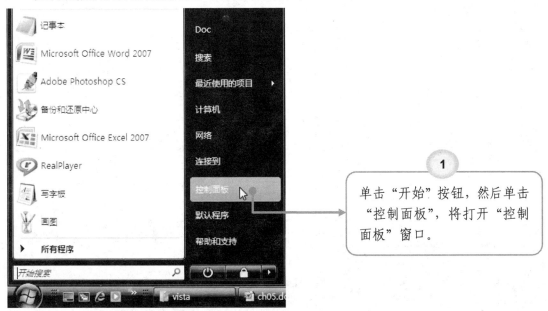

1 单击"开始"按钮，然后单击"控制面板"，将打开"控制面板"窗口。

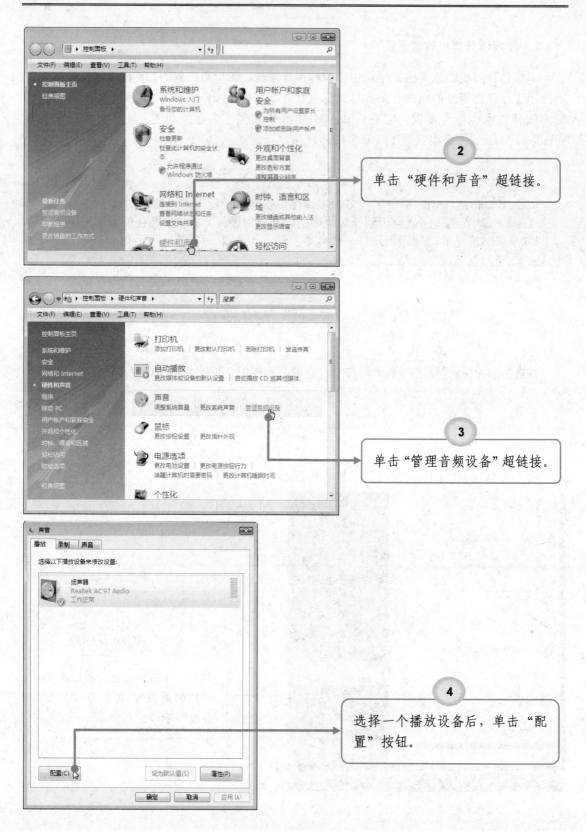

2

单击"硬件和声音"超链接。

3

单击"管理音频设备"超链接。

4

选择一个播放设备后，单击"配置"按钮。

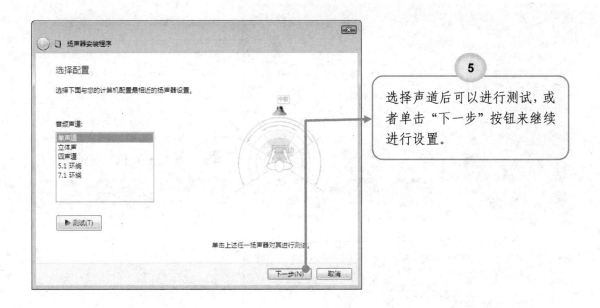

5 选择声道后可以进行测试，或者单击"下一步"按钮来继续进行设置。

5.2.2　录制设备

要调整录制设备的音频属性，其操作步骤如下：

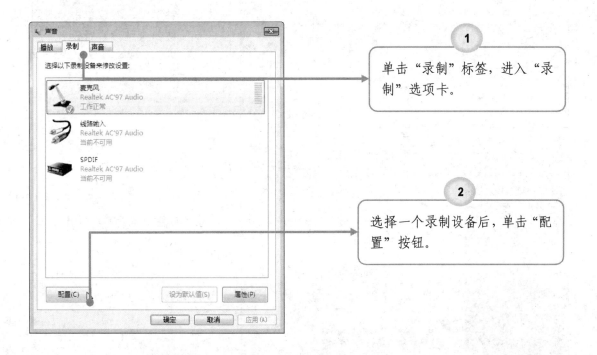

1 单击"录制"标签，进入"录制"选项卡。

2 选择一个录制设备后，单击"配置"按钮。

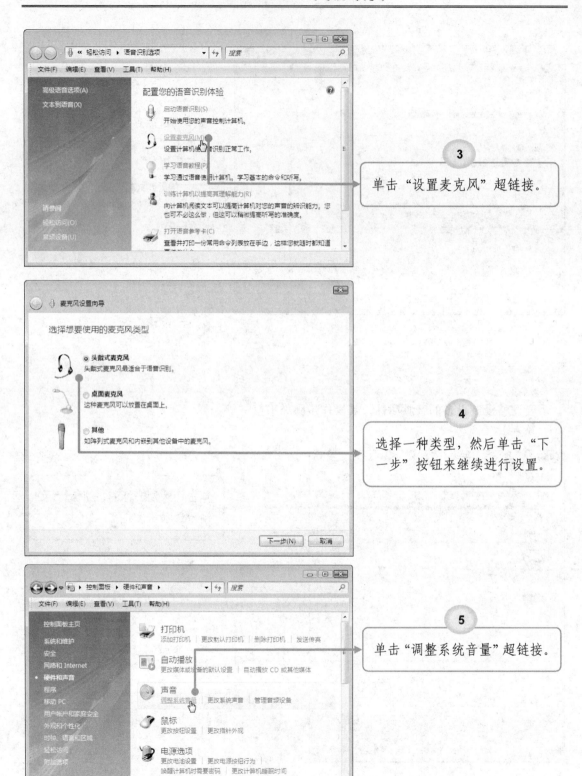

单击"设置麦克风"超链接。

3

选择一种类型，然后单击"下一步"按钮来继续进行设置。

4

单击"调整系统音量"超链接。

5

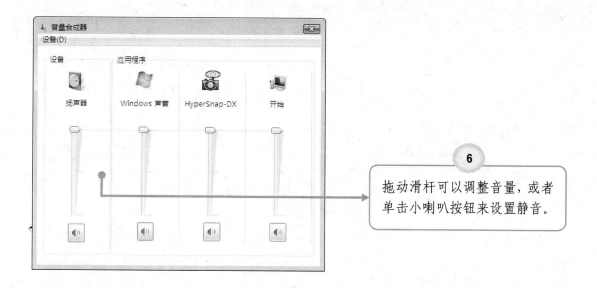

6

拖动滑杆可以调整音量，或者单击小喇叭按钮来设置静音。

5.3　设置自动播放功能

Windows Vista 的自动播放程序可以为不同类型的数字媒体（例如，音乐 CD 唱盘或数码相机中的照片）自动选择要使用的程序。如果有的用户不希望 CD 或 DVD 在插入到计算机时就自动播放，此时可以更改设置——关闭或让系统出现提示。一旦关闭了自动播放功能，系统将提示用户选择将数字媒体插入到计算机后要执行的操作。

要修改自动播放功能的设置，其操作步骤如下：

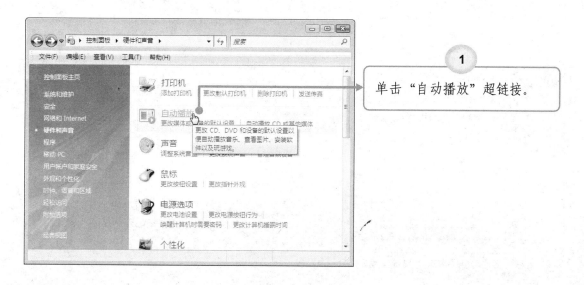

1

单击"自动播放"超链接。

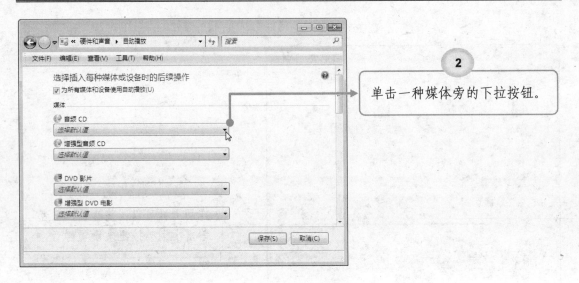

2

单击一种媒体旁的下拉按钮。

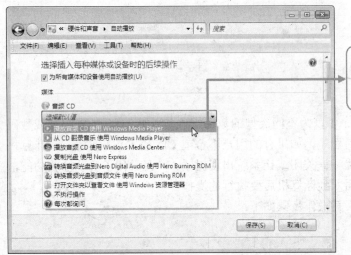

3

选择一种针对该媒体的自动化操作。

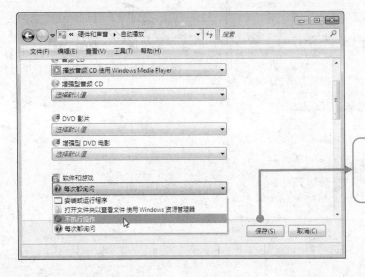

4

为另一媒体选择一种自动化操作，然后单击"保存"按钮。

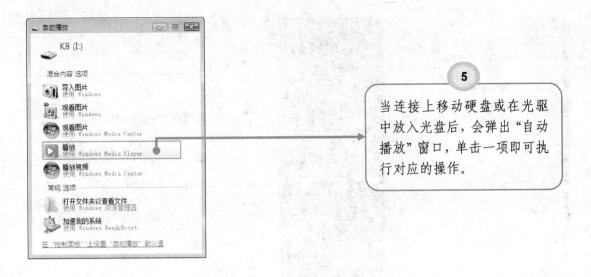

当连接上移动硬盘或在光驱中放入光盘后，会弹出"自动播放"窗口，单击一项即可执行对应的操作。

5.4　使用 Windows Media Player

通过使用 Windows Media Player，可以播放多种类型的音频和视频文件，播放和制作 CD 副本、播放 DVD（如果有 DVD 硬件）、收听 Internet 广播站、播放电影剪辑或观赏网站中的音乐电视，制作自己的音乐 CD，等等。

5.4.1　启动 Windows Media Player

操作步骤如下：

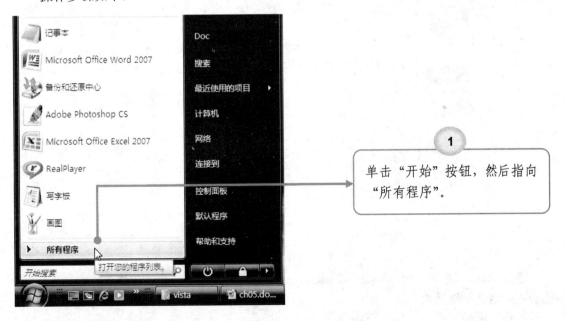

单击"开始"按钮，然后指向"所有程序"。

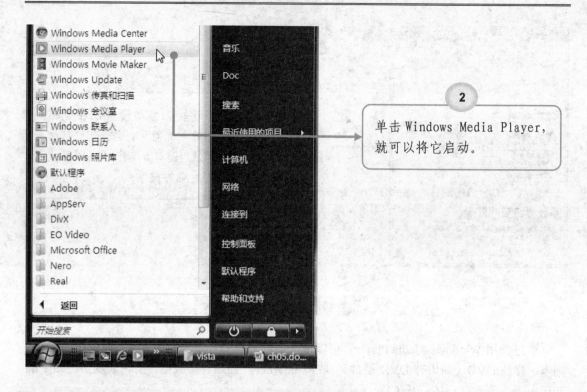

2

单击 Windows Media Player，就可以将它启动。

3

这就是启动 Windows Media Player 后的窗口。

5.4.2　更改播放器的工作界面

通过设置，我们可以将 Windows Media Player 的新工作界面转换为传统的经典菜单模式，便于更好地使用该播放工具。

操作步骤如下：

1

单击"布局选项卡"右侧的黑三角按钮，在出现的下拉菜单中选择"显示经典菜单"命令。

2

窗口已经显示出菜单栏。

5.4.3　播放音乐

如果用户的电脑中存放着音乐文件，那么就可以使用 Windows Media Player 来播放，它支持的播放文件的格式很多，所以不必担心不能播放。

要使用 Windows Media Player 软件来播放音乐，其操作步骤如下：

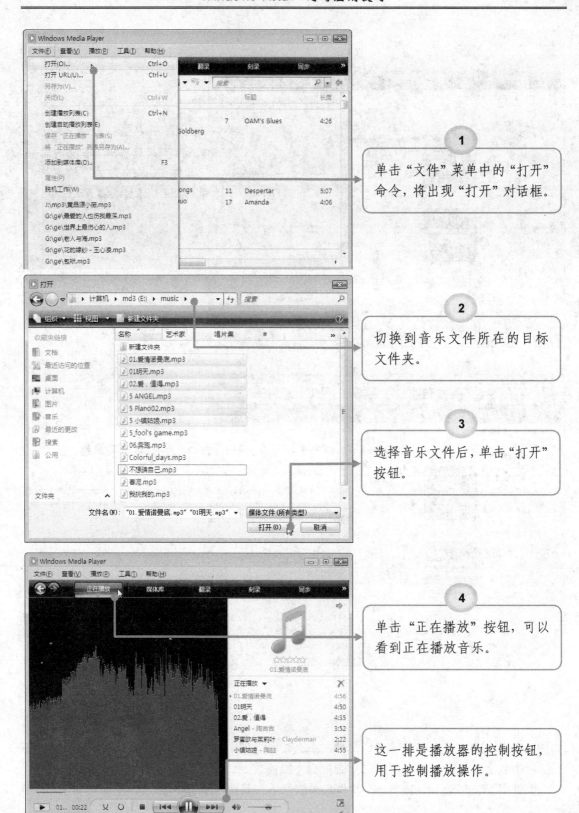

1 单击"文件"菜单中的"打开"命令,将出现"打开"对话框。

2 切换到音乐文件所在的目标文件夹。

3 选择音乐文件后,单击"打开"按钮。

4 单击"正在播放"按钮,可以看到正在播放音乐。

这一排是播放器的控制按钮,用于控制播放操作。

在列表上单击鼠标右键，会弹出一个菜单，从中选择一个命令就可以执行对应的操作。

5.4.4　播放影片

使用 Windows Media Player 播放 VCD 或 DVD 的方法，分以下几种情况。

1．电脑中只有 Windows Media Player 一种媒体播放器

在使用电脑播放 VCD 或 DVD 时，当电脑中只有 Windows Media Player 一种媒体播放器时，把 VCD 或 DVD 影碟光盘放入光驱后，将自动弹出 Windows Media Player 媒体播放窗口并开始播放。

2．电脑中有多种媒体播放器存在

当电脑中有多种媒体播放器存在，如果要使用 Windows Media Player 媒体播放器来播放 VCD 或 DVD 影片，其操作步骤如下：

1 启动 Windows Media Player 后，将影碟光盘放入光驱中。

2 单击"播放"菜单中的"DVD、VCD 或 CD 音频"命令，就能自动播放影片。

提示

    如果影片文件存放在本地电脑的硬盘中，可以按照前面介绍的播放音乐的方法来播放影片文件。

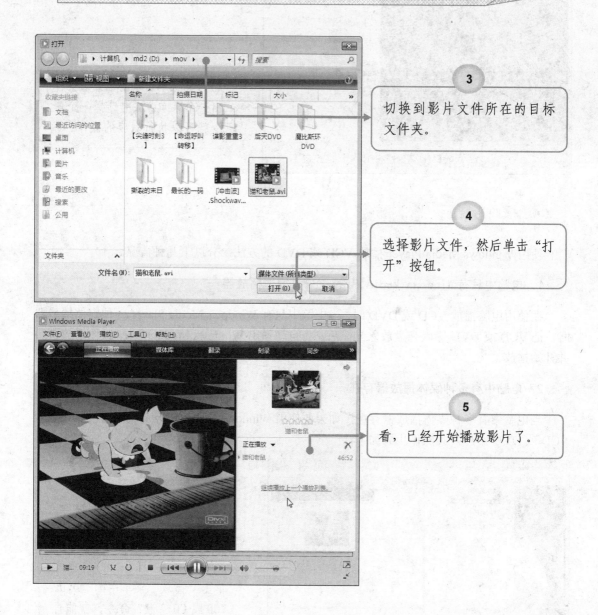

3 切换到影片文件所在的目标文件夹。

4 选择影片文件，然后单击"打开"按钮。

5 看，已经开始播放影片了。

5.4.5 快速切换窗口/全屏幕

    利用 Windows Media Player 播放影片时，只要按住 Alt 键再按 Enter 键，就可以在窗口播放与全屏幕播放之间快速切换。此时，按 F10 键可以增大音量，按 F9 键可以减小音量。

5.4.6 切换完整模式和外观模式

其操作步骤如下：

1 单击"查看"菜单中的"外观模式"命令，就可以切换到"外观模式"窗口。

2 单击"切换到完整模式"按钮，就可以切换到完整模式窗口。

5.5 Windows Vista 的照片库

使用 Windows Vista 的照片库功能不仅可以查看照片，还可以对照片进行管理、修复以及打印等。

5.5.1 认识Windows照片库窗口

本节先来认识一下 Windows Vista 照片库窗口。

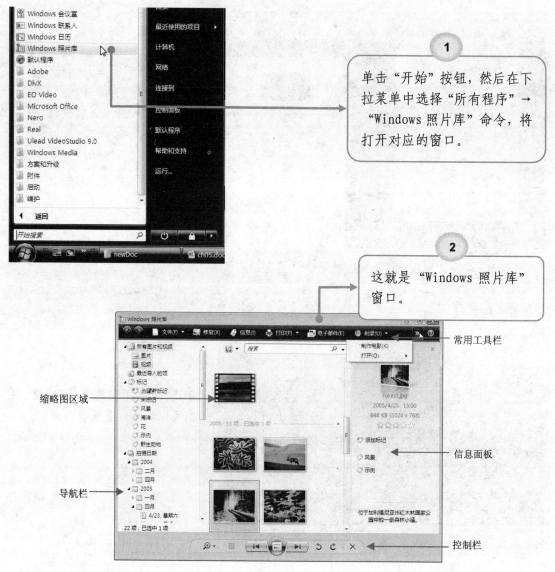

1

单击"开始"按钮,然后在下拉菜单中选择"所有程序"→"Windows 照片库"命令,将打开对应的窗口。

2

这就是"Windows 照片库"窗口。

常用工具栏

缩略图区域

导航栏

信息面板

控制栏

1．常用工具栏

在窗口的顶部、标题栏的下方是常用工具栏,其中列出了最常用的工具按钮,这些工具按钮分别可以实现以下的功能。

◇ ▇文件(F)▼：单击该按钮后可以打开"文件"菜单,在该菜单中提供了和文件操作有关的选项,例如导入图片、删除文件和重命名文件等。

◇ ▇修复(X)：单击该按钮后可以对选中的照片进行裁剪和修复等操作。虽然提供的修复功能很简单,但都是一般用户最常用的,而且操作起来也很容易,只需要简单地点击鼠标就可完成基本的修复操作。

- ◇ **信息(I)**：单击该按钮后可以打开或关闭窗口右侧的信息面板，在该信息面板中可以看到被选中照片的一些常用信息，例如缩略图、文件信息、等级信息、标记和标题等。
- ◇ **打印(P)**：单击该按钮后可以将所选照片直接使用本地打印机或者网络打印机打印出来。
- ◇ **电子邮件(E)**：单击该按钮后可以将所选照片以电子邮件附件的形式发送出去。
- ◇ **刻录(U)**：单击该按钮后可以将所选照片刻录到 CD 光盘或者 DVD 光盘中。
- ◇ **制作电影(K)**：单击该按钮后可以将所选照片制作成电子相册形式的电影。
- ◇ **打开(O)**：单击该按钮后可以调用其他关联程序打开所选的照片。

2．信息面板

信息面板位于窗口的右侧，在这个面板中显示了当前选中照片的一些详细信息。要隐藏信息面板，可以直接单击该面板右上角的 ✕（关闭）按钮，若要重新打开该信息面板，则单击常用工具栏中的“信息”按钮即可。

3．控制栏

控制栏位于窗口的最下方，在控制栏中提供了查看照片时可能会用到的一些常用功能。在控制栏中，在使用 Windows 照片库查看照片缩略图和查看某一张照片的时候，控制栏中有一个按钮会发生变化。在缩略图模式下，控制栏如左图所示；在查看某一张照片的时候，控制栏如右图所示。

控制栏中这些按钮的作用如表 5-1 所示。

表 5-1　控制栏中按钮的作用

按钮图标	名　称	说　明
🔍▾	更改显示大小	单击该按钮后可以弹出一个滑杆，拖动其中的滑块可以调节缩略图的大小。向上拖动滑块则放大缩略图，向下拖动则缩小缩略图
▦	将缩略图重置为默认大小	单击该按钮后可以将缩略图的大小设为默认值
◄	上一个	单击该按钮可以切换选中上一张照片
▣	放映幻灯片	单击该按钮可以用幻灯片的形式放映当前文件夹中的所有照片
►►	下一个	单击该按钮可以切换选中下一张照片
↺	逆时针旋转	单击该按钮可以将选中的照片逆时针旋转
↻	顺时针旋转	单击该按钮可以将选中的照片顺时针旋转
✕	删除	单击该按钮可以删除选中的照片
⊡	实际大小	单击该按钮可以将照片显示为实际大小，这时候我们可以通过鼠标拖动照片的方式查看放大后的照片

4．导航栏

导航栏位于窗口的最左侧，可以让我们以不同形式浏览所有照片。在导航栏中，有"所有图片和视频"、"最近导入的项"、"标记"、"拍摄日期"、"分级"和"文件夹"几个节点，通过这些节点可以很快找到想看的照片。

有些节点的左侧都有一个三角形的图标，表示该节点下还有子项目，双击节点名称，或者单击名称左侧的三角形箭头，就可以展开该节点，看到下级内容。

5．缩略图区域

缩略图区域位于窗口的中央，在该区域中显示了左侧导航栏中选中的节点下的内容。当将鼠标指针悬停在某个缩略图上之后，就可以看到一个更大的缩略图以及有关这张照片的部分信息。

5.5.2 获取数码照片

要想使用计算机处理数码照片，首先需要将照片导入到计算机中。对于传统的照片可以使用扫描仪进行扫描，对于数码照片可以直接从数码相机导入到计算机中。如今数码相机普及率非常高，所以本节将主要以从数码相机中导入照片为例进行介绍。在从数码相机导入照片之前，首先使用 USB 连线将数码相机与计算机连接起来，并打开数码相机的电源开关。这时计算机将自动检测到数码相机中的移动存储卡。

要从数码相机中导入照片，其操作步骤如下：

单击"文件"按钮，从弹出的菜单中选择"从照相机或扫描仪导入"命令。

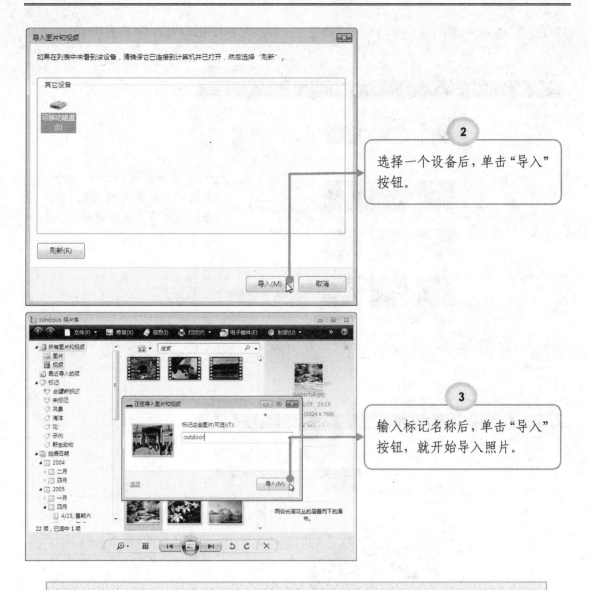

2 选择一个设备后，单击"导入"按钮。

3 输入标记名称后，单击"导入"按钮，就开始导入照片。

注意

导入速度取决于要导入的照片数量以及 USB 接口的传输速度。导入完成后，系统会自动打开"Windows 照片库"程序，并显示之前导入的照片。

5.5.3 使用Windows照片库查看数码照片

在 Windows 照片库中，可以通过多种方式浏览数码照片。

1. 查看最近导入的照片

如果 Windows 照片库中的照片很多，要查看最近导入的照片，有没有快速的方法呢？当然有，在 Windows 照片库中专门有一项功能是查看最近导入的照片的。操作方法如下：

1

单击"最近导入的项"，即可看到最近导入的数码照片。

2

将鼠标指针指向一个缩略图并稍作停留，即可看到大一些的缩略图和照片的有关信息。

2．使用标记查看照片

在导入照片到 Windows 照片库中的时候，如果对每一次导入的照片都进行了标记，那么查看起来就非常方便。

通过标记查看照片的操作步骤如下：

① 单击"标记"前的三角按钮。

② 在"标记"分类下单击要查看照片的标记名称，比如单击"风景"。

提示

　　在"标记"分类下单击"创建新标记"，可以创建一个新的标记，在缩略图区中拖动照片到新标记上，可以应用新标记到该照片上。

3．使用分级查看照片

　　通过给照片指定等级，可以方便我们快速地查找照片。对于重要的照片可以指定最高的级别（五星），对于普通照片可以不指定级别或指定很低的级别。

　　要使用分级查看照片，其操作步骤如下：

1 选择要指定级别的照片。

2 单击星型符号来指定相应的级别。

3 双击"分级"分类将它展开。

4 单击要查看的等级，比如四星，在中间的缩略图区域就会显示对应星级的照片。

4. 完整查看照片

如果希望仔细查看每张照片的内容，可以使用 Windows 照片库程序的完整查看模式。在缩略图区域中双击任何一张照片，就可以打开完整查看模式，如下图所示。

1 双击一张照片后，就可以打开完整查看模式。

2 单击"回到图库"按钮，将回到缩略图模式。

5. 使用幻灯片浏览照片

如果要浏览一系列的照片，通过手动一张张查看很不方便，这时候就可以使用 Windows 照片库的幻灯片浏览方式来查看。在 Windows 照片库程序中，无论当前是处于缩略图模式还是完整查看模式，只要单击窗口底部控制栏中的 （放映幻灯片）按钮，或者按下键盘上的 F11 键，都可以启动幻灯片放映程序。

幻灯片放映程序启动后，会自动进入全屏模式，开始播放当前文件夹中保存的所有图形和视频文件。在全屏模式下，右击鼠标将弹出一个菜单，如下图所示。

右击鼠标可弹出此菜单，通过该菜单可以控制幻灯片的播放。

5.5.4 使用Windows照片库来简单修复图像

数码相机的普及让很多人都成了摄影爱好者，但是，很多人拍摄的照片都存在构图不好、曝光不足、色彩有问题，甚至出现红眼现象。对于这些小毛病，利用 Windows 照片库程序的修复功能，就可以很容易地将有瑕疵的照片修复好。

1．自动调整照片

Windows 照片库中的自动调整功能会根据特定算法自动调整照片的曝光和色彩。在打算修复照片的曝光和色彩时，如果不知道照片怎样修复更好看，建议首先使用自动调整功能。

要自动地调整照片的效果，其操作步骤如下：

① 选中要自动调整的照片。

② 单击工具栏中的"修复"按钮。

③ 单击"自动调整"按钮。

修复好一张照片后，不需要单击"保存"按钮保存结果，在 Windows 照片库中也没有"保存"按钮，只要切换显示到其他的照片或者关闭 Windows 照片库程序，程序就会自动保存修复结果。另外，如果对自动调整的效果不满意，可以单击"撤消"按钮还原到以前的状态。

2. 调整曝光照片

如果照片的画面太暗，或者光线太强，可以使用调整曝光功能来调整照片。操作步骤如下：

提示

如果感觉调整后的效果不好，可以单击"撤销"按钮，然后再重新进行调整。

3．调整照片颜色

如果照片的颜色不够鲜艳，或者过于鲜艳，或者要把照片处理为黑白的效果，使用调整颜色功能可以实现。操作步骤如下：

分别拖动"色温"、"色彩"、"饱和度"滑杆进行调整。

提示

在使用"调整颜色"功能调整照片之前，最好先应用"自动调整"功能。这样，可以自动调整照片的曝光不足或曝光过度。

4. 剪裁图片

在拍摄照片的时候，大多数人都没有考虑构图的问题，有时候拍出来的照片主次颠倒，使用"剪裁图片"功能可以把不需要的部分裁切掉。剪裁照片的操作步骤如下：

选中要剪裁的照片。

单击工具栏中的"修复"按钮。

3 单击"剪裁图片"按钮。

4 选择"自定义"选项。

5 拖动裁剪框四周的控制点来调整裁剪的范围。

6 单击"应用"按钮。

提示

单击"旋转帧"按钮可以纵向或横向旋转裁剪框。

7

现在看到的就是裁剪后的照片效果。

5.5.5　打印数码照片

如果希望得到质量较好的数码照片，建议到数码冲印店进行冲洗。如果要求不是很高的话，可以通过彩色喷墨打印机来打印数码照片。

打印数码照片的操作步骤如下：

2

单击"打印"按钮，再从弹出的菜单中选择"打印"命令。

1

选中要打印的照片（可以是多张照片）。

3 依次选择要使用的打印机、纸张大小、打印质量、纸张类型。

4 选择照片的布局。

5 单击"打印"按钮。

提示

如果每张照片需要打印多份，可以在"每张图片的份数"数值框中输入要打印的份数。

5.6 制作电子相册光盘

要把照片刻录到光盘中，首先要确保在计算机中已经安装了刻录机，并且可用。这样，再把照片刻录到光盘，操作就很简单了。

先在刻录光驱中插入一张可用的空白光盘，其后的操作步骤如下：

2 单击"刻录"按钮，从弹出的菜单中选择"数据光盘"命令。

1 选择要刻录到光盘中的照片。

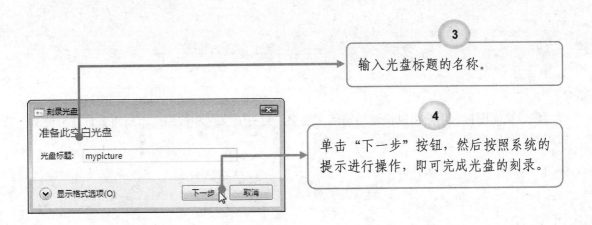

③ 输入光盘标题的名称。

④ 单击"下一步"按钮，然后按照系统的提示进行操作，即可完成光盘的刻录。

第6章 定制用户桌面

通过桌面图标，用户可以快速地访问文件夹，或打开文件和程序。本章将为读者介绍如何定制自己的桌面。

6.1 定制桌面外观

6.1.1 更改Windows的桌面背景

如果想将 Windows 系统的桌面背景换一个模样，其操作步骤如下：

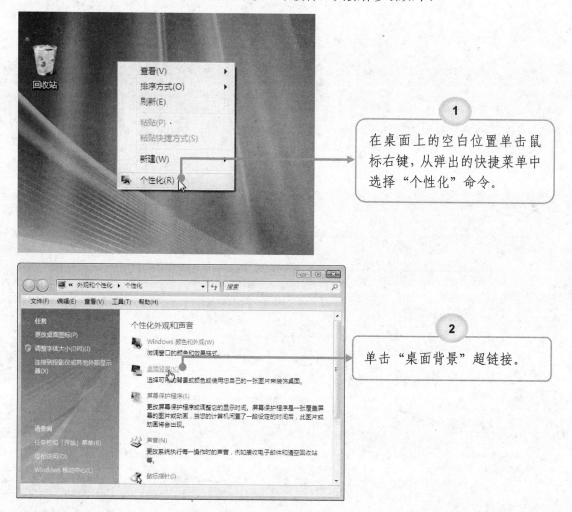

1. 在桌面上的空白位置单击鼠标右键，从弹出的快捷菜单中选择"个性化"命令。

2. 单击"桌面背景"超链接。

3
选择图片的位置。

4
选择一幅要作为背景的图片。

5
单击"确定"按钮。

6
可以看到，现在的桌面背景已经变成了一幅风景画。

提示

（1）使用图片作为桌面背景时，如果图片尺寸过大，会过多地占用计算机的内存，从而影响计算机的运行速度。

（2）可以使用个人的照片作为背景，也可以将网站上的图片保存为背景，方法是右键单击该图片，然后选择"设置为背景"命令即可。

6.1.2 更改Windows Vista桌面外观

用户可以选择一种自己喜欢的颜色来定义桌面背景，其操作步骤如下：

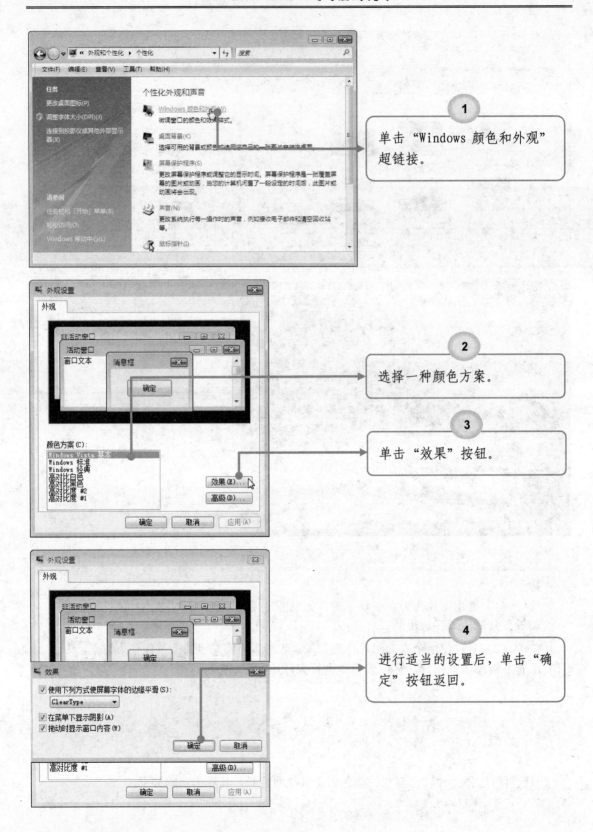

1 单击"Windows 颜色和外观"超链接。

2 选择一种颜色方案。

3 单击"效果"按钮。

4 进行适当的设置后，单击"确定"按钮返回。

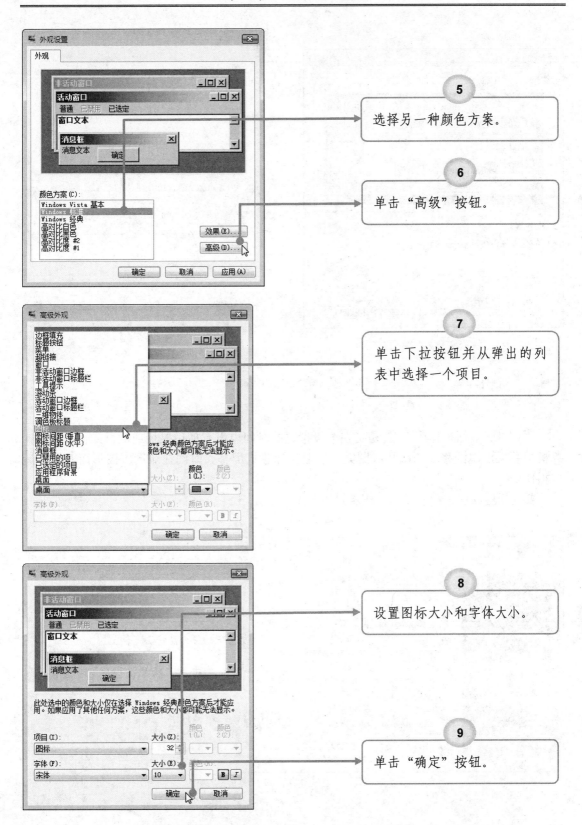

5　选择另一种颜色方案。

6　单击"高级"按钮。

7　单击下拉按钮并从弹出的列表中选择一个项目。

8　设置图标大小和字体大小。

9　单击"确定"按钮。

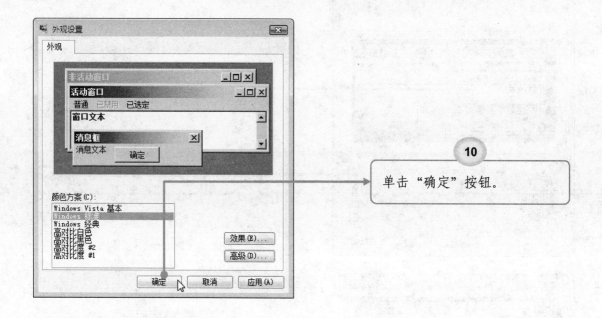

单击"确定"按钮。

10

6.1.3 使用桌面屏幕保护程序

所谓"屏幕保护程序"，就是指在一段指定的时间内没有使用鼠标或键盘操作时，在计算机屏幕上出现的移动的图片或图案，以避免计算机屏幕长时间显示同一图形而对屏幕造成损伤。

要使用屏幕保护程序，其操作步骤如下：

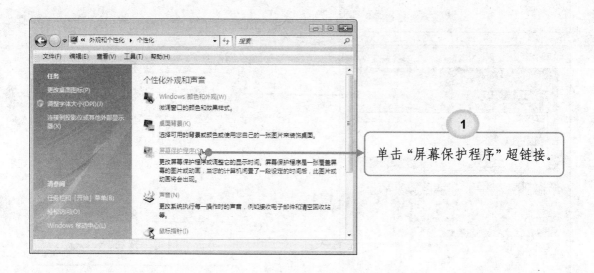

单击"屏幕保护程序"超链接。

1

2

单击下拉按钮并从弹出的列表中选择一个屏幕保护程序。

3

输入一个时间，表示计算机空闲多长时间后开始进入屏幕保护状态。

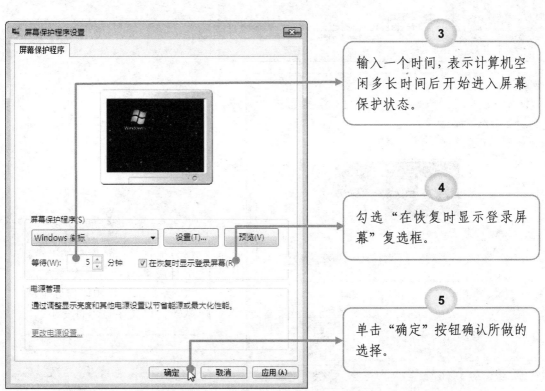

4

勾选"在恢复时显示登录屏幕"复选框。

5

单击"确定"按钮确认所做的选择。

提示

　　屏幕保护程序密码与当前用户的登录密码相同。如果没有设置使用密码登录功能，将不能设置屏幕保护程序密码。

6.1.4　设置屏幕分辨率或监视器的刷新频率

　　要设置屏幕分辨率或监视器的刷新频率，其操作步骤如下：

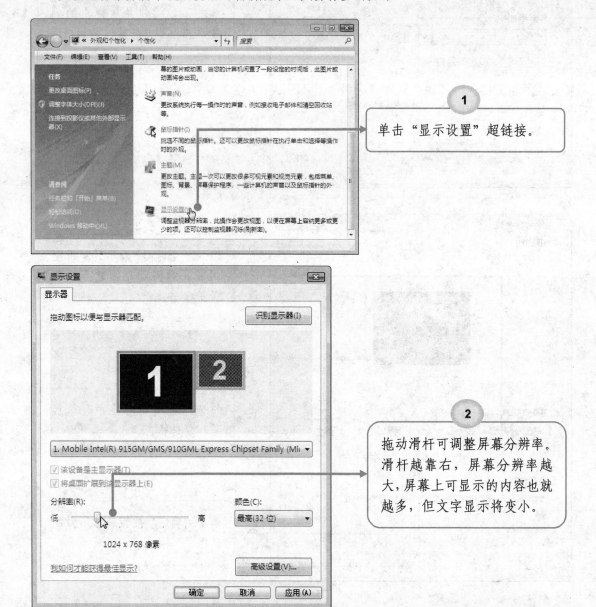

1　单击"显示设置"超链接。

2　拖动滑杆可调整屏幕分辨率。滑杆越靠右，屏幕分辨率越大，屏幕上可显示的内容也就越多，但文字显示将变小。

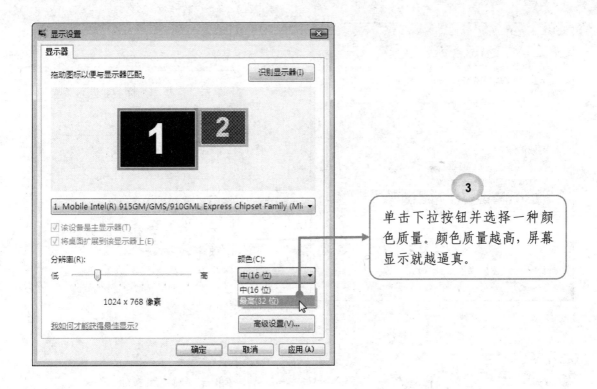

3

单击下拉按钮并选择一种颜色质量。颜色质量越高，屏幕显示就越逼真。

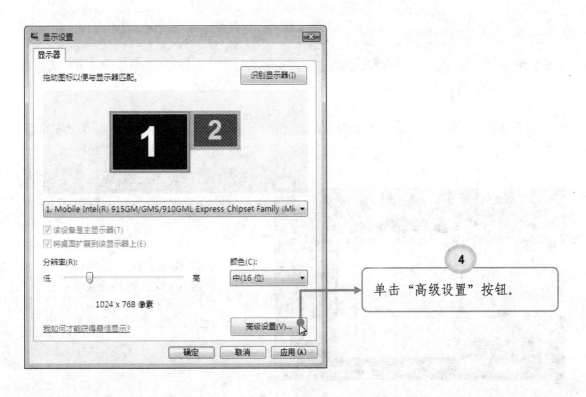

4

单击"高级设置"按钮。

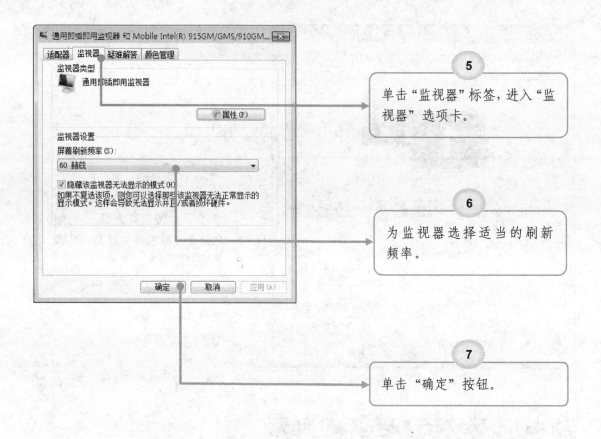

5 单击"监视器"标签,进入"监视器"选项卡。

6 为监视器选择适当的刷新频率。

7 单击"确定"按钮。

6.2 添加系统图标

新安装的 Windows Vista 操作系统桌面上只有一个图标(回收站图标),如果要在桌面上添加系统图标,比如"计算机"、"控制面板"、"网络"等,其操作步骤如下:

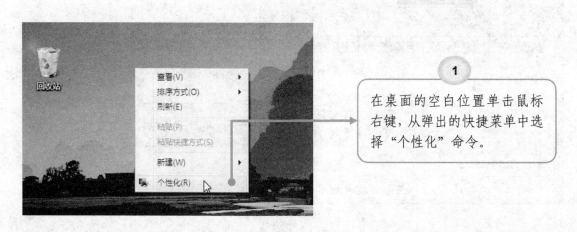

1 在桌面的空白位置单击鼠标右键,从弹出的快捷菜单中选择"个性化"命令。

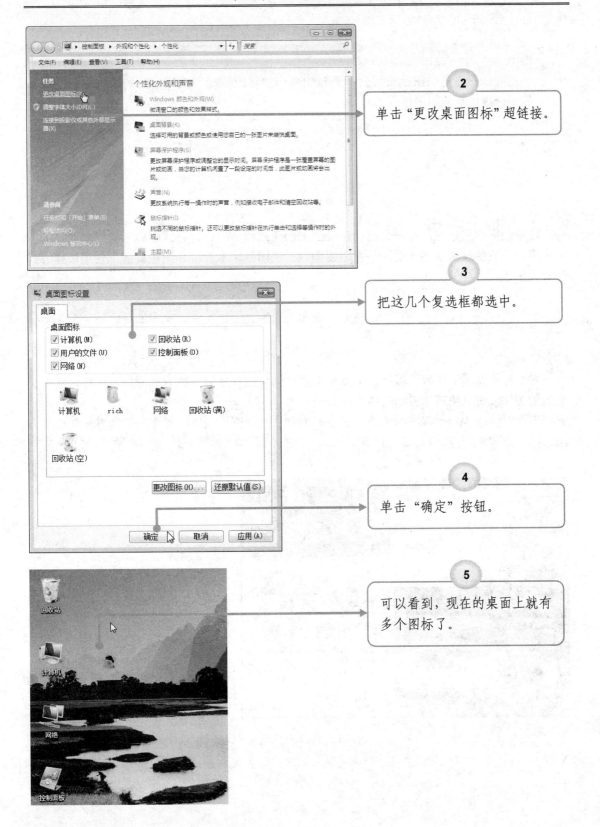

2

单击"更改桌面图标"超链接。

3

把这几个复选框都选中。

4

单击"确定"按钮。

5

可以看到，现在的桌面上就有多个图标了。

提示

可以在"桌面图标设置"对话框中单击"更改图标"按钮，为列表框中选中的图标指定其他的图标样式。

6.3　在桌面上使用快捷方式

在安装应用程序时，程序会自动在桌面上创建该程序的快捷方式图标。但当桌面上的图标太多时，查找起来很不方便，往往需要删除一些图标。本节将介绍在桌面上使用快捷方式的有关知识。

6.3.1　创建快捷方式

对于经常要调用的应用程序，可以在桌面上创建该程序的快捷方式图标，这样，双击桌面上的图标就可以快速地启动应用程序。

下面以创建 Word 程序的快捷方式图标为例，来介绍添加应用程序的快捷方式图标的方法，操作步骤如下：

1

在桌面上的空白位置单击鼠标右键，从弹出的快捷菜单中选择"新建"→"快捷方式"命令。

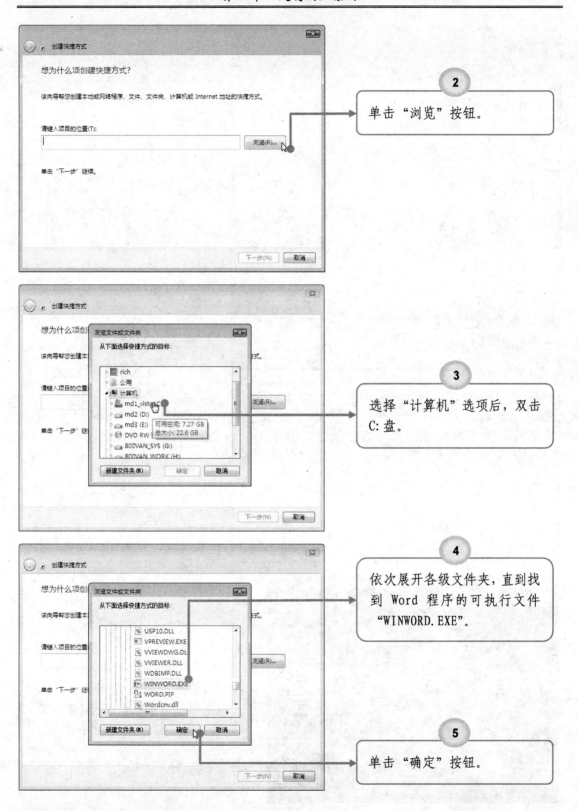

2 单击"浏览"按钮。

3 选择"计算机"选项后，双击 C: 盘。

4 依次展开各级文件夹，直到找到 Word 程序的可执行文件 "WINWORD.EXE"。

5 单击"确定"按钮。

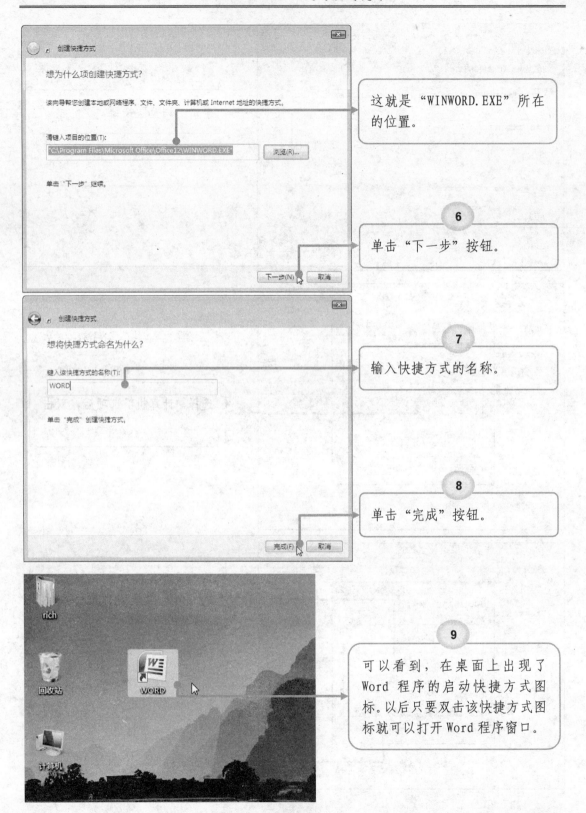

这就是 "WINWORD.EXE" 所在的位置。

6

单击 "下一步" 按钮。

7

输入快捷方式的名称。

8

单击 "完成" 按钮。

9

可以看到，在桌面上出现了 Word 程序的启动快捷方式图标。以后只要双击该快捷方式图标就可以打开 Word 程序窗口。

此外，在某个文件或文件夹上单击右键，从弹出的快捷菜单中选择"发送到"→"桌面快捷方式"命令，也可以在桌面上创建对应的快捷方式。

6.3.2 改变快捷方式的属性

如果要改变快捷方式的属性，其操作步骤如下：

1

右击快捷方式图标，从弹出的快捷菜单中选择"属性"命令，将打开"属性"对话框。

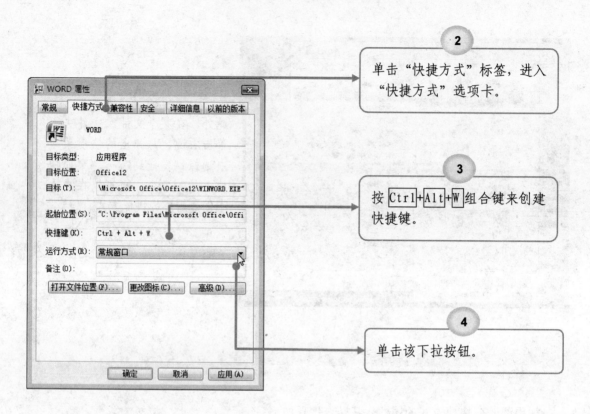

② 单击"快捷方式"标签,进入"快捷方式"选项卡。

③ 按 Ctrl + Alt + W 组合键来创建快捷键。

④ 单击该下拉按钮。

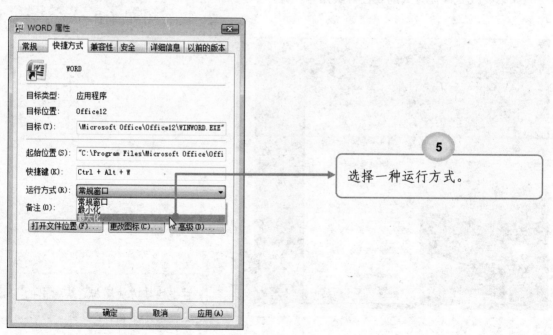

⑤ 选择一种运行方式。

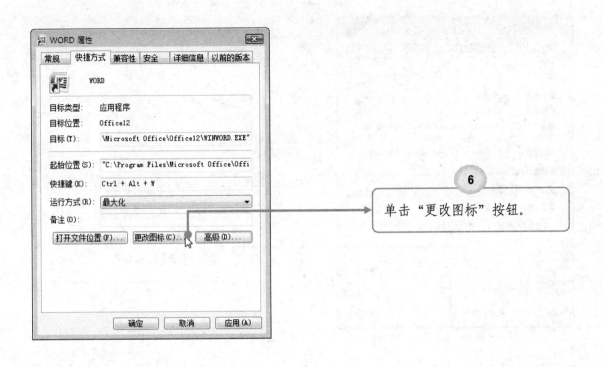

6

单击"更改图标"按钮。

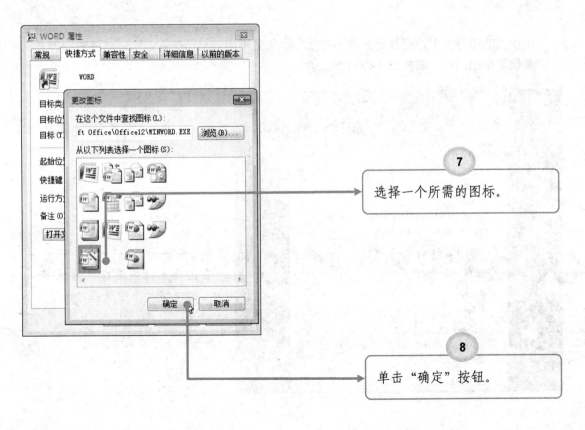

7

选择一个所需的图标。

8

单击"确定"按钮。

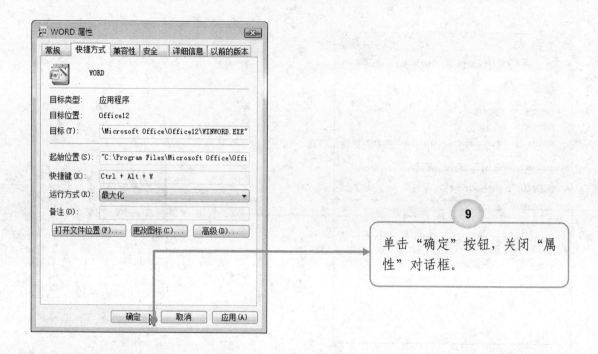

单击"确定"按钮，关闭"属性"对话框。

6.3.3 删除快捷方式

桌面上的图标太多，查找起来很不方便，如果是不用的桌面图标，可以将其删除掉。要删除桌面图标，其操作步骤如下：

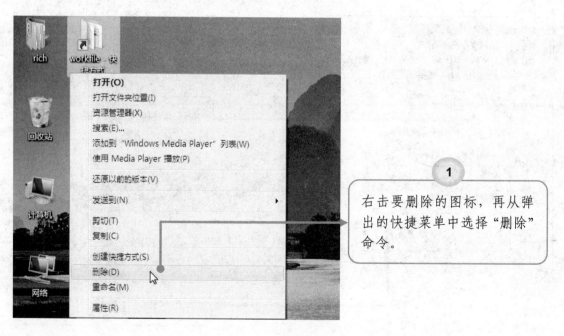

右击要删除的图标，再从弹出的快捷菜单中选择"删除"命令。

2

单击"是"按钮，将删除选定的图标。

提示

上面的操作只是将图标删除到"回收站"中，如果不想将图标删除到"回收站"中，可以在执行上面的操作前按下 Shift 键。另外，还可以直接按键盘中的 Del 键来删除桌面上的图标。

6.4 排列桌面图标

随着电脑使用时间的增加，桌面上可能会增加很多图标，有安装程序时创建的图标，也有我们创建的文件或文件夹等图标。为了更好地利用好桌面图标，用户可以对桌面图标进行一些操作，例如，移动图标、排列桌面图标等。

6.4.1 移动桌面上的图标

操作步骤如下：

在图标上按住鼠标左键，拖到目标位置后松开鼠标，即可移动图标的位置。

6.4.2 排列桌面上的图标

桌面上的图标过多会使得桌面显得很乱，不利于我们对桌面图标的操作。在这种情况下，我们可以对桌面图标进行排列。

要排列桌面图标，其操作步骤如下：

1
在桌面上的空白位置单击鼠标右键，从弹出的快捷菜单中选择"排序方式"命令，又出现一个级联菜单。

2
从中选择一项，桌面上的图标即可按对应的方式进行排序。

3
鼠标右键单击桌面，然后在弹出的快捷菜单中选择"查看"→"自动排列"命令，桌面上的图标便会自动调整各自的位置。如果想以手动拖动的方式来排列图标，那么请不要选择"自动排列"命令。

6.4.3 调整桌面图标的纵横间距

在桌面图标很多时，图标间的行列间距可能会影响我们查找这些图标。用户可以更改系统设置来调整桌面图标的纵横间距，操作步骤如下：

1

在桌面上的空白位置单击鼠
标右键，从弹出的快捷菜单中
选择"个性化"命令。

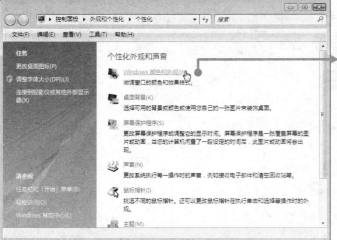

2

单击"Windows 颜色和外观"
超链接。

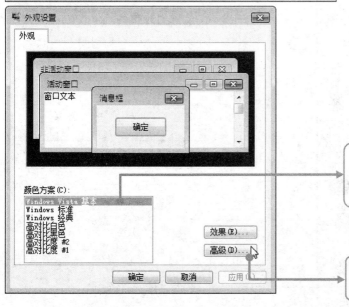

3

选择"WindowsVista 基本"颜
色方案。

4

单击"高级"按钮。

187

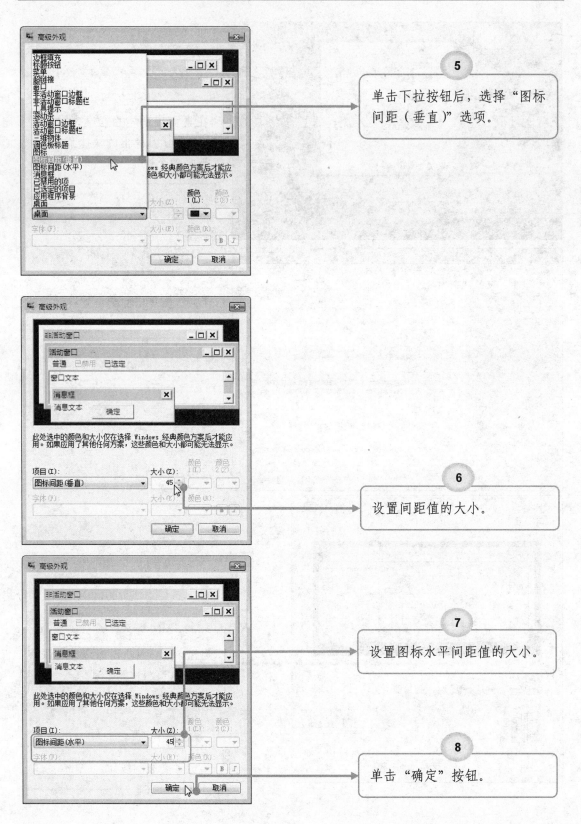

5 单击下拉按钮后，选择"图标间距（垂直）"选项。

6 设置间距值的大小。

7 设置图标水平间距值的大小。

8 单击"确定"按钮。

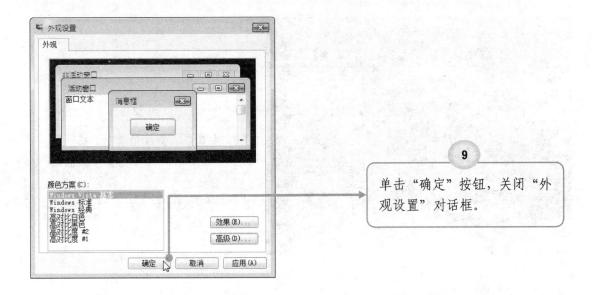

9

单击"确定"按钮，关闭"外观设置"对话框。

6.5   定制任务栏

利用任务栏可以迅速在多个应用程序之间进行切换。有时，在某个应用程序中工作时，为了在屏幕上显示更多的内容，可能需要隐藏任务栏。另外，还可以改变任务栏中显示的内容。

6.5.1   移动任务栏的位置

默认情况下，任务栏位于桌面的底部，必要时，可以将任务栏移到桌面的右边、上边或左边。其操作步骤如下：

1

将鼠标指针指向任务栏的空白处，按住鼠标左键不放，并向右侧拖动。

2

拖到最右侧的位置后，松开鼠标，即可将任务栏置于桌面的右侧。

6.5.2 改变任务栏的大小

要改变任务栏的大小，其操作步骤如下：

1

将鼠标指针移到任务栏的边界上，使鼠标指针变成一个双向箭头。

2

按住鼠标左键向上拖动，即可增大任务栏的高度。

190

6.5.3 设置任务栏的属性

如果要对任务栏的相关选项做进一步设置，其操作步骤如下：

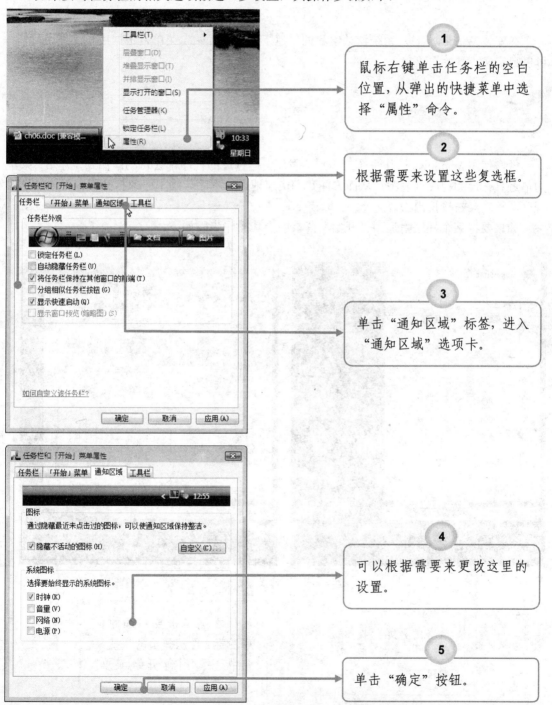

1 鼠标右键单击任务栏的空白位置，从弹出的快捷菜单中选择"属性"命令。

2 根据需要来设置这些复选框。

3 单击"通知区域"标签，进入"通知区域"选项卡。

4 可以根据需要来更改这里的设置。

5 单击"确定"按钮。

6.6 定制"开始"菜单

在安装 Windows 时，系统默认给我们创建了一个"开始"菜单，根据用户的使用习惯，可以自定义"开始"菜单。

6.6.1 将程序图标附加到"开始"菜单

经常使用 Windows 操作系统的用户会发现，运行过的程序都会自动添加到"开始"菜单的最近打开过的程序列表中，从而方便我们快速地运行程序。当不停地打开程序时，最早的程序图标就会被排挤出去。

如果要将某个程序附加到"开始"菜单中，其操作步骤如下：

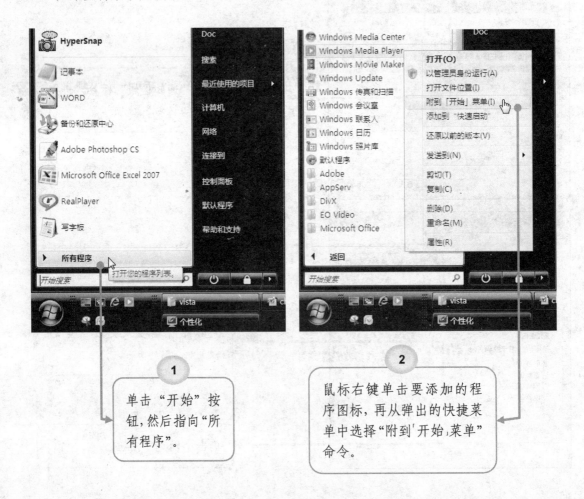

1 单击"开始"按钮，然后指向"所有程序"。

2 鼠标右键单击要添加的程序图标，再从弹出的快捷菜单中选择"附到『开始』菜单"命令。

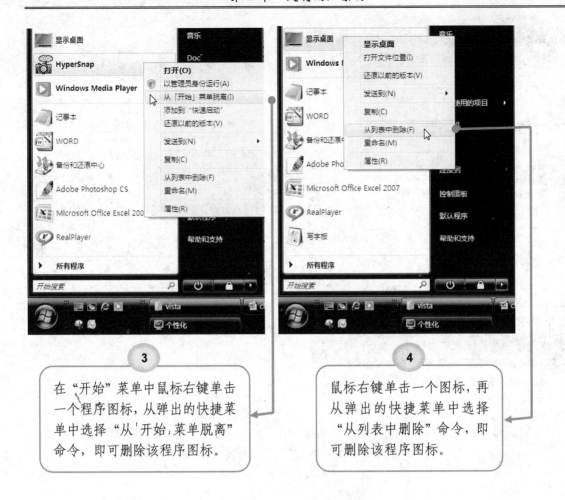

③

在"开始"菜单中鼠标右键单击
一个程序图标，从弹出的快捷菜
单中选择"从『开始』菜单脱离"
命令，即可删除该程序图标。

④

鼠标右键单击一个图标，再
从弹出的快捷菜单中选择
"从列表中删除"命令，即
可删除该程序图标。

6.6.2　调整"开始"菜单常用程序列表中显示的程序数目

　　前面已经讲过，对于使用过的程序系统会自动将其添加到"开始"菜单的最近打开的程序列表中。该列表显示数目可以根据用户的需要进行调整，其取值范围为 0~30。

　　要调整该列表显示的程序数目，其操作步骤如下：

①

鼠标右键单击"开始"按钮，
从弹出的快捷菜单中选择"属
性"命令。

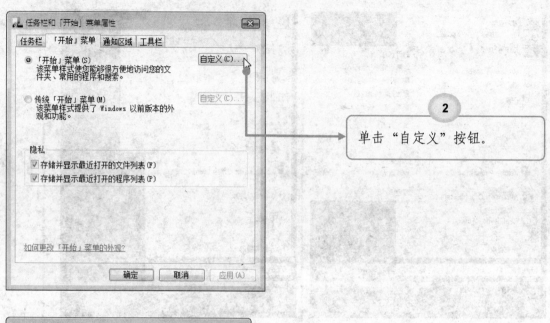

单击"自定义"按钮。

2

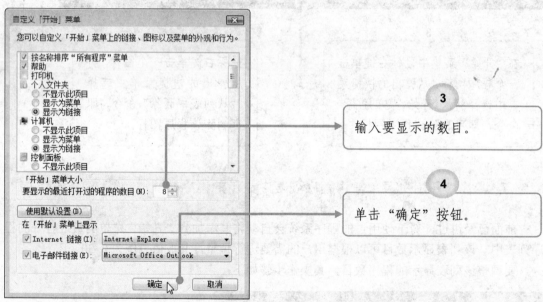

3

输入要显示的数目。

4

单击"确定"按钮。

6.6.3 自定义"开始"菜单的右窗格

在"开始"菜单右侧有一排系统默认的项目，用户可以添加或删除出现在"开始"菜单右侧的项目，例如计算机、控制面板和图片等。还可以更改一些项目，使它们以链接或菜单的形式显示。

要自定义"开始"菜单的右窗格，其操作步骤如下：

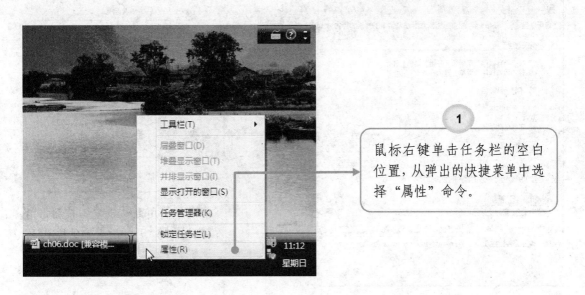

1

鼠标右键单击任务栏的空白位置，从弹出的快捷菜单中选择"属性"命令。

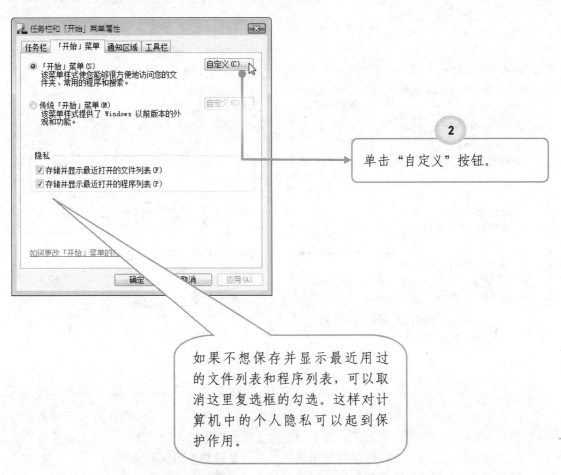

2

单击"自定义"按钮。

如果不想保存并显示最近用过的文件列表和程序列表，可以取消这里复选框的勾选。这样对计算机中的个人隐私可以起到保护作用。

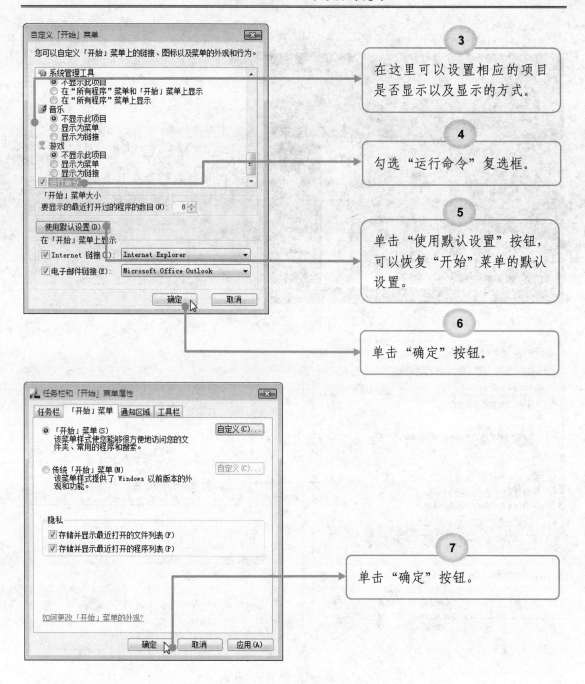

3 在这里可以设置相应的项目是否显示以及显示的方式。

4 勾选"运行命令"复选框。

5 单击"使用默认设置"按钮,可以恢复"开始"菜单的默认设置。

6 单击"确定"按钮。

7 单击"确定"按钮。

6.6.4 从"开始"菜单清除最近使用的项目

在"开始"菜单的"最近使用的项目"中列出了用户最近使用的文件,打开该列表后再单击相应的文件项目即可将它打开。如果用户的文件比较重要,为了不让其他人查看您的文件,在关闭计算机之前,请清除最近使用的项目,这是最基本的保密操作。

要从"开始"菜单清除最近使用的项目,其操作步骤如下:

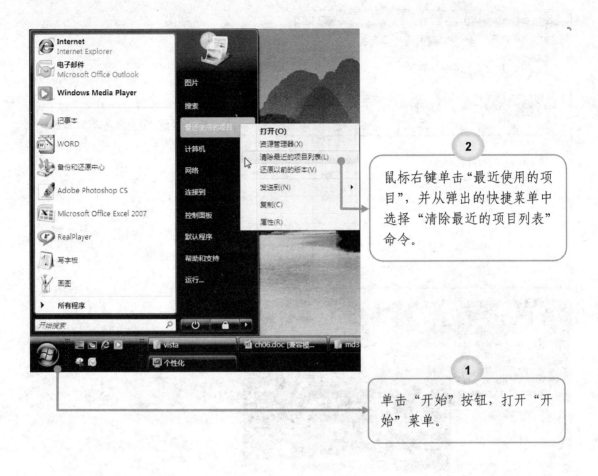

2

鼠标右键单击"最近使用的项目",并从弹出的快捷菜单中选择"清除最近的项目列表"命令。

1

单击"开始"按钮,打开"开始"菜单。

6.6.5 切换到传统的"开始"菜单

对于喜欢传统的"开始"菜单的用户,新"开始"菜单的界面也许有点不习惯。没关系,这都是可以自由切换的。

如果要切换到传统的"开始"菜单,其操作步骤如下:

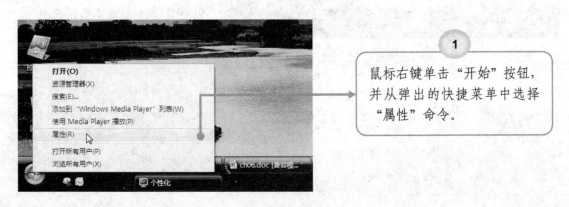

1

鼠标右键单击"开始"按钮,并从弹出的快捷菜单中选择"属性"命令。

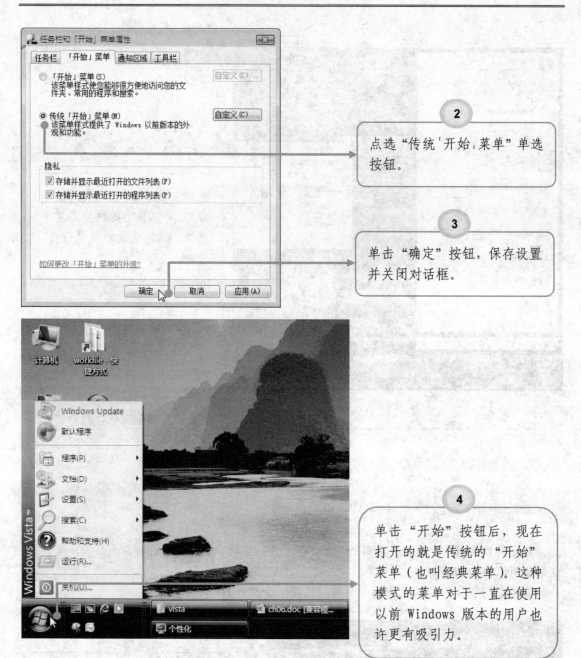

2 点选"传统「开始」菜单"单选按钮。

3 单击"确定"按钮，保存设置并关闭对话框。

4 单击"开始"按钮后，现在打开的就是传统的"开始"菜单（也叫经典菜单）。这种模式的菜单对于一直在使用以前 Windows 版本的用户也许更有吸引力。

第7章　更改系统设置

本章将介绍 Windows Vista 中的设置功能，以便用户根据自己的需要设置工作环境，从而更有效地使用 Windows Vista。

7.1　设置日期和时间

默认情况下，在任务栏的右侧显示当前的时间，如果把鼠标指针移到时间上并且停留一会儿，当前日期就会显示在屏幕上。

如果要重新设置当前的日期和时间，其操作步骤如下：

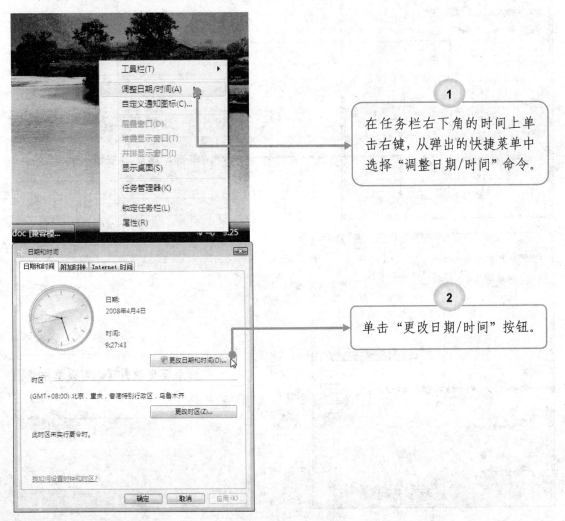

1　在任务栏右下角的时间上单击右键，从弹出的快捷菜单中选择"调整日期/时间"命令。

2　单击"更改日期/时间"按钮。

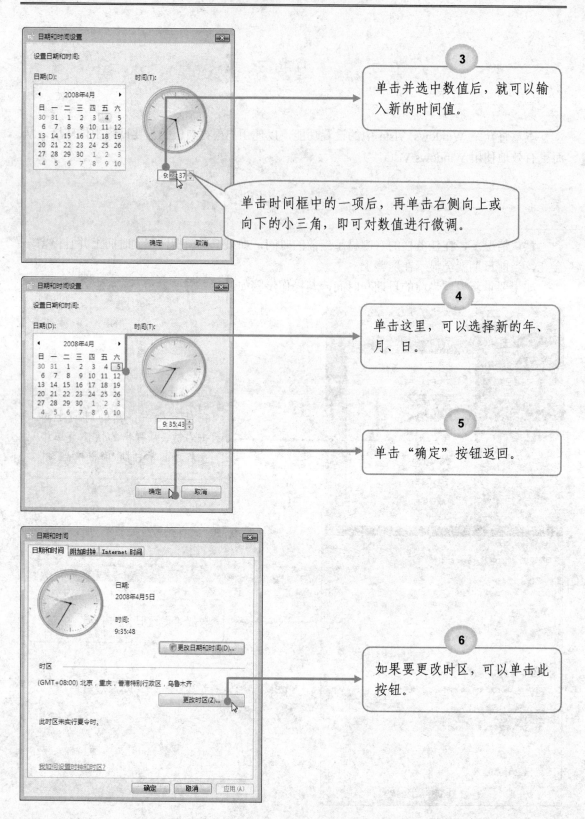

3 单击并选中数值后，就可以输入新的时间值。

单击时间框中的一项后，再单击右侧向上或向下的小三角，即可对数值进行微调。

4 单击这里，可以选择新的年、月、日。

5 单击"确定"按钮返回。

6 如果要更改时区，可以单击此按钮。

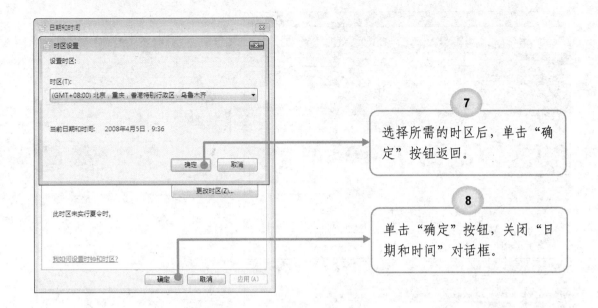

7 选择所需的时区后，单击"确定"按钮返回。

8 单击"确定"按钮，关闭"日期和时间"对话框。

7.2　区　域　设　置

不同的国家或地区所使用的语言不同，其数字、货币、时间和日期所采用的格式也存在差异。因此，Windows Vista允许用户根据自己的实际情况设置不同的格式。当用户带着笔记本电脑去环球旅行时，本节介绍的内容将很有用。

7.2.1　设置区域

要设置区域属性，其操作步骤如下：

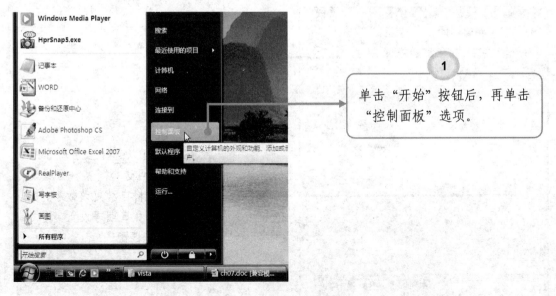

1 单击"开始"按钮后，再单击"控制面板"选项。

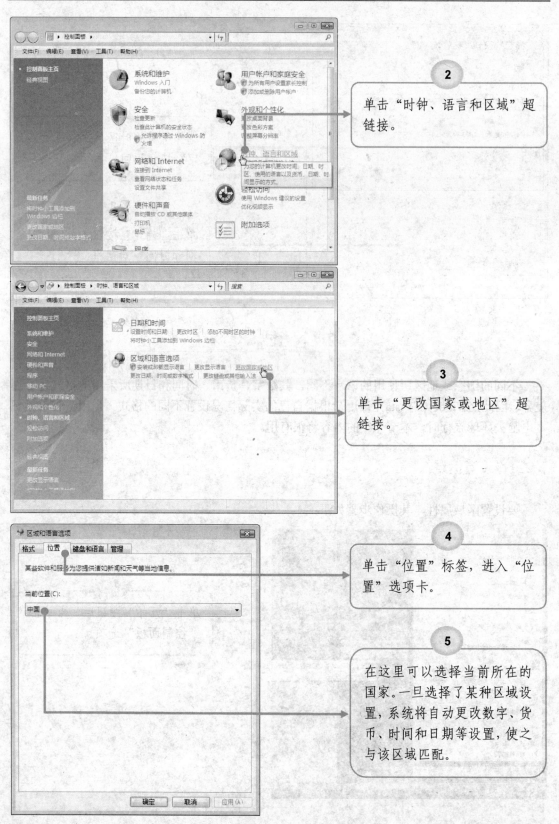

2
单击"时钟、语言和区域"超链接。

3
单击"更改国家或地区"超链接。

4
单击"位置"标签，进入"位置"选项卡。

5
在这里可以选择当前所在的国家。一旦选择了某种区域设置，系统将自动更改数字、货币、时间和日期等设置，使之与该区域匹配。

7.2.2　设置数字格式

要设置数字格式，其操作步骤如下：

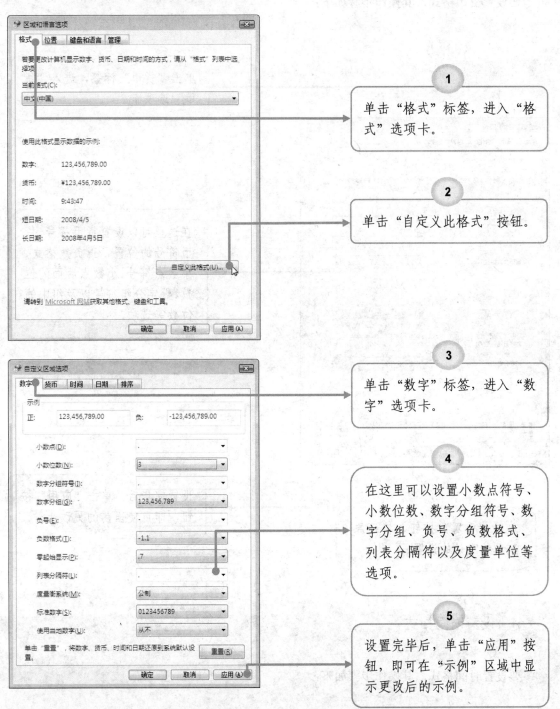

7.2.3 设置货币格式

要设置货币格式，其操作步骤如下：

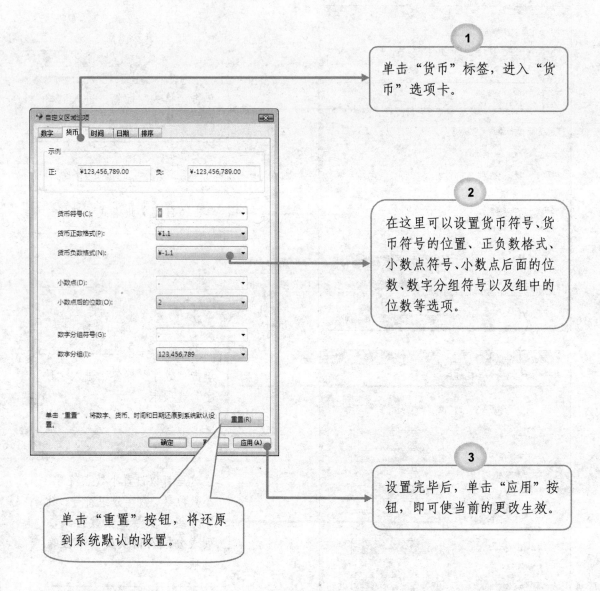

1

单击"货币"标签，进入"货币"选项卡。

2

在这里可以设置货币符号、货币符号的位置、正负数格式、小数点符号、小数点后面的位数、数字分组符号以及组中的位数等选项。

3

设置完毕后，单击"应用"按钮，即可使当前的更改生效。

单击"重置"按钮，将还原到系统默认的设置。

7.2.4 设置时间格式

要设置时间格式，其操作步骤如下：

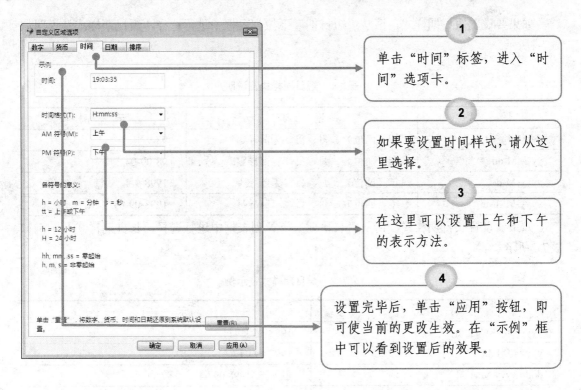

单击"时间"标签，进入"时间"选项卡。

如果要设置时间样式，请从这里选择。

在这里可以设置上午和下午的表示方法。

设置完毕后，单击"应用"按钮，即可使当前的更改生效。在"示例"框中可以看到设置后的效果。

7.2.5　设置日期格式

要设置日期格式，其操作步骤如下：

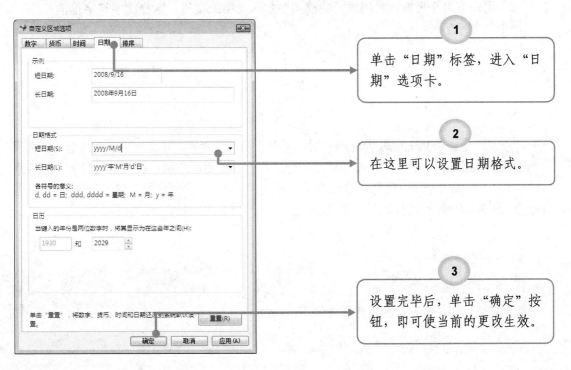

单击"日期"标签，进入"日期"选项卡。

在这里可以设置日期格式。

设置完毕后，单击"确定"按钮，即可使当前的更改生效。

如果要设置短日期样式，请从"短日期"下拉列表框中进行选择，短日期样式及说明如表7-1所示。

表7-1　短日期样式及说明

样　式	说　明	示　例
yy-M-d	年（两位）、月、日，无前导零	98-9-4
yy-MM-dd	年（两位）、月、日，有前导零	98-09-04
yyyy-M-d	年（四位）、月、日，无前导零	1998-9-4
yyyy-MM-dd	年（四位）、月、日，有前导零	1998-09-04

如果要设置长日期样式，请从"长日期"下拉列表框中进行选择，长日期样式及示例如表7-2所示。

表7-2　长日期样式及示例

样　式	示　例
yyyy '年 'M '月 'd '日	1998年9月4日
yyyy MM dd	1998 09 04
dddd yyyy MM dd	星期五　1998 09 04
dddd yyyy '年 'M '月 'd '日	星期五　1998年9月4日

> **提示**
>
> 　　用户可以在日期和时间格式的描述中加入文字或字符，这些文字和字符需要用单引号括起来。

7.3　设置用户账户

用户账户是通知 Windows 允许用户访问哪些文件和文件夹，可以对计算机和个人首选项（如桌面背景或颜色主题）进行哪些更改的信息集合。使用用户账户，可以与若干个人共享一台计算机，但每一个用户仍然有自己的文件和设置。用户账户包含用户名和密码，每个人都可以使用用户名和密码访问其用户账户。

7.3.1　创建新的用户账户

要创建新的用户账户，其操作步骤如下：

1

单击"开始"按钮，然后单击"控制面板"选项。

2

单击"添加或删除用户账户"超链接。

3

单击"创建一个新账户"超链接。

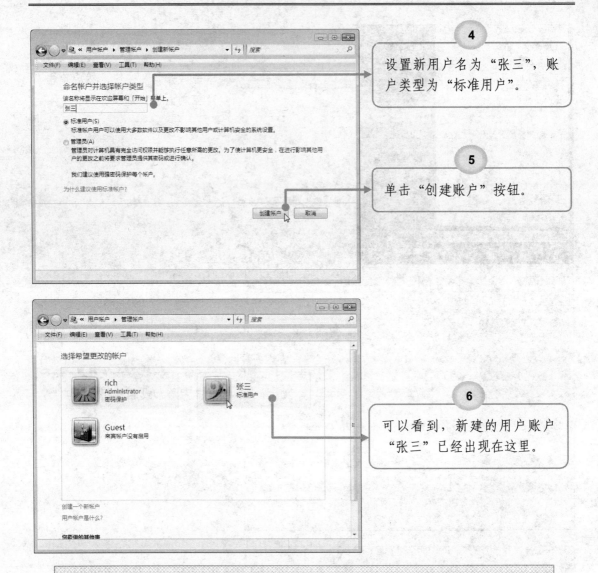

4 设置新用户名为"张三",账户类型为"标准用户"。

5 单击"创建账户"按钮。

6 可以看到,新建的用户账户"张三"已经出现在这里。

提示

　　用户在选择账户类型时,首先要看自己平时的工作任务类型。如果经常需要安装应用程序、经常需要执行管理任务,那么就应该选择"管理员"类型;如果平时仅仅进行文档处理、收发邮件、浏览网页或者玩游戏等,则可以选择"标准用户"类型。其次要看用户对象。如果是为访客或者计算机初级用户创建用户账户,则应该选择"标准用户"类型,以避免对计算机系统的安全造成不必要的影响。

7.3.2　更改用户账户的设置

　　如果要对已经存在的账户进行一些修改设置,其操作步骤如下:

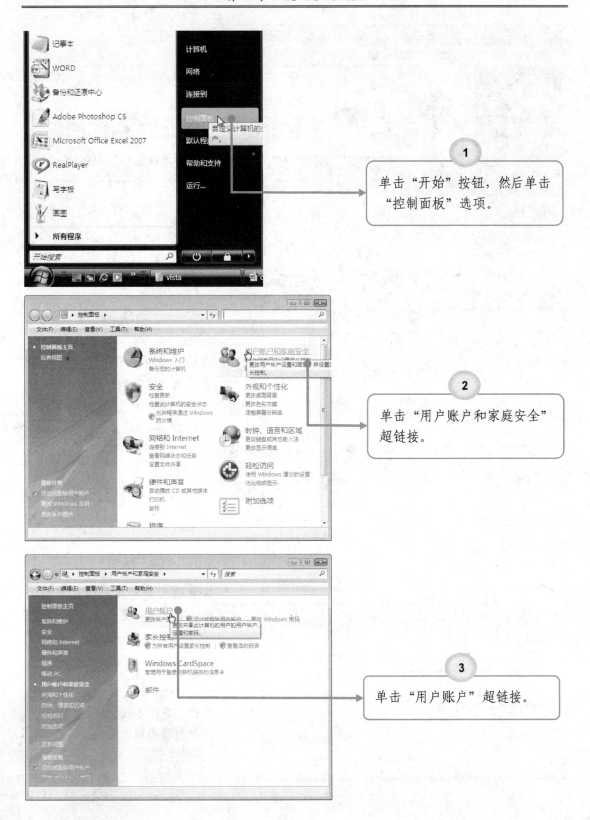

1

单击"开始"按钮，然后单击
"控制面板"选项。

2

单击"用户账户和家庭安全"
超链接。

3

单击"用户账户"超链接。

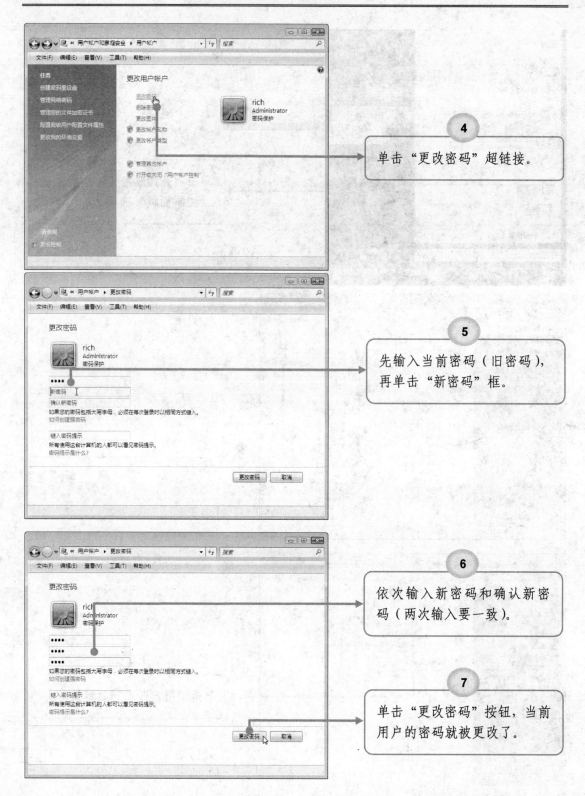

4 单击"更改密码"超链接。

5 先输入当前密码（旧密码），再单击"新密码"框。

6 依次输入新密码和确认新密码（两次输入要一致）。

7 单击"更改密码"按钮，当前用户的密码就被更改了。

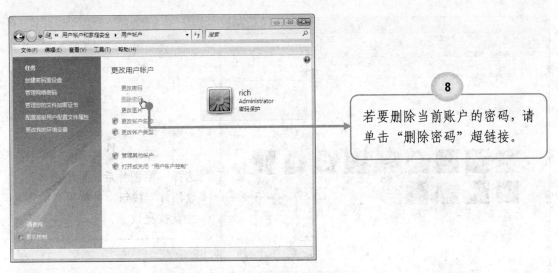

8

若要删除当前账户的密码，请单击"删除密码"超链接。

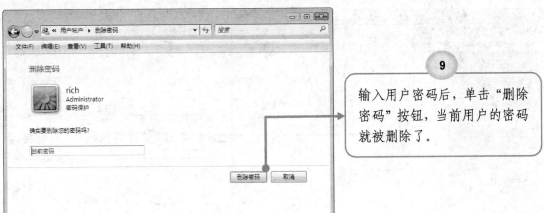

9

输入用户密码后，单击"删除密码"按钮，当前用户的密码就被删除了。

10

若要更改当前账户的图片，请单击"更改图片"超链接。

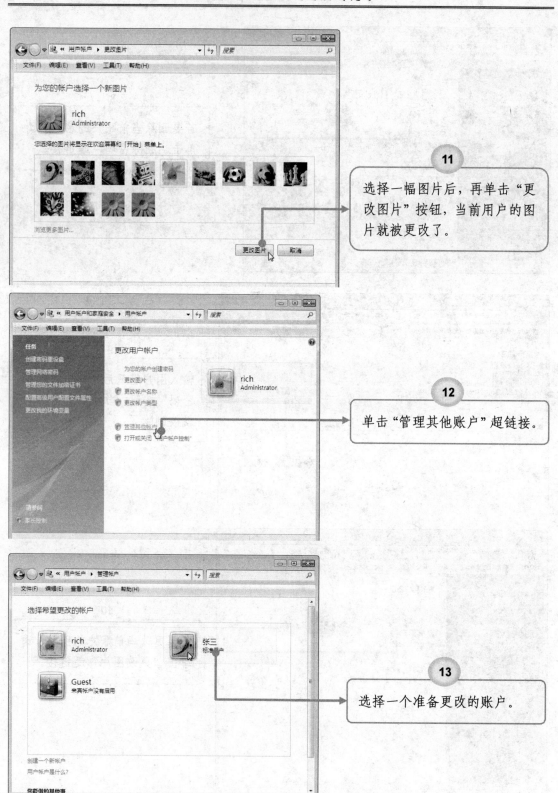

11 选择一幅图片后，再单击"更改图片"按钮，当前用户的图片就被更改了。

12 单击"管理其他账户"超链接。

13 选择一个准备更改的账户。

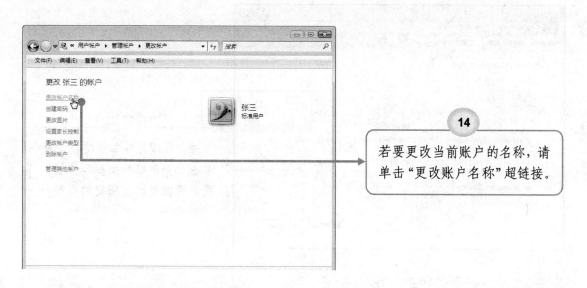

14

若要更改当前账户的名称，请单击"更改账户名称"超链接。

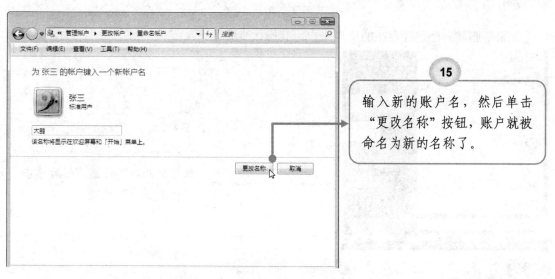

15

输入新的账户名，然后单击"更改名称"按钮，账户就被命名为新的名称了。

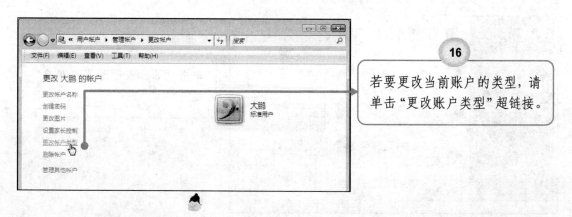

16

若要更改当前账户的类型，请单击"更改账户类型"超链接。

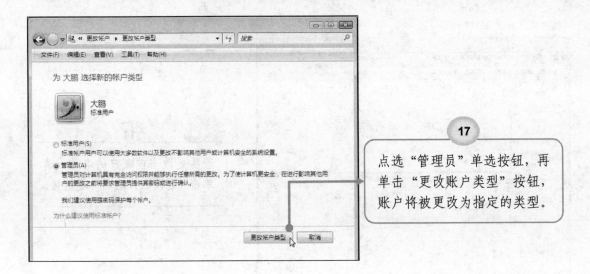

17 点选"管理员"单选按钮，再单击"更改账户类型"按钮，账户将被更改为指定的类型。

7.3.3 删除已有的用户账户

如果要删除一个已经存在的用户账户，其操作步骤如下：

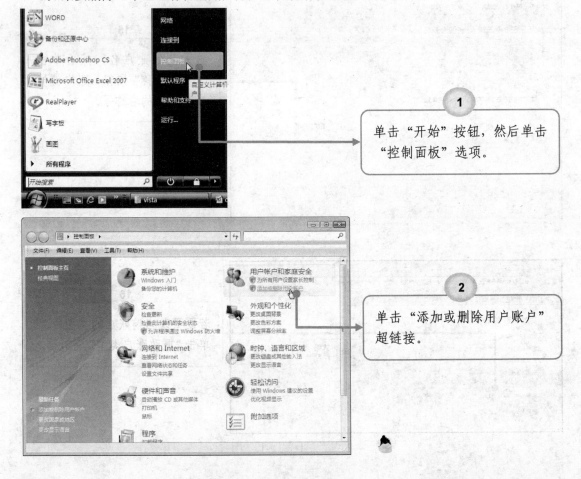

1 单击"开始"按钮，然后单击"控制面板"选项。

2 单击"添加或删除用户账户"超链接。

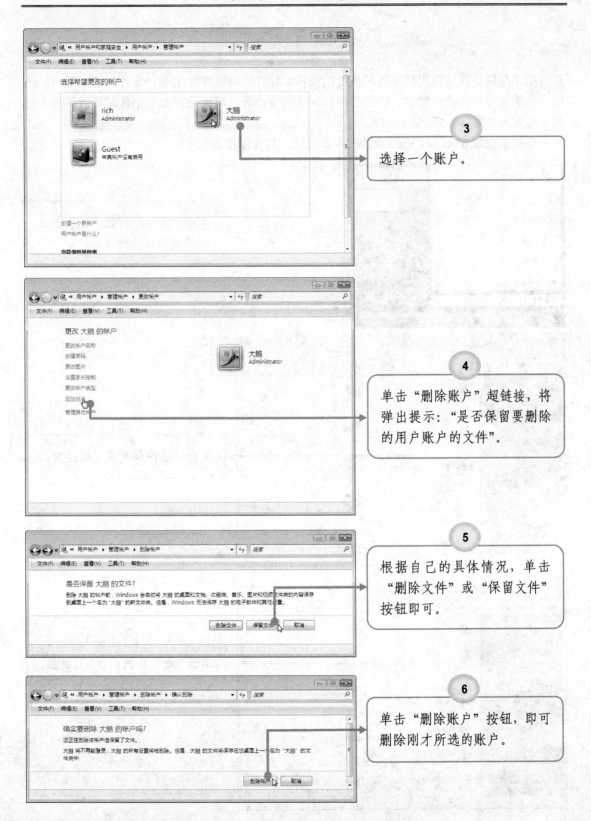

3 选择一个账户。

4 单击"删除账户"超链接，将弹出提示："是否保留要删除的用户账户的文件"。

5 根据自己的具体情况，单击"删除文件"或"保留文件"按钮即可。

6 单击"删除账户"按钮，即可删除刚才所选的账户。

7.4 改变 Windows Vista 事件的声音设置

所谓事件，就是由用户或程序执行的操作。计算机可以在发生某一事件时通知用户，例如，按错键时计算机会发出"嘟嘟"声。如果装有声卡，可以选择发生事件时播放某种声音而不是发出"嘟嘟"声。

如果要设置Windows Vista事件的声音提示，其操作步骤如下：

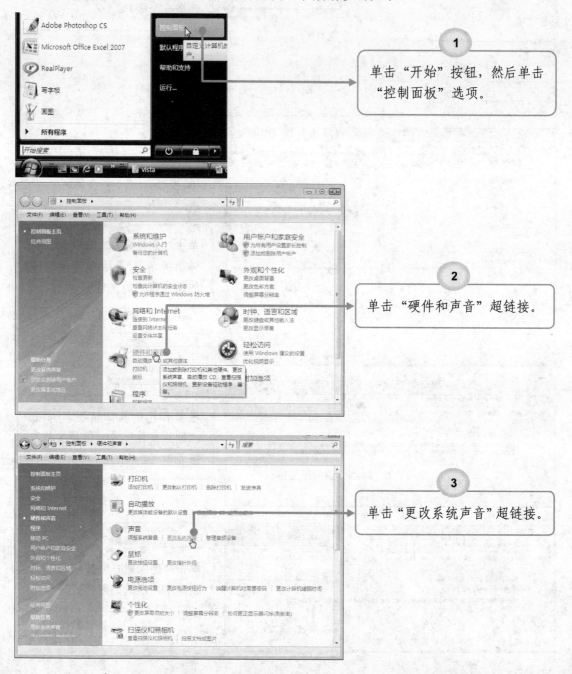

① 单击"开始"按钮，然后单击"控制面板"选项。

② 单击"硬件和声音"超链接。

③ 单击"更改系统声音"超链接。

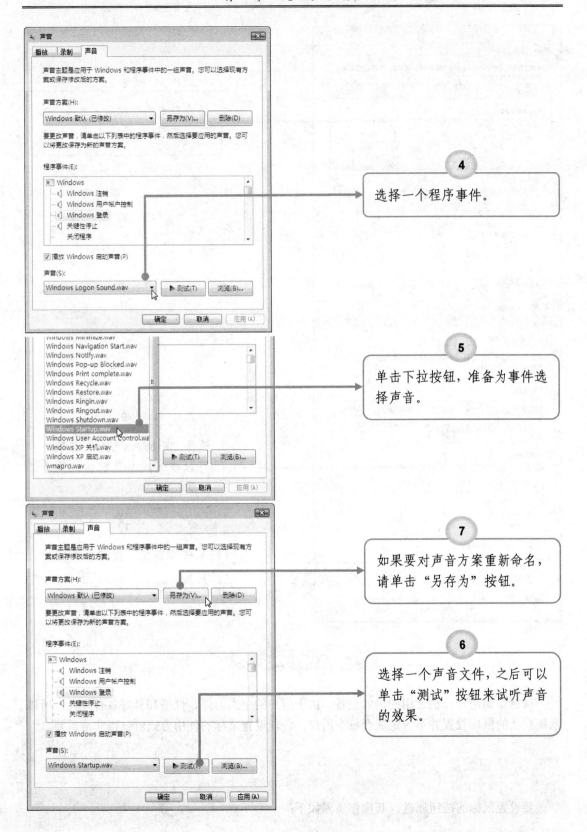

4 选择一个程序事件。

5 单击下拉按钮，准备为事件选择声音。

7 如果要对声音方案重新命名，请单击"另存为"按钮。

6 选择一个声音文件，之后可以单击"测试"按钮来试听声音的效果。

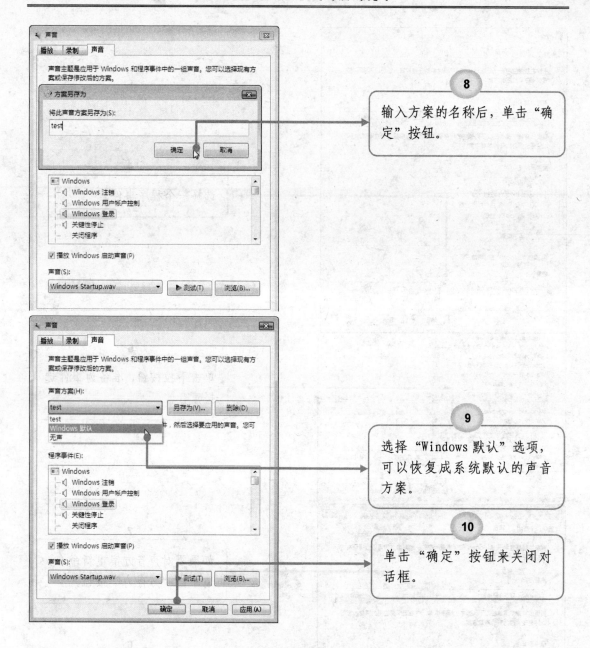

8

输入方案的名称后，单击"确定"按钮。

9

选择"Windows 默认"选项，可以恢复成系统默认的声音方案。

10

单击"确定"按钮来关闭对话框。

7.5 设 置 鼠 标

鼠标是当前计算机常用的输入设备。由于用户的个人习惯、性格和喜好各有差异，所以系统默认的鼠标设置并不一定适合每个用户，合理设置鼠标的使用方式就显得非常重要。

7.5.1 按钮配置

要设置鼠标的按钮属性，其操作步骤如下：

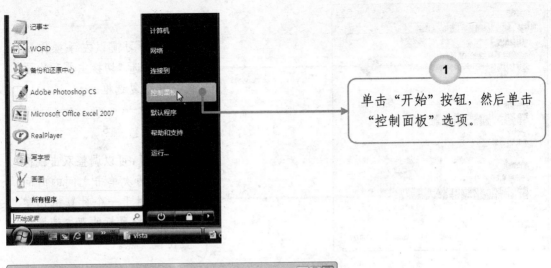

单击"开始"按钮，然后单击
"控制面板"选项。

单击"硬件和声音"超链接。

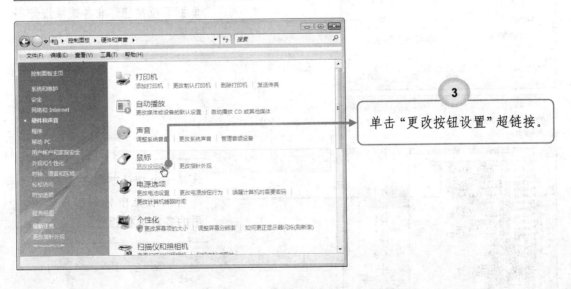

单击"更改按钮设置"超链接。

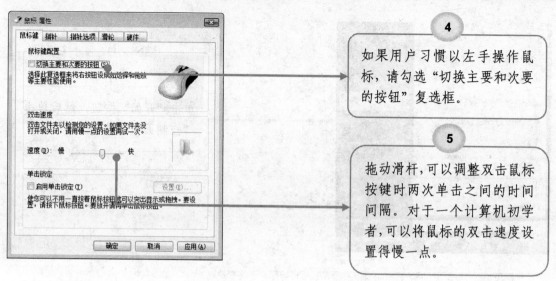

4 如果用户习惯以左手操作鼠标，请勾选"切换主要和次要的按钮"复选框。

5 拖动滑杆，可以调整双击鼠标按键时两次单击之间的时间间隔。对于一个计算机初学者，可以将鼠标的双击速度设置得慢一点。

7.5.2　指针方案

要设置鼠标的指针属性，其操作步骤如下：

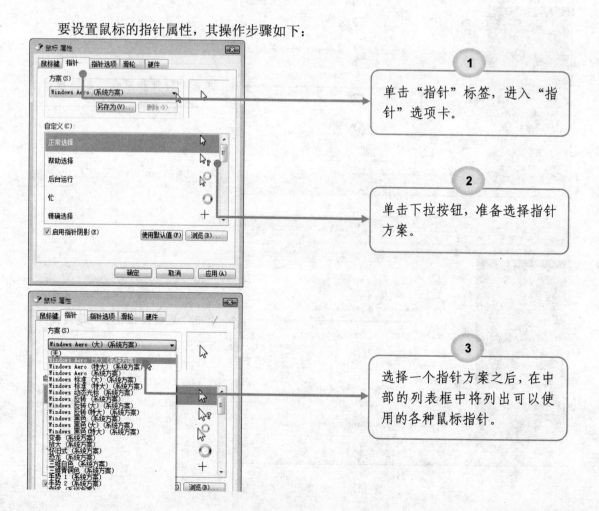

1 单击"指针"标签，进入"指针"选项卡。

2 单击下拉按钮，准备选择指针方案。

3 选择一个指针方案之后，在中部的列表框中将列出可以使用的各种鼠标指针。

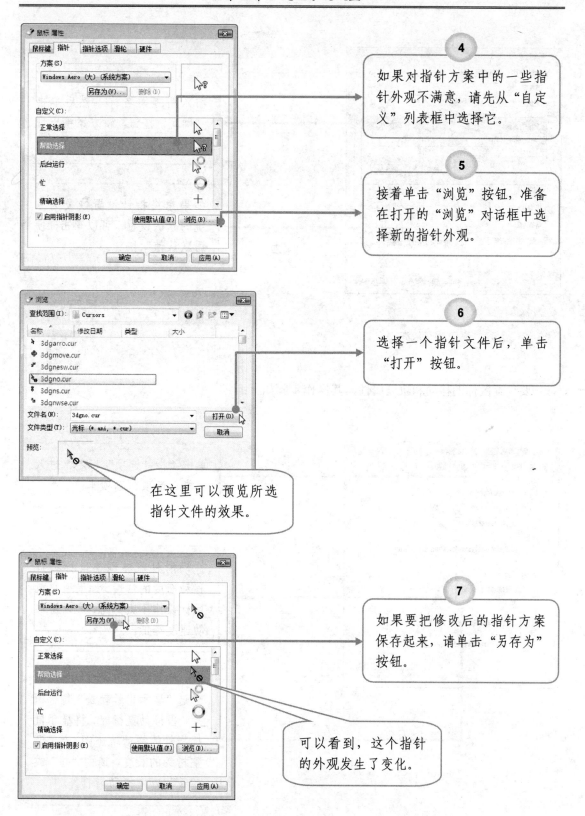

4

如果对指针方案中的一些指针外观不满意，请先从"自定义"列表框中选择它。

5

接着单击"浏览"按钮，准备在打开的"浏览"对话框中选择新的指针外观。

6

选择一个指针文件后，单击"打开"按钮。

在这里可以预览所选指针文件的效果。

7

如果要把修改后的指针方案保存起来，请单击"另存为"按钮。

可以看到，这个指针的外观发生了变化。

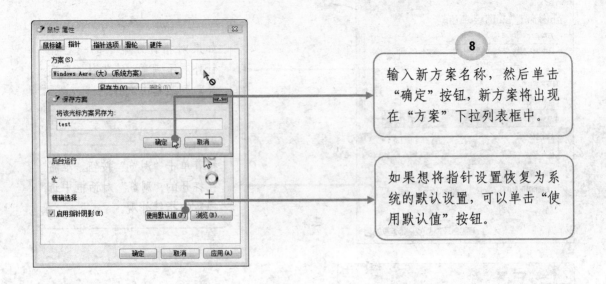

8 输入新方案名称，然后单击"确定"按钮，新方案将出现在"方案"下拉列表框中。

如果想将指针设置恢复为系统的默认设置，可以单击"使用默认值"按钮。

7.5.3 移动速度和轨迹

要设置鼠标的移动和轨迹属性，其操作步骤如下：

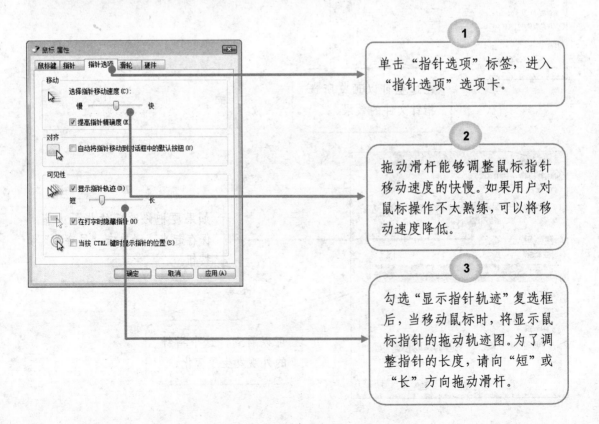

1 单击"指针选项"标签，进入"指针选项"选项卡。

2 拖动滑杆能够调整鼠标指针移动速度的快慢。如果用户对鼠标操作不太熟练，可以将移动速度降低。

3 勾选"显示指针轨迹"复选框后，当移动鼠标时，将显示鼠标指针的拖动轨迹图。为了调整指针的长度，请向"短"或"长"方向拖动滑杆。

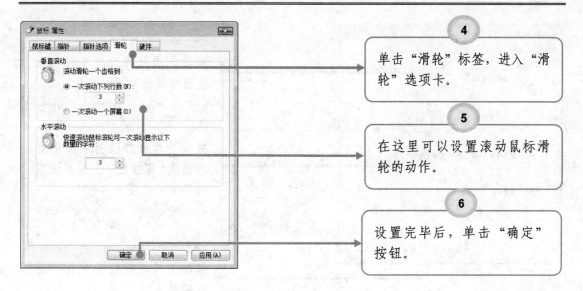

4　单击"滑轮"标签，进入"滑轮"选项卡。

5　在这里可以设置滚动鼠标滑轮的动作。

6　设置完毕后，单击"确定"按钮。

7.6　设置键盘

如果要设置键盘的属性，其操作步骤如下：

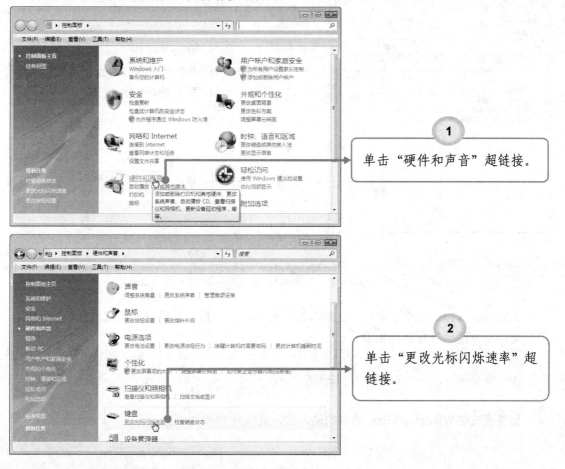

1　单击"硬件和声音"超链接。

2　单击"更改光标闪烁速率"超链接。

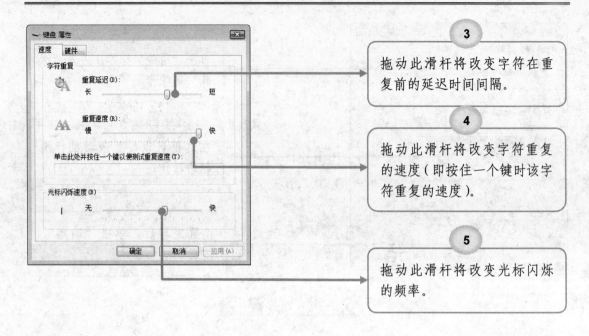

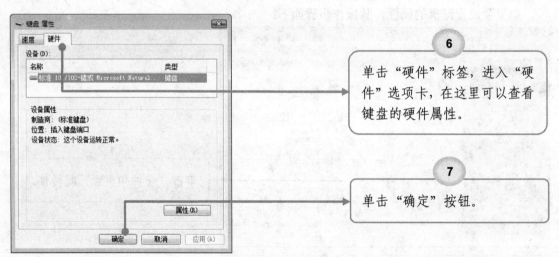

7.7   设置中文输入法

Windows Vista 提供了多种中文输入法，如全拼、双拼、郑码以及微软拼音等输入法，用户可以很方便地进行选择和设置。

7.7.1   安装Windows Vista提供的输入法

如果要安装Windows Vista 提供的输入法，其操作步骤如下：

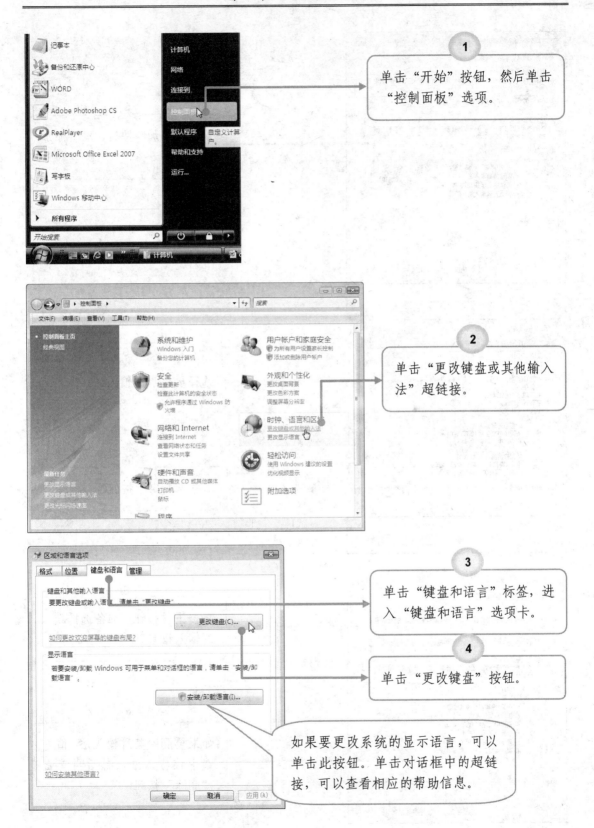

1

单击"开始"按钮，然后单击"控制面板"选项。

2

单击"更改键盘或其他输入法"超链接。

3

单击"键盘和语言"标签，进入"键盘和语言"选项卡。

4

单击"更改键盘"按钮。

如果要更改系统的显示语言，可以单击此按钮。单击对话框中的超链接，可以查看相应的帮助信息。

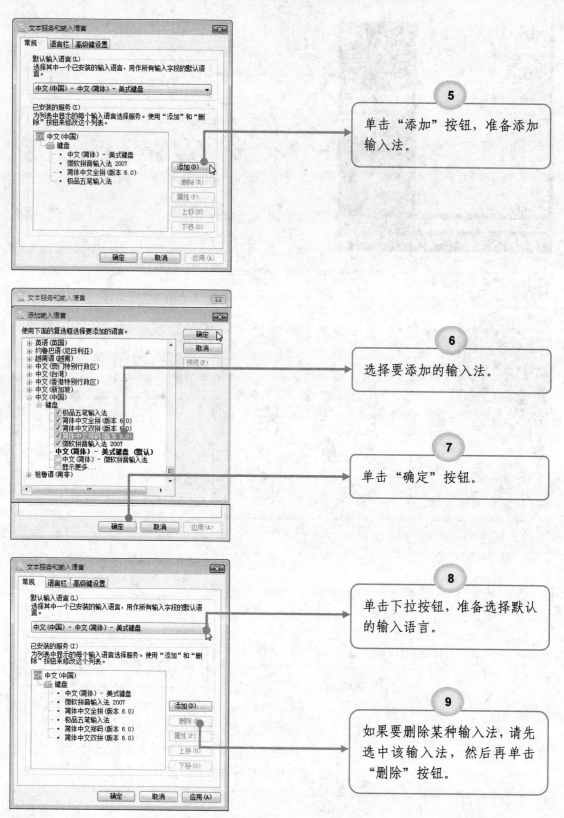

5 单击"添加"按钮，准备添加输入法。

6 选择要添加的输入法。

7 单击"确定"按钮。

8 单击下拉按钮，准备选择默认的输入语言。

9 如果要删除某种输入法，请先选中该输入法，然后再单击"删除"按钮。

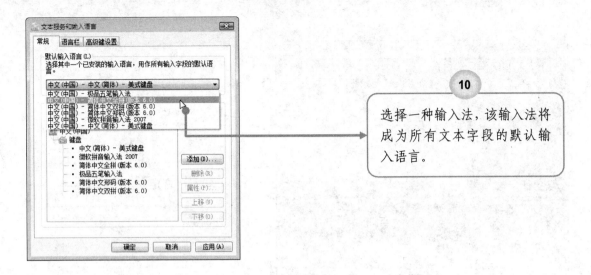

选择一种输入法，该输入法将成为所有文本字段的默认输入语言。

7.7.2　安装其他输入法

假设用户拿到了"智能五笔"输入法的安装程序，现在要安装它，其操作步骤如下：

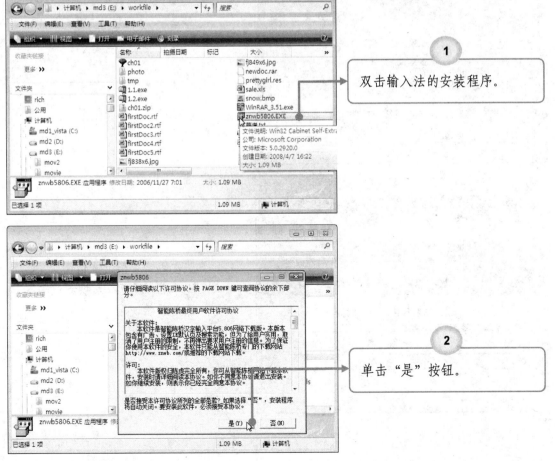

1 双击输入法的安装程序。

2 单击"是"按钮。

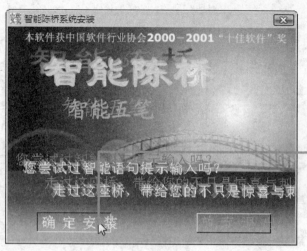

3

单击"确定安装"按钮。

4

使用默认的安装路径，单击"确定安装"按钮。

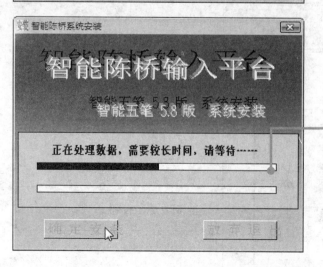

5

正在进行安装，请稍候。安装完毕后，就可以切换到该输入法并开始使用了。

提示

　　用户可以到网上去下载"极品五笔"、"紫光拼音"等一些好用的输入法，然后直接运行相应的安装程序进行安装。

7.7.3　设置输入法的属性

　　在Windows Vista操作系统中，一般都安装有几种输入法，为了方便用户使用输入法，可对输入法进行一些设置。

　　要设置输入法的属性，其操作步骤如下：

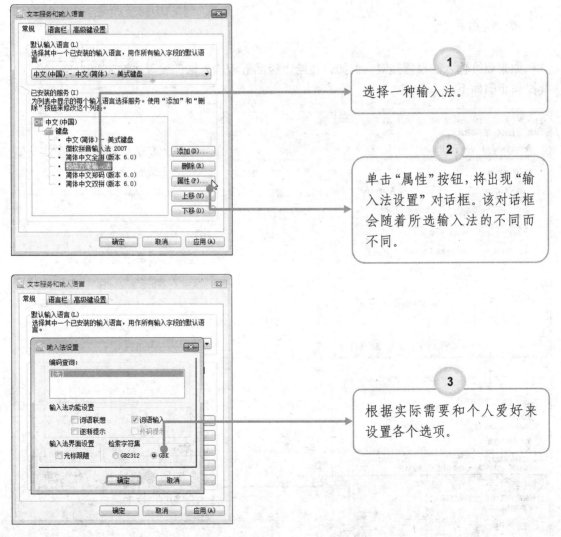

　　在上图中可以设置以下几个选项：

❖ 勾选"词语联想"复选框时，表示允许词语联想，否则表示取消词语联想。例如，输入"wei"，选择"微"后，会出现"微波"、"微薄"和"微不足道"等词语供用户选择，只要选择这些词语前面的数字即可完成词语输入。

❖ 勾选"词语输入"复选框时，表示允许字词混合输入，否则表示取消词语输入，即只能输入单个字。

❖ 勾选"逐渐提示"复选框时，在候选框中显示所有已输入编码开始的字和词，以方便选择。

❖ 勾选"外码提示"复选框时，在候选框中显示所有已输入编码开始的字词的其余外码，以方便学习。

❖ 勾选"光标跟随"复选框时，表示候选框随插入点光标移动，否则表示候选框将不再随插入点光标移动，此时可将候选框拖到屏幕上一个比较方便的位置。

7.7.4 设置热键

如果要给输入法设置热键（例如，要给"极品五笔输入法"设置热键为 Ctrl+Shift+~ ），其操作步骤如下：

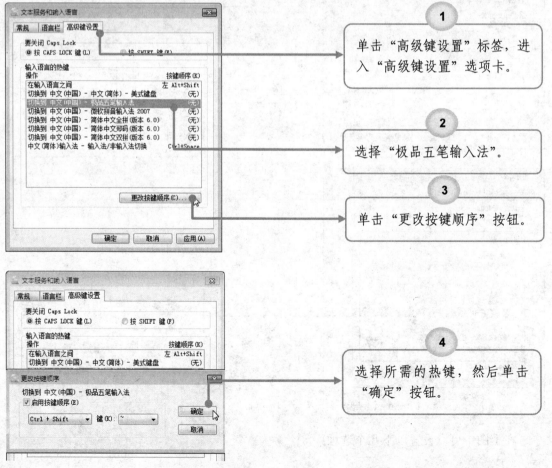

1 单击"高级键设置"标签，进入"高级键设置"选项卡。

2 选择"极品五笔输入法"。

3 单击"更改按键顺序"按钮。

4 选择所需的热键，然后单击"确定"按钮。

7.7.5　切换中文输入法

在Windows Vista中安装多种输入法后，需要在输入法之间进行切换。切换中文输入法是通过键盘按键或输入法列表来完成的。

如果想在各中文输入法之间进行切换，请按 Ctrl + Shift 组合键进行切换（有时，需要按左 Alt + Shift 键，这主要根据用户对切换语言的设置）。每按一次 Ctrl + Shift 组合键时，就会在已经安装的输入法之间按顺序循环切换，以选用自己喜欢的输入法。

另一种切换中文输入法的方法是：单击 📠（输入语言）按钮，将显示如下图所示的输入法列表，只要在输入法列表中单击自己喜欢的输入法即可。

7.7.6　输入法工具栏

如果需要快速地在英文输入方式和已设置的中文输入法之间进行切换时，可以使用 Ctrl + BackSpace 组合键。当切换到中文输入法方式下时，会显示如下图所示的输入法工具栏。

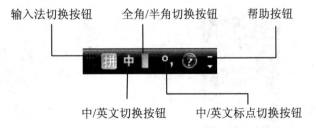

1. 输入法切换按钮

单击该按钮后，将弹出输入法列表，从中可以选择其他输入法。

2. 中/英文切换按钮

单击该按钮，将在中文和英文输入法之间切换。切换到英文输入时，该按钮显示字母"英"。输入汉字时，键盘处于小写状态。

3．全角/半角切换按钮

单击该按钮或按 Shift +空格键可以在全角和半角之间切换。当按钮上显示一个正方形时，表示为全角方式；当按钮上显示一长方形时，表示为半角方式。在全角方式下，输入的英文字母、数字与在半角方式下输入的不同，它们需要占用一个汉字的宽度（两个字节）；在半角方式下输入的英文字母、数字只占一个字节。

4．中/英文标点切换按钮

单击该按钮或按 Ctrl + 键可以在中、英文标点符号之间切换。当按钮上显示为中文句号和逗号时，表示可以输入中文标点符号；当按钮上显示为英文句号和逗号时，表示可以输入英文标点符号。

5．帮助按钮

单击该按钮，将会看到语言栏的帮助信息。

7.8 设置字体

字体是具有某种特定设置的字母、数字和标点符号的集合，无论是在屏幕上显示还是通过打印机打印文本都离不开字体。在Windows Vista中有多种字体可以使用，有些字体只能用于屏幕显示，有些字体是由打印机提供的，只用于打印。另外，在Windows Vista中使用最广泛的字体是可缩放字体（如TrueType字体），可以保证真正的"所见即所得"。

7.8.1 查看字体效果

在"字体"窗口中显示了已经安装的字体。如果要显示某个字体的有关说明，其操作步骤如下：

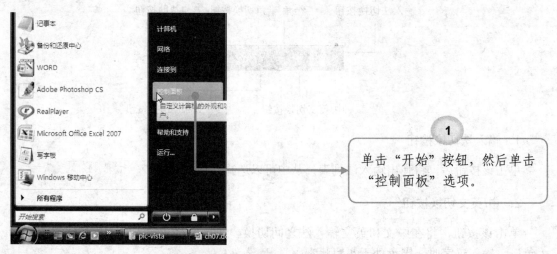

1

单击"开始"按钮，然后单击"控制面板"选项。

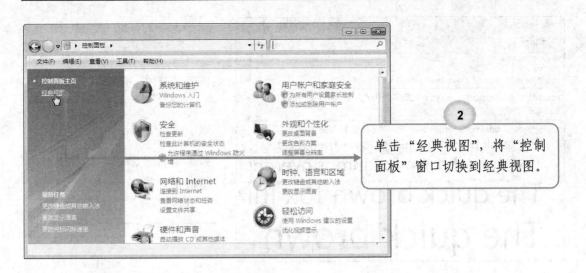

2

单击"经典视图",将"控制面板"窗口切换到经典视图。

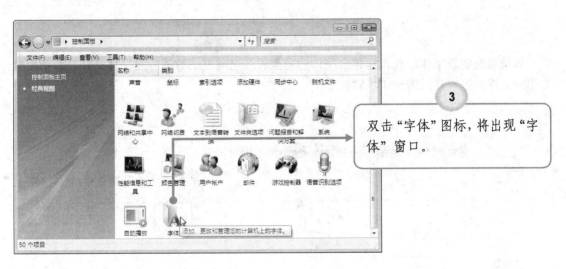

3

双击"字体"图标,将出现"字体"窗口。

4

双击一种字体,将看到对应的字体效果。

5
单击"关闭"按钮。

如果要将显示的字体样例打印出来，可以单击"打印"按钮。

7.8.2 安装新字体

如果要安装新字体，首先将包含字体的光盘放入光盘驱动器或者将字体文件复制到硬盘的相应文件夹中，其后的操作步骤如下：

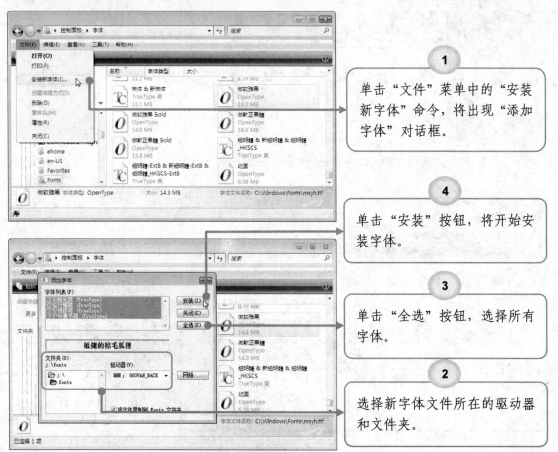

1
单击"文件"菜单中的"安装新字体"命令，将出现"添加字体"对话框。

4
单击"安装"按钮，将开始安装字体。

3
单击"全选"按钮，选择所有字体。

2
选择新字体文件所在的驱动器和文件夹。

234

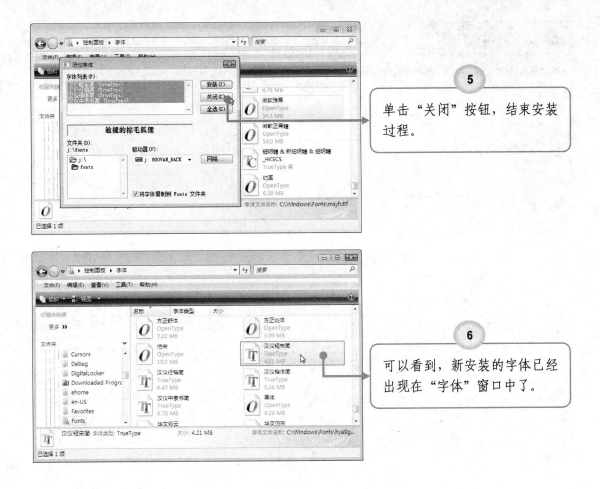

5

单击"关闭"按钮，结束安装过程。

6

可以看到，新安装的字体已经出现在"字体"窗口中了。

7.8.3　删除字体

在系统中安装太多的字体不仅会占用大量的硬盘空间，而且会占据过多的系统内存。因此，应该删除一些不需要的字体以提高系统的性能。

要删除字体，其操作步骤如下：

1

选择不要的字体，再单击"文件"菜单中的"删除"命令。

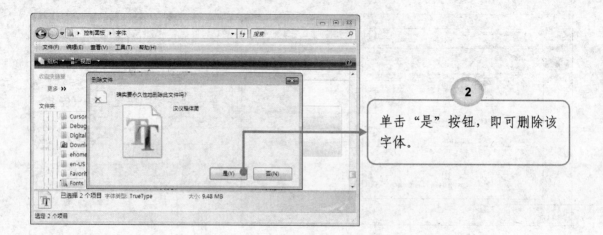

2

单击"是"按钮，即可删除该字体。

第8章 管理软件和硬件

本章将介绍如何管理 Windows Vista 中的软件和硬件，以便用户更加全面地掌控自己的计算机。

8.1 安装和删除软件

下面先来学习安装和删除软件的知识。

8.1.1 关于软件的安装

软件的发布方式有多种，有的是通过光盘发布，有的通过网络以压缩包方式发布。虽然发布方式不同，但安装方法基本相同。

（1）光盘发布的软件一般都是自动运行的，只要把光盘插入光驱，安装程序便会自动运行，按照屏幕提示即可完成安装。如果光驱禁止了自动运行功能，那么可以打开光盘根目录（即所在文件夹）上的"Autorun.inf"文件，看里面指定了哪个自动运行的程序，手工双击它即可。

（2）压缩包方式发布的软件要先把它解压到磁盘的某一个目录中，一般情况下是执行其中的 Setup.exe 程序进行安装。

（3）对于所谓的绿色软件，只要将其解压，双击执行其中的可执行文件就能运行。

（4）在安装网络下载的软件前，建议先阅读它的说明文件，里面一般都包括安装方法。

目前软件的安装都比较简单，一般采取安装向导的方式。只要按照向导的提示一步步地进行操作，就可以完成安装过程。

8.1.2 影响应用软件的因素

在 Windows Vista 环境下安装应用软件的过程中，容易出现各种各样的问题。尤其以如下两个问题最为普遍。

1. 权限问题

假设某个用户使用一个标准账户登录了 Windows Vista，那么该用户就将具有标准用户的权限。当这个用户试图安装应用软件的时候，如果系统启用了用户账户控制功能（Windows Vista 默认是启用的），操作系统会显示一个对话框，要求当前登录的标准用户选择一个系统管理员账户，并正确输入该账户的密码，才可以执行安装操作。

在安装应用程序的时候，如果程序弹出了"用户账户控制"对话框，单击"继续"按钮便可继续执行安装过程。如果因为程序的安装文件不支持这一特性而导致安装失败，也只需要用右键单击安装程序文件，然后从右键菜单中选择"以管理员身份运行"即可。

2．兼容性问题

为了实现新的功能和提高稳定性，和老版本 Windows XP 相比，Windows Vista 在系统架构上有了很大的变化，这就导致了一些具有特殊功能的应用程序无法正常使用。不过我们并不需要过于担心，对于绝大多数应用程序，如果产生了与 Windows Vista 不兼容的情况，那么程序开发商通常都会在 Windows Vista 正式发布后提供新版本的程序，或者为老版本提供升级补丁程序。只要升级到最新版或者安装升级补丁后，这些程序基本上都可以正常工作。

8.1.3 安装软件的全过程

下面以安装 FlashGet 为例，为读者演示一下软件的安装全过程。

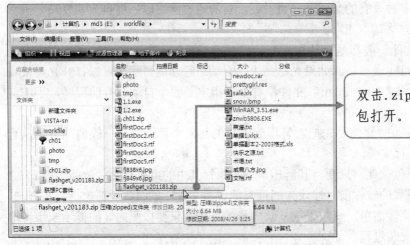

1

双击 .zip 文件来将软件压缩包打开。

2

双击 fgcn_105.exe 文件来启动安装程序。

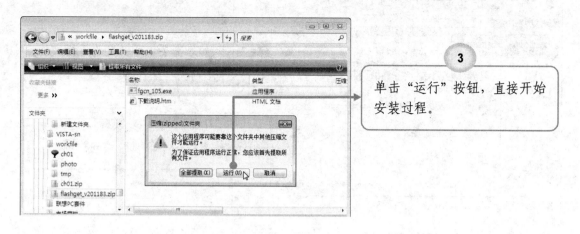

③ 单击"运行"按钮，直接开始安装过程。

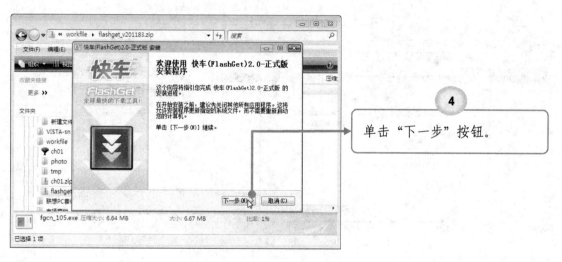

④ 单击"下一步"按钮。

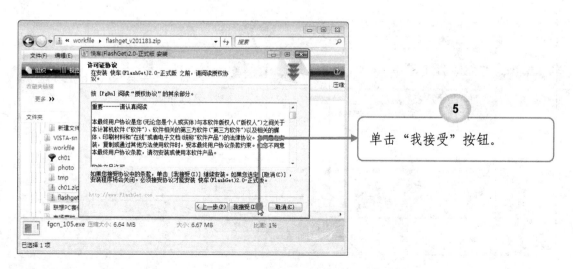

⑤ 单击"我接受"按钮。

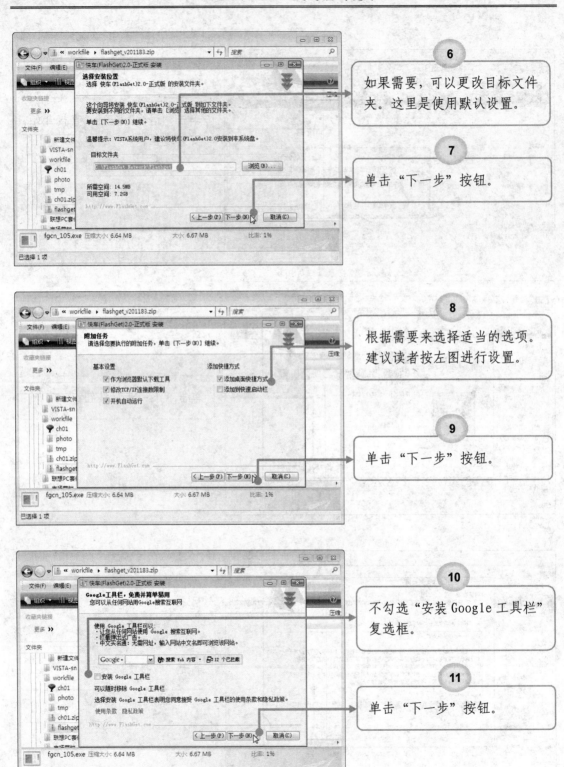

6

如果需要，可以更改目标文件夹。这里是使用默认设置。

7

单击"下一步"按钮。

8

根据需要来选择适当的选项。建议读者按左图进行设置。

9

单击"下一步"按钮。

10

不勾选"安装 Google 工具栏"复选框。

11

单击"下一步"按钮。

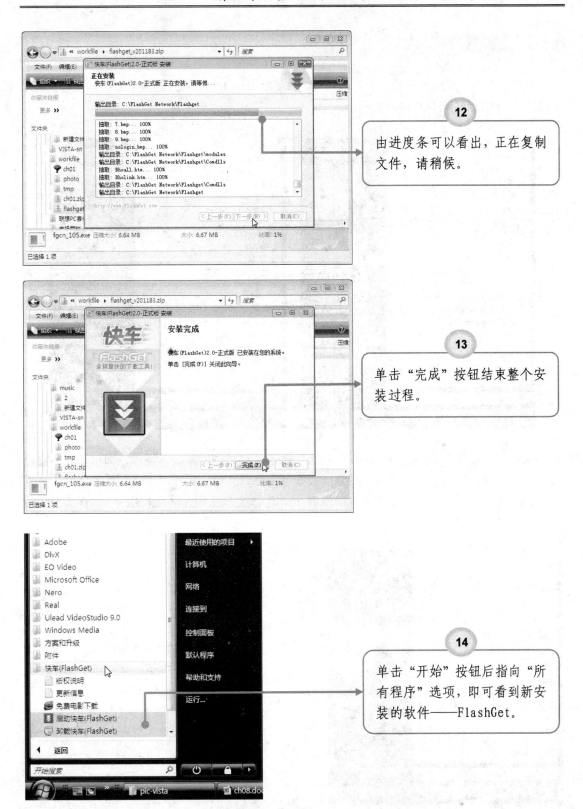

12 由进度条可以看出，正在复制文件，请稍候。

13 单击"完成"按钮结束整个安装过程。

14 单击"开始"按钮后指向"所有程序"选项，即可看到新安装的软件——FlashGet。

8.1.4 卸载软件

通常情况下，应用程序在"所有程序"级联菜单中都添加带有"卸载 XXX"或"Uninstall XXX"命令的级联菜单，如下图所示。

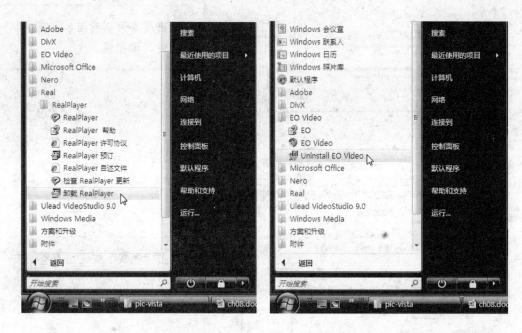

执行"卸载 XXX"或"Uninstall XXX"命令，然后按屏幕提示操作，即可彻底、安全地删除相应的应用程序，还可避免删除一些共享文件或其他应用程序正在使用的文件。

如果某个应用程序的级联菜单项中没有"卸载XXX"或"Uninstall XXX"，则需要通过如下方式来卸载软件。

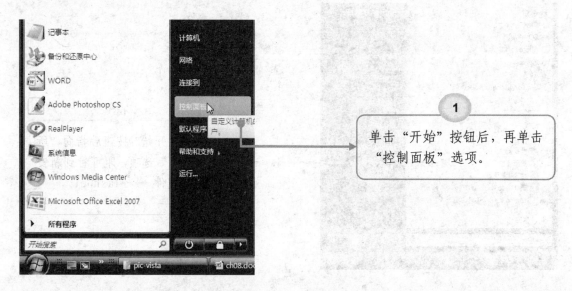

1

单击"开始"按钮后，再单击"控制面板"选项。

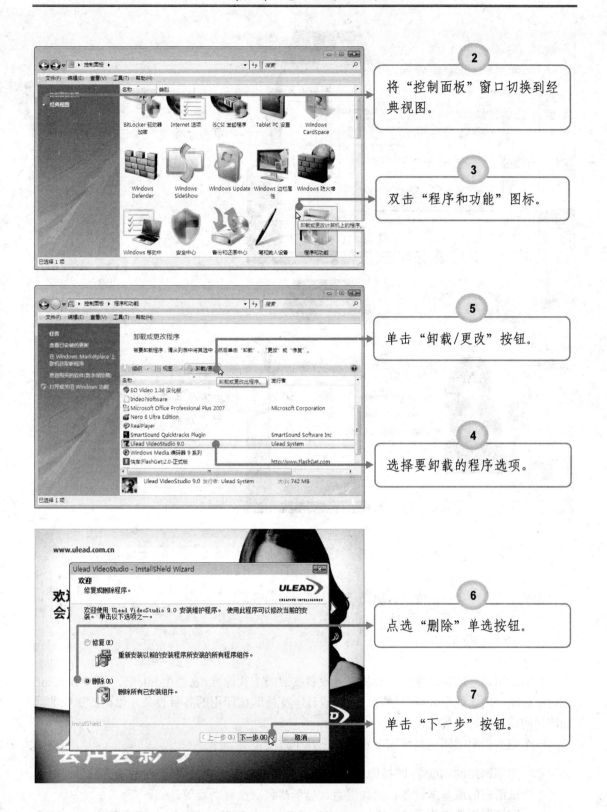

2

将"控制面板"窗口切换到经典视图。

3

双击"程序和功能"图标。

5

单击"卸载/更改"按钮。

4

选择要卸载的程序选项。

6

点选"删除"单选按钮。

7

单击"下一步"按钮。

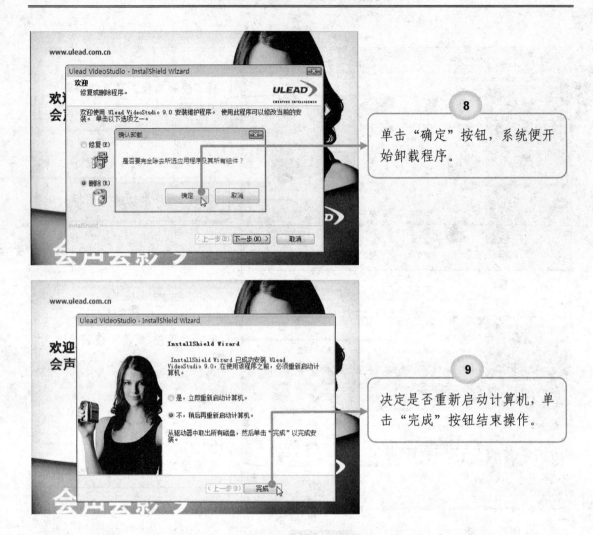

8 单击"确定"按钮,系统便开始卸载程序。

9 决定是否重新启动计算机,单击"完成"按钮结束操作。

8.2　管　理　硬　件

本节主要介绍硬件的安装、驱动程序的更新与卸载。

8.2.1　关于即插即用

即插即用是一项自动处理计算机硬件设备安装的工业标准,它是由 Intel 公司和 Microsoft 公司联合制定的。现在大部分硬件厂商都设计了支持即插即用的各种设备,以前的那些非即插即用的设备被称为传统设备。

一个完善的即插即用系统需要包含以下几个方面:

✧　即插即用的BIOS:即插即用的BIOS提供基本的指令集,用于在系统开机自检时测试所有的最基本设备,例如键盘、显示器和磁盘驱动器等。

✧　即插即用的操作系统:Windows 98、Windows 2000、Windows XP和Windows Vista

都是即插即用的操作系统。

◇ 即插即用的硬件设备：主要指符合即插即用标准的硬件设备，这些硬件设备通常被插入到计算机的扩展槽中。要了解某个硬件设备是否支持即插即用，只需要在它的说明书上看看是否有"PnP"或"P&P"字样即可得出结论。

◇ 即插即用的设备驱动程序：在Windows Vista中提供了大量的即插即用设备的驱动程序，许多即插即用的硬件也随设备一起提供相应的驱动程序光盘。

8.2.2 硬件的安装

硬件的安装可分为即插即用型硬件设备的安装和非即插即用型硬件设备的安装两种情况。

1．即插即用型硬件设备的安装

（1）单击"开始"按钮，单击菜单右下角的三角按钮，然后从弹出的菜单中单击"关机"选项，安全关闭计算机。

（2）根据生产商提供的设备说明书，将设备正确连接到计算机上或插入计算机机箱里面的扩展槽内。

（3）打开设备电源，再打开计算机电源并启动 Windows Vista 操作系统。

（4）Windows Vista 将自动检测新的即插即用型设备，并安装所需的驱动程序。

> **注意**
>
> 如果 Windows Vista 没有检测到新的即插即用型设备，则可能是该设备本身不能正常工作，没有正确安装或者根本没有安装。

2．非即插即用型硬件设备的安装

安装非即插即用型硬件设备，需要先执行与安装即插即用型硬件设备前 3 步相同的操作，其后的操作步骤如下：

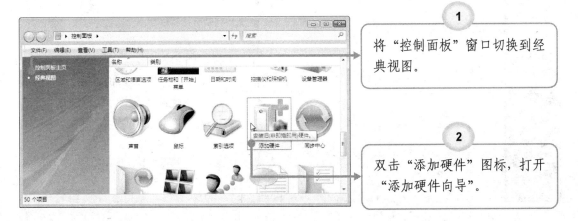

1 将"控制面板"窗口切换到经典视图。

2 双击"添加硬件"图标，打开"添加硬件向导"。

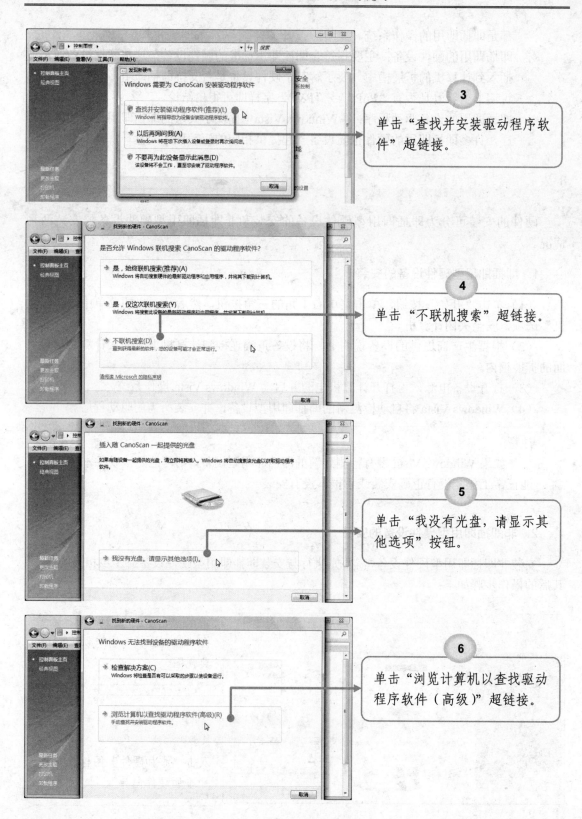

3 单击"查找并安装驱动程序软件"超链接。

4 单击"不联机搜索"超链接。

5 单击"我没有光盘,请显示其他选项"按钮。

6 单击"浏览计算机以查找驱动程序软件(高级)"超链接。

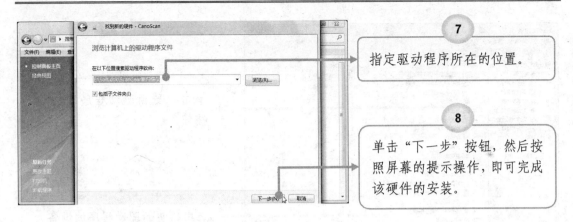

7 指定驱动程序所在的位置。

8 单击"下一步"按钮，然后按照屏幕的提示操作，即可完成该硬件的安装。

8.2.3 更新驱动程序

硬件设备安装使用后，如果以后获得了新的升级驱动程序，还可以更新其驱动程序。其操作步骤如下：

1 鼠标右键单击"计算机"图标，在弹出的快捷菜单中选择"管理"命令，打开"系统工具"和"设备管理器"窗口。

2 单击"+"号，打开对应的设备列表。

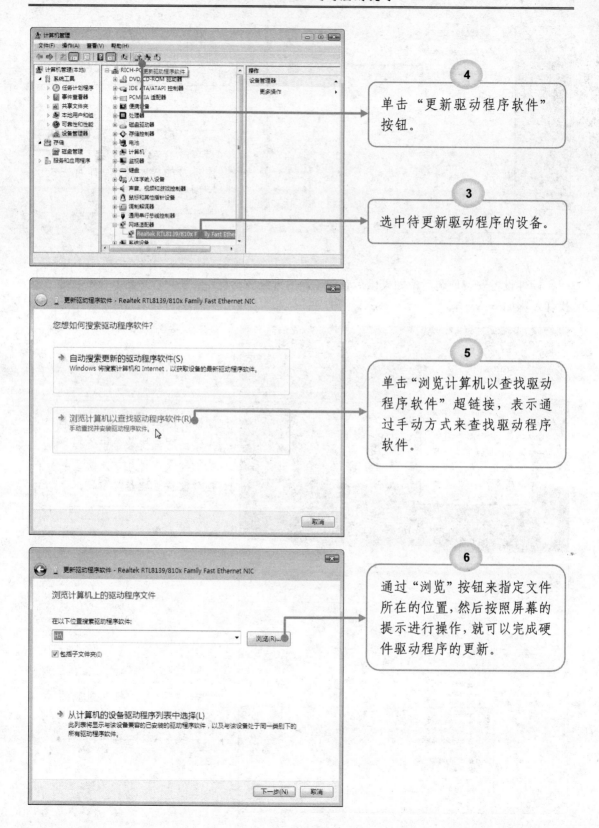

4

单击"更新驱动程序软件"
按钮。

3

选中待更新驱动程序的设备。

5

单击"浏览计算机以查找驱动
程序软件"超链接，表示通
过手动方式来查找驱动程序
软件。

6

通过"浏览"按钮来指定文件
所在的位置，然后按照屏幕的
提示进行操作，就可以完成硬
件驱动程序的更新。

> **提示**
>
> 　　用户可以到硬件厂商的网站或者从 http://www.mydrivers.com 等驱动程序网站
> 中去寻找相关的驱动程序。

8.2.4　卸载驱动程序

　　更换或拆除硬件设备后，应及时卸载已从计算机上拆除的硬件设备的驱动程序，以免造成不必要的系统冲突或误操作。

　　要卸载不必要的设备驱动程序，其操作步骤如下：

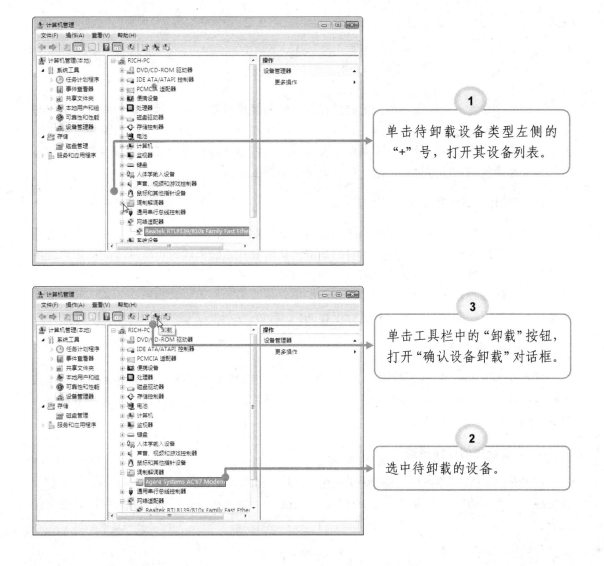

1 单击待卸载设备类型左侧的"+"号，打开其设备列表。

3 单击工具栏中的"卸载"按钮，打开"确认设备卸载"对话框。

2 选中待卸载的设备。

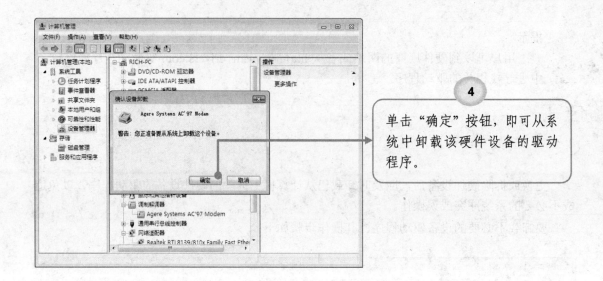

8.2.5 驱动程序的相关知识

驱动程序是操作系统与电脑上的硬件设备之间的联系纽带，它实际上是一段能让电脑与各种硬件设备"通话"的程序代码，直接工作在系统底层，并负责操作系统和硬件设备之间的交流任务。一个硬件驱动程序在系统中安装后，它就会在操作系统启动的时候自动加载，并作为操作系统的一部分运行，这一过程不需要用户的干预。

1．驱动程序的作用

如果一个硬件设备只依赖操作系统而没有驱动程序的话，这个硬件就不能发挥其特有的功效。驱动程序的作用就是把硬件本身的功能传达给操作系统，同时也将标准的操作系统指令转化成特殊的外设专用命令，从而保证硬件设备的正常工作。所以，驱动程序的作用是显而易见的，例如我们虽然安装了网卡、打印机等设备，但如果不安装相符合的驱动程序，那么操作系统是不能驱动相应的硬件进行工作的。

2．驱动程序的存放位置

其实在 Windows 操作系统中，大部分驱动程序文件都存放在 X：\Windows\System（这里的 X：符号代表操作系统安装根目录）目录下，还有的驱动程序文件存放在 X：\Windows 和 X：\Windows\System32 目录下。

3．驱动程序的存储格式

在 Windows 操作系统中，驱动程序一般由以".dll"、".drv"、".vxd"、".sys"、".exe"、".386"、".ini"、".inf"、".cpl"、".dat"和".cat"等为扩展名的文件组成。

提示

　　cat 文件是微软数字签名文件，存放在 X:\Windows\System32\CatRoot 目录中。这里的 X:代表操作系统安装根目录。

4．安装驱动程序时的注意事项

接下来介绍一下安装硬件驱动程序时应该注意的问题。

（1）安装主板驱动的注意事项

在安装驱动程序的时候，首先要安装主板驱动程序。因为不少主板，特别是采用 Intel 芯片组的产品，都要求在先安装主板驱动以后才能安装别的驱动程序。

（2）安装显卡驱动的注意事项

在显卡附带的驱动盘中，一般都附带了多个版本的驱动程序，但不是最新的驱动程序就一定最合适。安装 Windows 2000 以上的操作系统的读者最好安装通过微软认证的驱动程序。而安装 Windows 98 操作系统的则没什么讲究，如果发现安装显卡驱动以后出现死机的情况，建议更换其他版本的驱动程序。

另外，显卡的驱动因为影响到其他任务的状态显示，搞不好也能使计算机频繁死机和黑屏，所以应该放在声卡、网卡等板卡之前安装。

（3）安装声卡驱动程序的注意事项

很多读者可能不清楚自己的主板到底集成了什么声卡，安装的时候面对众多的驱动程序也不知道应该如何取舍。笔者建议，在安装驱动程序之前，最好先看清楚主板上的声卡芯片型号，或者看主板说明书上关于声卡型号的标注，然后再安装相应的驱动程序。

（4）安装网卡驱动的注意事项

目前大多数主板都集成了网卡，这类产品的驱动安装还是比较容易的。对于部分集成的威盛网卡，容易出现安装的时候不能被正确识别的问题。这时候一定要仔细研究说明书然后安装。

（5）安装打印机、扫描仪驱动的注意事项

有不少外设产品需要先执行驱动安装文件，然后根据安装提示进行操作，否则会出现无法安装的问题。针对这样的情况，建议先仔细研究说明书，然后根据说明进行安装。如果发现安装错误，建议在设备管理器中删除安装错误的硬件，然后重新安装正确的驱动程序。

在电脑中，一般的设备，如主板、显卡、声卡、打印机、扫描仪等设备要想在 Windows 中正常使用，需要依次安装驱动程序。而别的设备，如 CPU、硬盘、内存、光驱等设备，因为已经能被 BIOS 所固化的程序代码所识别，所以就不需要单独安装驱动程序了。

8.3　打印机的安装与设置

打印机是常用的输出设备。为了将文件打印到纸上，就必须安装一台打印机。安装打印机包括两个方面，一个是安装打印机设备，另一个是安装打印机驱动程序。

8.3.1　安装打印机设备

安装打印机设备是指将打印机的数据线与计算机连接起来。安装打印机设备的具体方法如下：

（1）将数据线上带卡环的一端与打印机连接，并扣上卡环。

（2）将数据线的另一端与计算机的并口连接（现在许多新型打印机已经采用USB接口，对于这类打印机，只需把USB数据线连接到计算机的一个USB接口即可），如下图所示。插入时注意插头与插座的方向，对齐后平行插入。

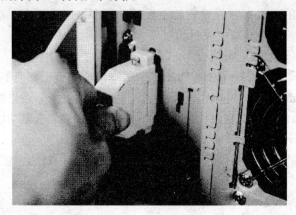

（3）连接计算机与打印机的数据线后，将电源线直接插到电源插座上。

8.3.2　安装打印机的驱动程序

如果用户拥有一台符合即插即用的打印机，只要将该打印机连接到自己的计算机上，Windows Vista将会自动识别出新的打印机，并提示插入驱动程序光盘，按照屏幕指示一步步地操作，即可安装上打印机的驱动程序。

如果要连接局域网上的其他打印机，请参见10.3.6节。

如果打印机不符合即插即用，可使用"添加打印机向导"添加打印机，其操作步骤如下：

将"控制面板"窗口切换到经典视图。

双击"打印机"图标。

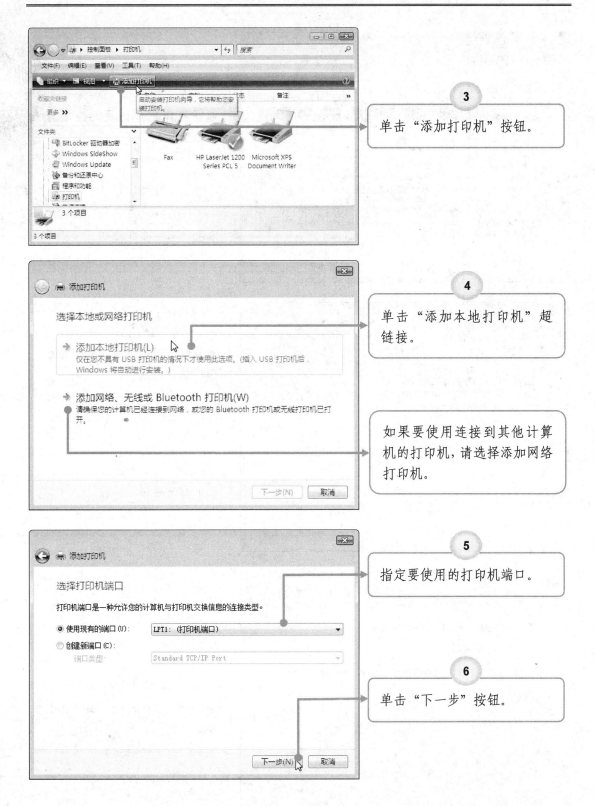

3

单击"添加打印机"按钮。

4

单击"添加本地打印机"超链接。

如果要使用连接到其他计算机的打印机,请选择添加网络打印机。

5

指定要使用的打印机端口。

6

单击"下一步"按钮。

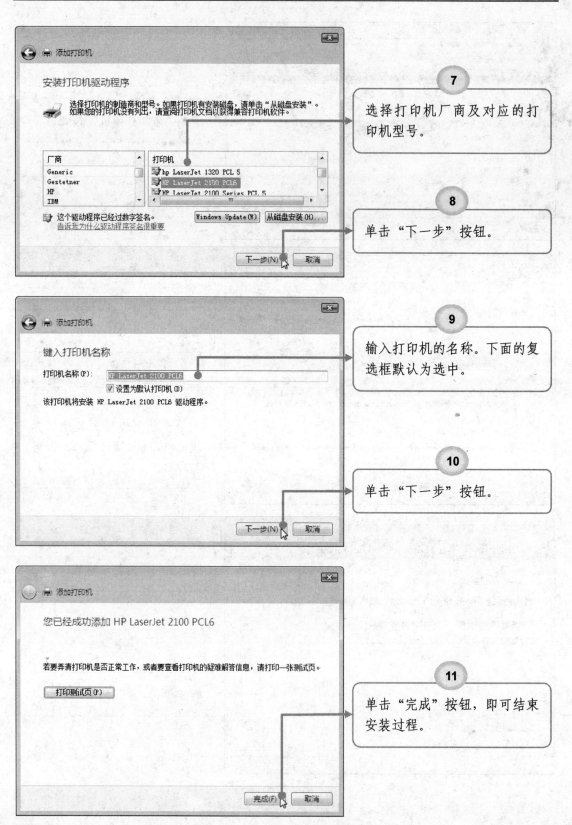

7 选择打印机厂商及对应的打印机型号。

8 单击"下一步"按钮。

9 输入打印机的名称。下面的复选框默认为选中。

10 单击"下一步"按钮。

11 单击"完成"按钮,即可结束安装过程。

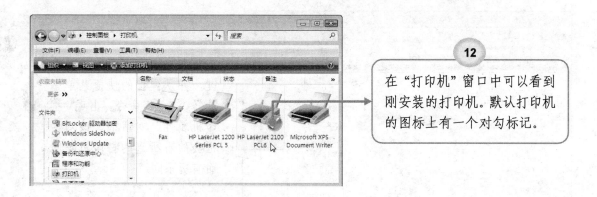

在"打印机"窗口中可以看到刚安装的打印机。默认打印机的图标上有一个对勾标记。

8.3.3 设置默认打印机

　　将经常使用的打印机设置为默认打印机是个好主意。在许多基于Windows的程序中选择"打印"命令时，如果不指定其他打印机，则使用默认打印机。

　　如果要设置默认打印机，其操作步骤如下：

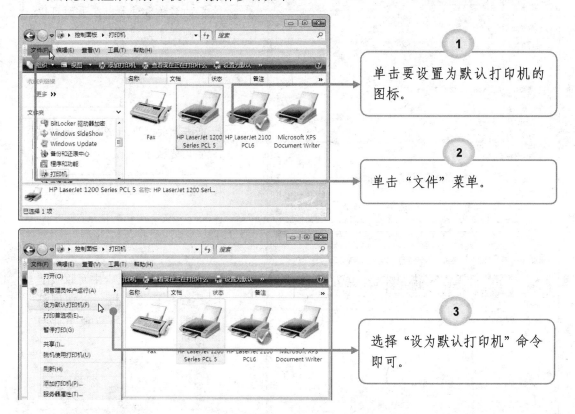

1　单击要设置为默认打印机的图标。

2　单击"文件"菜单。

3　选择"设为默认打印机"命令即可。

8.3.4 设置打印机属性

　　如果要设置打印机的属性，其操作步骤如下：

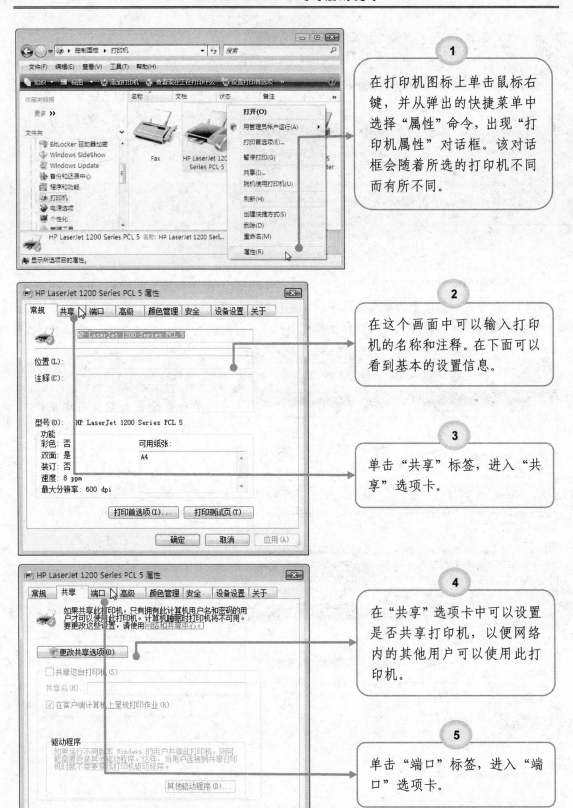

1 在打印机图标上单击鼠标右键，并从弹出的快捷菜单中选择"属性"命令，出现"打印机属性"对话框。该对话框会随着所选的打印机不同而有所不同。

2 在这个画面中可以输入打印机的名称和注释。在下面可以看到基本的设置信息。

3 单击"共享"标签，进入"共享"选项卡。

4 在"共享"选项卡中可以设置是否共享打印机，以便网络内的其他用户可以使用此打印机。

5 单击"端口"标签，进入"端口"选项卡。

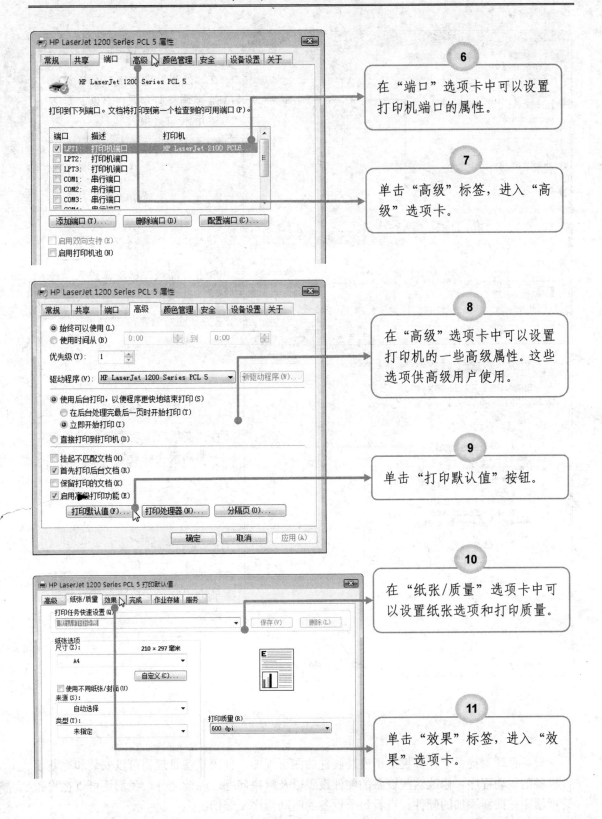

6 在"端口"选项卡中可以设置打印机端口的属性。

7 单击"高级"标签,进入"高级"选项卡。

8 在"高级"选项卡中可以设置打印机的一些高级属性。这些选项供高级用户使用。

9 单击"打印默认值"按钮。

10 在"纸张/质量"选项卡中可以设置纸张选项和打印质量。

11 单击"效果"标签,进入"效果"选项卡。

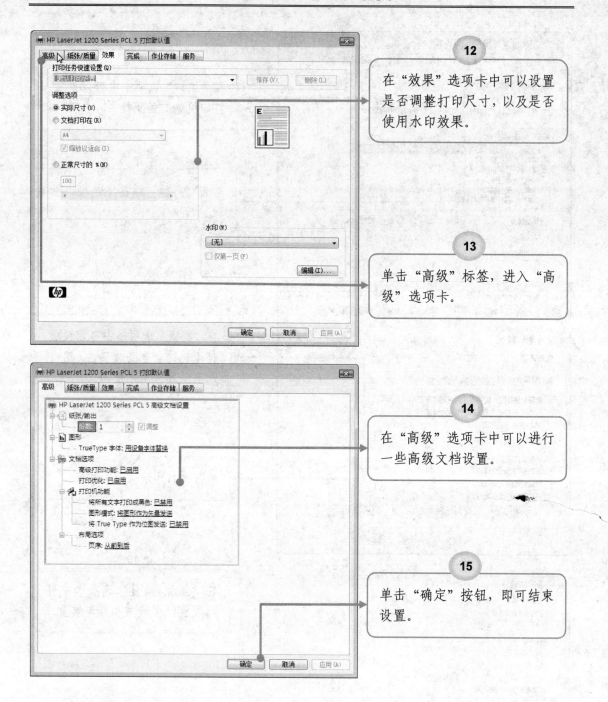

12 在"效果"选项卡中可以设置是否调整打印尺寸，以及是否使用水印效果。

13 单击"高级"标签，进入"高级"选项卡。

14 在"高级"选项卡中可以进行一些高级文档设置。

15 单击"确定"按钮，即可结束设置。

8.4 设备管理器

设备管理器提供了计算机上所安装硬件的图形视图。使用设备管理器可以安装和更新硬件设备的驱动程序、修改这些设备的硬件设置以及解决问题。除此之外，我们还可以在设备管理器中扫描新添加的硬件、查看每个设备的驱动程序安装情况。

8.4.1　启用设备管理器

操作步骤如下：

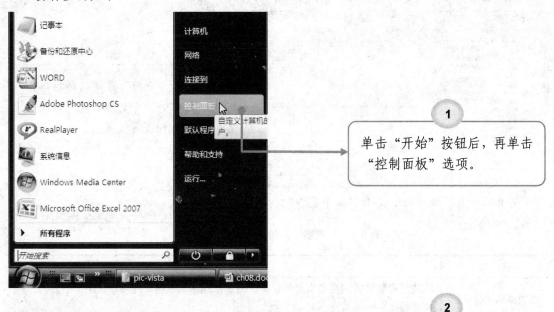

1　单击"开始"按钮后，再单击"控制面板"选项。

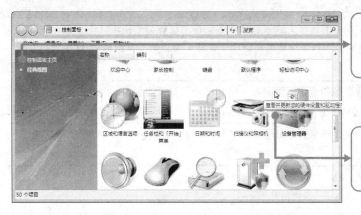

2　将"控制面板"窗口切换到经典视图。

3　双击"设备管理器"图标，就可打开"设备管理器"窗口。

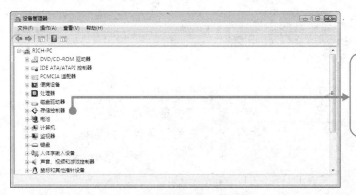

4　在"设备管理器"窗口中，前面带"＋"号的项表示其下还有子项。

8.4.2 查看设备和资源设置

通过设备管理器可以查看设备和资源设置，其操作步骤如下：

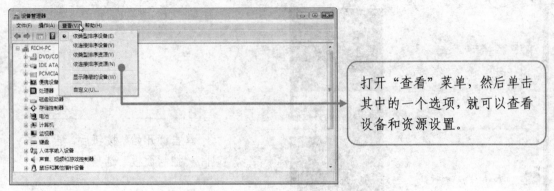

打开"查看"菜单，然后单击其中的一个选项，就可以查看设备和资源设置。

表 8-1 给出了"查看"菜单下各个命令的含义。

表 8-1 "查看"菜单下各个命令的含义

选 项	说 明
依类型排序设备	按已安装设备的类型来显示设备，例如监视器或鼠标。连接名在类型下方列出，这是默认的显示方式
依连接排序设备	按照计算机中设备的连接方式来显示设备。每个设备都列在该设备所连硬件的下面。例如，如果列出小型计算机系统接口（SCSI）卡，那么连接到 SCSI 卡的设备将被列在其下方
依类型排序资源	按照使用这些资源的设备类型来显示所有已分配资源的状态。这些资源包括直接内存访问（DMA）信道、输入/输出端口（I/O 端口）、中断请求（IRQ）和内存地址
依连接排序资源	按照连接类型来显示所有已分配资源的状态。这些资源包括 DMA 信道、I/O 端口、RQ 和内存地址

8.4.3 查看设备状态

通过设备管理器可以查看设备状态，其操作步骤如下：

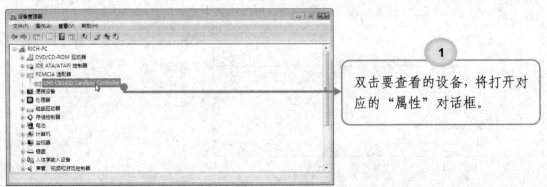

1

双击要查看的设备，将打开对应的"属性"对话框。

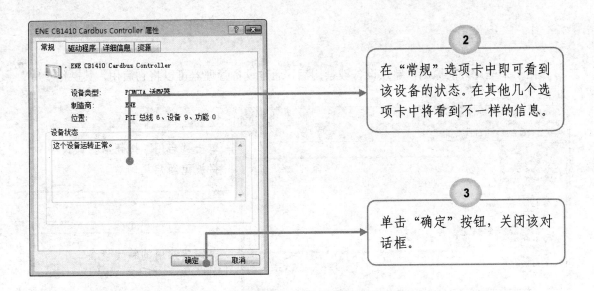

在"常规"选项卡中即可看到
该设备的状态。在其他几个选
项卡中将看到不一样的信息。

单击"确定"按钮，关闭该对
话框。

8.4.4　禁用设备

通过设备管理器可以禁用某些设备，其操作步骤如下：

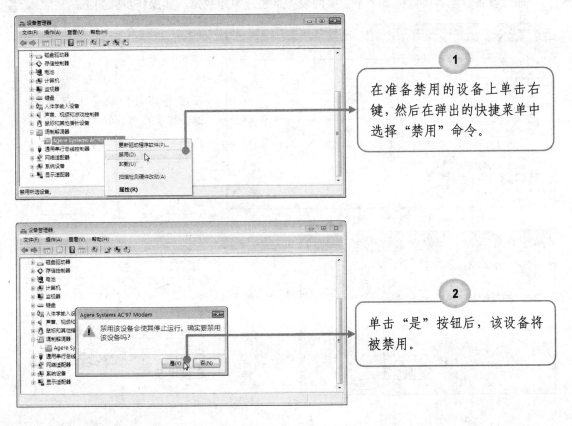

在准备禁用的设备上单击右
键，然后在弹出的快捷菜单中
选择"禁用"命令。

单击"是"按钮后，该设备将
被禁用。

8.4.5 启用设备

由于某些意外的原因，导致设备被禁用后，通过设备管理器可以将它启用，其操作步骤如下：

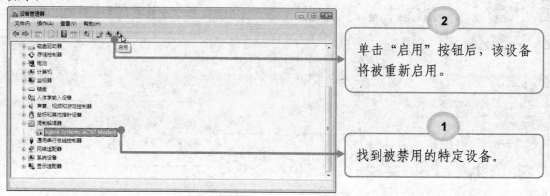

2

单击"启用"按钮后，该设备将被重新启用。

1

找到被禁用的特定设备。

8.4.6 卸载设备

通过设备管理器可以将某个不需要的设备从系统中卸载掉，其操作步骤如下：

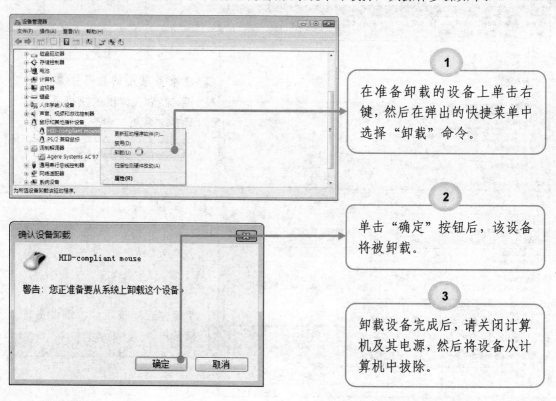

1

在准备卸载的设备上单击右键，然后在弹出的快捷菜单中选择"卸载"命令。

2

单击"确定"按钮后，该设备将被卸载。

3

卸载设备完成后，请关闭计算机及其电源，然后将设备从计算机中拔除。

第9章　系统维护与管理

在 Windows Vista 中，用户不仅可以方便地管理计算机中的文件或文件夹，还可以对系统进行维护与管理。

9.1　格式化磁盘

新买的磁盘必须先进行格式化，然后才可以使用。另外，如果要完全删除旧盘上的所有数据时，也可以对其进行格式化。在进行格式化之前，一定要确保磁盘中没有所需要的数据。

要格式化磁盘，其操作步骤如下：

1

双击"计算机"图标，将出现"计算机"窗口。

2

在要格式化的磁盘(本例是一个 U 盘)上单击右键，再在弹出的快捷菜单中选择"格式化"命令，将出现"格式化"对话框。

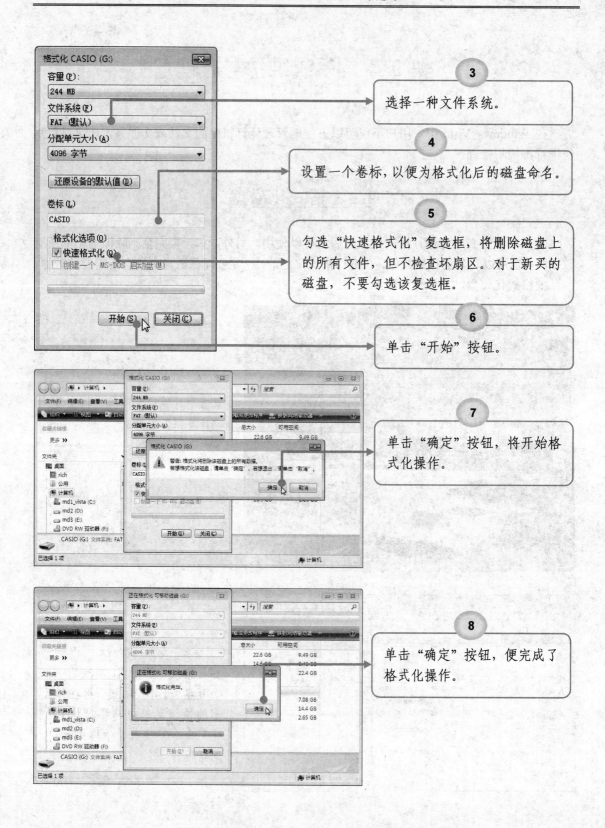

3

选择一种文件系统。

4

设置一个卷标，以便为格式化后的磁盘命名。

5

勾选"快速格式化"复选框，将删除磁盘上的所有文件，但不检查坏扇区。对于新买的磁盘，不要勾选该复选框。

6

单击"开始"按钮。

7

单击"确定"按钮，将开始格式化操作。

8

单击"确定"按钮，便完成了格式化操作。

264

注意

　　硬盘上的数据通常都比较多，一旦对硬盘错误地进行了格式化，所造成的损失也较大，所以在进行格式化之前要注意备份工作数据。

9.2 检查磁盘

　　计算机被突然断电（包括非正常关机）以及一些误操作都可能会导致磁盘错误，影响其正常使用。利用 Windows Vista 提供的磁盘扫描程序可以检测、诊断并修复磁盘错误。

　　要检查磁盘，其操作步骤如下：

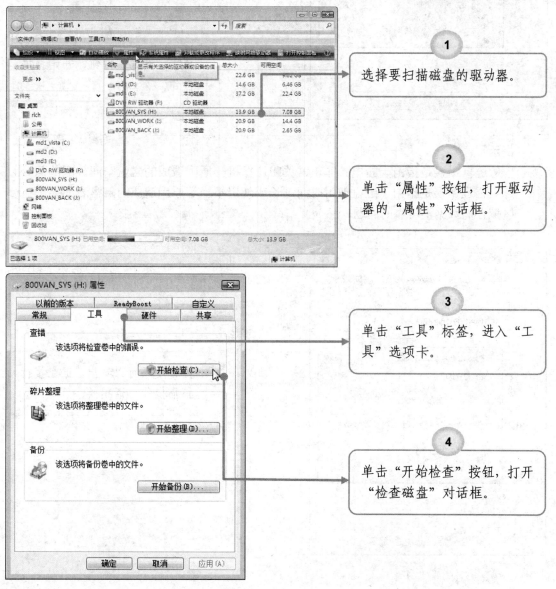

1　选择要扫描磁盘的驱动器。

2　单击"属性"按钮，打开驱动器的"属性"对话框。

3　单击"工具"标签，进入"工具"选项卡。

4　单击"开始检查"按钮，打开"检查磁盘"对话框。

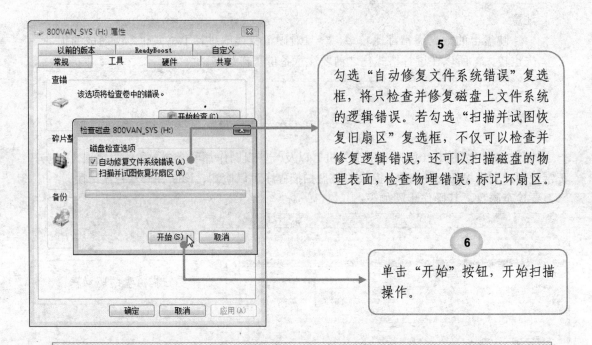

5 勾选"自动修复文件系统错误"复选框,将只检查并修复磁盘上文件系统的逻辑错误。若勾选"扫描并试图恢复旧扇区"复选框,不仅可以检查并修复逻辑错误,还可以扫描磁盘的物理表面,检查物理错误,标记坏扇区。

6 单击"开始"按钮,开始扫描操作。

提示
　　逻辑错误是指由于断电、非正常关闭计算机等原因造成的磁盘空间分配的问题。物理错误是指由于磁盘使用时间过长或使用不当等原因造成的磁盘表面某个区域存储数据不可靠的问题。

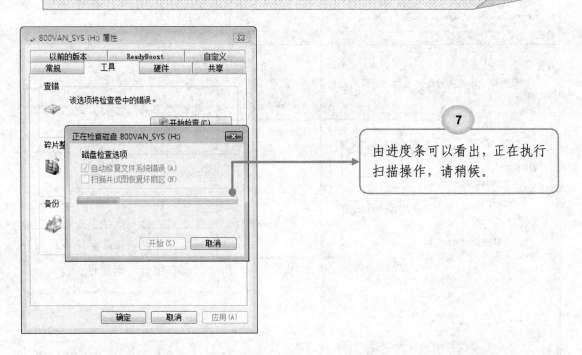

7 由进度条可以看出,正在执行扫描操作,请稍候。

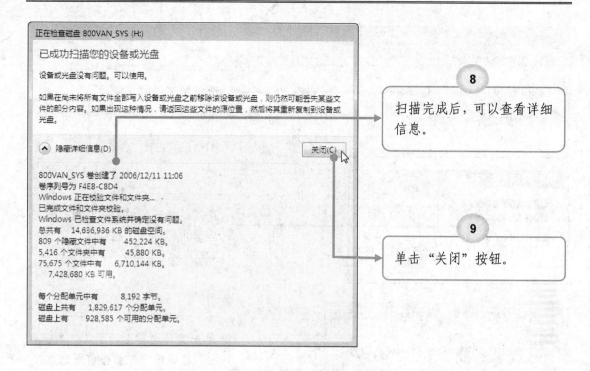

8 扫描完成后，可以查看详细信息。

9 单击"关闭"按钮。

9.3　清　理　磁　盘

　　磁盘清理程序属于 Windows Vista 内置的系统工具之一，可用于清除磁盘中一些不再需要的文件，以释放磁盘空间。

　　要使用磁盘清理程序清理磁盘中无用的文件，其操作步骤如下：

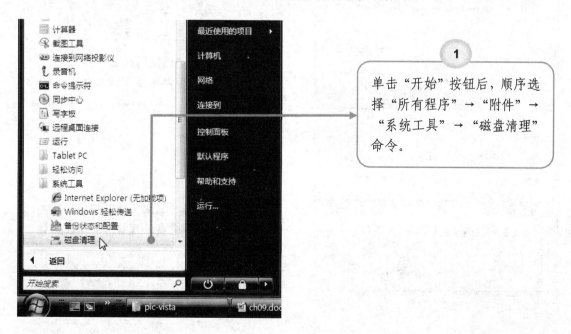

1 单击"开始"按钮后，顺序选择"所有程序"→"附件"→"系统工具"→"磁盘清理"命令。

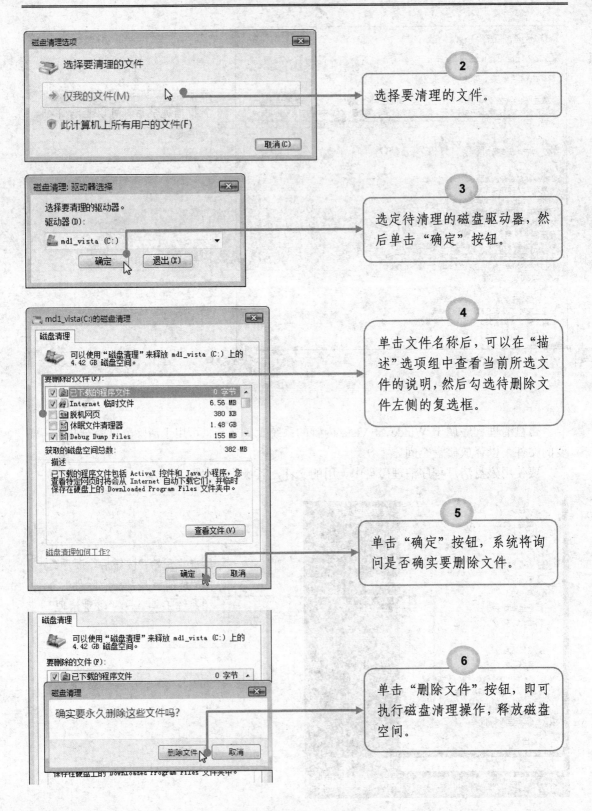

2 选择要清理的文件。

3 选定待清理的磁盘驱动器，然后单击"确定"按钮。

4 单击文件名称后，可以在"描述"选项组中查看当前所选文件的说明，然后勾选待删除文件左侧的复选框。

5 单击"确定"按钮，系统将询问是否确实要删除文件。

6 单击"删除文件"按钮，即可执行磁盘清理操作，释放磁盘空间。

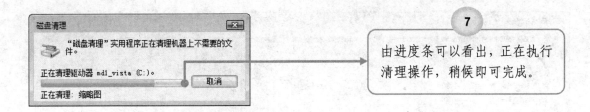

由进度条可以看出，正在执行清理操作，稍候即可完成。

9.4　整理磁盘碎片

我们在写文章时，不可能一蹴而就，一般是使用涂改液或橡皮进行修正，然后继续书写。磁盘在写数据时，也会因为经常新增、删除或者更改文件等工作，造成磁盘的"涂涂改改"，但它没有办法像人一样，每次都能依序排列。因此，经过一段时间之后，磁盘空间就会七零八落，数据被分散得到处都是，这称为"碎片"现象。

如果一个文件产生"碎片"，就表示它占用的磁盘空间是不连续的，这样就需要到不同的地方去读取文件，从而增加了磁头的移动，降低了磁盘的访问速度，从而延长了读取文件的时间。

通过磁盘碎片整理程序，可以重新安排磁盘的已用空间和可用空间，尽量将同一个文件重新存放到相邻的磁盘位置上，并把可用空间全部移动到磁盘的尾部。这样不但可以优化磁盘的存储结构，减少发生错误的概率，还可以明显提高磁盘读写的效率。

要利用磁盘碎片整理程序来整理磁盘，其操作步骤如下：

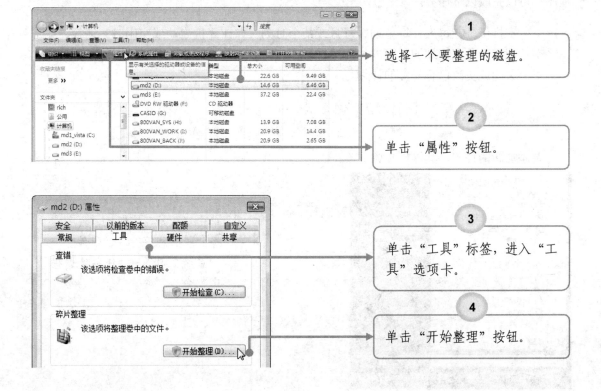

1 选择一个要整理的磁盘。

2 单击"属性"按钮。

3 单击"工具"标签，进入"工具"选项卡。

4 单击"开始整理"按钮。

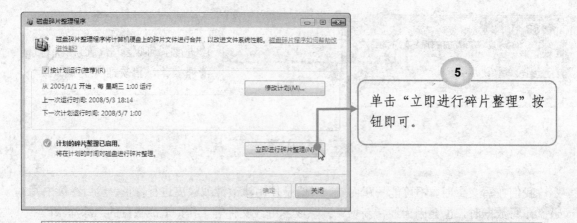

单击"立即进行碎片整理"按钮即可。

注意

　　磁盘碎片整理可在后台进行，其速度与计算机性能、磁盘容量和文件碎片多少有关。在此期间，最好不要在该磁盘分区上进行文件保存操作，否则会导致磁盘碎片整理程序重新启动。

9.5　使用"任务计划程序"

　　"任务计划程序"是将任务安排为定期运行或在最方便时运行的工具。使用"任务计划程序"可以完成以下任务：

❖　安排任务在每天、每星期、每月或某个时刻（如计算机启动或空闲时）运行。
❖　规定任务在计划的时间内如何运行。
❖　关闭或更改已有任务的计划。

9.5.1　计划新任务

　　要添加新的任务，其操作步骤如下：

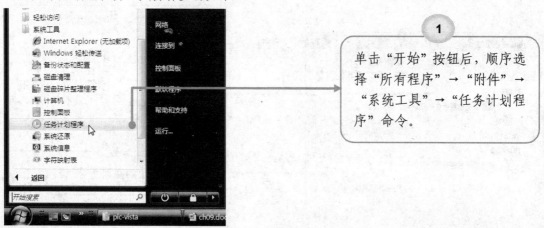

单击"开始"按钮后，顺序选择"所有程序"→"附件"→"系统工具"→"任务计划程序"命令。

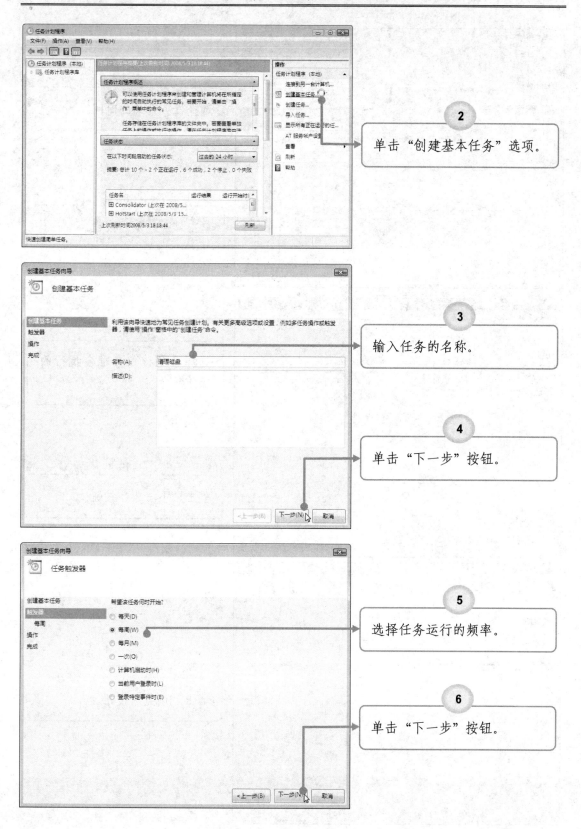

2 单击"创建基本任务"选项。

3 输入任务的名称。

4 单击"下一步"按钮。

5 选择任务运行的频率。

6 单击"下一步"按钮。

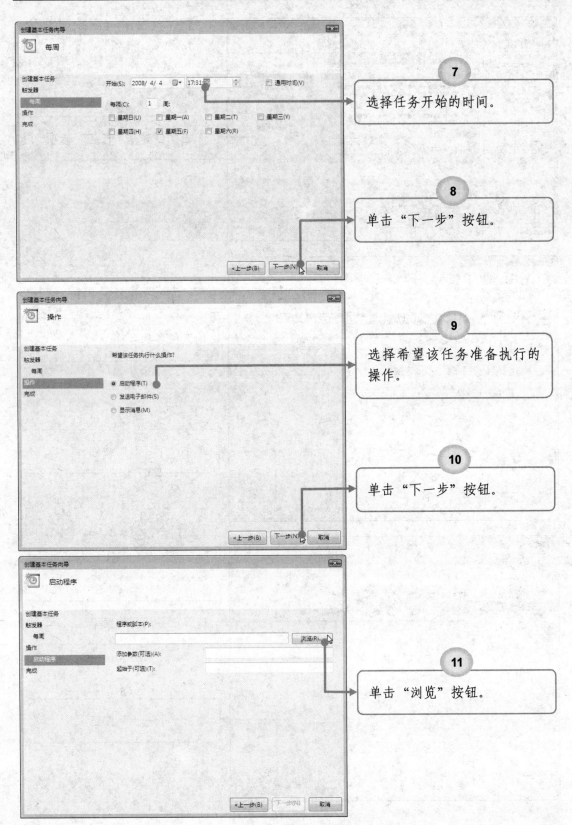

7 选择任务开始的时间。

8 单击"下一步"按钮。

9 选择希望该任务准备执行的操作。

10 单击"下一步"按钮。

11 单击"浏览"按钮。

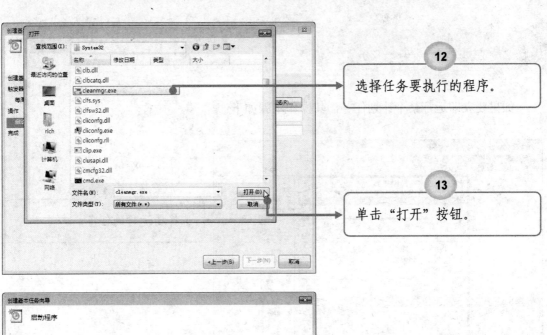

12 选择任务要执行的程序。

13 单击"打开"按钮。

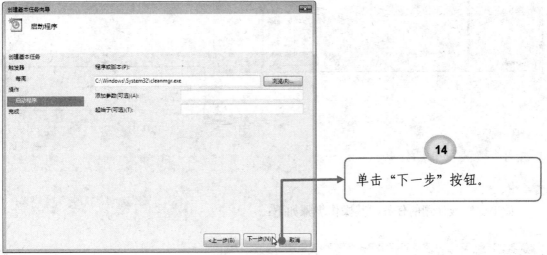

14 单击"下一步"按钮。

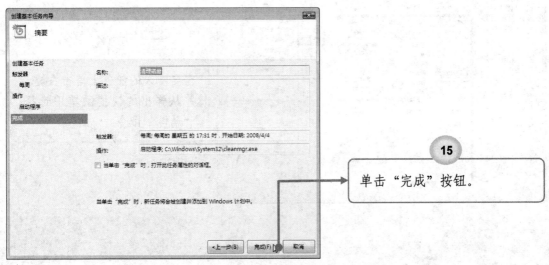

15 单击"完成"按钮。

9.5.2 立即运行任务

如果要立即运行某个计划任务，其操作步骤如下：

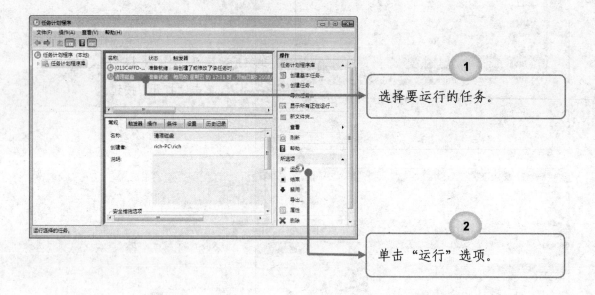

1 选择要运行的任务。

2 单击"运行"选项。

9.5.3 修改计划的任务

如果要修改计划的任务，其操作步骤如下：

1 在要修改的任务上单击右键，并从弹出的快捷菜单中选择"属性"命令。

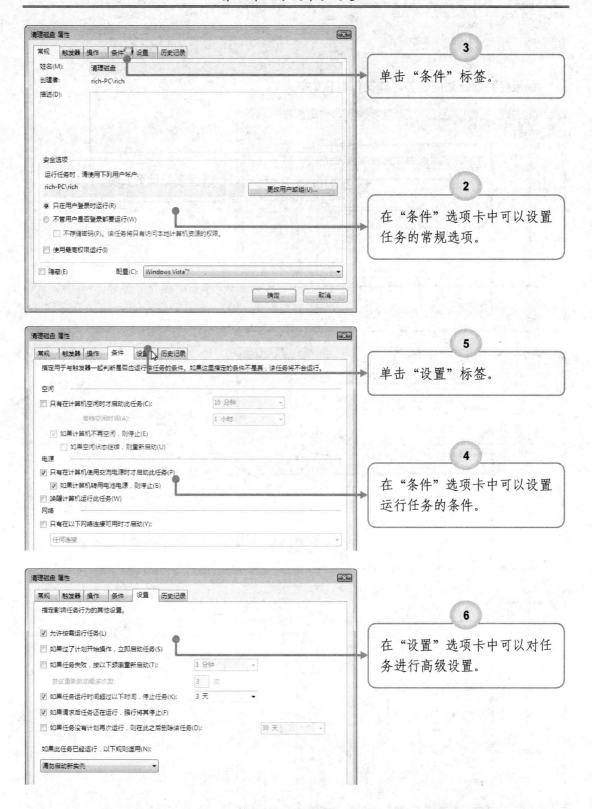

3 单击"条件"标签。

2 在"条件"选项卡中可以设置任务的常规选项。

5 单击"设置"标签。

4 在"条件"选项卡中可以设置运行任务的条件。

6 在"设置"选项卡中可以对任务进行高级设置。

9.5.4 删除计划的任务

如果要删除计划的任务，其操作步骤如下：

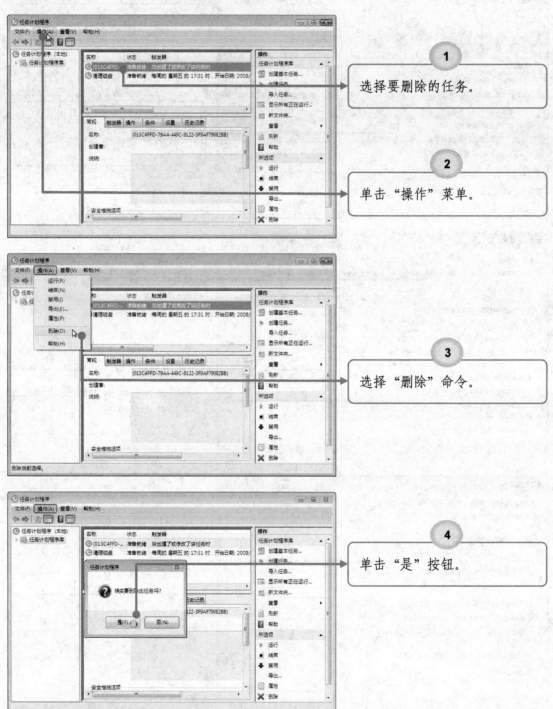

1 选择要删除的任务。

2 单击"操作"菜单。

3 选择"删除"命令。

4 单击"是"按钮。

9.6　查看系统信息

通过查看计算机系统信息，用户既可以检查计算机上安装的硬件、软件及可用的内存，还可以查看关于此计算机系统状况的诊断信息。

9.6.1　查看基本信息

要查看计算机的基本信息，其操作步骤如下：

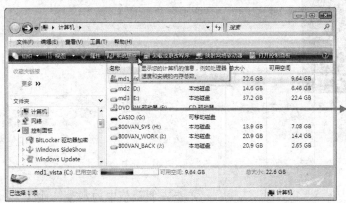

> **1**
>
> 当处于"计算机"窗口中时，单击"系统属性"按钮，将打开"系统"窗口。

> **2**
>
> 在这里可以查看 Windows 版本信息、注册用户信息，以及 CPU 处理器和内存等常规信息。

9.6.2　查看详细信息

"系统信息"程序可以搜集计算机上的硬件及软件信息。当用户解决配置问题时需要有关计算机的特定信息，可以使用"系统信息"程序快速查找解决系统问题所需的数据。

如果要查看系统的详细信息，其操作步骤如下：

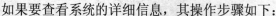

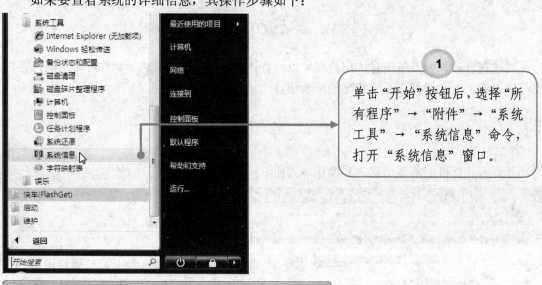

单击"开始"按钮后，选择"所有程序"→"附件"→"系统工具"→"系统信息"命令，打开"系统信息"窗口。

单击左侧窗格中的加号，可以展开对应的目录。

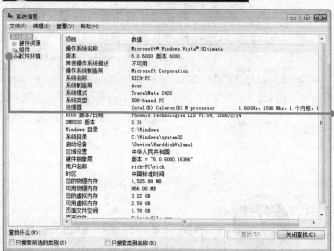

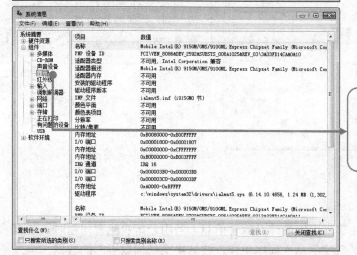

单击一个需要了解的项目，在右侧窗格中就可以看到对应的信息。

"系统信息"窗口可显示硬件、系统组件和软件环境的全面视图，系统将这些信息分为3类——硬件资源、组件和软件环境。

◇　"硬件资源"视图显示硬件专用设置，即DMA、IRQs、I/O地址和内存地址。

◇　"组件"视图显示有关Windows配置的信息。该类别用于确定设备驱动程序、网络和多媒体软件的状态。

◇　"软件环境"视图显示加载到计算机内存中软件的快照。该信息可用于查看进程是否在运行或检查版本信息。

9.7　设置虚拟内存

如果计算机在较小的内存下运行，但有些程序却需要更多的内存，此时 Windows Vista 会使用硬盘空间模拟系统内存。这种方式叫做虚拟内存，它通常是一个分页文件。默认情况下，创建的虚拟内存分页文件（文件名为 pagefile.sys）大小是计算机内存的 1.5 倍。

用户可以修改虚拟内存分页文件的大小，其操作步骤如下：

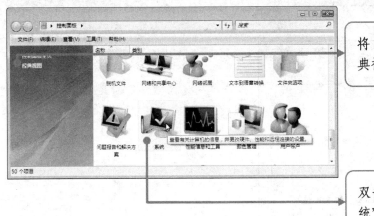

1　将"控制面板"窗口切换到经典视图。

2　双击"系统"图标，打开"系统"窗口。

3　单击"高级系统设置"超链接，将进入"系统属性"对话框的"高级"选项卡。

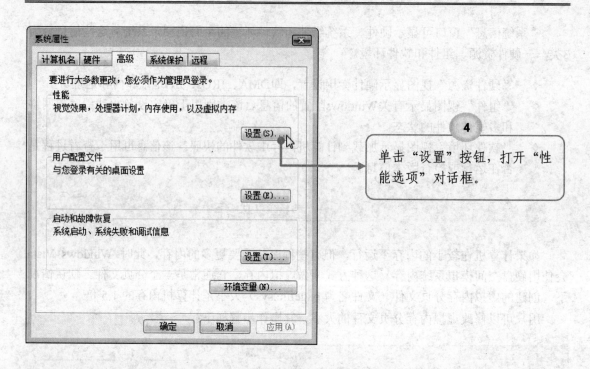

单击"设置"按钮，打开"性能选项"对话框。

4

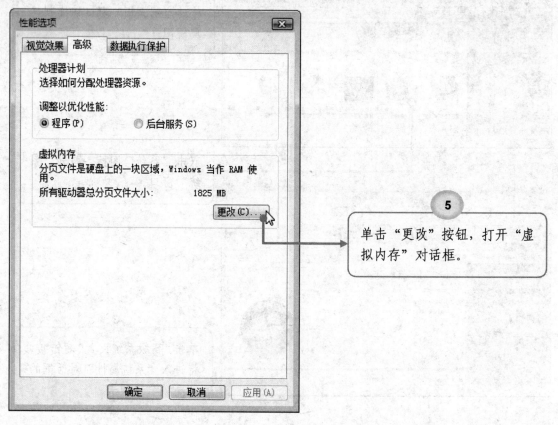

单击"更改"按钮，打开"虚拟内存"对话框。

5

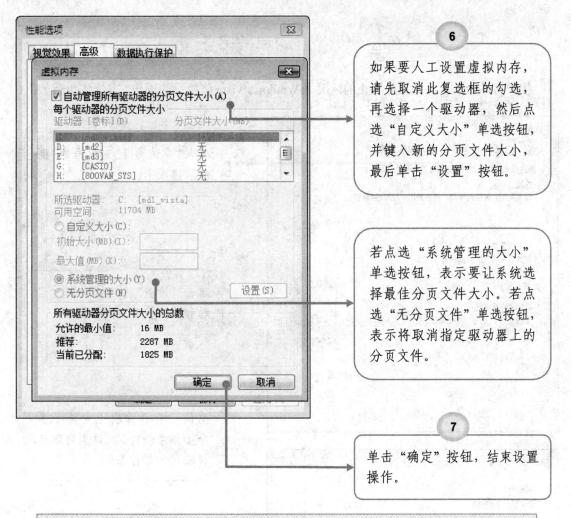

6

如果要人工设置虚拟内存，请先取消此复选框的勾选，再选择一个驱动器，然后点选"自定义大小"单选按钮，并键入新的分页文件大小，最后单击"设置"按钮。

若点选"系统管理的大小"单选按钮，表示要让系统选择最佳分页文件大小。若点选"无分页文件"单选按钮，表示将取消指定驱动器上的分页文件。

7

单击"确定"按钮，结束设置操作。

注意

　　为了获得最佳性能，请不要将初始大小设成低于"所有驱动器分页文件大小的总数"选项组中推荐的最小值。推荐大小等于内存（RAM）容量的 1.5 倍。尽管日常使用需要大量内存的程序可能会增加分页文件的大小，但应当将分页文件保留为推荐大小。此外，只有重新启动计算机后，才能看到那些改动的结果。

　　在多个驱动器之间划分虚拟内存空间，并从速度较慢或者访问量最大的驱动器上删除虚拟内存分页文件，可以优化虚拟内存的使用。要最优化虚拟内存空间，应将其划分到尽可能多的物理硬盘上。在选择驱动器时，应尽可能符合下列准则：

✧　尽量避免分页文件和系统文件在同一驱动器上。

✧　避免将分页文件放到容错驱动器上，例如镜像卷或RAID-5卷。分页文件完全不需要容错。

✧　不要在同一物理硬盘的不同分区中放置多个分页文件。

9.8 设置启动和故障恢复

用户可以指定在系统意外终止的情况下 Windows Vista 将执行的操作。其操作步骤如下：

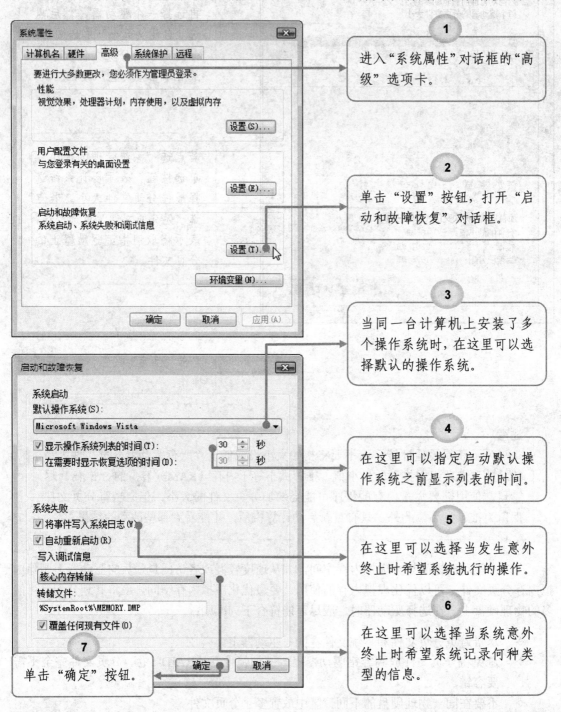

1 进入"系统属性"对话框的"高级"选项卡。

2 单击"设置"按钮，打开"启动和故障恢复"对话框。

3 当同一台计算机上安装了多个操作系统时，在这里可以选择默认的操作系统。

4 在这里可以指定启动默认操作系统之前显示列表的时间。

5 在这里可以选择当发生意外终止时希望系统执行的操作。

6 在这里可以选择当系统意外终止时希望系统记录何种类型的信息。

7 单击"确定"按钮。

9.9　任务管理器

Windows Vista 任务管理器可提供有关计算机性能的信息，也可显示计算机上所运行的程序和进程的详细信息。使用 Windows Vista 任务管理器，可以结束程序或进程、启动程序以及查看计算机性能的动态显示。

使用 Windows Vista 任务管理器的操作步骤如下：

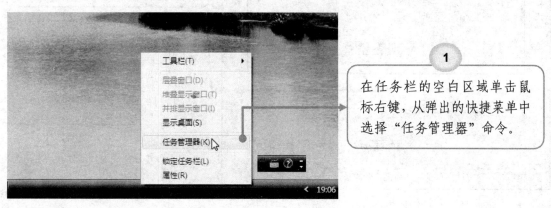

1　在任务栏的空白区域单击鼠标右键，从弹出的快捷菜单中选择"任务管理器"命令。

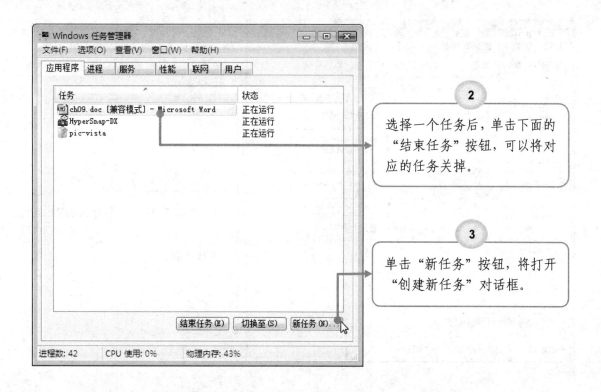

2　选择一个任务后，单击下面的"结束任务"按钮，可以将对应的任务关掉。

3　单击"新任务"按钮，将打开"创建新任务"对话框。

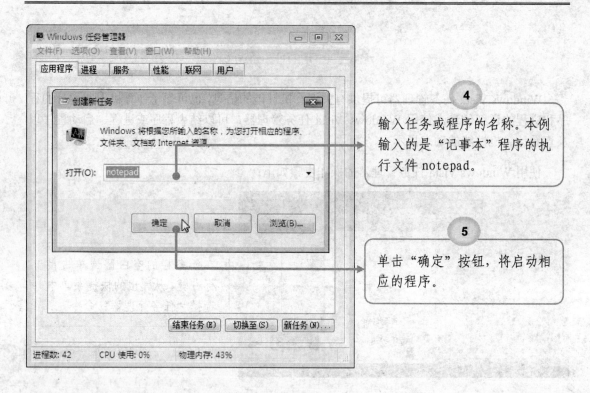

4 输入任务或程序的名称。本例输入的是"记事本"程序的执行文件 notepad。

5 单击"确定"按钮,将启动相应的程序。

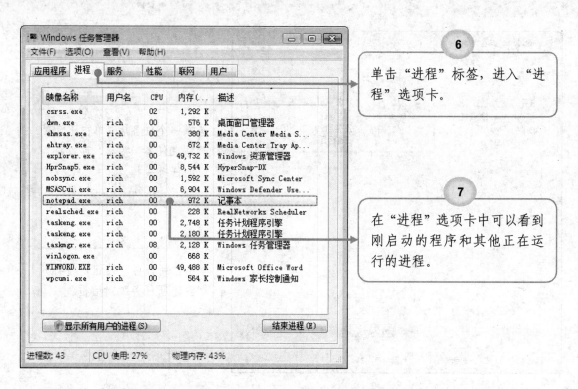

6 单击"进程"标签,进入"进程"选项卡。

7 在"进程"选项卡中可以看到刚启动的程序和其他正在运行的进程。

8 单击"服务"标签,进入"服务"选项卡。

9 在"服务"选项卡中可以看到正在运行的服务。

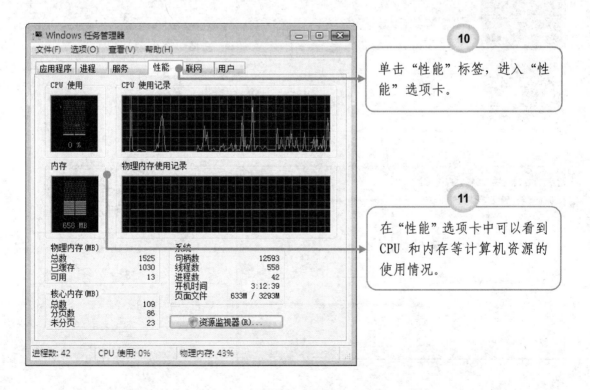

10 单击"性能"标签,进入"性能"选项卡。

11 在"性能"选项卡中可以看到 CPU 和内存等计算机资源的使用情况。

9.10 电 源 管 理

Windows Vista提供了很强的电源管理功能，在系统打开但并不使用的情况下自动关闭不同的设备（如显示器或硬盘），这样不仅可以节约电能，还能延长设备的使用寿命。对于使用笔记本电脑的用户来说，此项功能尤为重要。

如果要配置系统的电源管理属性，其操作步骤如下：

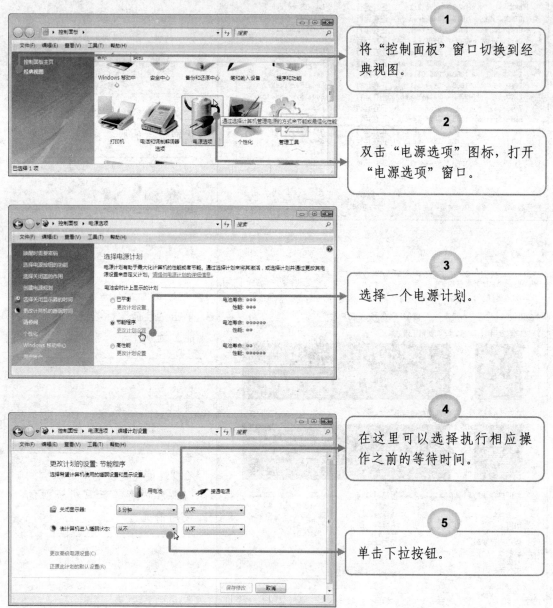

1 将"控制面板"窗口切换到经典视图。

2 双击"电源选项"图标，打开"电源选项"窗口。

3 选择一个电源计划。

4 在这里可以选择执行相应操作之前的等待时间。

5 单击下拉按钮。

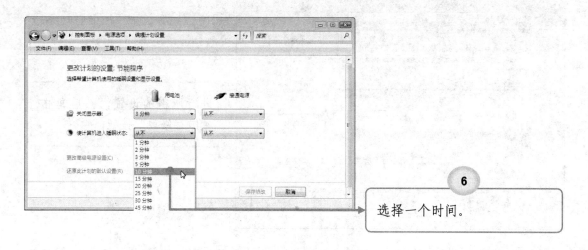

6 选择一个时间。

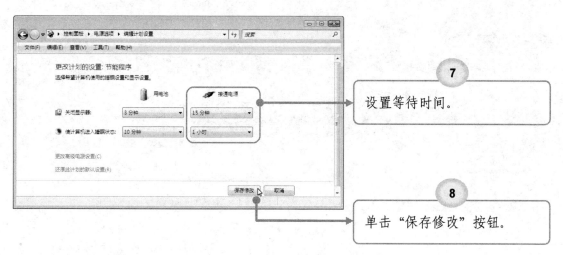

7 设置等待时间。

8 单击"保存修改"按钮。

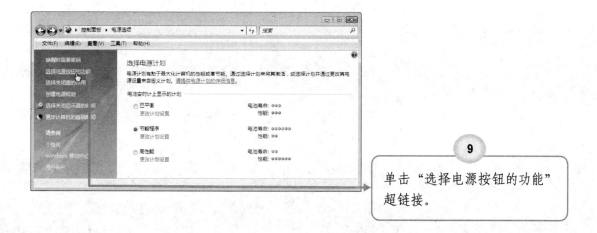

9 单击"选择电源按钮的功能"超链接。

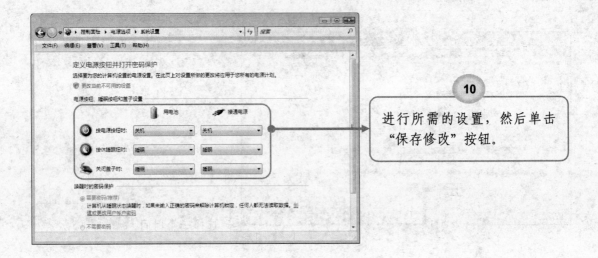

10

进行所需的设置，然后单击"保存修改"按钮。

第 10 章　Windows Vista 的网络连接与资源共享

信息社会的重要特征之一就是计算机网络化，"网络"这个词在当今计算机领域中非常热门。有许多初学者认为网络就是Internet，其实这是错误的。本章将主要介绍局域网的相关内容，下一章将讲述使用Internet的相关知识。

目前，世界上有很多机构，如公司、大学和研究所等将机构内部的计算机连成网络，组成计算机局域网，在计算机之间共享资源。如果家庭或小型企业有两台或多台装有Windows的计算机，也可以通过网卡、电缆线和集线器将它们建成一个局域网，然后相互之间传递文件或共享打印机等。

10.1　计算机网络的基本概念

计算机网络是指分布在不同地理位置上的具有独立功能的多个计算机系统，通过通信设备和通信线路相互连接，在网络软件的管理下实现数据传输和资源共享的系统。连接是物理的，由硬件实现。连接介质可以是双绞线或同轴电缆等"有形"物质，也可以是红外线、微波、无线电波等"无形"物质。

10.1.1　计算机网络的功能及应用

计算机技术和通信技术结合而形成的计算机网络，不仅使计算机的作用范围超越了地理位置的限制，而且还增强了计算机本身的功能。当把多台计算机组成网络后，就具有了以下一些重要的作用：

❖ 数据通信：实现网络中不同计算机之间传送各种信息，从而使在地理位置上分散的信息能够进行分级或集中管理与处理。计算机网络提供的通信服务包括电子邮件、电子数据交换和信息浏览等。

❖ 资源共享：网上用户能够全部或部分共享数据、数据库、软件或硬件资源。例如，在一个办公室中的几台计算机可以通过网络共享一台打印机。

❖ 提高计算机的可靠性：计算机网络中的各台计算机可以通过网络彼此互为后备机，一旦某台计算机出现故障，该计算机的任务可由其他计算机代为处理。

❖ 分担负荷：当网络中某台计算机负担过重时，可将新的任务交给网络中较空闲的计算机完成，以均衡负荷，减少用户的等待时间。

❖ 分布式处理：将大型的综合性任务交给不同的计算机分别同时进行处理。用户可以根据需要，合理选择网络资源，就近快速地进行处理。

10.1.2　计算机网络的分类

计算机网络种类繁多，根据网络结构和性能的不同，可以有不同的分类方法。下面列出几种常见的分类。

1．按地理范围分类

计算机网络根据信息传输距离、速率和连接等特点，通常可分为局域网（LAN）、城域网（MAN）和广域网（WAN）。

局域网一般覆盖范围直径不超过10公里，主要用于机关、学校、企业。它是以小型机和微型机为基础而发展起来的，这种网络灵活、可靠、成本低，因而被广泛应用。在这样的网络内，所有的计算机通过网络适配器和电缆连接。

城域网是指城市范围的网络，或者是物理上使用城市基础电信（如地下电缆系统、公用电话交换系统）的网络。也可以说是一种大范围的、高速率的局域网。

广域网在地理上可以跨越很大的距离，例如一个地区、国家甚至洲际范围。不仅可以将多个局域网连接起来，还可以将世界各地的局域网连接在一起。该网普遍利用公共电信设施（如公用电话交换网、公用数字交换网、卫星等）和少数专用线路进行高速数据交换与信息共享。

2．按传输介质分类

使用光纤作为介质就称为光纤网；使用双绞线作为介质就称为双绞线网；使用同轴电缆作为介质就称为同轴电缆网；使用卫星通信或其他无线设备作为介质就称为卫星网或无线网等。

根据硬件支持方式的不同，网络可以分为"客户/服务器网络"和"对等网络"两种。这两种网络的连接方式相同，不同的只是每台计算机所扮演的角色不同而已。

在客户/服务器网络中，至少有一个专用的服务器管理、控制网络的运行。所有工作站均可共享服务器中的软、硬件资源。网络管理员可以通过服务器控制用户访问共享资源的权限，保证共享资源的安全性。

对等网络是指网络上每台计算机都是平等的，不需要专用的服务器，网络中的每台计算机既是服务器也是客户机。因此，在这种网络中每台计算机不但具有单机的自主权，而且可以共享网络中各计算机的处理能力和存储容量，并进行信息交换。

换句话说，如果家庭中有几台计算机，通过网卡和网络电缆，就可以建立一个对等网络。对等网络简化了资源的传递关系，不再需要先复制到软盘上，再复制到硬盘上的过程。

10.1.3　网络硬件的安装

网络相连需要硬件的支持，最基本的网络硬件是网络适配器（俗称"网卡"）和网络电缆（俗称"网线"）。网卡是实现计算机互连和互访的必要设备。

网络电缆是用来连接计算机的专用电缆，可用的电缆类型有同轴电缆、双绞线和光缆等。

另外，如果要连接的计算机较多，应考虑购买集线器（Hub）或路由器（Router），其作用是将各个网卡上的双绞线集中在一起连接起来。这样，计算机之间就完成了网络连接。

使用集线器或路由器的优点如下：

✧ 网络的运营状况可以通过集线器或路由器面板指示灯的信号进行监视。例如，哪一台计算机正处于使用中，哪一台计算机是关机的，电缆线是否正常等，都可以直接从集线器或路由器端看到，便于维护网络。

✧ 想要在网络上增加一台计算机，只要将计算机用双绞线连到集线器或路由器即可。

✧ 网络中任何一条双绞线发生故障时，只会影响局部的计算机。

1．选购网卡

选购网卡时不能抛开计算机，首先要考虑的就是所使用的计算机。根据计算机的性能选购网卡，然后根据网卡选购网络电缆。

网卡对外要连接网络电缆，对内要插在计算机主板的扩展槽上，通过总线与计算机沟通。目前的网卡多采用PCI总线接口。另外，现在计算机主板上集成网卡的趋势越来越明显。

在网络上传输数据，数据传输速度是首先要考虑的因素。选择带宽较宽的网卡，自然可以减少许多时间上的损耗。

选购网卡时，还应该考虑网卡的接头。一般网卡的接头有两种选择：BNC接头与RJ-45接头。如果网络设计需要使用到不同的网络电缆，可以购买含两种接头的网卡，即同时具有RJ-45接头与BNC接头。目前RJ-45接头的网卡是主流。

最后要记住，如果可能的话，就应买即插即用的网卡，至少也需要能用软件配置的网卡，这样可以减少安装网络驱动程序的麻烦。

2．准备网络电缆

常用的网络电缆基本上有两大类，一类是同轴电缆，另一类是双绞线电缆。

同轴电缆一般用于ISA网卡，由这种电缆组成的网络，当电缆出现故障时只能逐段查找，如果在网络上增加一台计算机，要临时中断整个网络。

双绞线电缆是目前应用最普遍也是最好用的电缆，从整体结构来分，可以分为屏蔽式双绞线与无屏蔽式双绞线。双绞线两端要安上RJ-45水晶头。

3．安装网卡和电缆

目前，即插即用网卡已成为主流，它的安装方法与安装其他接口卡（如显示卡、声卡）没有什么区别。安装网卡的常见步骤如下：

（1）关闭计算机及其他外部设备的电源，并且将机箱背部的接线拔掉。

（2）卸掉主机外壳螺丝，打开机箱盖。

（3）将网卡插入主板的空扩展槽中，并拧紧固定螺丝。

（4）装上机箱盖，拧紧螺丝，并接好所有先前拆下的接线。

安装网卡后，就可以连接电缆了。RJ-45水晶头上有一个塑料的凸起，将这个凸起对准网卡接口的凹槽，向里一推，听到"咔"的一声，就完成了电缆与网卡的连接。用同样的方法，将电缆的另一端插到集线器或路由器上。

10.2 Windows Vista 的网络连接

使用家庭或小型办公网络，可以共享 Internet 连接或打印机、查看和处理共享文件，以及多人联网玩计算机游戏等。

10.2.1 网络和共享中心

网络和共享中心（Network Center）让用户可以在一个中心位置就能对 Windows Vista 网络相关的所有配置进行设置。它可以非常直观地显示出当前网络的连接情况，验证网络是否可以访问 Internet，即使计算机与 Internet 断开了，也可以使用"网络诊断程序"来确定问题原因并获得解决方案的建议。

要进入网络和共享中心，其操作步骤如下：

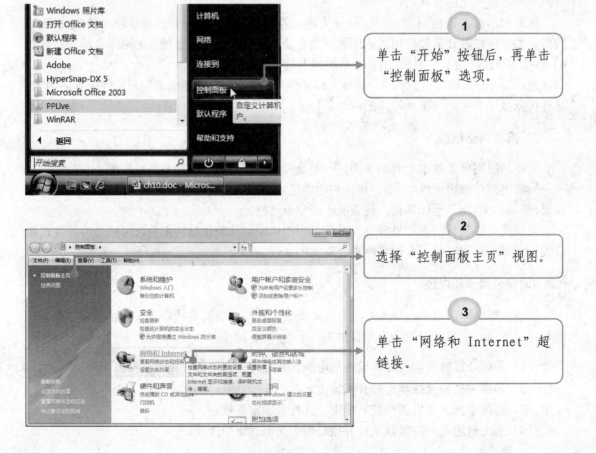

单击"开始"按钮后，再单击"控制面板"选项。

选择"控制面板主页"视图。

单击"网络和 Internet"超链接。

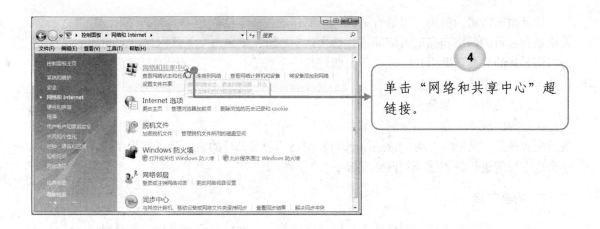

单击"网络和共享中心"超链接。

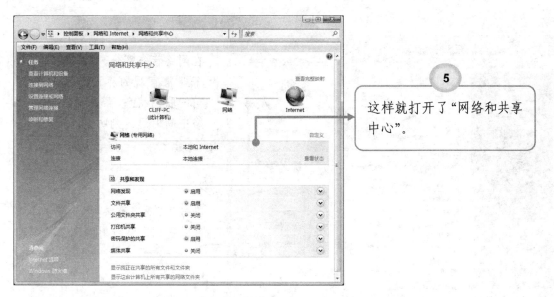

这样就打开了"网络和共享中心"。

从上图可以看出，网络和共享中心的主界面由以下几部分组成。

1．地址栏，搜索

窗口最上面的地址栏已经有了较大的改进，它在默认情况下会关闭传统风格的菜单，因为现在的地址栏就可以完成大部分的常用操作，当前的各级路径都会以链接形式显示在地址栏中，所以可以很方便地点击各个级别的路径返回到那一级页面。而左侧的 （返回）按钮、 （前进）按钮很醒目地提示可以随时利用它们前进或后退。搜索更可谓是 Windows Vista 中的一个特色，因为无论何时何地，都会在地址栏右边看到搜索输入框，它能够对本地或者 Internet 上的信息资源进行检索，以及对索引到的结果进行筛选。

2．导航窗格

窗口左侧的导航窗格被分成了"任务面板"和"请参阅"两个部分。

（1）任务面板

任务面板指出当前用户可进行的操作，更佳的任务驱动性是 Windows Vista 特性之一。无论是在公司的网络和家庭网络间进行切换，还是想连接到一个无线网络，Windows Vista 都会以向导式的界面帮助用户完成任务，即使是一个新手也可以自行配置自己的网络，或者是在技术支持的指导下完成配置。

（2）"请参阅"部分

在任务面板下方是"请参阅"部分，在这一部分里主要放置了控制面板中与网络中心相关的配置链接，比如防火墙、Internet 选项和网络列表等，目的也是为了便于用户在网络中心一个地方就能进行绝大部分的网络配置。

3．内容窗格

网络中心的内容窗格由网络状态、网络详细信息、网络共享和发现三部分组成。

1 在网络状态部分，它提供了一个非常直观的界面显示出当前的联网状态，帮助用户在网络中断时迅速判明原因。

2 单击"查看完整映射"超链接，可以看到网络映射情况。

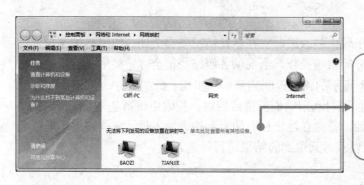

3 此时更清楚地看到计算机上多个网络连接的状态，以及利用网络诊断工具诊断网络并找到可行的解决方案。

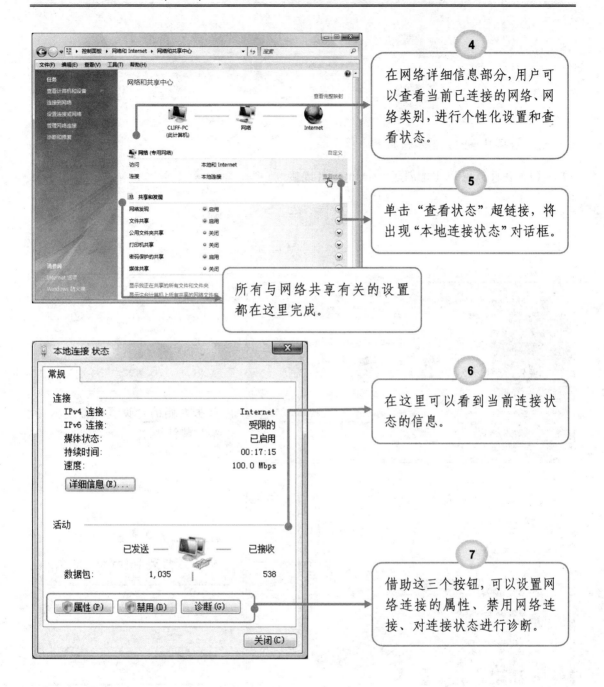

4 在网络详细信息部分,用户可以查看当前已连接的网络、网络类别,进行个性化设置和查看状态。

5 单击"查看状态"超链接,将出现"本地连接状态"对话框。

所有与网络共享有关的设置都在这里完成。

6 在这里可以看到当前连接状态的信息。

7 借助这三个按钮,可以设置网络连接的属性、禁用网络连接、对连接状态进行诊断。

10.2.2　创建和共享Internet连接

1. Internet 连接共享

如果是两台计算机,可以采用如下图所示的连接方式上网,也就是在计算机 PC1 上安装两块网卡,其中一块连接 Modem,另外一块连接至计算机 PC2 上。

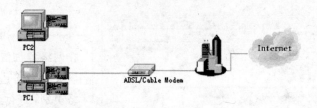

建立连接共享的完整步骤如下：

（1）在计算机 PC1 上创建一个 Internet 连接

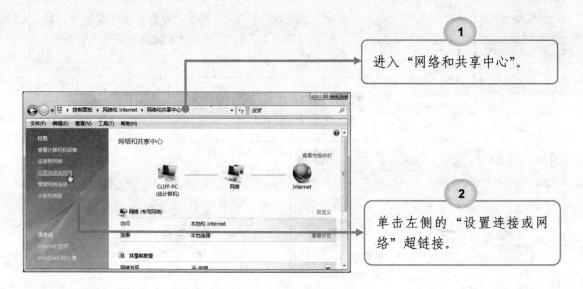

1 进入"网络和共享中心"。

2 单击左侧的"设置连接或网络"超链接。

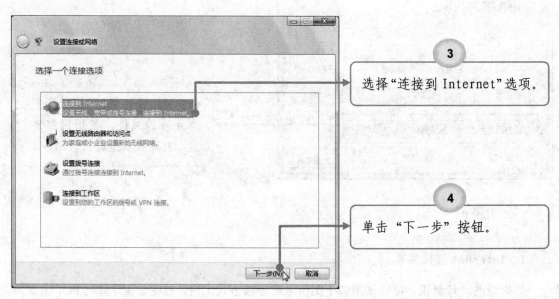

3 选择"连接到 Internet"选项。

4 单击"下一步"按钮。

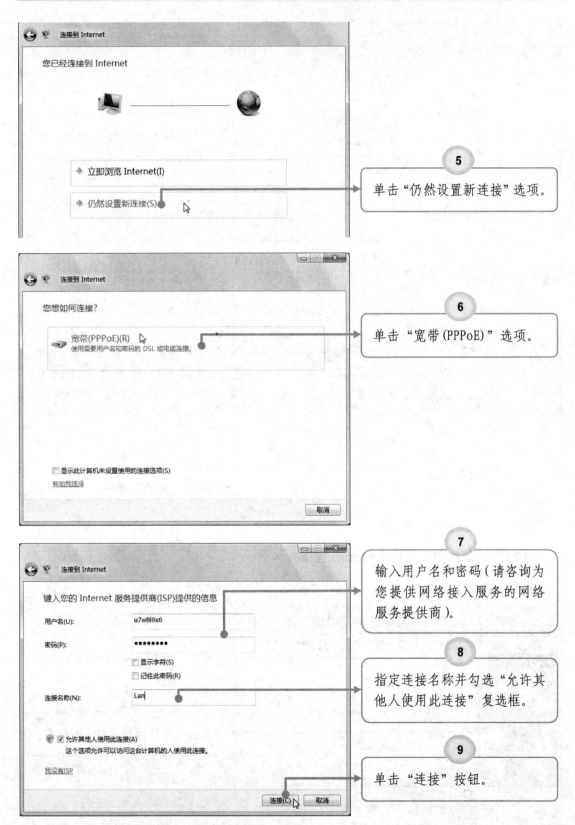

5 单击"仍然设置新连接"选项。

6 单击"宽带 (PPPoE)"选项。

7 输入用户名和密码（请咨询为您提供网络接入服务的网络服务提供商）。

8 指定连接名称并勾选"允许其他人使用此连接"复选框。

9 单击"连接"按钮。

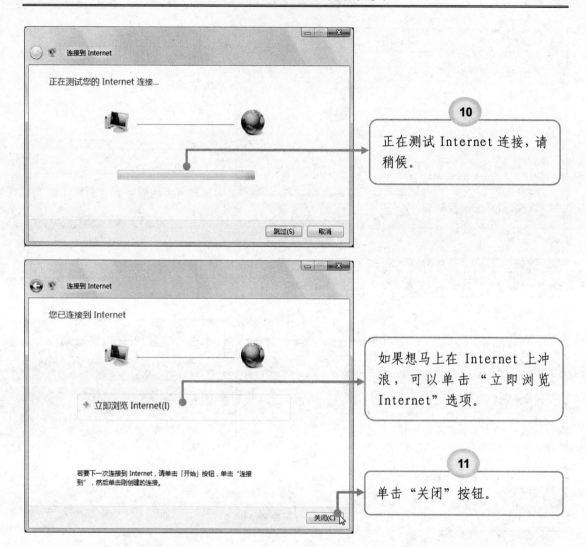

正在测试 Internet 连接，请稍候。

10

如果想马上在 Internet 上冲浪，可以单击"立即浏览 Internet"选项。

单击"关闭"按钮。

11

（2）在计算机 PC1 上设置 Internet 连接共享

操作步骤如下：

进入"网络和共享中心"。

1

单击"管理网络连接"超链接。

2

4 单击"更改此连接的设置"按钮。

3 选择宽带连接。

5 进入"共享"选项卡后，勾选"允许其他网络用户通过此计算机的 Internet 连接来连接"复选框。

6 单击"确定"按钮。

　　Internet 连接共享设置好后，计算机 PC1 会为 PCl 上连接到计算机 PC2 的那块网卡自动分配一个静态 IP 地址，即 192.168.0.1；而计算机 PC2 无需进行任何网络设置，便会自动获得 192.168.0.2～192.168.0.255 之间的任意一个 IP 地址。

提示

　　如果有多台计算机，可以通过集线器把多台计算机连接起来，然后通过 Internet 连接共享来共享上网。但是，由于现在的集线器和路由器的价格相差不大，且路由器的功能比集线器好很多，所以，在有多台计算机的情况下，大多都选择路由器共享来共享上网。

2．路由器共享

　　路由器共享是一种较为简单的 Internet 连接方式，如下图所示。

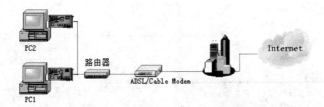

路由器共享的步骤简单叙述如下：

（1）大多数路由器都自带拨号功能，只要在路由器的 Web 配置页面中设置好宽带连接的用户名和密码后，路由器就会自动拨号。关于具体的设置方法，可以参考路由器的使用手册。

（2）用网线将每台计算机上的网卡和路由器连接起来后，就可以共享 Internet 连接了。因为路由器一般具有 DHCP 服务，所以它可以为计算机自动分配 IP 地址，而无需再对每台计算机都进行配置。

10.2.3　设置工作组的名称

如果所有的计算机都安装了 Windows Vista，那么工作组的名称并不重要，不管是网络文件夹还是网络映射图，都可以显示所有计算机，而不管这些计算机到底是属于哪个工作组的。不过，处于同一个工作组的计算机，相互访问的速度会大为提高。

要设置工作组的名称，其操作步骤如下：

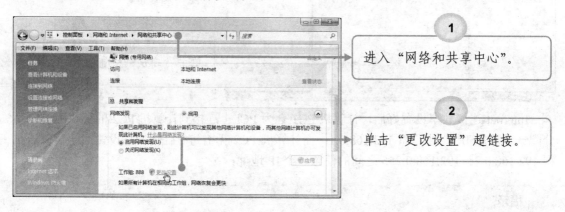

1 进入"网络和共享中心"。

2 单击"更改设置"超链接。

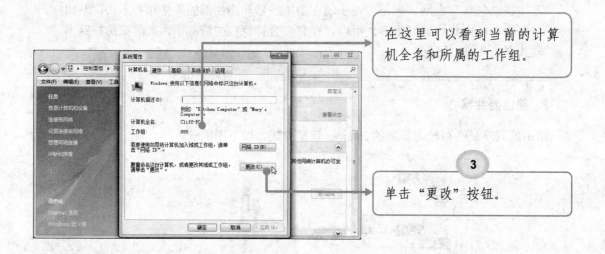

在这里可以看到当前的计算机全名和所属的工作组。

3 单击"更改"按钮。

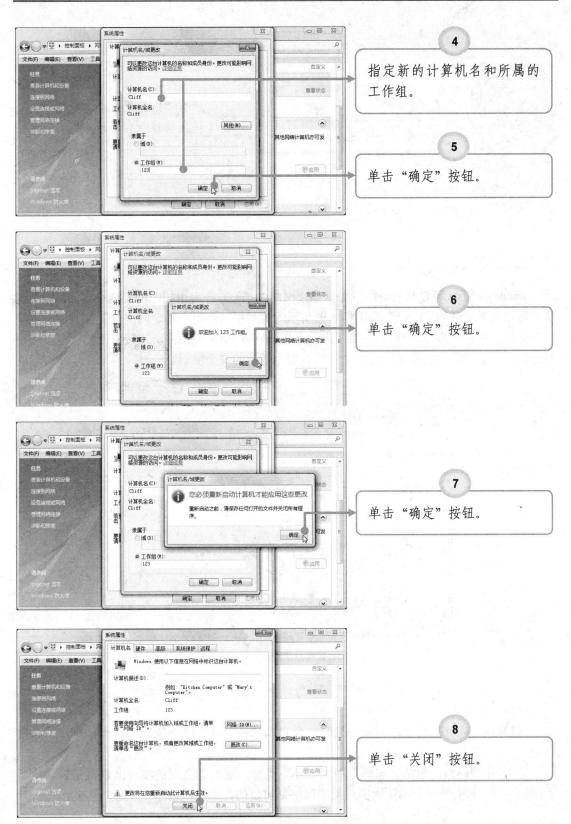

4 指定新的计算机名和所属的工作组。

5 单击"确定"按钮。

6 单击"确定"按钮。

7 单击"确定"按钮。

8 单击"关闭"按钮。

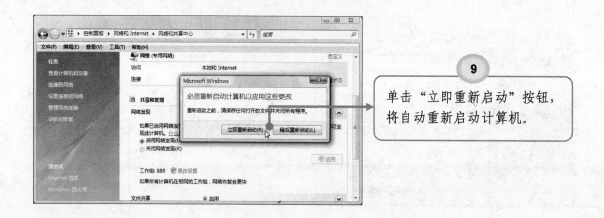

单击"立即重新启动"按钮，将自动重新启动计算机。

10.2.4 选择网络位置

Windows Vista 可以利用网络位置来识别网络的类型，并启用相应的安全设置。第一次连接到网络（非域环境）时，会弹出如下图所示的对话框，让用户确定网络位置的类型，以确定其要连上何种网络：是公用还是专用网络？Windows Vista 将根据所连接网络的类型自动设置适当的防火墙选项，确保始终将计算机设置为适当的安全级别。

网络位置有如下三种：

（1）域。当计算机登录到域环境时，会自动选择"域"网络位置的类型，用户不必自己动手去设置它。

（2）专用网络。包括"家庭"和"工作"类型，这两者之间的唯一区别就是默认的显示图标不同。只有当用户确认所要连接的网络是可信的，才可以选择"家庭"或者是"工作"

类型。在这种情况下，Windows Vista 会自动打开"网络发现"功能，以便网络上的计算机用户可以相互访问。

（3）公用网络。该类型对应于上图中的"公共场所"类型。如果用户在机场、咖啡馆、宾馆等公共场所，或者认为当前所使用的网络不可信时，就可以选择"公共场所"类型。在这种情况下，Windows Vista 会自动关闭"网络发现"功能。

10.3　网络资源共享

本节简单介绍如何在网络中共享资源。

10.3.1　开启文件共享

其操作步骤如下：

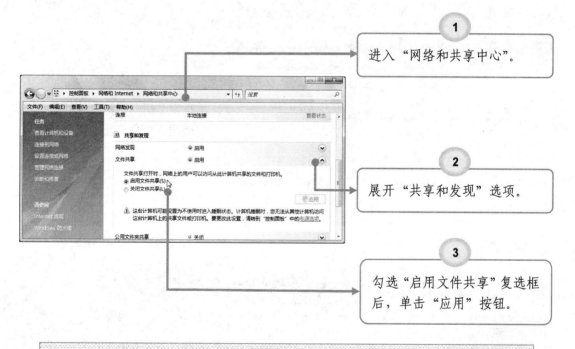

1　进入"网络和共享中心"。

2　展开"共享和发现"选项。

3　勾选"启用文件共享"复选框后，单击"应用"按钮。

提示

如果勾选"关闭文件共享"复选框，然后单击"应用"按钮，那么文件共享功能就会被关闭。

10.3.2　设置公用文件共享

在 Windows Vista 中，"公用"文件夹是一个特殊的文件夹，采用如下方法可以访问它。

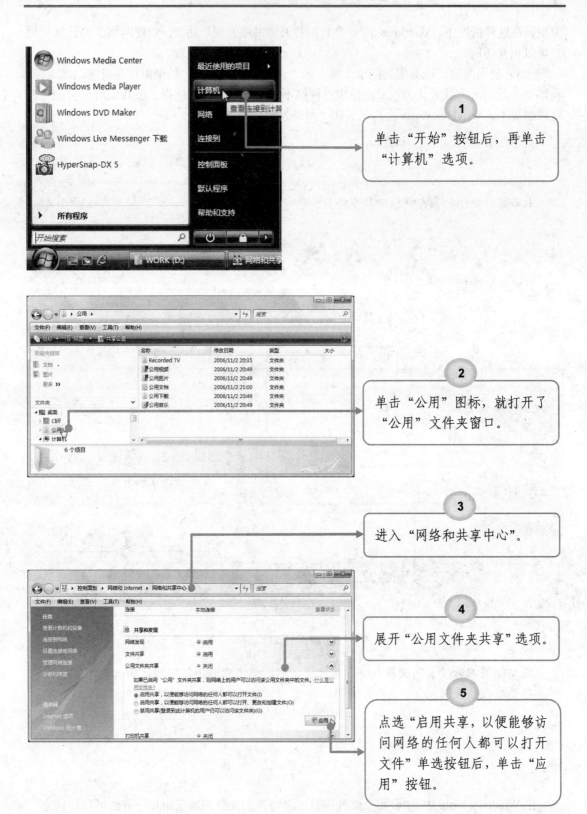

1 单击"开始"按钮后，再单击"计算机"选项。

2 单击"公用"图标，就打开了"公用"文件夹窗口。

3 进入"网络和共享中心"。

4 展开"公用文件夹共享"选项。

5 点选"启用共享，以便能够访问网络的任何人都可以打开文件"单选按钮后，单击"应用"按钮。

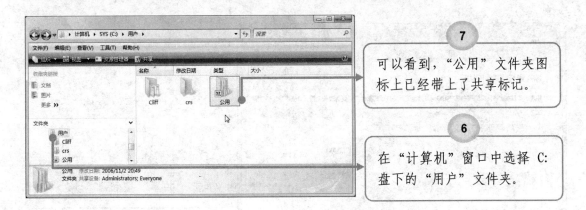

可以看到，"公用"文件夹图标上已经带上了共享标记。

7

在"计算机"窗口中选择 C: 盘下的"用户"文件夹。

6

10.3.3　共享特定文件夹

在 Windows Vista 操作系统中，除了能够将"公用"文件夹共享给网络上的其他用户使用外，还能够将计算机中的任意一个文件夹设置为共享。

1. 简单共享

其操作步骤如下：

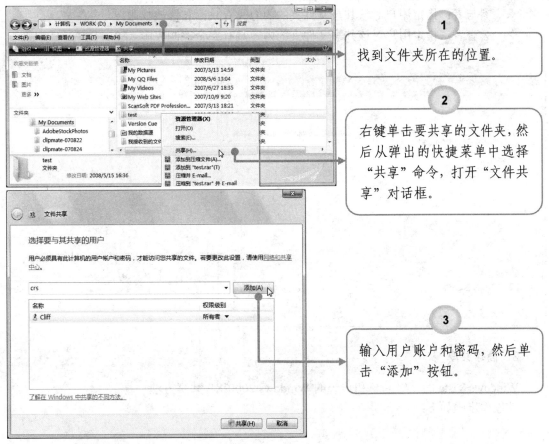

找到文件夹所在的位置。

1

右键单击要共享的文件夹，然后从弹出的快捷菜单中选择"共享"命令，打开"文件共享"对话框。

2

输入用户账户和密码，然后单击"添加"按钮。

3

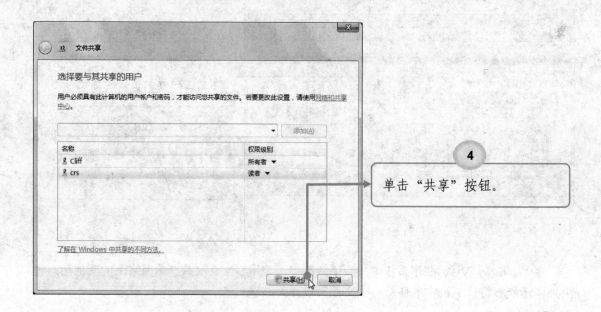

单击"共享"按钮。

在上图中，可以指定所添加用户的权限级别：

✧ 读者：指定用户对该共享文件夹的内容只具有只读权限。

✧ 参与者：指定用户对该共享文件夹的内容具有只读和修改权限。

✧ 公有者：指定用户对该共享文件夹的内容具有完全控制权限。

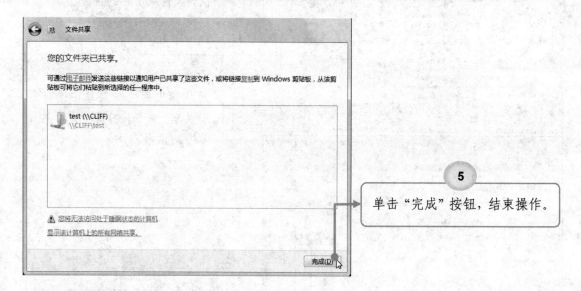

单击"完成"按钮，结束操作。

2．高级共享

Windows Vista 的高级共享和传统的 Windows 2000/XP 共享方法一样。

其操作步骤如下：

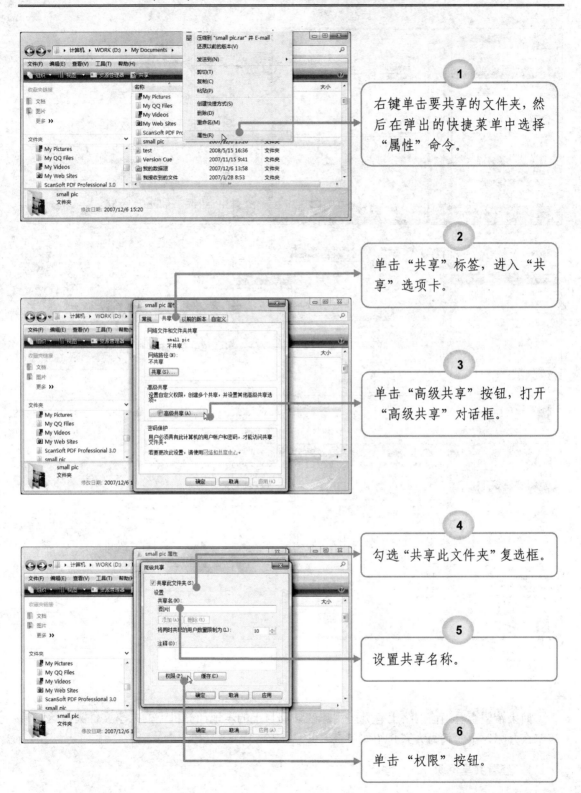

1

右键单击要共享的文件夹，然后在弹出的快捷菜单中选择"属性"命令。

2

单击"共享"标签，进入"共享"选项卡。

3

单击"高级共享"按钮，打开"高级共享"对话框。

4

勾选"共享此文件夹"复选框。

5

设置共享名称。

6

单击"权限"按钮。

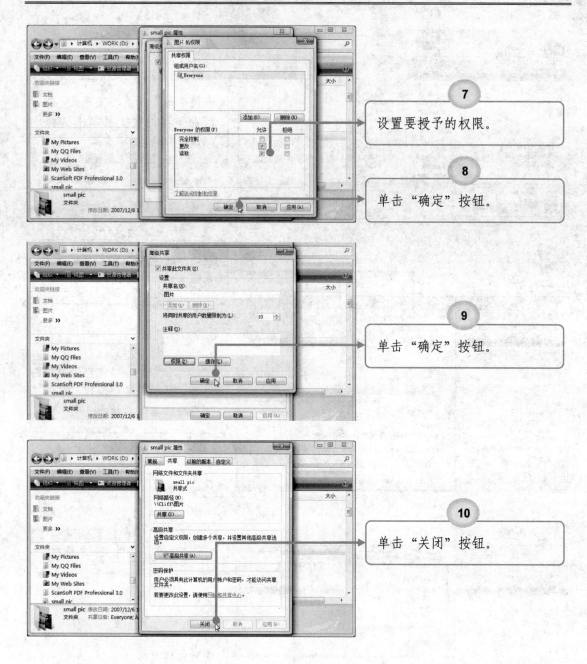

7 设置要授予的权限。

8 单击"确定"按钮。

9 单击"确定"按钮。

10 单击"关闭"按钮。

10.3.4 查看共享

如果希望查看当前网络上有哪些用户在访问自己的本地计算机上的共享文件夹，这时候该怎么办呢？下面就为大家介绍如何查看共享。

1. 查看共享资源

其操作步骤如下：

1

右键单击"计算机"图标后，在弹出的快捷菜单中选择"管理"命令，打开"计算机管理"窗口。

2

双击"系统工具"下的"共享文件夹"选项，将其展开。

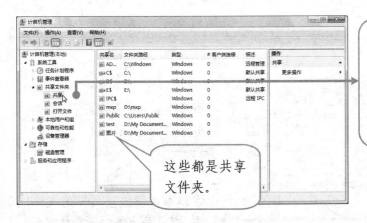

3

单击"共享"选项，就可以看到设为共享的文件夹。其中，诸如 C$、D$之类的隐藏共享文件夹，是系统默认设置的，它们叫做管理共享。

这些都是共享文件夹。

2．查看网络访问用户

其操作方法如下：

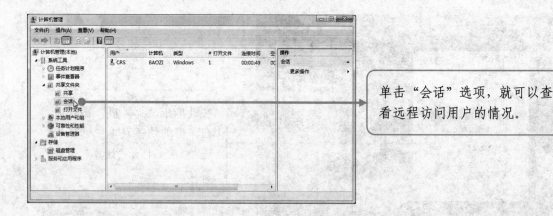

单击"会话"选项，就可以查
看远程访问用户的情况。

3. 查看打开文件

其操作方法如下：

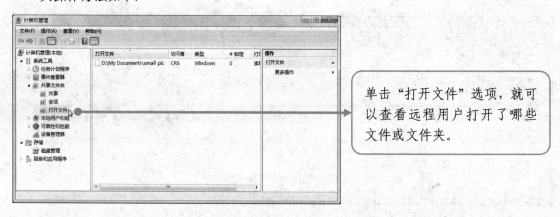

单击"打开文件"选项，就可
以查看远程用户打开了哪些
文件或文件夹。

10.3.5 停止共享

其操作步骤如下：

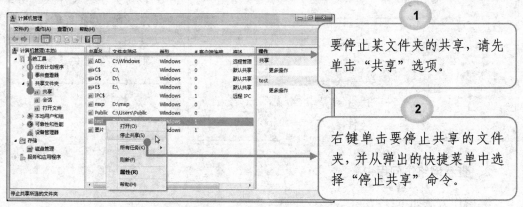

1

要停止某文件夹的共享，请先
单击"共享"选项。

2

右键单击要停止共享的文件
夹，并从弹出的快捷菜单中选
择"停止共享"命令。

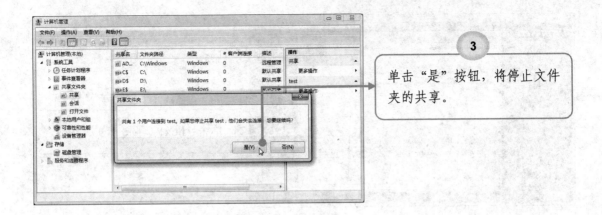

3　单击"是"按钮，将停止文件夹的共享。

10.3.6　节约资源——安装网络共享打印机

在一些单位，为了节约资源，经常会使在网络上的每台计算机都能享用同一台打印机。要想共享网络打印机，必须具备这样一些先决条件：局域网、打印机、计算机。

1. 共享安装在 Router（路由器）上的打印机

如果打印机安装在局域网内的 Router（路由器）上，那么同一局域网内的所有用户都可以共享这台打印机。

安装过程分为安装打印服务器软件和安装打印机驱动两个环节，其操作步骤如下：

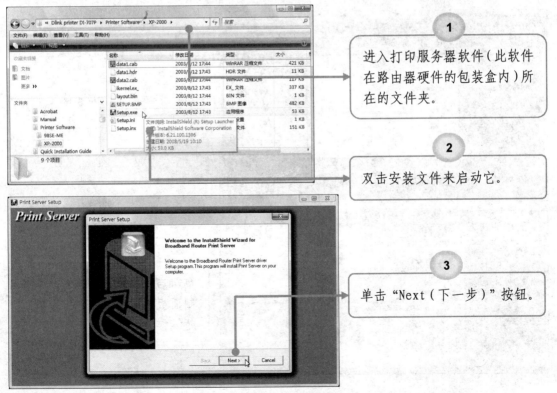

1　进入打印服务器软件（此软件在路由器硬件的包装盒内）所在的文件夹。

2　双击安装文件来启动它。

3　单击"Next（下一步）"按钮。

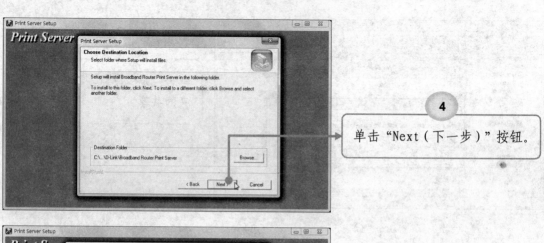

4

单击"Next（下一步）"按钮。

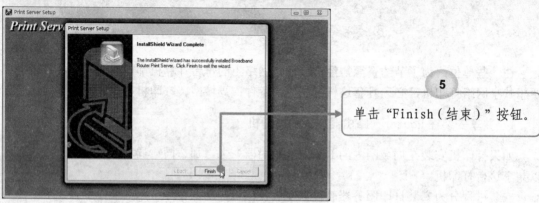

5

单击"Finish（结束）"按钮。

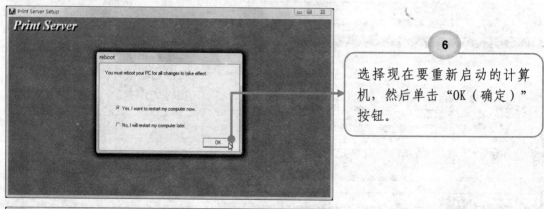

6

选择现在要重新启动的计算机，然后单击"OK（确定）"按钮。

7

重新启动计算机后，单击"控制面板"窗口中的"打印机"超链接。

8

单击"添加打印机"按钮。

9

单击"添加本地打印机"超链接。

10

选择 Router 上的打印端口，然后单击"下一步"按钮。

11

选择打印机的厂商和型号。

12

单击"下一步"按钮。

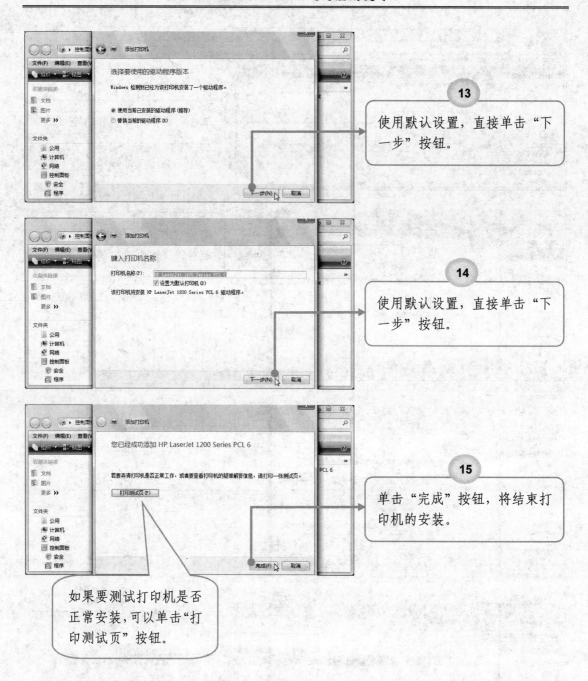

13 使用默认设置，直接单击"下一步"按钮。

14 使用默认设置，直接单击"下一步"按钮。

15 单击"完成"按钮，将结束打印机的安装。

如果要测试打印机是否正常安装,可以单击"打印测试页"按钮。

2. 共享安装在其他计算机上的打印机

假设打印机安装在局域网内张三的计算机上，并且张三在自己的 Windows Vista 中已经将打印机的属性设置成共享了，那么局域网内的其他用户也能共享这台打印机。

其操作步骤如下：

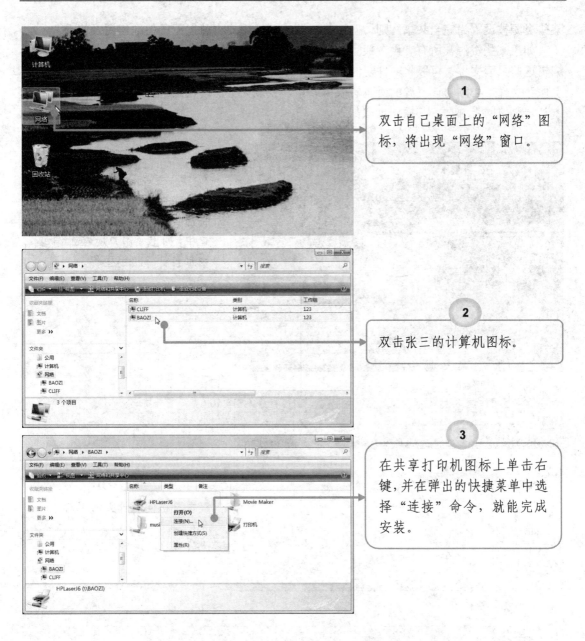

1

双击自己桌面上的"网络"图标，将出现"网络"窗口。

2

双击张三的计算机图标。

3

在共享打印机图标上单击右键，并在弹出的快捷菜单中选择"连接"命令，就能完成安装。

10.4　网 上 邻 居

一旦将计算机连到网络中，就可以很方便地使用网络上的资源。在Windows Vista中，通过浏览网上邻居，可以查看目前已登录上网的所有计算机，并使用它的共享资源。

10.4.1　浏览网上邻居

在Windows Vista中，使用网络上的资源就如同使用自己计算机中的资源一样方便。如果某些资源被设置为完全共享，则访问这些资源的其他用户也可以无条件地使用及修改。

如果某些资源被所有者设置成了只读共享，则其他用户只能读取这些共享资源。如果要编辑这些只读文件，可以将文件复制到本机中，然后在本机上对它进行编辑。如果要在网络上保存文件，必须与该资源的所有者取得联系，获取完全访问权限。

要浏览网上邻居，其操作步骤如下：

1

双击桌面上的"网络"图标，将出现"网络"窗口。在该窗口中，列出了用户所在工作组中每台计算机的图标。

2

双击要访问的计算机图标。

提示

　　如果该计算机的访问是受限制的，访问这些资源时，会要求输入网络密码。只有输入正确的密码后，访问者才可以使用该共享资源。

连接到刚才双击的计算机后，即可在窗口中显示该计算机中的共享资源，包括文件夹和打印机。

输入用户名和密码，然后单击"确定"按钮。

双击文件夹，可以看到其中的文件。

此时可以双击文件来将它打开，或者将它复制到自己的计算机中。

10.4.2　映射网络驱动器

　　如果经常使用网络计算机中的共享文件夹，可以将该文件夹映射为驱动器。映射成功后，该网络上的文件夹便以本机驱动器的形式存在，出现在"计算机"窗口中，以后可以像访问本地资源一样来访问该网络文件夹。

　　要创建网络文件夹映射，其操作步骤如下：

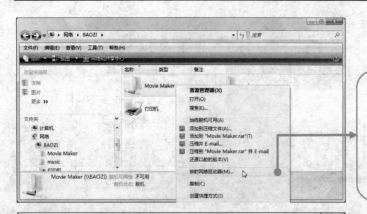

1

在要映射的文件夹上单击右键,并在弹出的快捷菜单中选择"映射网络驱动器"命令,将出现"映射网络驱动器"对话框。

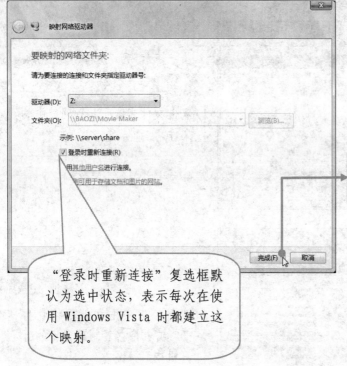

2

使用默认设置,直接单击"完成"按钮。

"登录时重新连接"复选框默认为选中状态,表示每次在使用 Windows Vista 时都建立这个映射。

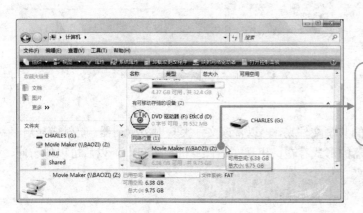

3

映射后的文件夹出现在"计算机"窗口中,可以把它当作本地磁盘一样使用。

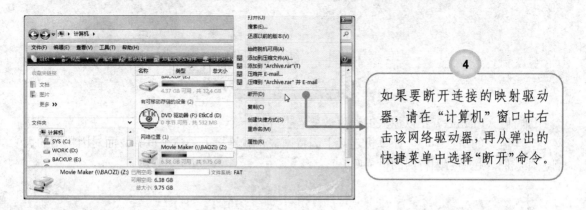

4

如果要断开连接的映射驱动器，请在"计算机"窗口中右击该网络驱动器，再从弹出的快捷菜单中选择"断开"命令。

第 11 章　畅游因特网

因特网（Internet）正以惊人的速度改变着世界，一个全新的因特网时代已经到来。因特网是一个巨大的信息中心，计算机连接上因特网，也就连接上了整个世界。面对因特网的大潮，让我们一起畅游因特网的世界吧！

11.1　上因特网能做什么

Internet是一个在全球范围内将成千上万个网络连接起来而形成的互联网，也称网际网，音译为因特网。近几年来，随着Internet的飞速发展，计算机以及调制解调器等网络硬件大幅度降价，网络软件的日益丰富，以及人们对多种信息和知识的渴求，促使了众多用户迫切希望走进Internet的大门。

Internet之所以能够吸引众多的用户，来源于它强大的服务功能。遍布于世界各地的Internet服务提供商可以向用户提供各种各样的服务。这里只介绍几种常用的服务。

1. 电子邮件服务

电子邮件（E-mail）是一种通过计算机网络与其他用户进行联系的快捷、方便、价廉的现代化通信手段。在Internet提供的所有服务中，E-mail的使用最广泛。绝大多数的Internet用户对因特网的熟识都是从收发电子邮件开始的。不论用户是否开机，电子邮件都会自动送入用户的电子邮箱。用户还可以对收到的邮件进行编辑、存储、转发等操作。

2. 远程登录服务

远程登录是Internet提供的最基本的信息服务之一。Internet用户的远程登录，是一个在网络通信协议Telnet的支持下使自己的计算机暂时成为远程计算机终端的过程。

用户使用这种服务时，首先要在远程服务器上登录，报出自己的账号和密码，使自己成为该服务器的合法用户。一旦登录成功，就可以实时使用该远程服务器对外开放的各种资源。国外有许多大学图书馆都通过Telnet对外提供联机检索服务。一些研究院、研究所以及政府部门也对外开放他们的公用数据库，用户可以通过菜单界面进行查阅。

3. 文件传输服务

文件传输（FTP）也是Internet具有的最基本功能之一，它向所有Internet用户提供在Internet上传输任何类型文件（文本文件、二进制文件、图像文件、声音文件、数据压缩文件等）的服务。FTP服务可以分为两种类型：普通FTP服务和匿名（Anonymous）FTP服务。普通FTP服务是在FTP服务器上向注册用户提供文件传输功能，而匿名FTP服务可向任何Internet用户提供核定的文件传输功能。

用户一般不希望在远程联机情况下浏览存放在计算机上的文件，而是乐意先将这些文件下载到自己的计算机中，这样不但能够节省上网时间和费用，还可以在闲暇时阅读和处理这些文件。

4．网络新闻服务

网络新闻是指有共同爱好的Internet用户为了相互交换意见而组成的一种无形的用户交流网络。网络新闻是按照不同的专题组织的。志趣相同的用户可借助网络上一些被称为新闻服务器的计算机展开各种类型的专题讨论。

5．文档查询服务

使用FTP进行文件传输的最大困难是：需要知道希望得到的文件在Internet的哪台计算机的哪个目录中。为了帮助用户在遍及全世界的FTP服务器上查找所要的文件，可以使用Archie工具获取文档索引信息。Archie定期地查询Internet上的FTP服务器，将其中的文档索引创建到一个单一的、可搜索的数据库中，用户只要给出希望查找的文件类型及文件名，Archie服务器就会指出在哪些FTP服务器上存放着这样的文件，使得用户在需要下载某种免费软件时可以快速查找到其所处站点。

6．菜单查询服务

Gopher是基于菜单驱动的Internet信息查询工具。它将网上的信息组成在线菜单系统，在一级一级的菜单引导下，用户通过选择自己感兴趣的信息资源，就可以对Internet上的远程联机信息系统进行实时访问，这对于不熟悉网络资源、网络地址和网络查询命令的用户是十分方便的。

7．网上电话

打网上电话需要调制解调器（Modem）支持语音功能。语音Modem一般带有MIC（麦克风）和SPEAKER（扬声器）插孔，可以直接通过麦克风和音箱接听打入的电话。使用时，将麦克风和音箱接好并运行相应的软件就可以打Internet电话了。

8．信息浏览服务

WWW（World Wide Web，中文译名为"万维网"）是近年来发展最迅速的服务，也成为Internet用户最喜爱的信息查询工具。遍布世界各地的Web服务器，使Internet用户可以有效地交流信息，如新闻、科技、艺术、教育、金融、生活和医学等，几乎无所不包，这也是Internet迅速流行的原因之一。

9．电子商务

近年来，电子商务已成为政府、企业和新闻媒体关注的焦点。在发达国家，电子商务的发展非常迅速，通过Internet进行交易已成为潮流，传统的经营模式和经营理念将受到巨大的冲击。基于电子商务而推出的商品交易系统方案、金融电子化方案和信息安全方案等，已经成为国际信息技术市场竞争的焦点。在我国，电子商务已经取得了较快的发展，相信会给许多企业带来机会和效益。

随着 Internet 的迅猛发展，提供的服务项目不断增加，应用领域也不断扩大，而且日益渗透到人们的生活和工作中，成为人们日常生活中不可缺少的组成部分。面对 21 世纪的 Internet 时代，您甘于落伍吗？请赶快进入 Internet 的世界吧！

11.2　上网前的准备工作

在使用因特网之前，必须做一些准备工作，如选择上网方式、准备好上网所必需的硬件和软件、选择ISP（Internet Service Provider，因特网服务提供商）等。

1. 常见的上网方式

目前连入因特网的方式大致有以下几种。

（1）拨号上网

拨号上网曾经是大多数个人用户采用的一种接入因特网的方式，用户只需购买调制解调器（Modem，俗称"猫"），便可通过家中的电话线与一个ISP的计算机连接起来，再通过服务提供商的计算机与因特网连接。这种方式目前已经很少见到了。

现在大多数电信局都提供ADSL（Asymmetric Digital Subscriber Line，非对称数字用户线路）或ISDN（Integrated Services Digital Network，综合业务数字网）服务，可以在一根电话线上同时打电话和上网，互不干扰，而且上网传输速度快。

（2）小区宽带上网

宽带上网就是宽带服务提供商在所住的小区设一台服务器，并在小区建立一个局域网，小区住户的计算机通过局域网接入到服务器上，再通过服务器接入因特网。使用这种方式连接因特网时，信息传输速度快，但是成本费用较大。

由于小区上网用户的计算机是小区局域网中的一台计算机，因此宽带连接操作非常简单，只要开机就可以自动接入因特网了。宽带连接因特网的设备一般是网卡和双绞线。如果用户采用宽带上网，只要向宽带服务提供商提出上网申请，宽带服务提供商就会将网络电缆连到用户的计算机上。

（3）有线电视宽带上网

作为一种宽带接入方式，有线电视已经被越来越多的人所接受。与电话拨号上网方式相比，有线电视接入速度更快，连接更稳定，因此，使用有线电视上网已经有普及的趋势。

电脑和有线电视网需要一种特殊的调制解调器进行连接，这种调制解调器称为Cable Modem。凡是在广播电视中心登记并安装了有线电视接口的用户，只要再安装一台Cable Modem，并准备好计算机和网卡，就可以通过有线电视网上网了。用户在上网的同时可以不受任何影响地收看电视节目。

（4）无线上网

无线上网是基于笔记本电脑、PDA 通过小灵猫来实现高速互联网接入的一种上网方式。

目前在国内主流的无线上网方式主要有 CDMA 1X、GPRS 和 WLAN 三种，而中国移动的 GPRS 和中国联通的 CDMA 1X 最受大众欢迎。经常移动办公的商务人士可以选择 GPRS 或者 CDMA 1X 等随时在线的无线上网方式来满足自己经常旅行却离不开 Internet 的需求；至于一般的只是追求无线享受的用户，可以尽量选择速度快得多的 WLAN 服务。

- ✧ WLAN：对于笔记本电脑来说，要想享受 WLAN 带来的无"线"精彩，也离不开一些硬件条件，比如最基本的无线网卡。不过，并不是所有的笔记本电脑都内置了无线网卡的，如果笔记本预留了天线并且有 MINI PCI 插槽，我们可以自行加装无线网卡，或者直接使用 PC 卡式的外置无线网卡。有了硬件的支持，然后就可以通过一些公共场所的"热点"直接享受 WLAN 无线上网的快乐，或者通过电信运营商提供的家庭或者移动（比如随 e 行）WLAN 服务。虽然其"移动性"和覆盖范围有局限性，但由于带宽的增大，从上网速率到娱乐性上来说，无线局域网都是目前无线上网方式中最好的。
- ✧ GPRS：尽管 GPRS 方式无线上网速度比较慢，但由于覆盖很广和"一直在线"的优势，所以 GPRS 方式的笔记本上网相当受欢迎。
- ✧ CDMA 1X：CDMA 1X 是联通在 2003 年 3 月开始推出的一项以无线上网为主的业务，在上网的终端方面也有和 GPRS 类似的两种方式（CDMA Modem＋笔记本、CDMA 手机＋笔记本），不同的是其必须采用 CDMA 1X 的技术。CDMA 1X 速度快，功能强大，但信号质量有待进一步提高。

（5）专线上网

专线接入方式是面向集团用户接入国际互联网的接入方式。此种接入方式的主要特点是上网用户的传输速率高、通讯量大，可享有全部Internet功能及服务，并可在Internet网上发布自己的信息进行商业运营，但费用相对较贵。同时，企业内部的每台微机都可通过自身局域网方便上网。

2．准备好硬件和软件

拨号上网所需的硬件是一台高档配置的计算机、一条电话线和一台调制解调器或ISDN适配器（如使用的是ISDN线路）。如果想几台计算机共享一条上网线路，则还需要一台路由器（Router）。

调制解调器是将计算机通过电话线连接到另一台计算机或网络的装置。调制解调器的作用是将计算机的数字信号转换成电话线上传输的模拟信号，通过电话网络传递到相连接的计算机或服务器；对于接收到的模拟信号，由调制解调器再解调为数字信号，以便计算机存储或处理。

在软件方面，拨号上网的计算机一般必须安装一套浏览网页、管理电子邮件的应用软件。Windows Vista已经自带Internet Explorer浏览器和Windows Mail等，能够让用户轻松浏览网页和收发电子邮件。

3．选择 ISP

拨号上网的计算机平时并不与网络相连，只有需要上网时才通过拨号的方式与因特网相连。这里需要说明的是，用电话拨号方式访问因特网上的主机并不是直接拨叫该主机，而是先拨通一个本地的因特网服务网络，再通过该网络与用户所想访问的主机相连，该网络的拥有者就称为ISP。

ISP为我们提供了服务，我们也要相应地支付费用。现在大多是按上网连接时间的长短计费。收费的多少是我们选择ISP的标准之一。此外，我们还要看ISP的接入是否方便，与因特网的连接速率是否快等。

选择了满意的ISP后，要向它申请一个账号。一般要按照ISP的规定出示自己的有效证件，填写用户申请表，并在用户责任书上签字，表示愿意遵守责任书中的条款。用户向ISP申请账号并支付一定费用后，应该从ISP那里获得连入因特网的必要信息，如供拨号入网的电话号码、账号、密码、电子邮件名称、邮件接收服务器和邮件发送服务器等。

4．创建网络连接

通常，要先创建一个 Internet 连接，然后才可以上网。关于创建 Internet 连接的方法，可以参阅 10.2.2 节。

如果用户的计算机是位于一个通过路由器组建的局域网内，由于单位的网络管理人员已经为路由器设置好了拨号功能，所以用户只要启动网络浏览器后就可以直接上网，无需进行其他设置。

11.3 网上冲浪

因特网已经成为世界上最大的信息资源宝库，它所包含的信息从政策、法规、经济、教育、科技到娱乐、商业等。在万维网出现以前，面对如此丰富的信息资源，许多用户会望而生畏，因为必须要记住每个信息资源的地址和各种操作命令。万维网的出现，使用户能够轻易地获取因特网上的信息。

11.3.1 万维网基础知识

万维网的英文全称是World Wide Web，通常简写为WWW，有时也简称为Web。万维网是因特网提供的一种信息服务。不同于其他的因特网信息服务，万维网能够将位于世界各地的相关信息有机地组织在一起，而且使用起来非常简单，用户只需要操作几下鼠标，就可以获得世界各地的文字、图片、音像等信息。

1．网页

万维网中包含许多网页，又称为Web页。网页是使用超文本标记语言（Hyper Text Markup Language，HTML）编写的，并且在超文本传输协议（HTTP）支持下运行。一个网站的第一个Web页称为主页或首页，它主要体现该网站的特点和服务项目。每个网页都使用一个惟一的地址（URL）表示。

2．超链接

万维网中包含了许多网页。为了使许多相互关联的网页组成一个网站，超链接是关键所在。超链接可以在网页之间建立联系，也可以通过书签链接到本页或其他页的特定位置，甚至还可以链接到FTP服务器、应用程序、声音、视频、多媒体图片以及电子邮件地址等。

超链接主要由超链接源和超链接目标两个部分组成。超链接源通常采用文本或图片。超链接目标是用户单击超链接时打开的网页或文件，目标通常用URL定义。

文本超链接是最常用的超链接类型。Web浏览器通常在文本超链接下添加下划线，并以不同的颜色显示。文本超链接只是文本被分配了一个目标URL地址。

图片上的超链接并不能直接在浏览器中显示出来，站点访问者可以使用鼠标指针来判断哪个图片包含超链接：如果图片中包含超链接，当鼠标指针悬停在该图片上时，鼠标指针将变成一个小手的形状。

3．URL

当用户要在网络上浏览时，必须给出所需参观的地址，网络上的每个主机都有它的地址，只有把所要访问的地址告诉浏览器，才能带用户到所要访问的主机。

这里讨论的"地址"，其正式名称为URL，它的中文名字是"统一资源定位器"。因特网上有许多资源，如万维网、新闻组、FTP（文件传输）等。每种资源都应该有自己的地址，这样才能从因特网中找到它们。

URL的格式如下：协议://IP地址或域名/路径/文件名

例如，http://news.sohu.com/literature/0608/page100.html

URL的第一部分（如http://或ftp://）说明要访问的是哪一类资源，使用什么协议。http代表超文本传输协议，要访问的是万维网站点；ftp代表文件传输协议，要访问的是FTP服务器，可以从中下载许多实用的软件。

URL的第二部分（如www.163.com或news.sohu.com）是指存放资源的主机的IP地址或域名。

URL的第三部分（如/literature/0608/page100.html）是可选项，用来指明所要访问的资源在计算机中的路径和文件名。通常情况下，站点的服务器都会指定一个默认的文件名（如index.html或default.htm等）。因此，如果省略了文件名，则访问该路径下名称为默认文件名的文件。

4．浏览器

要浏览万维网，就必须使用浏览器。浏览器安装在客户的机器上，是一种客户端软件。它能够将使用超文本标记语言描述的信息转换成便于理解的形式。浏览器有很多种，目前最常用的Web浏览器是Microsoft（微软）公司的Internet Explorer（简称IE）和Netscape公司的Navigator。本章涉及的浏览器是以IE为例讲解的。

11.3.2　认识Internet Explorer

随着互联网的快速发展，Internet 已经成为人们生活中必不可少的一部分了。Internet

Explorer 是微软公司推出的浏览器。无论是搜索新信息还是浏览网站,用户都可以使用 Internet Explorer 从网上获得丰富的信息。在 Windows Vista 中使用的是 Internet Explorer 7.0,IE7.0 无论是界面还是功能都有了长足的进步。

用户在使用 Internet Explorer 浏览器时,首先需要启用 Internet Explorer 7.0,操作步骤如下:

单击"快速启动"工具栏中的"启动 Internet Explorer 浏览器"按钮,就可以看到类似如下图所示的界面。

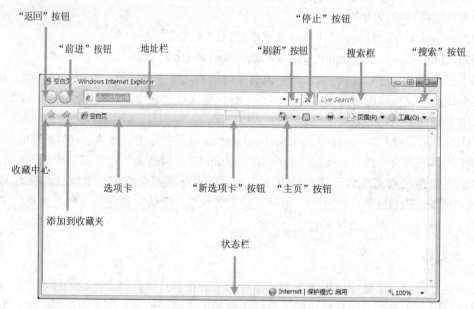

Internet Explorer 浏览器的界面

11.3.3 建立冲浪的出发点

如果想要进入到相应的网页中,可以在地址栏中输入网址,然后按 Enter 键,即可进入相应的网页中。

1. 通过地址栏进入要访问的网页

其操作步骤如下：

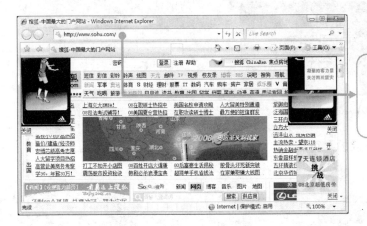

1

在地址栏中输入网址后按 Enter 键，即可进入要访问的网页。

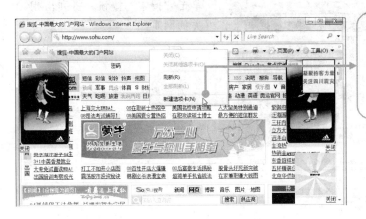

2

在选项卡上单击右键，并在弹出的快捷菜单中选择"新建选项卡"命令，即可打开一个用于浏览网页的空白选项卡。

3

如果以前访问过某网站，只要输入地址的一部分，便会出现一个地址列表，单击一个地址，即可打开对应的网站。

④ 可以看到，已经打开了刚才选择的网站。

2. 通过"搜索"框进入要访问的网页

其操作步骤如下：

② 单击"搜索"按钮，将列出相关的网页。

① 在浏览器的"搜索"框中输入要访问网页的信息，本例输入的关键字为"成龙"。

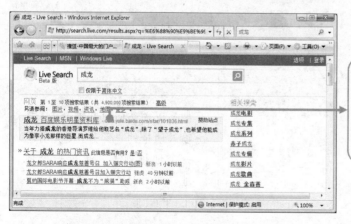

③ 可以看到，在页面中显示了包含关键字"成龙"的网页列表，单击感兴趣的标题，即可访问其内容。

3. 通过超链接进入要访问的网页

其操作步骤如下：

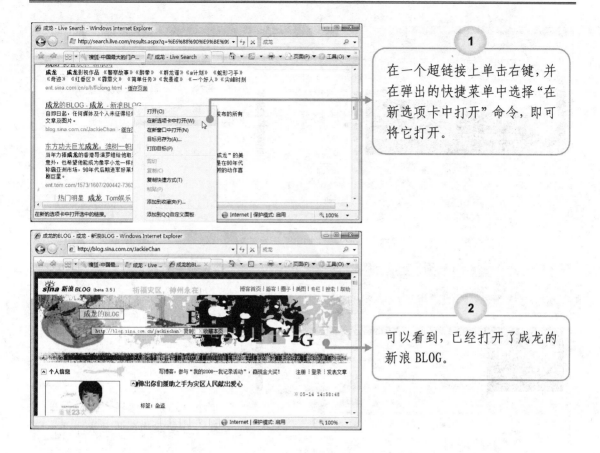

在一个超链接上单击右键，并在弹出的快捷菜单中选择"在新选项卡中打开"命令，即可将它打开。

① 可以看到，已经打开了成龙的新浪 BLOG。

11.3.4　使用和整理收藏夹

在浏览网页时，有时会遇到一些有价值的网页，这时可以使用收藏夹的功能，来保存相关的地址作为标签。当以后单击收藏夹内曾经收藏的网页标签时，就能进入相应的页面。

1．添加一个网页到收藏夹

其操作步骤如下：

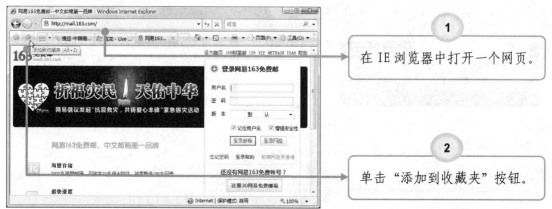

① 在 IE 浏览器中打开一个网页。

② 单击"添加到收藏夹"按钮。

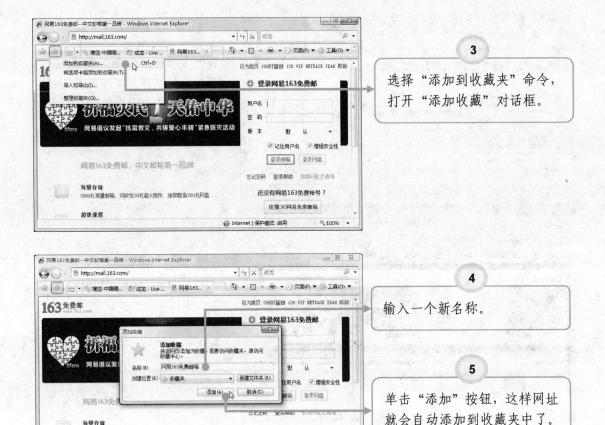

3 选择"添加到收藏夹"命令，打开"添加收藏"对话框。

4 输入一个新名称。

5 单击"添加"按钮，这样网址就会自动添加到收藏夹中了。

2. 添加多个网页到选项卡组

打开 IE 浏览器窗口，并同时打开多个网页，随后的操作步骤如下：

1 单击"添加到收藏夹"按钮后，选择"将选项卡组添加到收藏夹"命令，打开"收藏中心"对话框。

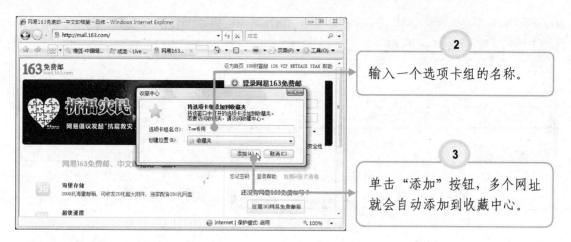

输入一个选项卡组的名称。

单击"添加"按钮，多个网址就会自动添加到收藏中心。

单击"关闭"按钮，准备关闭IE浏览器。

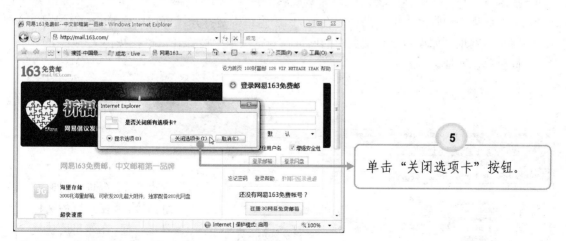

单击"关闭选项卡"按钮。

3. 使用收藏夹

其操作步骤如下：

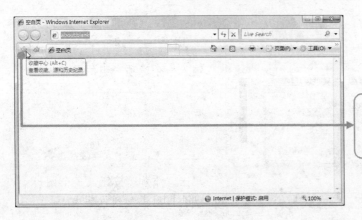

1

单击"收藏中心"按钮，打开收藏中心面板。

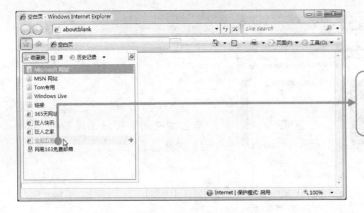

2

单击一个记录，可以在当前选项卡中打开收藏的网页内容。

提示

　　如果希望收藏夹中的网址能在新的 IE 窗口中被打开，可在按住 Shift 键的同时单击网址；如果希望收藏夹中的网址在新选项卡中被打升，可在按住 Ctrl 键的同时单击网址。

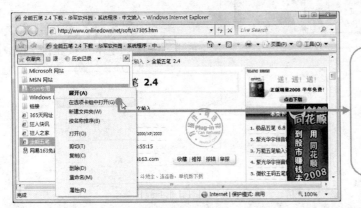

3

如果希望在 IE 窗口中同时打开一组内容，请在对应的文件夹上单击右键，在弹出的快捷菜单中选择"在选项卡组中打开"命令。

可以看到，已经打开了多个选项卡。建议一次最好不要打开太多页面，因为这样有可能导致 IE 不稳定。

4．整理收藏夹

其操作步骤如下：

单击"添加到收藏夹"按钮，打开一个下拉菜单。

选择"整理收藏夹"命令，打开"整理收藏夹"对话框。

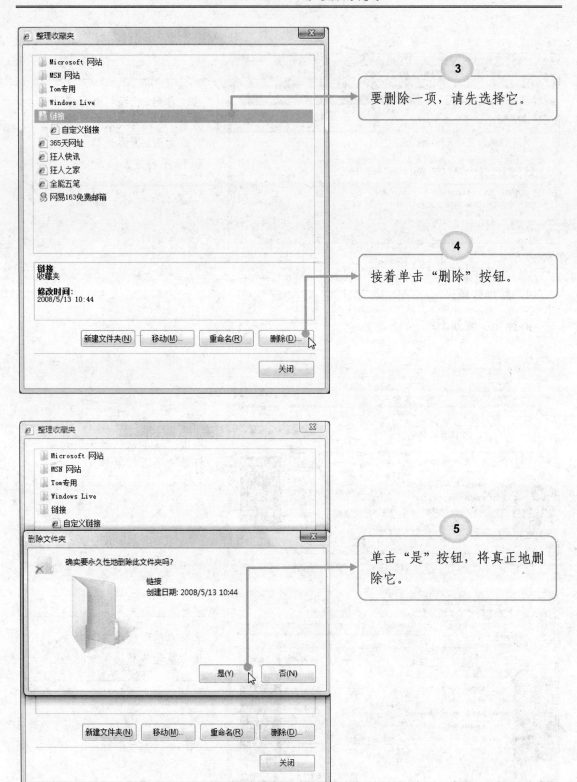

3 要删除一项，请先选择它。

4 接着单击"删除"按钮。

5 单击"是"按钮，将真正地删除它。

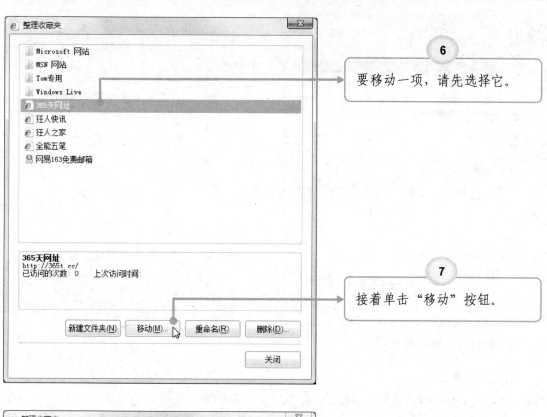

要移动一项，请先选择它。

6

接着单击"移动"按钮。

7

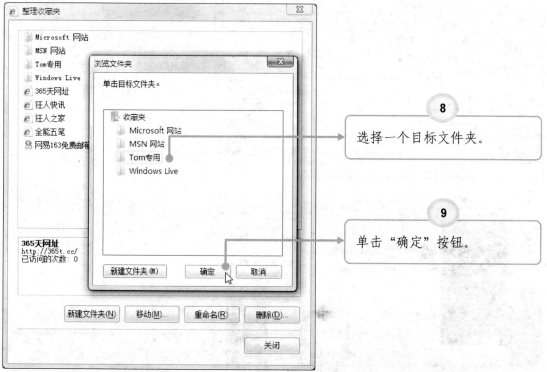

选择一个目标文件夹。

8

单击"确定"按钮。

9

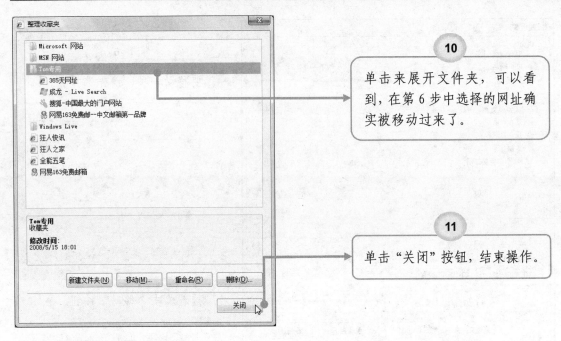

10

单击来展开文件夹，可以看到，在第 6 步中选择的网址确实被移动过来了。

11

单击"关闭"按钮，结束操作。

5. 收藏夹的导入和导出

其操作步骤如下：

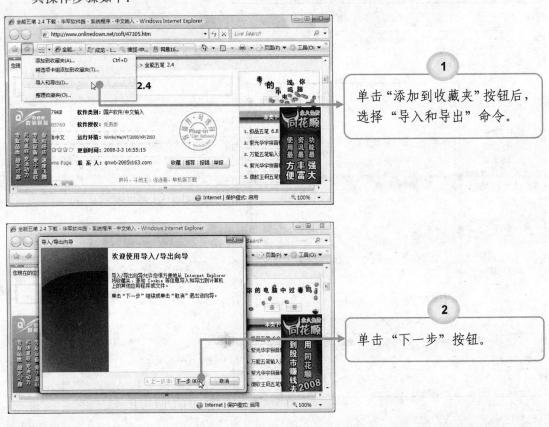

1

单击"添加到收藏夹"按钮后，选择"导入和导出"命令。

2

单击"下一步"按钮。

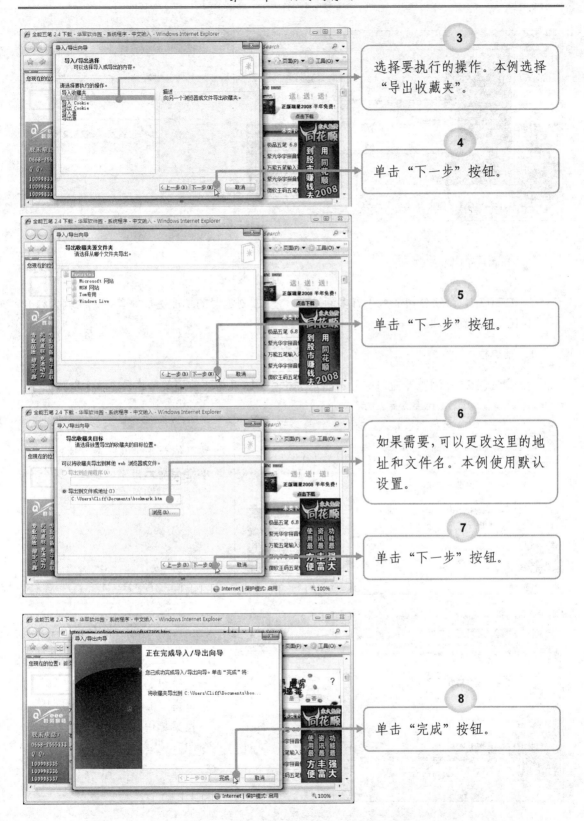

3

选择要执行的操作。本例选择"导出收藏夹"。

4

单击"下一步"按钮。

5

单击"下一步"按钮。

6

如果需要,可以更改这里的地址和文件名。本例使用默认设置。

7

单击"下一步"按钮。

8

单击"完成"按钮。

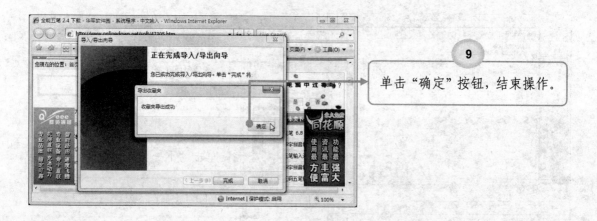

单击"确定"按钮，结束操作。

11.3.5　IE 7.0的新选项

在 IE 7.0 中，微软公司加入了许多新选项，使 IE 浏览器的功能更加完善，下面就大致介绍一下 IE 7.0 的新选项。

1. 菜单栏

系统默认 IE 7.0 浏览器窗口中并不显示菜单栏。如果需要使用菜单栏，其操作步骤如下：

1

按下键盘上的 Alt 键，这时菜单栏会显示出来，当选择某个命令后，菜单会自动被隐藏。

2

如果希望始终显示菜单栏，则可单击"工具"按钮，然后从下拉菜单中选择"菜单栏"命令即可。

2. 仿冒网站筛选

在 IE7.0 中增加了仿冒网站筛选功能。该功能可以将用户要访问的网址提交到一个在线数据库，并和数据库中的仿冒网站进行对比，如果觉得当前网站可能是或确定是仿冒网站，IE 就会在状态栏中显示一些提示信息。

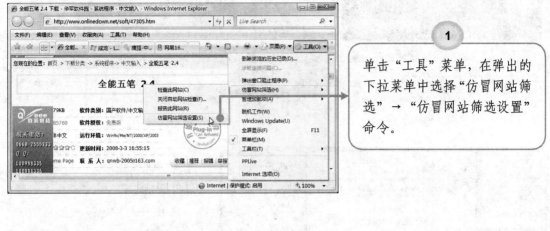

1

单击"工具"菜单，在弹出的下拉菜单中选择"仿冒网站筛选"→"仿冒网站筛选设置"命令。

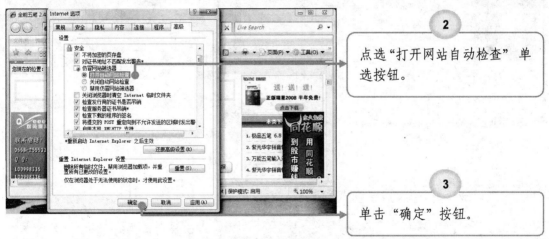

2

点选"打开网站自动检查"单选按钮。

3

单击"确定"按钮。

如果需要在一个站点上输入个人信息，但 IE 没有自动查询成功，此时可以在"工具"菜单中选择"检查此网站"命令，让 IE 重新查询。如果不希望 IE 查询用户访问的网站，只希望在某些网站进行查询，可以在"工具"菜单中选择"关闭自动网站检查"命令，将自动检查功能关闭。

3. 选项卡浏览设置

其操作步骤如下：

1

单击"工具"按钮后，选择
"Internet 选项"命令，打
开"Internet 选项"对话框。

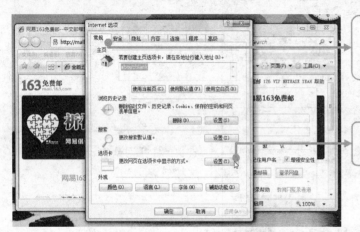

2

单击"常规"标签，进入"常
规"选项卡。

3

单击"设置"按钮。

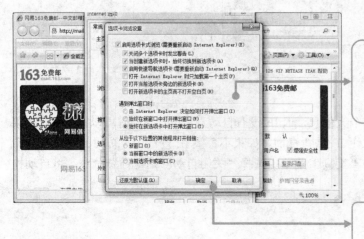

4

选择所需要的设置。如果想恢
复到以前的设置，可以单击
"还原为默认值"按钮。

5

单击"确定"按钮。

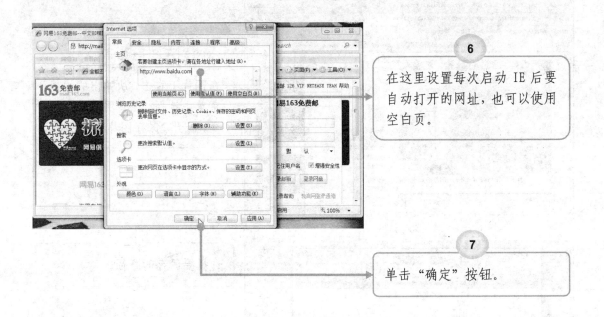

6 在这里设置每次启动 IE 后要自动打开的网址，也可以使用空白页。

7 单击"确定"按钮。

11.3.6 保存网页中有用的资料

对于网页中一些有用的信息，如果想把它保存下来，便于以后查看，那么可以将整个网页保存下来或者单独保存网页中的图片和文字。

1. 保存网页中的图片

其操作步骤如下：

1 打开一个带图片的网站。

2 单击小图片来打开大图片。

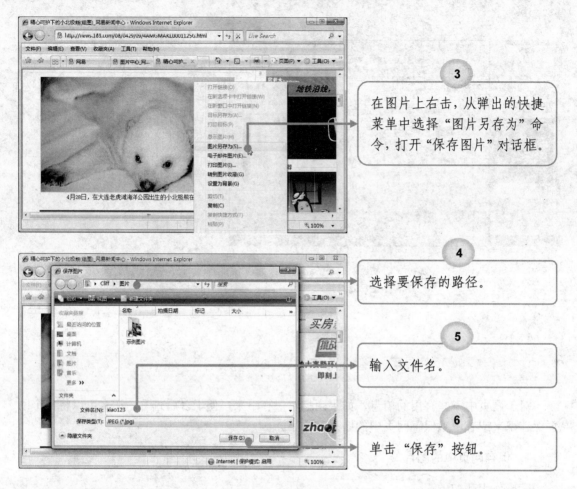

3 在图片上右击，从弹出的快捷菜单中选择"图片另存为"命令，打开"保存图片"对话框。

4 选择要保存的路径。

5 输入文件名。

6 单击"保存"按钮。

2. 保存网页中的文字

其操作步骤如下：

1 在网页上拖动鼠标来选择要保存的文本。

2 单击右键并在弹出的快捷菜单中选择"复制"命令。然后在其他程序（如"记事本"）中执行"粘贴"命令。

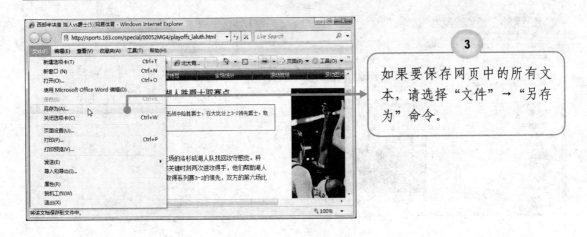

③ 如果要保存网页中的所有文本，请选择"文件"→"另存为"命令。

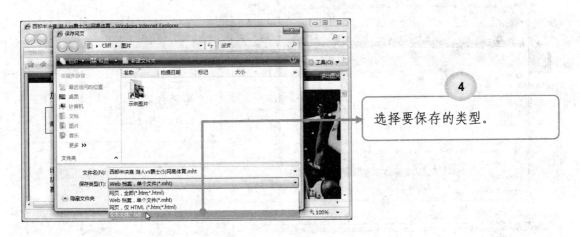

④ 选择要保存的类型。

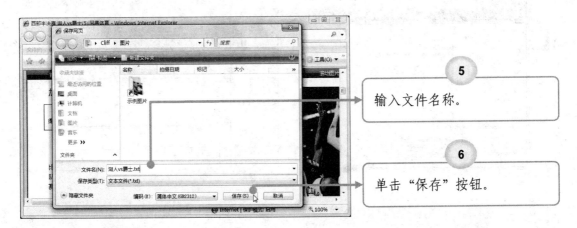

⑤ 输入文件名称。

⑥ 单击"保存"按钮。

3．保存整个网页

用户可以将网页的内容全部保存下来，以供脱机时查看。

其操作步骤如下：

选择"文件"→"另存为"命令，打开"保存网页"对话框。

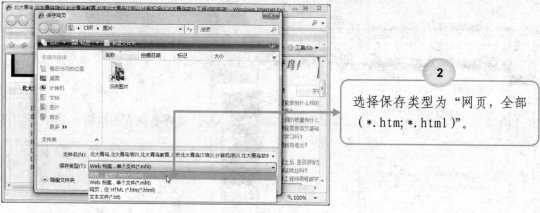

选择保存类型为"网页，全部（*.htm；*.html）"。

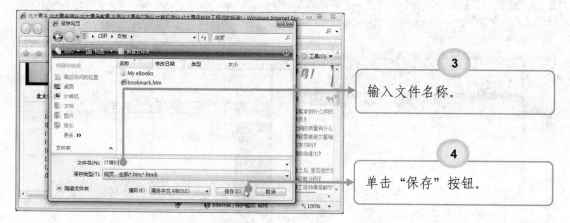

输入文件名称。

单击"保存"按钮。

11.3.7 使用IE浏览器搜索网络资源

在 Internet 中有丰富的网络资源，它们是以网页的形式为用户提供浏览的，在众多网页中使用搜索引擎是最有效的方法。

1. 通过地址栏查找信息

如果用户想查相关的信息，可以在 IE 7.0 的地址栏中输入要查找的信息，其操作步骤如下：

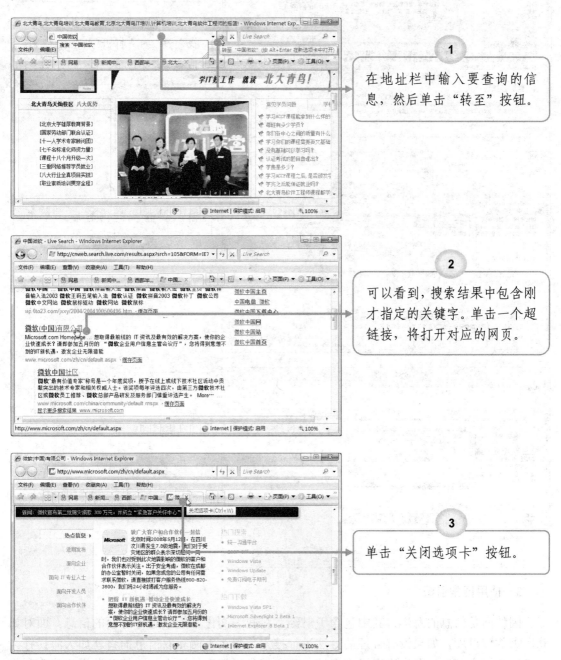

在地址栏中输入要查询的信息，然后单击"转至"按钮。

可以看到，搜索结果中包含刚才指定的关键字。单击一个超链接，将打开对应的网页。

单击"关闭选项卡"按钮。

2. 在当前 Web 页中搜索文本

浏览网页时，用户可以在当前 Web 页中查找相关的信息文本，其操作步骤如下：

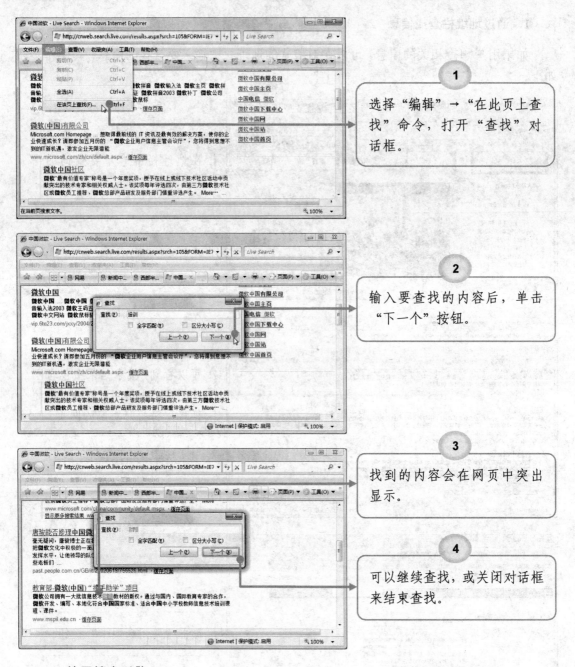

3. 使用搜索引擎

因特网是信息的海洋，其中包含了财经、科教、文化、娱乐等各方面的信息。面对如此巨大的信息库，如果没有合理的方法进行搜索，那么上网获取信息简直就如大海捞针。为了解决这个问题，网上出现了许多被称为"搜索引擎"的站点，能够帮助用户找到所需的信息。

网上的搜索引擎比较多，下面以谷歌（Google）为例，介绍搜索引擎的使用方法：

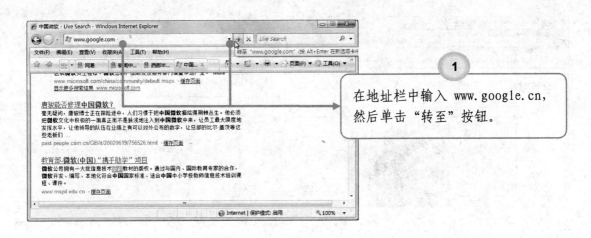

1

在地址栏中输入 www.google.cn，
然后单击"转至"按钮。

2

输入要查找的关键字。

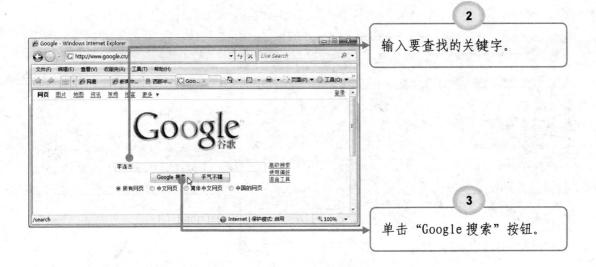

3

单击"Google 搜索"按钮。

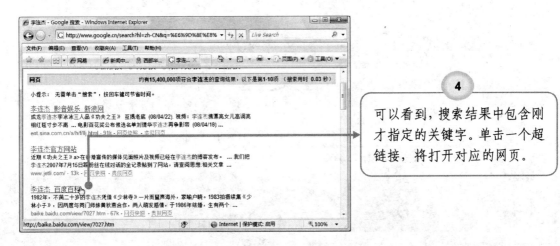

4

可以看到，搜索结果中包含刚
才指定的关键字。单击一个超
链接，将打开对应的网页。

5

单击要查看的超链接。

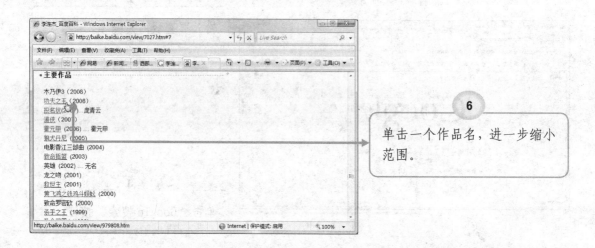

6

单击一个作品名，进一步缩小范围。

7

单击"剧情介绍"超链接，查看具体的内容。

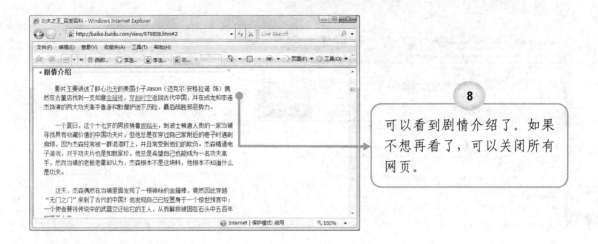

可以看到剧情介绍了。如果不想再看了，可以关闭所有网页。

11.3.8　下载软件和音乐

下面介绍常见的下载软件和音乐的方法。

1．下载软件

其操作步骤如下：

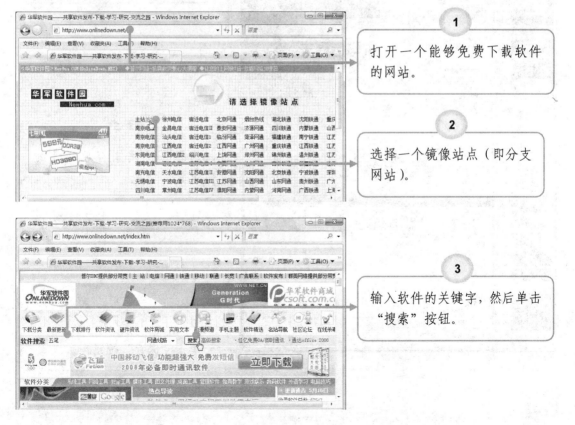

1 打开一个能够免费下载软件的网站。

2 选择一个镜像站点（即分支网站）。

3 输入软件的关键字，然后单击"搜索"按钮。

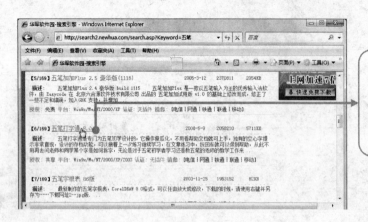

4 可以看到，搜索结果中包含刚才指定的关键字。单击一个软件名称的超链接，将打开对应的网页。

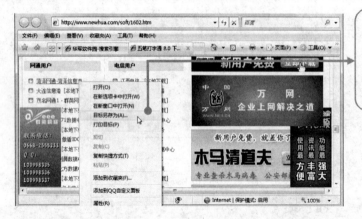

5 在一个合适的下载超链接上单击右键，并在弹出的快捷菜单中选择"目标另存为"命令，打开"另存为"对话框。

6 选择一个用来存放文件的位置。

7 单击"保存"按钮。

8

正在下载，请稍候。

9

下载完毕后，可以选择打开文件或者关闭对话框。

2. 下载音乐

其操作步骤如下：

1

进入一个能下载音乐的网站。

2

输入歌手名或歌曲名后，单击"百度一下"按钮。

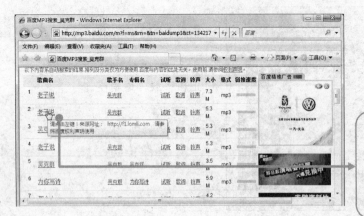

3

可以看到，搜索结果中包含刚才指定的关键字。单击一首歌的超链接，将打开对应的网页。

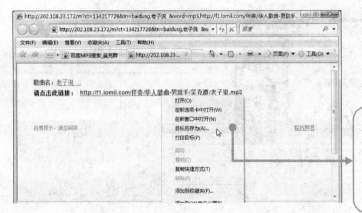

4

在歌曲超链接上单击右键，然后在弹出的快捷菜单中选择"目标另存为"命令，打开"另存为"对话框。

5

直接单击"保存"按钮。

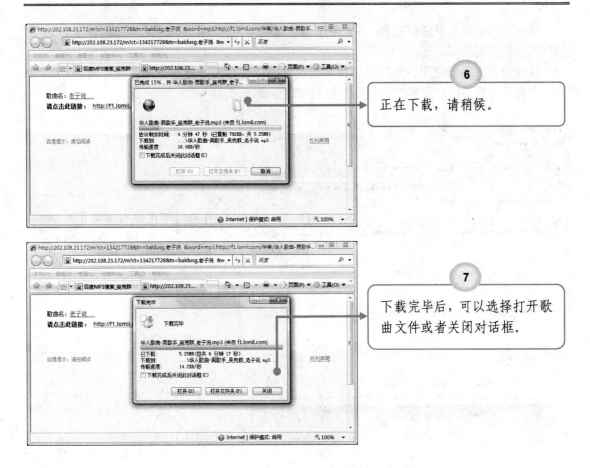

正在下载，请稍候。

下载完毕后，可以选择打开歌曲文件或者关闭对话框。

11.4　收发电子邮件

电子邮件是发送者和指定的接收者利用计算机通信网络传递信息的一种非交互式的通信方式。它不仅可以传送文字，还能传送图片、语音等多媒体信息。

11.4.1　拥有自己的电子邮箱

类似普通邮件寄信应有收信地址一样，使用因特网上的电子邮件系统的用户首先要有一个电子邮箱，每个电子邮箱应有一个惟一可识别的电子邮件地址。任何人都可以将电子邮件投递到电子邮箱中，而只有邮箱的主人才有权打开邮箱，阅读和处理邮箱中的邮件。电子邮件地址的格式如下：

username@mail.server.name

电子邮件地址主要由用户名和邮件服务器名两部分组成，中间加上"@"（读作"at"）分隔符。例如，tony678@163.com就是一个电子邮件地址。

随着网络的日益发展和完善，各大网站相继提供了免费邮箱和收费邮箱。两者区别不大，用户可以根据需要来选择。

目前免费邮箱的使用较为广泛，用来收发普通信件非常方便。下面以在"网易126"申请一个免费邮箱为例，讲解申请电子邮箱的一般步骤：

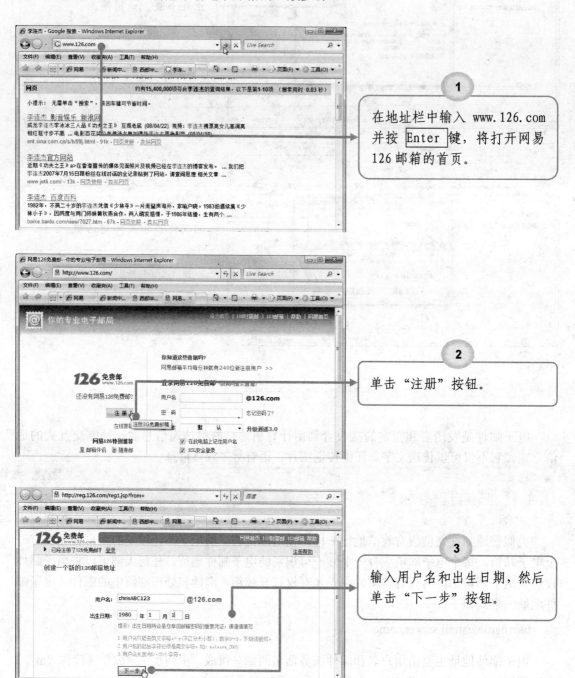

1 在地址栏中输入 www.126.com 并按 Enter 键，将打开网易126 邮箱的首页。

2 单击"注册"按钮。

3 输入用户名和出生日期，然后单击"下一步"按钮。

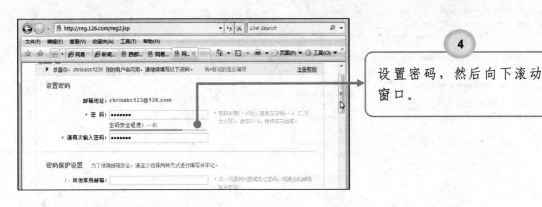

4

设置密码，然后向下滚动窗口。

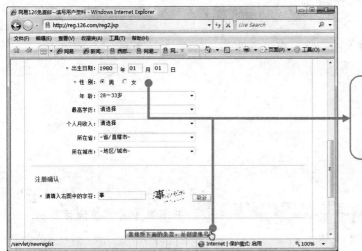

5

设置个人资料信息后，单击"我接受下面的条款，并创建账号"按钮。

6

补充输入密码保护信息，再滚动到页面底部并单击"我接受下面的条款，并创建账号"按钮，将开始真正创建电子邮箱账号。

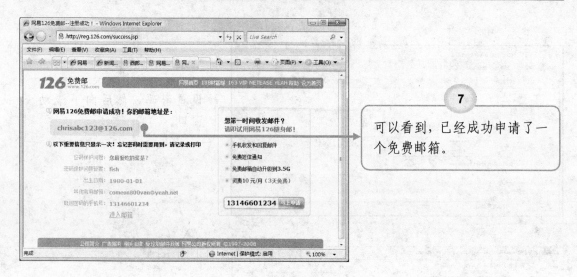

可以看到，已经成功申请了一个免费邮箱。

7

有了免费邮箱后，就可以进入邮箱收发电子邮件了。

11.4.2 撰写并发送新邮件

其操作步骤如下：

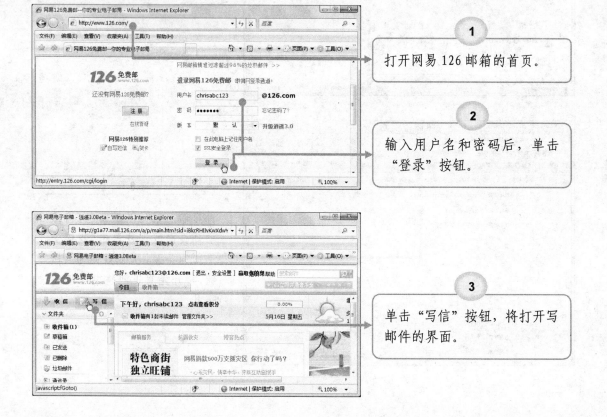

1

打开网易 126 邮箱的首页。

2

输入用户名和密码后，单击"登录"按钮。

3

单击"写信"按钮，将打开写邮件的界面。

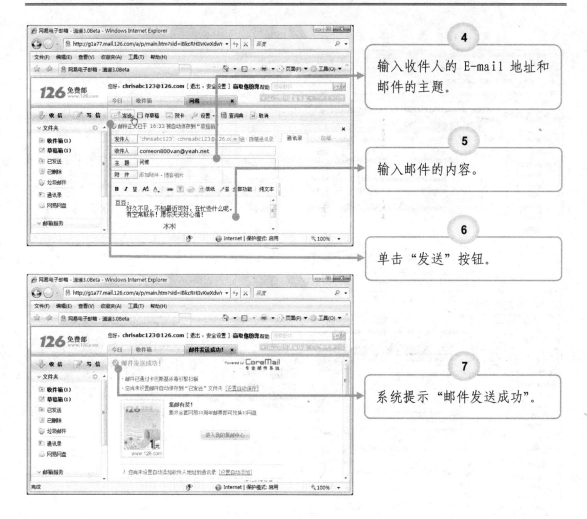

④ 输入收件人的 E-mail 地址和邮件的主题。

⑤ 输入邮件的内容。

⑥ 单击"发送"按钮。

⑦ 系统提示"邮件发送成功"。

11.4.3　接收和阅读邮件

其操作步骤如下：

① 单击"收信"按钮，将打开收邮件的界面（收件箱）。

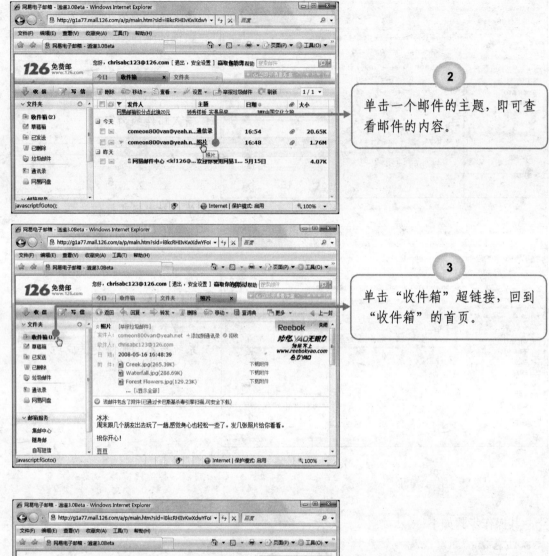

2 单击一个邮件的主题, 即可查看邮件的内容。

3 单击 "收件箱" 超链接, 回到 "收件箱" 的首页。

4 单击另一个邮件的主题, 来查看该邮件。

这一栏中有曲别针标志, 表示邮件中夹带有附件。

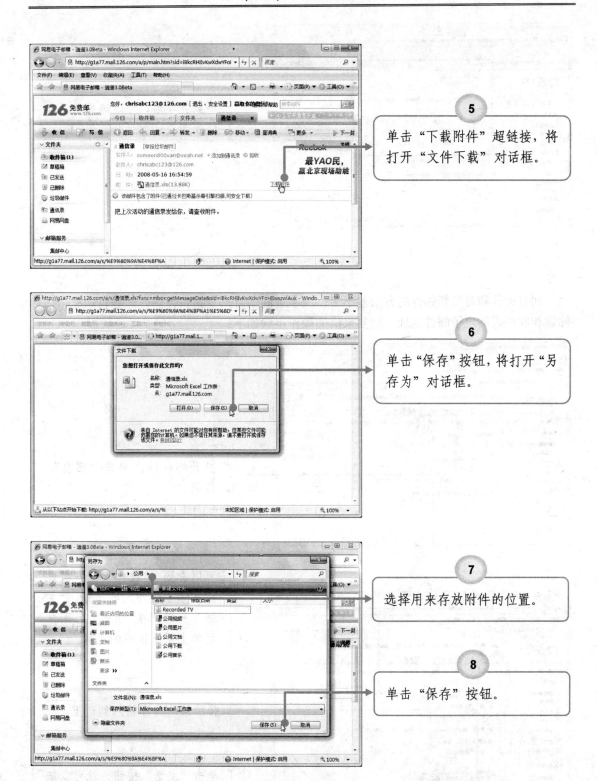

5

单击"下载附件"超链接,将
打开"文件下载"对话框。

6

单击"保存"按钮,将打开"另
存为"对话框。

7

选择用来存放附件的位置。

8

单击"保存"按钮。

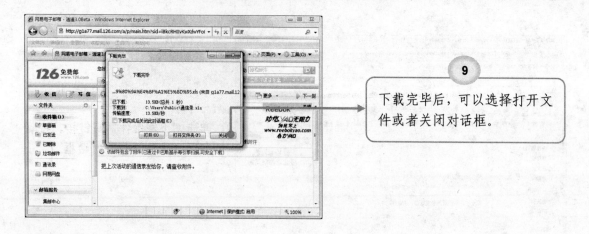

9 下载完毕后，可以选择打开文件或者关闭对话框。

11.4.4 回复邮件

回复邮件和寄发新邮件的方法差不多，只不过回信时，主题和收件人都会自动显示信件标题和收件人的电子邮件地址。回复来信的操作步骤如下：

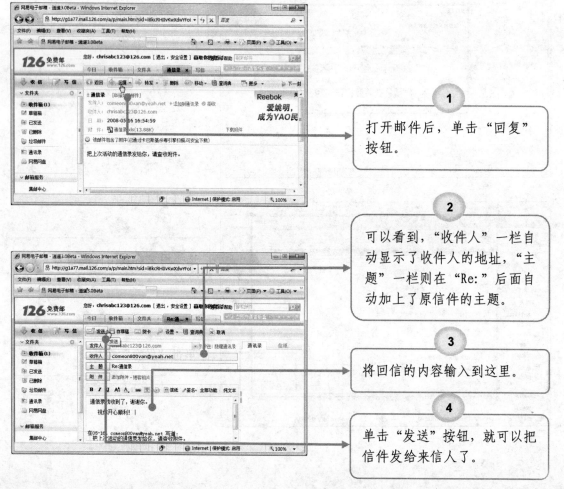

1 打开邮件后，单击"回复"按钮。

2 可以看到，"收件人"一栏自动显示了收件人的地址，"主题"一栏则在"Re:"后面自动加上了原信件的主题。

3 将回信的内容输入到这里。

4 单击"发送"按钮，就可以把信件发给来信人了。

提示

　　回信时，系统会自动把来信原文引入回复的信件中。如果有必要，可以将不需要的文字删掉。

11.4.5　转发邮件

　　转发邮件是和回复邮件相似的任务，二者之间的区别是：回复是给发件人发邮件，而转发邮件则是指将收到的邮件再发给除发件人外的其他人。

　　其操作步骤如下：

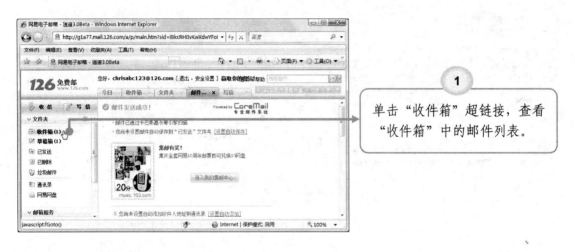

1

单击"收件箱"超链接，查看"收件箱"中的邮件列表。

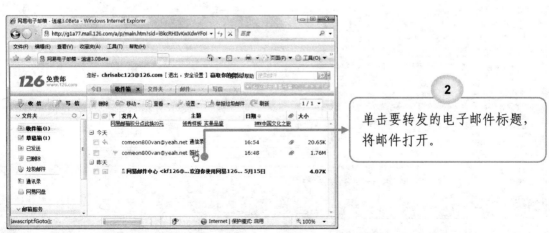

2

单击要转发的电子邮件标题，将邮件打开。

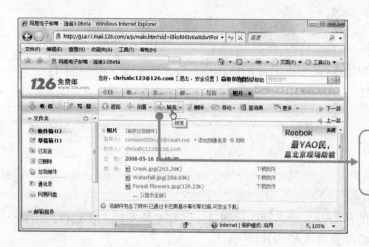

3

单击"转发"按钮，打开转发邮件的界面。

4

输入收件人的地址。如果有多个收件人，则要用逗号将各个地址隔开。

5

单击"发送"按钮。

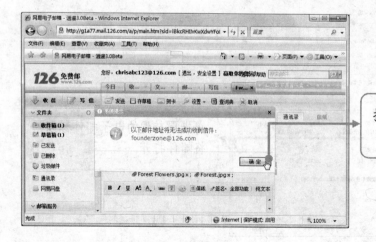

6

提示有错误的地址。直接单击"确定"按钮。

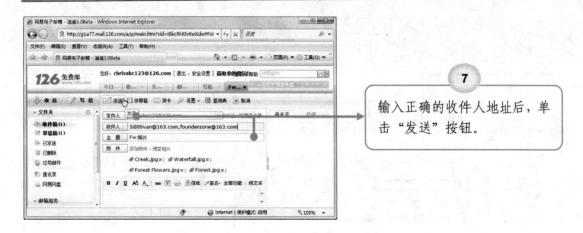

输入正确的收件人地址后，单击"发送"按钮。

11.4.6　删除邮件

默认情况下，删除邮件时，邮件并未被真正删除掉，而是被移到垃圾箱中了。如果想永远删除这封邮件，还得把它从垃圾箱中删除一次。

永远删除邮件的操作步骤如下：

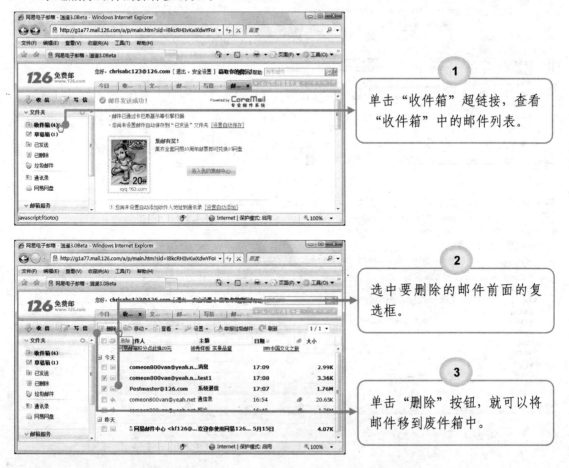

单击"收件箱"超链接，查看"收件箱"中的邮件列表。

选中要删除的邮件前面的复选框。

单击"删除"按钮，就可以将邮件移到废件箱中。

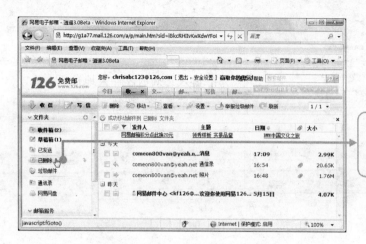

4

单击"已删除"超链接，来查
看废件箱中的邮件列表。

5

选中要真正删除的邮件。

6

单击"删除"按钮。

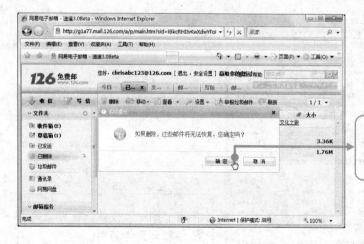

7

如果确定要永远删除这些邮
件，单击"确定"按钮即可。

11.4.7　在写信时添加附件

E-mail 除了可以传送一般文字式的内容外,也可以在信件中附加声音或程序等各类文件。下面讲解在信件中附加文件的操作方法。

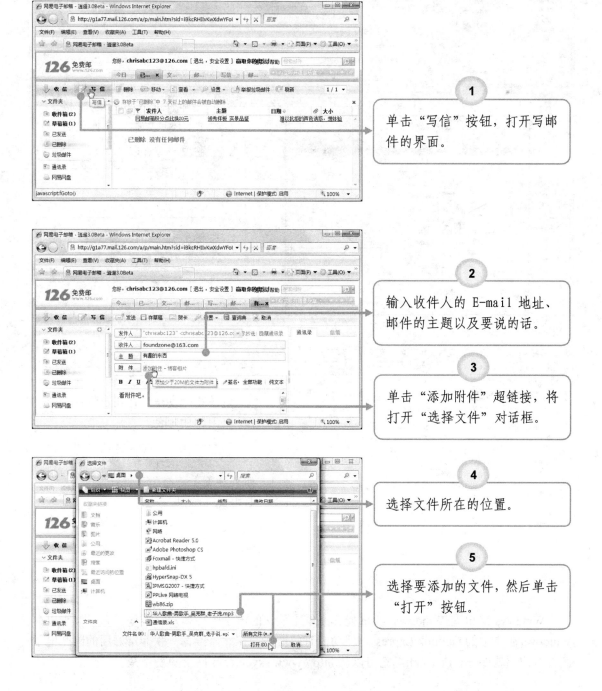

1 单击"写信"按钮,打开写邮件的界面。

2 输入收件人的 E-mail 地址、邮件的主题以及要说的话。

3 单击"添加附件"超链接,将打开"选择文件"对话框。

4 选择文件所在的位置。

5 选择要添加的文件,然后单击"打开"按钮。

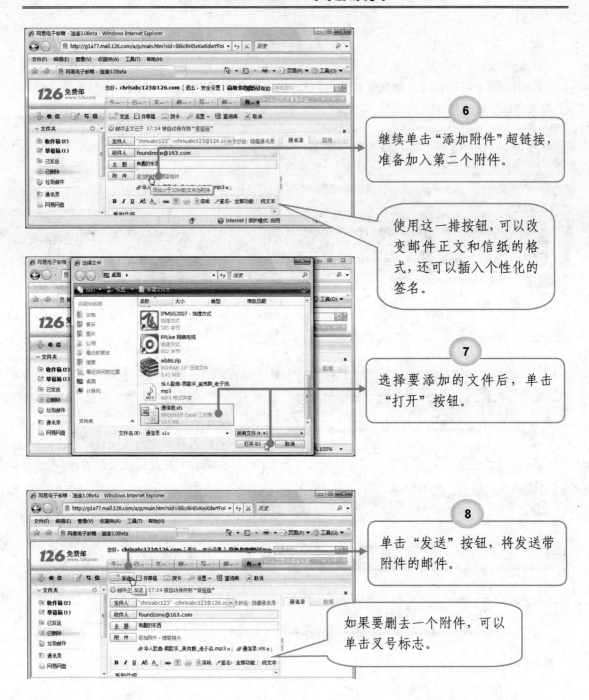

6

继续单击"添加附件"超链接，准备加入第二个附件。

使用这一排按钮，可以改变邮件正文和信纸的格式，还可以插入个性化的签名。

7

选择要添加的文件后，单击"打开"按钮。

8

单击"发送"按钮，将发送带附件的邮件。

如果要删去一个附件，可以单击叉号标志。

11.4.8 Windows Mail简介

Windows Mail 是 Windows Vista 操作系统中默认的电子邮件客户端程序。它类似于以前 Windows 版本中的 Outlook Express，但功能有所增强。在此，推荐一款非常好用的国产电子邮件客户端软件——FoxMail，它可以从 http://www.skycn.com 网上免费下载。

1. Windows Mail 的启动与配置

其操作步骤如下：

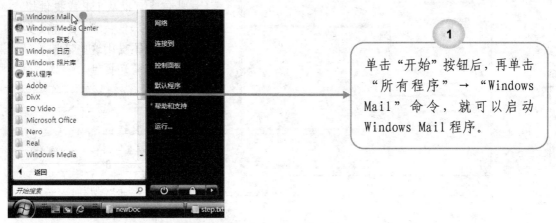

1 单击"开始"按钮后，再单击"所有程序"→"Windows Mail"命令，就可以启动 Windows Mail 程序。

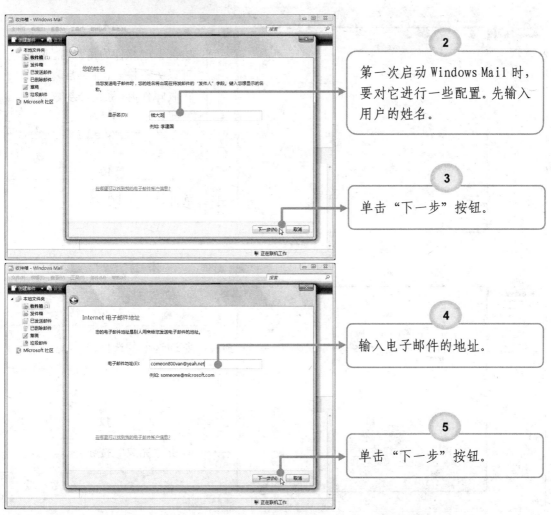

2 第一次启动 Windows Mail 时，要对它进行一些配置。先输入用户的姓名。

3 单击"下一步"按钮。

4 输入电子邮件的地址。

5 单击"下一步"按钮。

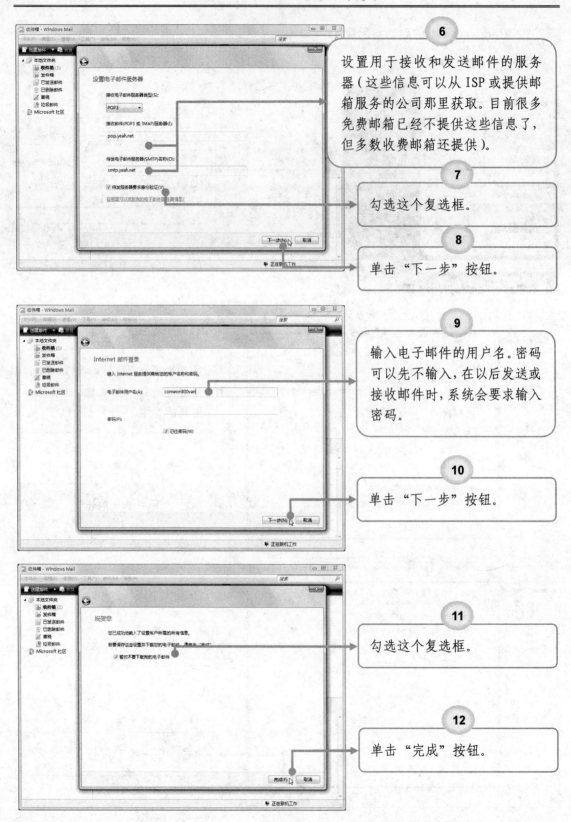

6 设置用于接收和发送邮件的服务器（这些信息可以从 ISP 或提供邮箱服务的公司那里获取。目前很多免费邮箱已经不提供这些信息了，但多数收费邮箱还提供）。

7 勾选这个复选框。

8 单击"下一步"按钮。

9 输入电子邮件的用户名。密码可以先不输入，在以后发送或接收邮件时，系统会要求输入密码。

10 单击"下一步"按钮。

11 勾选这个复选框。

12 单击"完成"按钮。

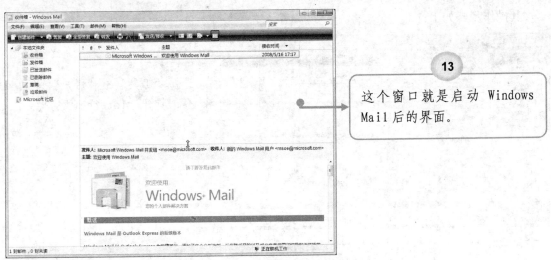

13

这个窗口就是启动 Windows Mail 后的界面。

Windows Mail 界面工具栏中各按钮的作用如表 11-1 所示。

表 11-1 Windows Mail 界面工具栏中各按钮的作用

按钮图标	名 称	说 明
创建邮件	写邮件	单击后可以打开新邮件窗口，撰写新邮件
答复	答复发件人	单击后可以打开答复邮件窗口，窗口中会自动附加要答复邮件的正文内容，同时地址栏中自动输入收件人的地址
全部答复	全部答复	如果一封邮件是群发给多个人的，单击这个按钮后可以打开答复邮件窗口，窗口中会自动附加要答复邮件的正文内容，同时地址栏自动输入要答复邮件的所有收件人的地址
转发	转发	单击后可以打开新邮件窗口，但窗口中会自动附加要转发邮件的正文内容
打印	打印	单击后可以直接将邮件内容打印出来
删除	删除	单击后可以删除邮件列表中选中的邮件
发送/接收	发送/接收	单击后可以发送所有写好的邮件，以及接收 POP3 邮箱中的所有邮件
联系人	联系人	单击后可以打开 Windows 联系人程序，然后在其中添加和管理联系人
Windows 日历	Windows 日历	单击后可以打开 Windows 日历程序，然后在其中管理日程
查找	查找	单击后可以通过关键字查找邮件或新闻组讨论
文件夹列表	文件夹列表	单击后可以打开或关闭 Windows Mail 窗口左侧的文件夹列表

2. 修改帐户设置

添加好一个账户后，如果将来需要对其中的一些信息进行修改，这个过程也非常简单。

其操作步骤如下：

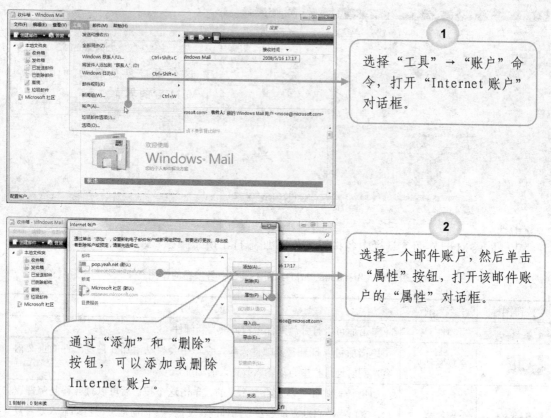

1 选择"工具"→"账户"命令，打开"Internet 账户"对话框。

2 选择一个邮件账户，然后单击"属性"按钮，打开该邮件账户的"属性"对话框。

通过"添加"和"删除"按钮，可以添加或删除 Internet 账户。

默认情况下，对于 POP3 邮件账号，当用户从服务器上收到新邮件时，Windows Mail 会自动将邮件下载到本地计算机中，并将服务器上的邮件删除。如果用户需要从多台计算机上或不同的地点来收取这个账号中的邮件或想长时间地在网络上保存邮件，那么这种设置显然并不合适。这时候只要进行如下修改即可。

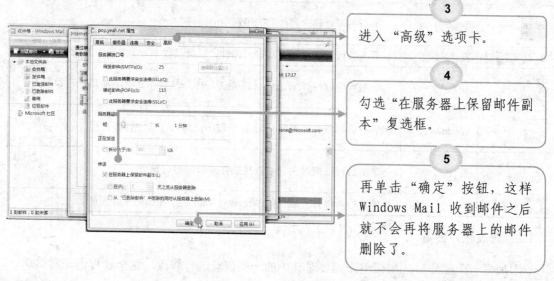

3 进入"高级"选项卡。

4 勾选"在服务器上保留邮件副本"复选框。

5 再单击"确定"按钮，这样 Windows Mail 收到邮件之后就不会再将服务器上的邮件删除了。

提示

　　在"服务器"选项卡中可以设置用来发送和接收邮件的服务器。pop 是发送邮件协议，在这里应该填写用户的 pop 地址，即在邮箱地址中@符号后面的后缀前加上"POP3."，例如 163 的邮箱填写 pop3.163.com；smtp 是接收邮件协议，即在邮箱地址中@符号后面的后缀前上"SMTP."，例如 163 的邮箱填写 smtp.163.com。目前，163、126、Sina、Yahoo 和 Hotmail 的免费邮箱都是采用 http 的网页方式收发邮件的。如果要获取 POP3 和 SMTP 服务器信息并使用 Windows Mail 或 FoxMail 这样的软件来收发邮件，请使用收费邮箱。

第12章 Windows Vista 的安全防护

本章将介绍电脑病毒与黑客的基本知识，配置系统以防范黑客入侵以及利用 Windows Defender 防火墙增强系统安全性的方法。

12.1 电脑病毒的基本知识

随着电脑网络的发展，电脑病毒也向网络化和智能化方向发展了，并且传播速度越来越快，破坏性也越来越强。如何防治电脑病毒和保证网络安全也就显得越来越重要了。

12.1.1 认识电脑病毒

"电脑病毒"这一名词引自于生物学中的病毒概念，因为它是一种像生物病毒那样能够生存、繁殖、传播并危害电脑系统的特殊程序。从实质上分析，它跟生物学上所讲的"病毒"当然毫无共同之处，也没有一点儿连带关系。

尽管电脑病毒和生物病毒分属两个风马牛不相及的学科，但是两者之间确实有十分相似之处。人们把传播疾病、危害生命安全的一大类微生物称为生物病毒，因此，把传播电脑疾病（发生故障）、危害电脑系统安全、破坏数据的有害程序称之为"电脑病毒"，倒也很形象。何况电脑病毒往往是一些小程序，不妨把它们看成是电脑程序中的"微生物"；而生物病毒所具有的传染、潜伏、隐藏、危害等等特性，电脑病毒也无不具备。"电脑病毒"这个术语，十分贴切地描述了这种危害电脑安全的程序代码。

电脑病毒的特点如下：

❖ 电脑病毒可以在电脑运行中自我复制（繁殖）并不断感染其他程序，在电脑系统内扩散；如果是在电脑网络中，传染的速度和面积就更快、更大了。

❖ 电脑病毒可以依附、寄生在某些程序上并潜伏下来，在电脑中合法地运行，一旦条件成熟（例如特定的时间），就可以被激活。

所以，美国国家电脑安全中心为电脑病毒下的定义是：电脑病毒是一种自我繁殖的特洛依木马，这匹"马"由三条腿支撑：任务部分（干坏事的主要部分）、激活部分和自我繁殖部分。

12.1.2 电脑感染病毒时的表现

凡是与电脑打交道的人，都很难避免电脑病毒的问题，以往的电脑病毒只是通过软盘、光盘或局域网传播的，随着互联网的日益广泛使用，通过互联网的下载程序、收发电子邮件等环节感染电脑病毒的机会大幅增加。怎样才能判断计算机是否感染了病毒呢？如果用户的计算机出现如下症状之一，就要注意了。

（1）系统运行速度减慢甚至死机。比如冲击波等蠕虫病毒，由于病毒发作后会开启上百线程扫描网络，或是利用自带的发信模块向外狂发带毒邮件，大量消耗系统资源，因此会使操作系统运行很慢，严重时甚至死机。

（2）文件长度莫名其妙地变大。感染文件型病毒后会使文件的长度增加，如果发现文件长度莫名其妙地发生了变化，就可能是感染了病毒。同时，病毒在入侵文件过程中不断自我复制，占用硬盘的存储空间，用户会发现在没有安装任何文件的情况下，硬盘容量不断地减少。

（3）丢失文件或文件被损坏；计算机屏幕显示异常；系统不识别硬盘；有不明程序对存储系统异常访问；键盘输入异常；文件的日期、时间、属性等发生变化；文件无法正确读取、复制或打开；系统时间倒转，逆向计时；Windows 操作系统无故频繁出现错误；系统异常重新启动；一些外部设备工作异常，如打印机常打出一些乱码；打开文件时异常要求用户输入密码等等。

12.1.3 病毒的防范

了解了电脑病毒的危害之后，下面讲解如何防范电脑病毒。

（1）对一些要长时间保留的资料必须要进行永久保留备份处理，如用只读光盘或可读写光盘、磁盘或磁带、打印出来保留等多种资料备份方式保存。

（2）上网要提高警惕。不要轻易下载那些没有通过安全验证的网站的软件与程序；不要光顾那些很诱惑人的没有通过安全验证的网站，比如色情网站，这些网站很有可能设置着陷阱；不要随便打开某些来路不明的 E-mail 与附件程序；安装正版杀毒软件公司提供的防火墙，比如瑞星的个人防火墙软件，并注意时时打开着；不要在线启动、阅读某些文件，这些文件很可能是网络病毒携带者。

（3）慎防通过软盘、U 盘、光盘传染的病毒。不使用来路不明的磁盘，对所有的磁盘文件都要先检测后使用；安装防病毒卡或杀毒软件；对重要的文件或数据事先备份；发现可疑情况及时采取措施；使用正版软件，不用盗版游戏软件、公共软件，绝不运行来历不明的软件和盗版软件；经常性地制作文件备份，以备硬盘遭破坏、无意的格式化操作以及病毒蓄意侵害时，能立即恢复文件，免受损失。

（4）对电脑的各种板卡及外部设备的驱动程序（一般用软盘和光盘存贮）要全部保留，不能因为硬盘上有存档就以为可以将其丢弃，要有当硬盘随时受损时能够重新安装的打算。

（5）在条件许可的情况下应将电脑应用的层次分开，如财务应用、业务资料处理等所用电脑与上网查资料、学生学习、多媒体电脑应用等分开，使之在物理层面上分隔开来，从而降低重要电脑数据资料被电脑病毒入侵受损的可能性。

（6）加强电脑技术和技能的学习，掌握各种基础软件的使用技巧。电脑病毒虽然发作起来破坏力大，但仍是可以避免和控制的。只要对其有充分的认识，就能筑起心理上和技术防范措施上的防线，就能区别出是病毒危害还是误操作所引起的后果，将其影响降至最低甚至达到消除的目的。

12.2 黑 客 常 识

本节简单介绍一下黑客及其入侵方式。

12.2.1 黑客简介

黑客一词源于英文 Hacker，原指热心于计算机技术、水平高超的电脑专家，尤其是程序设计人员。

现代社会的发展，使得计算机网络越来越普及，虽然黑客依然是一个特殊的群体，但已经并不像当初那么神秘了，往往掌握了几个黑客工具的使用方法，一些电脑爱好者便到处自称"黑客"的时代已经过去了。现在我们说到"黑客"时，一般都是指那些利用自身掌握的计算机技术，攻击、入侵、破坏系统和盗窃系统有用数据的人。

12.2.2 黑客的入侵方式

常见的黑客的入侵方式有木马入侵和漏洞入侵两种。

1．木马入侵

什么是木马？木马不属于病毒。病毒是设计出来对电脑中各种软硬件具有破坏行为的程序。而木马是设计好藏在电脑中进行特定工作或依照黑客的操作来进行某些工作的程序。它是一个 C/S（Client/ Server 的简写）结构的程序，运行在黑客自己电脑上的是"客户（Client）"端，运行在目标电脑上的是"服务器（Server）"端。当目标电脑连上互联网后，客户端会发给服务器端信息，然后听候黑客指令，执行黑客指令。

木马被植入后，黑客可以进行哪些动作呢？这就必须视黑客选用的木马程序而定。一般我们说的木马程序多半是指功能强大且完整的工具，如冰河、SubSever 等，它们通常可以进行如下黑客任务：

（1）复制各类文件或电子邮件（可能包含商业秘密、个人隐私）、删除各类文件、查看被黑者电脑中的文件，就如同使用资源管理器查看一样。

（2）转向入侵（redirection Intrusion），利用被黑者的电脑来进入其他电脑或服务器进行各种黑客行为，也就是找个替罪羊。

（3）监控被黑者的电脑屏幕画面、键盘操作来获取各类密码，例如进入各种会员网站的密码、上网的密码、网络银行的密码、邮件密码等。

（4）远程遥控，控制对方的 Windows 系统、程序、键盘。

2．漏洞入侵

顾名思义，漏洞就是有缺陷的地方，而所谓的系统或软件的漏洞当然就是在程序设计上的问题或考虑不够周密地方（也可算是 bug），造成黑客可以利用这些漏洞进行入侵、攻击或其他黑客任务。如微软的 Windows、IE 等产品，都有许多的漏洞。黑客通常是利用在有漏洞的软件中下达命令、利用针对该漏洞的工具或自己设计的针对该漏洞的工具等方式来进行入侵、攻击或其他黑客行为。

12.3　配置系统以防范黑客入侵

通过开启 Internet 连接防火墙和禁止远程协助与远程桌面控制功能，有助于防范黑客入侵 Windows Vista 操作系统。

12.3.1　开启Internet连接防火墙

在 Windows Vista 中开启 Internet 连接防火墙的方法很简单。其操作步骤如下：

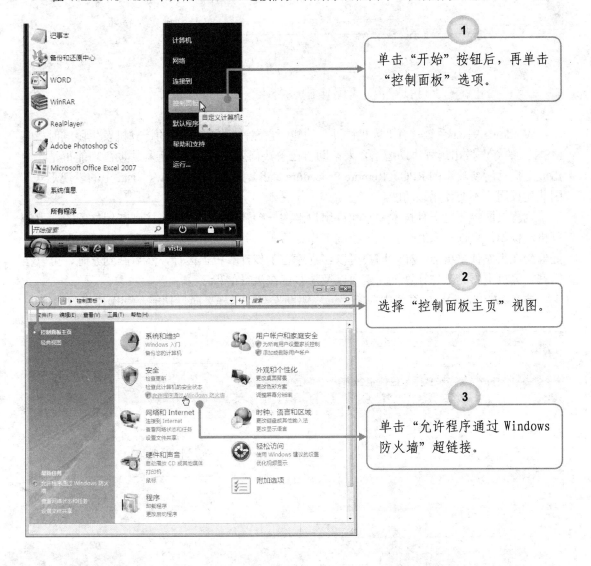

1 单击"开始"按钮后，再单击"控制面板"选项。

2 选择"控制面板主页"视图。

3 单击"允许程序通过 Windows 防火墙"超链接。

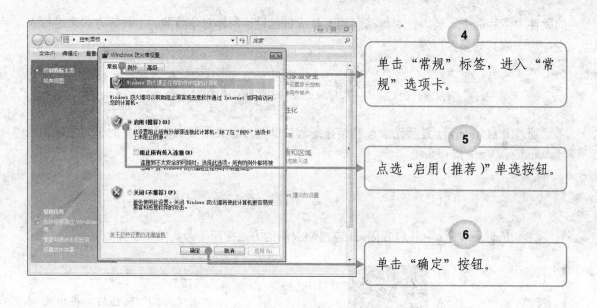

单击"常规"标签，进入"常规"选项卡。

4

点选"启用（推荐）"单选按钮。

5

单击"确定"按钮。

6

12.3.2 禁止远程协助与远程桌面控制功能

Windows Vista 系统具有"远程协助"功能，它允许用户在使用的计算机发生困难时，向 MSN 上的好友发出远程协助邀请，来帮助自己解决问题。但这个"远程协助"功能正是"冲击波"病毒所要攻击的 RPC（Remote Procedure Call）服务在 Windows Vista 上的表现形式。因此建议用户不要使用该功能。

远程桌面控制是一种技术，它允许用户坐在一台计算机前就能连接到其他位置的远程计算机。例如，可以从家庭计算机连接到工作计算机，并访问所有程序、文件和网络资源，就好像坐在工作计算机前一样。用户可以让程序在工作计算机上运行，然后回到家时，可以在家庭计算机上看见工作计算机的桌面以及那些正在运行的程序。

要在 Windows Vista 系统中关闭"远程协助"与"远程桌面"功能，其操作步骤如下：

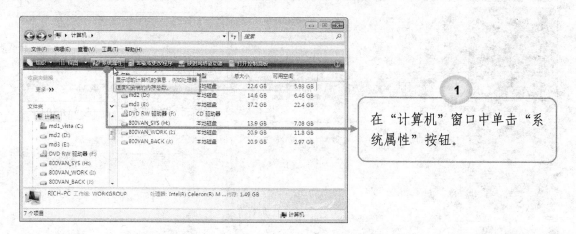

在"计算机"窗口中单击"系统属性"按钮。

1

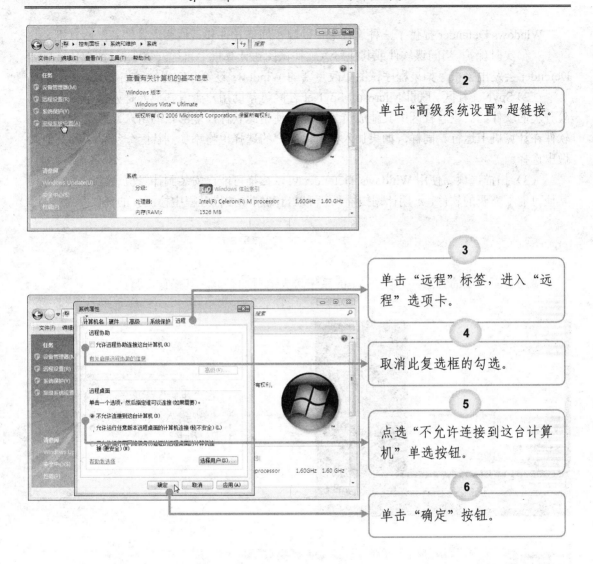

2 单击"高级系统设置"超链接。

3 单击"远程"标签，进入"远程"选项卡。

4 取消此复选框的勾选。

5 点选"不允许连接到这台计算机"单选按钮。

6 单击"确定"按钮。

12.4　利用 Windows Defender 增强系统安全性

Windows Defender 是微软推出的一款反间谍软件，它的前身是 Windows Anti Spyware，现在它作为 Windows Vista 的一部分，确保用户在浏览因特网的时候不会受到流氓软件的骚扰。

12.4.1　Windows Defender 提供的保护途径

在使用计算机的同时运行反间谍软件非常重要。间谍软件和其他恶意软件会在用户连接到 Internet 时尝试自行安装到计算机上。如果使用 CD、DVD 或其他可移动介质安装程序，它也会入侵计算机。恶意软件并非仅在安装后才能运行，它还会被设计为随时运行。

Windows Defender 提供了三种途径来帮助阻止间谍软件和其他恶意软件入侵计算机。

（1）实时保护。当间谍软件或其他恶意软件试图在计算机上自行安装或运行时，Windows Defender 会发出警报。如果程序试图更改重要的 Windows 设置，它也会发出警报。

（2）SpyNet 社区。联机 Microsoft SpyNet 社区可帮助用户查看其他人是如何响应未按风险分类的软件的。查看社区中其他成员是否允许使用此软件，能够帮助用户判断是否允许此软件在计算机上运行。同样，如果加入社区，用户的选择也将添加到社区分级以帮助其他人做出选择。

（3）扫描选项。使用 Windows Defender 可以扫描可能已安装到计算机上的间谍软件和其他可能不需要的软件，定期计划扫描，还可以自动删除扫描过程中检测到的任何恶意软件。

12.4.2 更改Windows Defender使Vista防火墙更智能

借助下面介绍的方法，可以使 Vista 系统防火墙更加智能。其操作步骤如下：

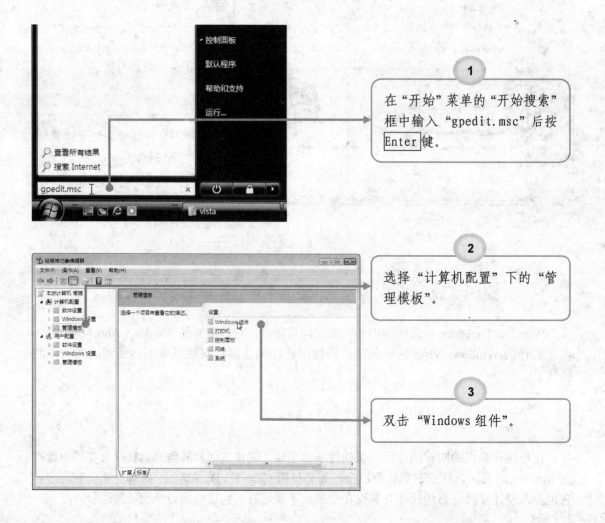

1 在"开始"菜单的"开始搜索"框中输入"gpedit.msc"后按 Enter 键。

2 选择"计算机配置"下的"管理模板"。

3 双击"Windows 组件"。

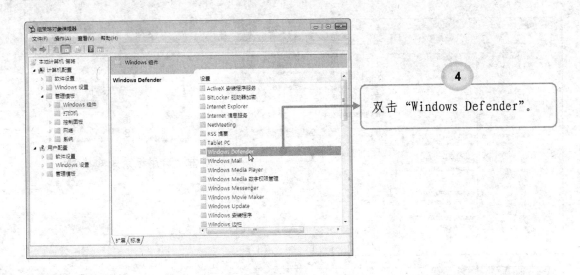

双击 "Windows Defender"。

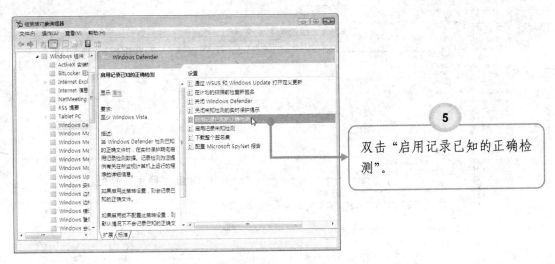

双击 "启用记录已知的正确检测"。

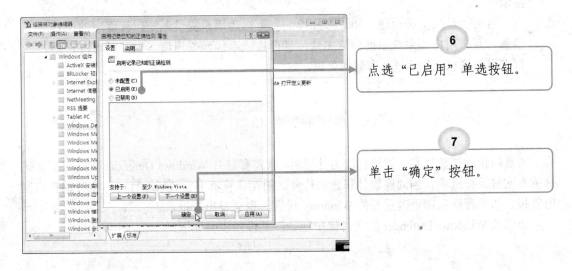

点选 "已启用" 单选按钮。

单击 "确定" 按钮。

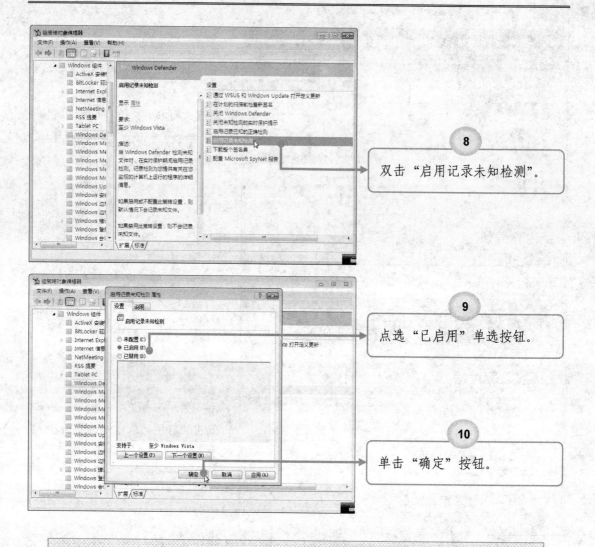

双击"启用记录未知检测"。

点选"已启用"单选按钮。

单击"确定"按钮。

提示

　　启用"已知正确检测"和"未知检测"可以为用户提供系统运行程序的详细信息。万一用户的系统出现异常文件，甚至造成系统濒临崩溃，也可以通过它获得有用的信息，从而进行有效的处理。

12.4.3　修改Windows Defender的实时保护功能

　　若要阻止间谍软件和恶意软件攻击计算机，就需要打开 Windows Defender 实时保护并选择所有实时保护选项。当间谍软件和恶意软件试图在计算机上安装或运行时，实时保护会发出警报。如果程序试图更改重要的 Windows 设置，也会发出警报。

　　要修改 Windows Defender 的实时保护功能，其操作步骤如下：

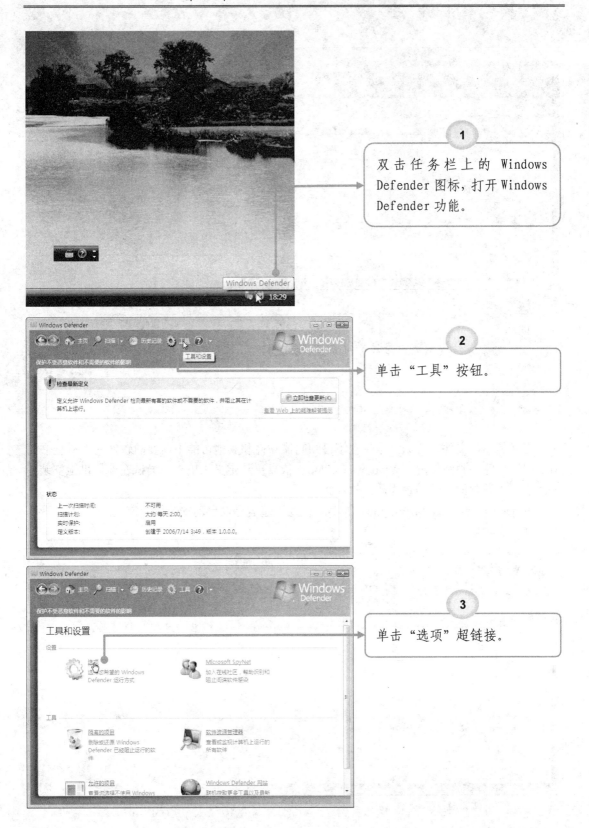

1

双击任务栏上的 Windows Defender 图标，打开 Windows Defender 功能。

2

单击"工具"按钮。

3

单击"选项"超链接。

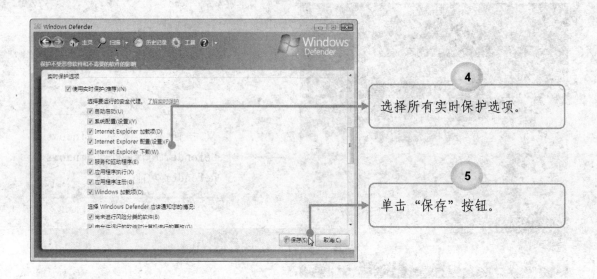

4

选择所有实时保护选项。

5

单击"保存"按钮。

提示

如果系统提示用户输入管理员密码或要求确认，请键入密码或进行确认。

12.4.4 保持 Windows Defender 定义为最新

定义是一些文件，犹如一本包含了已知间谍软件和其他可能不需要的软件的百科全书。由于间谍软件在不断发展，Windows Defender 依靠更新定义来确定正尝试在计算机上安装、运行或更改设置的软件是否为恶意软件。

Windows Defender 与 Windows Update 设置一起运行以自动安装最新定义。

操作步骤如下：

1

单击"选项"超链接。

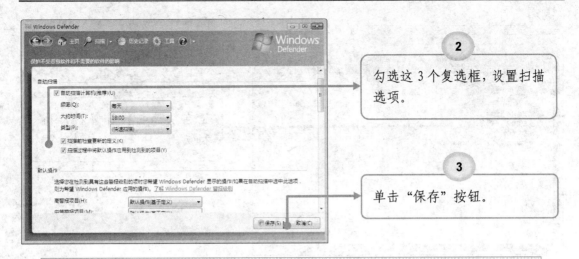

勾选这 3 个复选框，设置扫描选项。

单击"保存"按钮。

提示

　　如果系统提示用户输入管理员密码或要求确认，请键入密码或进行确认。

12.4.5　扫描间谍软件和其他可能不需要的软件

　　在 Windows Defender 中，可以选择运行计算机的"快速扫描"或"完整系统扫描"。如果怀疑间谍软件已经感染了计算机的某特定区域，则可以仅选择要检查的驱动器和文件夹进行自定义扫描。

　　（1）快速扫描检查的是计算机上最有可能感染间谍软件的硬盘，建议每天使用一次。

　　（2）完全扫描检查的是硬盘上所有文件和当前运行的所有程序，但可能会引起计算机运行缓慢，直到扫描完成。如果怀疑计算机被间谍软件感染，则随时可以进行完全扫描。

1．快速扫描

　　操作步骤如下：

单击"扫描"按钮。

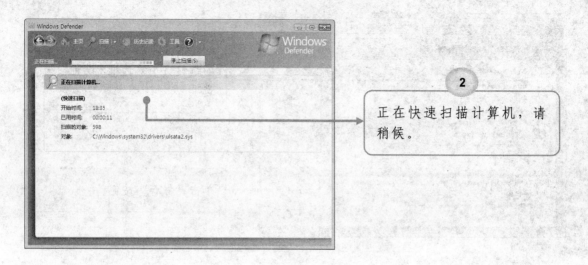

正在快速扫描计算机，请稍候。

2. 完全扫描

操作步骤如下：

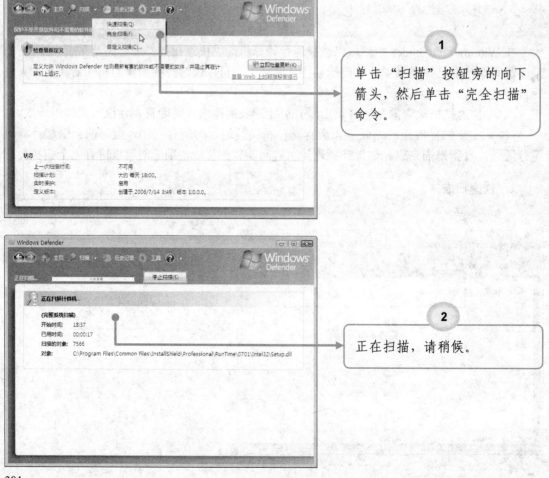

单击"扫描"按钮旁的向下箭头，然后单击"完全扫描"命令。

正在扫描，请稍候。

3. 自定义扫描

可以让 Windows Defender 扫描计算机上的特定位置。但是，如果检测到恶意软件，Windows Defender 将运行快速扫描，这样可以在需要的情况下将检测到的项目从计算机的其他区域中删除。操作步骤如下：

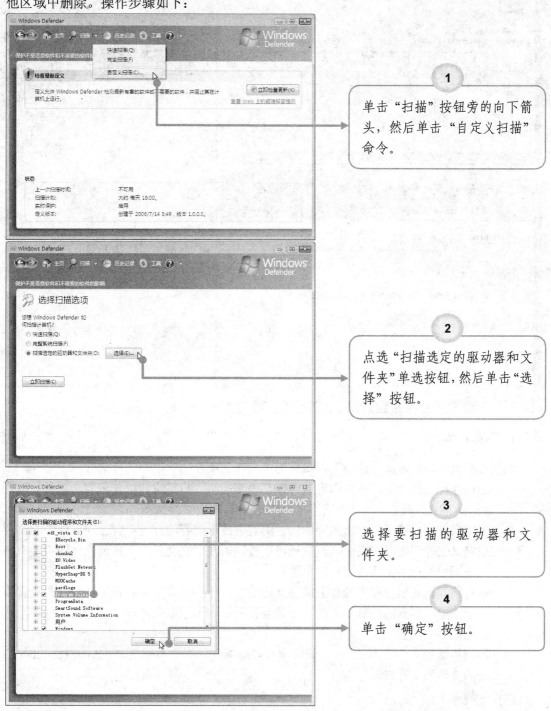

1　单击"扫描"按钮旁的向下箭头，然后单击"自定义扫描"命令。

2　点选"扫描选定的驱动器和文件夹"单选按钮，然后单击"选择"按钮。

3　选择要扫描的驱动器和文件夹。

4　单击"确定"按钮。

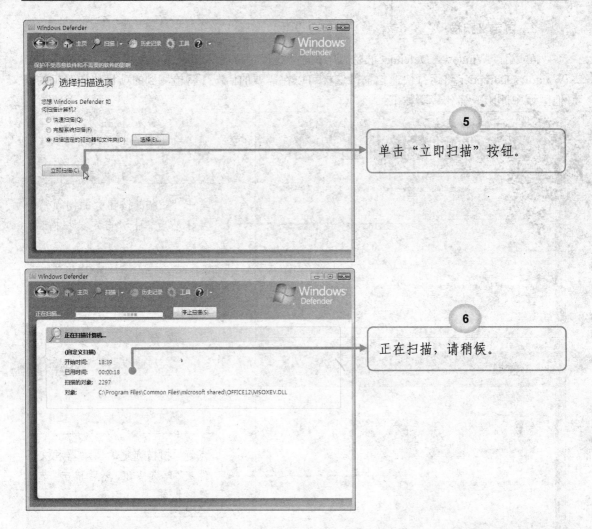

5

单击"立即扫描"按钮。

6

正在扫描，请稍候。

4. 高级扫描

扫描计算机时，可以从"选项"对话框的"高级选项"选项组中进行选择：

✧ 扫描存档文件和文件夹的内容是否存在潜在威胁：扫描这些位置可能会延长扫描时
间，但间谍软件和其他可能不需要的软件会自行安装并试图"隐藏"在这些位置中。

✧ 使用启发式检测尚未分析风险的软件的有害或不需要的行为：Windows Defender 使
用定义文件识别已知威胁，但它还可以检测未在定义文件中列出的软件的可能有害
或不需要的行为，并向用户发出警报。

✧ 在对检测到的项目应用操作之前创建还原点：由于可以将 Windows Defender 设置为
自动删除检测到的项目，因此，如果要使用原本不想删除的软件，则可以选择此选
项还原系统设置。

✧ 不扫描这些文件或路径：使用此选项可以选择任何用户不想要 Windows Defender 扫
描的文件和文件夹。

操作步骤如下：

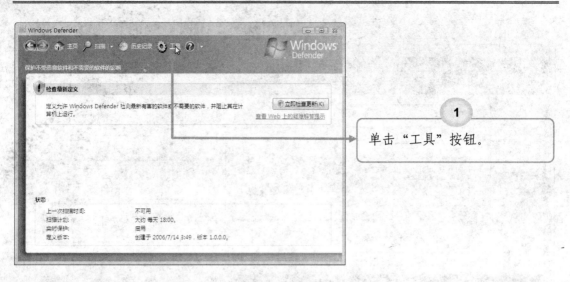

1

单击"工具"按钮。

2

单击"选项"超链接。

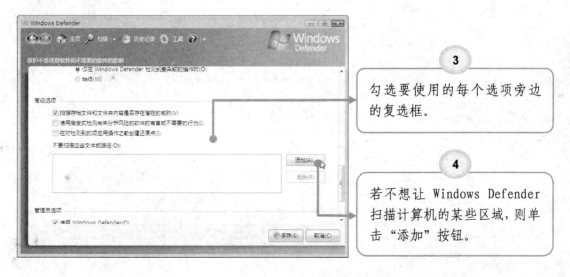

3

勾选要使用的每个选项旁边的复选框。

4

若不想让 Windows Defender 扫描计算机的某些区域，则单击"添加"按钮。

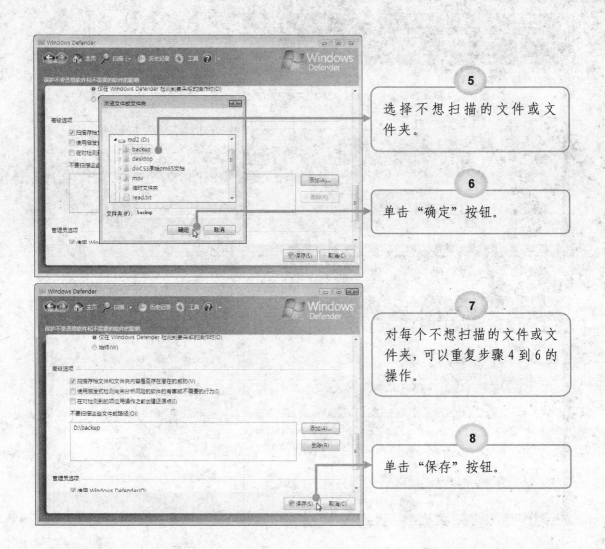

5 选择不想扫描的文件或文件夹。

6 单击"确定"按钮。

7 对每个不想扫描的文件或文件夹,可以重复步骤 4 到 6 的操作。

8 单击"保存"按钮。